확대경으로 보는 세상

확대경으로 보는 세상

김광수 에세이

도화

차례

기록한다는 것은 즐거움이다. 30세 이전까지만 하여도 편지 한 장 쓰지 못하였다. 이순(耳順)을 지나 기록하는 즐거움으로 매일 매일이다. 2016년부터 시국은 우려스럽게 돌아갔다. 결국에는 국회에서는 국정농단이란 듣도 보도 못한 죄명을 씌워 대통령을 탄핵하였다. 이 엄중한 상황을 기록하여 후세에 전하고자 2016년 9월 11부터 2018년 1월 12일까지 보고 듣고 느낀 바를 틈틈이 기록하였다. 나 자신을 돌아보자는 의미에서 『확대경으로 보는 세상』이란 제목을 선택하였다. 아침에 밝은 태양을 바라보면서 오늘도 무사히 눈 떴구나 실감한다. 누구나 태어나 매일 반복되는 일이다.

새삼스러울 때도 있고 아무 생각 없을 때가 더 많았다고 기억될 것이다. 전날 무슨 일이 있었는지 밤새도록 뇌리에 남은 잔상들이 생시처럼 느껴지기도 하였다. 시시각각 변하는 날씨처럼 마음과 생각이라는 것도 변화무쌍(變化無雙)하다. 언제부터인지 내가 태어나 자라고 배우며 일하였던 자유대한민국에도 파고(波高)가 점점 높아지더니 급기야 우려가 되었던 일들이 현실로 다가왔다. 인간은 사회적 동물이라 한다. 사회를 떠나서는 한시도 살아갈 수 없다는 이야기다. 사람과 사람이 만나 가정을 이루고 사회를 구성하며 나아가 국가란 울타리를 세우고 위난으로부터 보호받기를 원한다. 지구촌에 존재하는 모든 나라는 대동소이하다. 그러나 사람들의 하나하나 생각이 다를 수 있고 비슷하거나 같은 생각을 가진 자들이 존재한다. 우리는 이런 사회였으면 좋겠다 하여 유유상종하기에 이른다. 이것은 곧 민주주의와 공산주의라는 거대한 이념(理念)이 동서로 갈려서 갈등기에 이른다. 이를 소위 동서 냉전시대라 한다. 이 갈등에서 민주주의 세력이 승리하게 된다. 물질로 세상을 설명하였던 공산주의는 민주주의와의 이념적 갈등에서 퇴폐하고 역사의 뒤안길로 사라졌다. 그런데 사라진 줄 알았든 유물사관(唯物史觀)이 오늘 우리가 살고 있는 자유대한민국에 기생(寄生)하여 거대한 세력으로 등장하였다.

　잠깐 동안 방심(放心)하는 틈새를 비집고 세포 분열하듯 붉은 물결로 넘치더니 자유대한민국을 접수하고 말았다. 날마다 거리는 붉은 물결로 넘쳐나 시위지옥을 이어오더니 거짓선동과 날조된 유언비어가 거대한 소용돌이 되어 울지도 웃지도 못할 흑암이 만연한 세상이 되었다. 이들의 흑암 세력들은 오랜 기간 동안 치밀한 계획하에 세상을 뒤집으려고 적과 동침하기에 이른다. 선장을 배신한 무리들이 타고 있던 배마저 난파시키고 말았다. 이를 보다 못한 우국충정에 태극기 휘날리면서 아스팔트로 뛰쳐나왔다. 나는 보았다, 거대한 태극기의 물결을. 이렇게 많은 사람들을 처음 보았다. 함성은 천지를 진동하였다. 잘못된 것을 바로잡자는 통곡의 소리다. 심장이 터져버릴 듯 나의 내면의 소리와 용기가 솟아났다. 정의는 여기서 살아

외치고 있다. 이 한목숨 바쳐 나라가 바로 선다면 죽어도 좋다는 생각이었다. 여기에 다른 무슨 사족을 달 수 있겠는가. 급기야 칼자루 잡은 법복을 입은 무당들 8명이 전원일치로 대통령을 탄핵하고 말았다. 드디어 천추에 길이 빛날 정유8적이 탄생하였다. 오호통제라! 남녀노소를 가리지 않고 차가운 아스팔트는 눈물바다가 되었고 잠자리가 되었다. 치욕의 역사 변곡점에서 쇠약한 노구이지만 먼 길도 마다하지 않고 자비 들여가면서 참여하였다.

그곳이 유일한 희망이었다. 내가 살아 숨 쉬고 있는 것에 감사하였다. 바람 앞의 등불 같은 존재지만 아직도 내 심장이 쿵쾅하는 소리 들리는 듯 기쁨이 넘쳐나기도 하였다. 생각날 때마다 기록하였다. 나라가 누란에 처하였을 때 선인들께서는 분연히 일어났다. 지금도 마찬가지다. 시공간의 차이는 있지만 70여 년의 피땀 흘려 5000년의 역사 속에서 가장 위대한 번영을 이룩한 자유대한민국을 연방제로 괴뢰무리들에게 고스란히 받치려 하고 있다. 이것이 바로 누란이 아니고 무엇인가. 두드리고 구하면 열린다고 말씀하셨다. 동토의 땅에서는 아무리 찾아 두드려보지만 돌아오는 것은 인민재판뿐이란다.

이곳에 태어나 뿌리박고 평생을 살아오신 우리들의 조상님들과 철모르는 어린아이들 생각하면 밤잠을 잘 수가 없다. 흑암만이 존재하는 동토의 땅에 나라를 바치려는 그들은 과연 어느 나라 사람들인지 입에 올리기도 싫어진다. 자유가 아니면 죽음을 달라고 하였다. 자유의 소중함은 목숨처럼 지고한 가치인데 세상 그 무엇으로도 대신할 수 없는 것이 자유다. 이런 자유를 포기하겠다고 한다. 눈감고 귀 막으며 입 닫았다고 해서 해결될 문제가 아니다. 주권자(主權者)가 일어나지 않으면 아무것도 이루어지질 않는다. 눈 뜬 봉사처럼 바라만 보아야만 하는 것인가. 참담한 심정이다.

2018년 11월 만추에
夢室에서 김광수 씀

생각은 새로움을 탄생케 한다 2016년 9월 11일

아침에 눈 뜨고 일어나서 할 일이 있다는 것이 얼마나 행복한 것인지 놀아보면 알 수 있다. 오래전에 직장에 다닐 때 몸이 아파 누워보니 아픈 것도 문제이지만 더욱 고통스러운 것은 마음이 괴로웠다는 것이다. 그래서 노동을 신성시하는 이유이다. 퇴직을 한 지도 꽤나 오래되었다. 세월이 앗아가 버렸는지 아니면 바람이 시셈하여 동행하였는지는 모르지만 분명한 것은 추억으로 남아있다는 것이 현실이다. 가진 것 없고 아는 것 박약하지만 마음만은 푸른 하늘이요, 흰 구름이다. 육신이 쇠하여 여기저기 쑤시고 아파 더러는 병원 신세도 져보았다.

그러다가 문득 깨우침이 무위도식은 곧 나를 파멸할 것이라는 우려가 나를 움직이게 하였다. 내 육신이라는 것이 정말로 내 것인가, 아니면 하늘에서 그냥 떨어진 것인지, 내가 내 몸을 움직이니 정말로 이것이 내 것이란 말인지 미궁 속에서 헤매기도 하였다. 아침마다 잊지 않고 이것저것 챙겨주는 고마운 아내가 있어 행복했고 간단한 행장 갖추어 앞산에 오르기 시작하였다. 처음에는 힘이 들고 고통스러웠지만 집에 돌아오는 길은 발걸음도 가벼웠다. 아! 등산이란 것이, 운동이란 것이 이렇게 즐거운 마음을 안겨주는구나. 이제야 철이 들었다니 지나는 개가 웃을 일이 아닌가. 날마다 비가 오나 눈이 오나 한서(寒暑)를 가리지 않고 4년을 다녔다. 몸이 많이 좋아지니 어찌 아니 갈 수 있겠는가. 내 몸은 내 마음으로 움직이니 내 것인 것으로 착각하지만 사실은 내 것이 아니란 말이다. 창조주의 것이다. 그러니 귀하고 귀하게 보존하고 사용하여야 한다는 이야기다. 몸이 좋아지고 마음이 즐거워지니 세상이 마치 나를 위하여 존재하는 것 같았다. 길거리를 걷기라도 하면 콧노래가 저절로 나온다니 세상에 새로이 태어난 것 같았다.

친구들과 만남의 횟수도 늘어나고 이것저것 어울려 즐거운 시간을 가져보니 또 다른 즐거움이 있다는 것을 알아갔다. 마음의 여유는 새로운 것을 추구하기에 이른다. 오랫동안 덮어두었던 기록 노트를 펴보았다. 다시 한 자 두 자 써보기 시작하였다. 생각나는 대로 필이 이리 가자면 이리로 가고, 저리로 가라면 또한 따라갔다. 내 의지와는 상관없이 좌충우돌하였다. 친구의 도움으로 글을 올릴 수 있는 방도 별도로 만들어 마음 놓고 송아지 소리도 하였고 멍멍 소리도 하였다. 지난 1년 동안 행복한 날이었다. 그곳에 올린 글들이 너무 많아서 이제는 정리를 하여야겠다는 마음으로 한 달 반 동안 정리하는데 금쪽 같은 시간을 소모하였다. 잘 되었는지 못 되었는지는 보시는 분들의 몫으로 남겨 두기로 하였다.

분량이 많아서 3권이 탄생하게 되었다. 하나는 『확대경으로 모는
세상』 두 번째는 『토네이도의 환상』 셋째는 『진실 찾아 아스팔트로』
을 제목으로 정하였다. 추석 때에 형제자매들과 내 자식들이 오게 되
면 발간을 어떻게 할 것인지에 대하여 논의하고자 준비하였다. 지금
까지 나를 도와주시고 격려해주시는 모든 분들에게 감사드리는 바이
다.

받은 복을 생각하자 2016년 9월 12일

올해는 참으로 상당히 더웠다. 거의 40도에 가까워 숨쉬기에도 힘들 정도였다. 그것도 거의 한 달 정도 계속되니 기상관측이래 가장 더웠다고들 야단이다. 손주 놈들과 함께 월악산 계곡수에 이틀이나 연속 피서를 했다. 9월에 접어드니 밤에는 살만한데 한낮에는 아직도 덥다는 느낌이다. 더위와 더불어 여름 가뭄이 극심하니 산야의 초목들도 무성히 자라야 할 시절인데도 아사 직전이다. 특히 농작물 중에도 밭작물은 흉년이라고들 걱정이 많다. 고추는 말라비틀어지고 여름 과일은 굵기가 전년에 반 정도이며 값은 천정부지기로 뛰었다. 과일도 알이 작아 상품가치가 평가절하되었다. 수박 한 덩이가 2만 원 정도이니 장바구니가 무거워질 수밖에 없다. 이번 주에 추석이 있는데 조상님들께서는 기대가 많을 것인데 준비하는 안주인들의 한숨소리가 들리는 듯하고, 나라 안팎으로 어려울 때에 시절이라도 풍년이 되었으면 하고 기대하였으나 도로아미가 되었다. 한 달 반 만에 일신상 정리하여야 할 일들 모두 끝내고 하고 싶은 이야기를 할 수 있다니 이만한 능력이라도 주신 하나님께 두고두고 감사드린다.

누구나 타고난 사명들이 있는데 내게는 아마도 이야기하는 사명 주심을 지금에 와서 깨우치다니 어리석고 어리석은 일이다. 또 내게는 이야기할 수 있는 벗들이 많이 있으니 얼마나 고마운 일인가. 이 또한 나의 복이라 생각된다. 나에게 주어진 시간들이 얼마가 될는지는 모르지만 뜻 없이 소모하는 일을 범하지 말아야 하지 다짐도 해보았다. 사지육신 움직일 수 있을 때에 마음에 담아둔 일이 있다면 해소하고자 열심히 노력하고자 한다.

평생 가장 소원이던 기독교로 개종하였음을 항상 감사함으로 하루를 시작한다. 그 기도가 통하였는지는 모르지만 하나님의 성전을 이곳에 준비할 수 있는 영광을 주셨으니 감사드리는 바이다. 이것이 꿈은 아니길 기도하였는데 나의 하나님께서 긍휼히 여기사 이루어 주시니 하나님의 뜻에 합당하게 하옵소서 기도하였다. 온 누리에 그 뜻이 전파되어 나라에는 평화가 구현되고 사회에는 안녕(安寧)이 실현되기를, 그리고 시민들의 삶이 윤택하여지기를 기도한다. 또한 하나님의 정의가 살아나 행복으로 이어지기를 바라면서 가정과 개인에게는 사랑으로 무장되어 진리가 지배하는 기풍을 주십사고 기도하는 일이 나의 일이라 생각된다.

무더운 염천에 두 가지 큰 은혜를 입었다. 그 하나는 내가 중구 부언 이야기하였던 일들을 정리하는데 보냈으며 또 하나는 하나님의 명에 순종하여 하나님이 거하시는 성전을 준비하게 하시는 일이다. 여기에 하나님의 종 김상룡 목사님을 세우시고 지고한 가치를 실현코자 영광 주셨으니 지금 눈을 감아도 행복할 것이다.

추석이 왔는데 2016년 9월 14일

오늘은 추석 전날이다. 뉴스에는 3천4백만 명이 추석을 맞이하여 이동을 한다고 한다. 그래서 귀성객이 가장 많을 예정이오니 각종 정보망을 이용하여 노선을 선택하라는 친절도 베푸는 것을 보았다. 세상 참 많이도 변하였구나 실감하는 대목이다. 일찍 봄부터 피땀 흘려 노력한 농작물들이 잘 자라 풍성한 가을에 경천(敬天)하고 조상숭배(祖上崇拜) 하는 절기로 차례를 올리는 추석이다. 그런데 날씨는 유례없는 가뭄이 계속되었고 40도에 이르는 더위로 오곡백과가 말라비틀어지는 현상이 한 달 넘도록 진행되었으니 풍년은 물 건너간 것 같다. 핵가족화로 가족들이 뿔뿔이 흩어져 살아온 지도 수십 년이 되었다. 1년에 한두 번 만나는 것이 고작이다.

견우직녀의 만남이 아닌가 한다. 그러니 경천도 좋고 조상숭배도 좋지만 이보다 더 좋은 일은 가족을 만난다는 데 뜻을 두고 즐거운 명절이 되기를 바라는 마음 간절하다. 세상 돌아가는 일들을 바라보니 우리에게 결코 좋은 일만 있는 것이 아닌 것 같아 우려를 금할 수 없다. 그렇다고 모른 척하고 넘어간다면 국민된 도리를 포기하는 것이라 생각되어 몇 가지 이야기를 하기로 하였다. 첫째는 북한은 막다른 골목을 선택하였다. 봄에 미사일을 발사하고 얼마 전에는 잠수함에서 발사하는 SLBM에 성공하였다는 보도였다. 그리고 이어서 핵실험을 하였다. 이번 핵실험으로 핵폭탄 소형화에 성공하였을 것으로 전문가들은 이야기하고 있다. 서울 불바다를 만든다는 협박이 농담이 아니고 현실화되어가는 느낌이다. 둘째로 사드 배치로 기막힌 일들이 벌어지고 있다. 지역의 국회의원과 군수라는 사람이 주민들과 부화뇌동하여 붉은 머리띠 두르고 반대 데모에 앞장서는 모습과, 대통령께서 외유 중에 나라 어른이신 총리께서 주민과 대화를 하고자 방문하였는데 몇 시간을 감금하고 테러를 일삼은 모습은 어떤 명분이라도 용서받을 수 없는 일이다. 이를 주동하는 세력은 발본색원하여 반드시 법 앞에 단죄를 하여야 할 것이다. 셋째로 영덕에서 양산까지 활성단층의 활동으로 경주 일원에 5.8에 해당하는 지진이 일어났다. 주민들이 부상을 입고 건물이 손괴 되었으며 기반 시설들이 피해를 입었다고 한다. 하루속히 피해가 복구되기를 기도한다. 우리의 능력이 마치 선진국인 것처럼 말 좋아하는 친구들이 정부를 비난한 모습은 국민들을 불안하게 만드는 결과를 가져오기에 자제하였으면 좋겠다. 백지장도 맞들면 가볍다는 말처럼 이렇게 할 수 없는 것인가? 각자 자신을 돌아보았으면 좋겠다. 넷째 분열은 자멸이다. 이번 추석에는 나라 걱정 많이 하였으면 좋겠다. 좁은 땅덩어리에 5천만 명이 오밀조밀 이웃처럼 아껴주고 도와주면서 살았으면 좋겠다.

제발 말 좋아하는 사람들 뱉은 말은 다시는 주워 담을 수 없다는 평범한 뜻이라도 깨우쳤으면 좋겠다. 그것이 먹고사는 직업이라 하여도 세 번이 아닌, 단 한 번이라도 생각하고 했으면 좋겠다. 국민 통합이 실현되기를 기도해 보자. 다섯째 더도 말고 한가위만 같아라는 말이 있다. 그만큼 소망이 가득한 세시 풍속이다. 풍년의 잔치는 아니지만 마음만이라도 보름달처럼 온 누리를 비춰주는 추석이 되시기를 우리 모두 기원합시다.

9월의 기도 2016년 9월 24일

　오늘도 화창한 맑은 하늘이다. 찬란한 태양은 지구촌 곳곳에 비춰 어둠의 그림자를 모두 걷어갔다. 지난밤 악몽들도, 마음 상하였던 일들이며, 걱정하였던 생각들이 아침 밝은 태양과 더불어 모두 깨끗이 걷어가 버렸다. 마음이 가벼우니 몸도 가볍다. 매일매일 하는 운동도 즐거운 마음으로 끝까지 하였다.

　때때로 머리가 무거워 생각들이 잘 정리되지 않기도 하였고 사지육신이 얻어맞은 것처럼 쑤시고 아파지는 고통도 느꼈다. 졸필을 들어보았지만 정리되지 않은 생각들로 진척이 되지 않아 접어두기도 하였다. 시력은 점점 나빠져 안경 없으면 아무것도 할 수 없는 처지이다. 이럴 때면 어린아이처럼 투정도 부렸다. 아침마다 채널을 돌리면 즐거운 정보는 하나도 없고 모두가 마음 상하는 소리만 듣는다. 이런 소식 들으려고 매월 꼬박 시청료 2,500원을 납부하고 있는 나를 발견하고 쓴웃음을 지어보기도 하였다. 때때로 자신의 목숨을 던져 이웃을 구하는 의사자들, 불타는 현장에서 인명구조에 살신성인 하는 사람들도 생각나게 한다. 강에서 바다에서 사경을 헤매는 자들을 구하고 아름다운 죽음을 대신하는 자들도 있다. 이외에도 선행을 하는 일들이 얼마나 많은데 이런 기사 찾아 보도하였으면 얼마나 좋을까. 모두들 까마귀고기를 먹었던 모양이다. 짧은 인생 좋은 일만 하여도 부족한 시간들인데 어찌 이런 일들이 날마다 반복되는지, 우리는 마치 마약에 중독된 자들처럼 이성이 마비된 것은 아닌지, 어쩌면 세상을 초탈한 깨우침을 얻은 성인들의 모습이 아닌지, 이도 아니면 몽유병 환자들처럼 현실과 가상을 분별할 수 없는 것은 아닌지 의심이 되는 대목이다. 며칠 전에 경주에서 5.8에 해당되는 지진이 일어났다. 그리고 그 여진이 400회가 넘었다고 야단들이다. 지금도 계속 여진이 일어난다고 한다. 남의 나라 일로 생각하였는데 갑자기 닥치고 보니 황당한 일이다. 비판을 하는 입장에서는 특종감이다. 어중이 떠중이 모두 입 가졌다고 들고일어났다. 지진 전문가가 겨우 십여 명밖에 없다니 이런 상황에 무엇이 제대로 준비되었겠는가. 이럴수록 보도에 신중하여야 하고, 비평에 더욱 조심하여야 할 것이다. 아무리 먹고사는 직업이라도 시정잡배가 아닌 이상 나라 전체를 위하여 하여야 할 소리가 따로 있다. 사드 한국 배치 문제로 금쪽같은 시간만 소모전으로 계속되는 상황이며, 세월호 조사를 한다고 몇백억 원의 국민 세금을 쓰고도 모자라 더 달라는 상황이다. 떼만 쓰면 이루어진다. 나라는 백척간두에서 외세로부터 어찌하면 나를 지킬 것인지에 대하여 온 국민들의 중지를 모아도 될동말동 한 시점에 정권 쟁취의 목적에 매몰되어 국민들은 안중에도 없다.

어찌 저런 놈을 뽑았는지 말문이 막힐 정도이다. 종북주의자들과 야합하여 신성한 의회를 합법적으로 끌어들인 저들이 아닌가. 석고대죄하여도 모자랄 저들의 철면피한 모습은 나라 위해 몸을 바친 선열들이 통곡할 일이 아닌가. 지금도 저들은 정권 쟁취에 기고만장하는 자들이 아닌가. 저들을 바라보는 국민들은 언제 그랬느냐 하는 식이다. 아직도 이 나라는 미망 속에서 깨어나지 못하고 있다. 역사는 증명하고 있다. 반드시 반복된다는 것을. 작금의 상황이 우려스럽다. 일제 식민지 치하에서도 좌우의 갈등이 임정수립에 연결되어 해방 후에도 갈등으로 결국 남과 북이 갈라서고 말았다. 원인은 모두 내게 있는 것이지 남에게 있는 것이 아닌 것이다.

내가 미욱하고 우리가 못나서 세계 유일의 분단국가가 아닌가. 무엇이 그리도 잘났다고 떠들 자격이 있는가? 발등에 불이 떨어졌는데 불을 끄기도 바쁜 시간에 지금도 갈등을 부추기는 정치 모리배들이 날뛰고 있으니 가슴을 치고 통곡할 일이다.

하나님 이 일을 어찌하오리까? 우리는 구원받을 수 없습니까? 이대로 무너질 수는 없습니다. 하나님께서 모두 아시고 계시는 일입니다. 막다른 골목까지 도달하였습니다. 불쌍하고 가련한 저희들의 기도를 들어주옵소서. 저희들의 능력 밖의 일입니다. 오직 하나님만이 이 위기를 극복할 수 있습니다. 흑암 속에서 못난 저희들을 밝은 빛으로 인도하옵소서. 생각을 잘못하여 길을 잘못 선택한 불쌍한 저들도 용서하옵고 하나 되는 영광을 주소서. 하나님의 사랑이 이 땅에 넘쳐나게 하셔서 평화의 상징이 되게 하소서. 악한 무리들은 모두 물리쳐 주소서. 오늘 이 어려움이 후손들에게 전가되지 않게 하소서.

열강들과 어깨를 나란히 할 수 있는 능력을 주소서. 거룩하신 예수그리스도의 이름으로 기도하옵니다. 아멘.

만남 2016년 9월 29일

아침부터 흐려서인지 하늘은 온통 구름으로 가득하다. 새벽에 일어나 운동을 하는 동안 계속 가을비 내리는 소리가 마치 피아노 건반을 두들기는 것 같았다. 빗물 파이프에서 전하는 소리가 그렇다는 것이다. 물론 듣는 사람에 따라서 생각은 다를 것이지만 적어도 내가 듣는 느낌은 매우 경쾌한 리듬이다. 만남이란 항상 마음 설레게 한다. 오늘은 초등학교 친구들과 만남이 약속되어있는 날이다. 코흘리개 친구들과 만나기로 한 날이다. 기억도 가마득하다. 60년인지 59년 만인지 알쏭달쏭한 세월이 나를 부른다.

6·25전란 중에 입학하여 힘들고 어려웠던 시절에 세월을 익혔던 친구들이다. 어찌 반갑지 않을 수가 있겠는가. 잘 닦인 도로를 드라이브하는 심정으로 페달을 밟는데 차창 밖 풍경은 어쩐지 나를 위하여 존재하는 것 같았다. 내 육신이 죽어 없어졌다면 무슨 의미가 있겠는가. 살아 움직일 수 있다는 현실이 너무나 감사하고 고마웠다.

앞으로 몇 해나 더 이들과 만남이 허락될는지는 하나님의 소관사라 생각하면서 문경읍으로 진입하여 온천지구로 향하였다. 아침이라 관광지는 한산하였다. 뒤편에 있다는 금강산 가든 앞에서 정차를 하고 전면을 사진 촬영하였다. 이곳은 자식을 나눈 "조병천" 장로이면서 사돈께서 경영하고자 계약을 하였다는 곳이다. 가는 길목이라 어딘지 궁금하여 들러보았다. 인근에는 한창 개발바람이 불어 대단위 아파트 단지들이 들어서고 있고 각종 숙박 시설들이 즐비하게 군집되었다. 무슨 사업이든지 입지적인 조건이 성패의 주요 원인이라 생각하였는데 좋은 곳이라 생각되었다. 날로 달로 번창 되기를 기도하면서 자라를 떠났다. 비는 오다 그쳤다 하는데 진남 휴게소에서 잠깐 쉬어가기로 하고 들렀다. 중앙고속도로와 중부내륙고속도로가 개통되기 이전에는 이곳 휴게소는 주차가 어려울 정도로 번창하였는데 주변 환경의 변화로 사양길에 거의 폐쇄 수준에 가까웠다.

그런데 누구 말처럼 천지가 개벽한 느낌이다. 완전히 리모델링하여 내가 오늘까지 보아온 휴게소 중에 이렇게 잘 만들어진 휴게소는 국내외를 통하여 본 적도 들은 적도 없었다. 이곳을 빠져나와 이전된 육군 체육부대 앞 확장된 도로를 경유하여 점촌을 지나 용궁을 거쳐 예천 외곽 도로를 따라 안동에 진입하였다. 대구 부산 포항 친구들도 출발하였단다. 연초(年初)에 보았는데 또 얼마나 변하였을까 생각하면서 고향을 지키는 친구들 농번기는 아닌지 염려가 되기도 하였다. 가랫재 밑에는 양편에 휴게소가 있었는데 서쪽 편 휴게소는 폐쇄되어 잡초만 무성하였다. 영업이 안 되니 포기를 한 모양이다.

그래도 동쪽 휴게소는 문을 열어놔서 그곳에서 잠시 쉬었다가 진보를 거쳐서 신촌 약수터에 이를 무렵에 모두 도착하였다고 연락이 왔다. 황장령을 넘어서 지품면 소재지를 지나 영덕 외곽 도로를 따라 강구면 오포 3리 해수욕장 부근에 있는 목적지에 도착하고 반가운 친구들과 인사하였다. 세월은 날마다 변하는데 친구들 얼굴을 보니 예나 지금이나 별로 차이가 없어 마음 편하였다. 온다 하였든 남호 씨와 노미 씨가 유감스럽게 참석하지 못하였다고 한다. 시장이 반찬이라 마침 중식 중이어서 합석하였다. 금년은 거제에서 발생한 콜레라 때문에 소고기로 준비하였단다. 아무럼 어떠냐.

친구 만나고 맛있는 식사면 족하지 않은가? 인생의 연륜처럼 그간 쌓아온 경륜과 삶의 흔적을 찾아 서로 정보를 주고받으면서 호호 깔깔 웃음소리가 창문을 넘는구나. 유난히도 더웠던 혹서(酷暑)기를 넘기면서 건강하게 돌아온 노신(老身)들의 지혜와 덕담을 가감 없이 주고받았다. 참석하지 못한 친구들의 이야기며 각자의 가정사에 이르기까지 해변을 거닐면서 이어갔다. 태양은 구름에 가리어 바다와 하늘은 온통 잿빛이다. 바다를 삶의 터전으로 삼아 생활하는 사람들은 날개 꺾어진 갈매기처럼 보였다. 왜냐고 물어보니 콜레라 발생으로 모두가 문을 닫은 상태라 하였다. 콜레라는 거제에서 발생했는데 이곳까지도 영향을 받았다.

거제 앞바다에서 콜레라균이 발생되었고, 타 지역에서는 발생되지 않았다고 하였는데 어찌 이곳까지 영향을 미쳤는지 이성적으로 설명이 되지를 않았다. 우리가 너무 감성에 치우친 면은 있지만 그것이 원인이었을까? 이야기는 저녁을 먹으면서도 계속되었고 반주를 하면서 더욱 진지해졌다. 가뭄으로 전작은 흉년인 반면 벼농사는 풍년이라 한다. 이야기 초점은 자연 정치 이야기로 이어졌다. 정말로 이 대로는 안 된다는 이야기다. 정치는 백성을 편안하게 잘 살도록 하는 것인데 백성은 안중에도 없다. 어찌 우리나라는 날마다 싸움질만 하는지. 북쪽은 핵 개발하여 적화통일에 목숨 걸고 있는, 절체절명의 마지막까지 왔는데 미망에서 깨어나지 못하고 있다.

반주 겸 술잔이 몇 순배 돌아가고 8시가 지났다. 모두들 장소를 옮기자고 하여 인근 노래주점으로 이동하여 그간 쌓였던 스트레스를 풀었다. 숙소로 돌아와 이야기는 계속 이어졌다. 나는 졸음이 와서 취침에 들었다. 깨어보니 아침 6시다. 얼른 신발 신고 밖으로 나와 아침 워킹을 50분가량 하였다. 항구에는 아침 뱃사람들이 밤새 수확한 어획물을 정리하는 모양으로 전조등이 하늘을 밝히고 있다. 총무님과 박 사장이 아침 찬거리 시장을 본다고 나갔다가 돌아왔는데 커다란 삼치 한 마리를 들고 들어왔다. 얻었다고 한다. 삼치찌게로 아침을 해결하였다.

나는 가는 길이 바빠서 먼저 일어났다. 박 사장이 가지고 온 쌀은 먹고도 남아 총무께서 각자 조금씩 비닐에 담아 주었다. 아쉬운 석별의 정을 나누고 돌아오는 길에 안동 자형댁을 들려 안부를 확인하였다. 두 분 모두 80세가 가까워지니 아픈 곳이 자주 발생하는 모양이다. 누구나 예외 없이 가는 길이지만 건강하게 살다가 자리보전하지 말고 자는 듯, 가는 것이 소원일 것이다. 돌아오는 길에 약속한 사람들과 만나 소식 전하고 귀가하였다. 박 사장, 정 사장, 이 여사님, 임 여사님, 지병으로 고생하시는 김 회장님, 사랑하는 총무 김 여사님 정말로 감사합니다.

폭풍 2016년 10월 7일

폭풍은 번갯불에 콩 구워 먹는다는 속담처럼 바람처럼 휩쓸고 지나갔다. 10여 명의 고귀한 생명도 함께 사라졌다. 수많은 피해를 주고 언제 그랬느냐 하는 식이다. 대자연의 위력 앞에 인간의 존재는 참으로 보잘것없었다. 이것은 오래전부터 예견된 일이다. 그런데도 우리는 매번 당하고만 살았다. 이런 식이라면 앞으로도 계속 당할 수밖에 없을 것이다. 그것이 우리의 한계이다. 산 같은 파도는 월파 하여 해안가를 초토화시켰다. 방파제는 휴짓조각처럼 파괴하였다. 도로는 침수되고 산은 사태로 주변을 매몰시켰다. 사람이 사는 주택이며 사업장은 물론이고 학교를 비롯하여 공공시설물들이 수장되기도 하였다. 가재도구와 먹고살기 위하여 준비한 상품들도 쓰레기로 변하였다. 피해 주민들은 쪽박 들고 거리로 나와야 할 상황이다. 얼마 전에 지진으로 큰 피해를 입고 그 여진이 지금도 계속되는 때에 물폭탄 바람 폭탄을 연이어 맞았다. 지붕이 날아가고 가로수는 뿌리째로 뽑히고 넘어져 주변에 피해를 주었다.

대형 크레인이 바람에 속수무책으로 부러지고 넘어져 공포의 분위기를 만들었다. 하천은 범람하여 생활근거지를 휩쓸고 갔다. 떠내려온 자동차는 폐차장을 연상케 하였다. 한마디로 아비규환이었다. 마치 폭탄을 맞은 것처럼 처참하였다. 있어서는 아니 될 목불인견(目不忍見)의 상황이 남쪽 지방에서 일어났다. 무엇이 잘못되었는가? 우리가 지은 죄가 너무 커서 하늘이 노하여 벌을 준 것일까. 아니면 설치는 사람이 너무 많아서 잠잠하라고 징벌한 것일지 모를 일이다. 재수 없는 사람은 뒤로 넘어져도 코가 깨진다는 말이 있다. 잘되는 집안은 아무렇게 해도 승승장구한다.

그런데 우리는 무엇 때문에 이 모양 이 지경이 되었는가. 한 번쯤은 돌아보자. 잘되는 집안은 우선 화목하다. 사랑이 넘쳐난다. 가족끼리 서로 위로하고 도와주며 잘못이 있을 때는 감싸준다. 작은 일이든지 큰일이든지 서로 합심한다. 행복이란, 많이 가졌던 끼니를 걱정하는 입장이던 그들의 삶 속에 그 원인을 찾아볼 수 있다. 간단한 일이다. 우리는 모두 다 알고 있는 일이다. 나라를 구성하는 기초단위가 가정이다. 가정을 보면 금방 알 수 있다. 그런데 왜 안 되는 것인지에 대하여 누구도 이야기하는 사람들이 없다. 아니 있기는 있지만 잿밥에만 관심을 가지고 있어 공감을 갖기에는 역부족이다.

그것이 우리의 한계점이다. 나랏돈은 보는 사람이 임자라는 말이 있다. 힘센 놈이 먼저 가져간다는 말이다. 피 같은 국민 세금을 걷어 10원을 써서 100원의 효과를 거두어도 될동말동한데 보는 놈이 임자라니 기가 막히는 일이다. 명목이 없어 못 가져간단다. 국회의원들에게 의원사업비로 수십억 원을 배정한단다. 국회의원이 뭐 그리 대단한 사람들인데 나라 예산을 저들 마음대로 사용해도 되는지 잘못돼도 한참 잘못된 일이다. 국회가 이러니 광역의원이나 기초의원도 배워서 답습하고 있다. 이런 것이 하나둘이겠는가. 수도 없이 많다고 한다. 의원 사업비는 표를 위한 생색내기 사업에 배정한다. 예산 투자의 기본에 적합한지는 안중에도 없다. 조세 정책 중에 대원칙이 형평 과세라 하는데 과세 자체가 형평성을 유지하지 못하면 조세저항이 나라를 망치기도 한다. 그런데 배정이나 지출에 합당하고 합리적인 배정이 되지 못하면 이 또한 원성의 대상이다. 우리 사는 세상이 어찌 이리도 부정하고 불법이 난무하는지 심히 염려가 된다. 이렇게 틈새로 새는 예산을 차단시킨다면 홍수가 문제겠는가. 폭풍이 온다 한들 무엇이 문제이겠는가. 요사이 종편을 보면 토론자들이 입 가졌다고 있는 소리 없는 소리로 공주파를 쏜다. 언론도 술 취한 사람처럼 갈지자로 좌충우돌한다. 믿어야 할 곳이 없다. 마음 둘 곳이 없다. 나라는 온통 흔들리고 있다. 하여야 할 일을 제대로 못 하는 모양이다.

발목 잡는 사람들과 단체들이 죽기 살기로 방해만 하고 있다. 금쪽 같은 시간들을 낭비만 하고 있다. 한 치 앞으로 나아가지 못하고 있다. 모두가 잘 되자고 하는 일인데 날마다 싸움만 하다가 허송세월하는 것이 너무나 안타깝다. 이러고 있는 동안 북쪽에서는 핵을 개발하여 서울 불바다를 외치고 있다. 한 방에 끝내고자 위협하고 있다. 그런데도 우리는 쇠귀에 경 읽기다. 어디 이것뿐이겠는가. 주변에 강국들은 호시탐탐 침략 기회만 노리고 있다. 언제 어디서 무슨 침략이 있을지 모를 상황임에도 날마다 누가 힘이 더 센지 죽기 살기로 싸움질이다. 사회 곳곳에서 지역마다 걸레처럼 헤어졌다. 다시 봉합이 될 것인지에 기대가 허물어지는 것이 너무나 안타깝구나. 우리 모두 한 발씩 물러서서 돌아보았으면 기대해 본다.

봉사의 기적 2016년 10월 12일

7~8년 전에 서해안 원유 유출 사건이 태안 앞바다를 검은 바다로 만들었다. 유출된 기름은 서해의 높은 파도를 타고 인근 지역 바다를 초토화시켰다. 바다 생물들은 모두가 폐사되었다. 얼마나 광범하게 오염되었는지는 제주도 추자도까지 오염되었다니 그 피해가 너무 커서 손쓸 수도 없는 상황이었다. 온 세계가 주시하고 있는 때에 티끌 모아 태산이 된다는 말처럼 우리 국민들의 놀라운 힘이 한 사람이 두 사람이 되고 마치 들불처럼 일어나 거대한 봉사자의 무리가 130만여 명이 참여하였다. 손으로 걷어내고, 떠내고, 닦고, 문지르기를 날마다 계속 제거하는 모습을 TV를 통하여 보았다. 도저히 회생 불가능한 오염지역이 2년 후 사고 전과 유사한 수준으로 회복되었다는 발표를 보았다. 이것이 우리 국민의 저력이며 힘이라 생각되었다. 단군성조께서 가르친 홍익인간의 후예들임을 유감없이 증명하듯 온 세상에 보여준 사건이었다. 그런데 얼마 전에는 또다시 홍두깨로 얻어맞

은 듯 진도 5.8의 지진으로 경주 일원이 엄청난 피해가 복구되기도 전에 이번에는 태풍으로 울산 부산 창원 등지가 초토화되었다. 특히 울산지역의 피해는 한마디로 참담하였다. 모든 것을 한꺼번에 휩쓸고 갔다. 자연재해는 한마디로 인간의 존재가 티끌처럼 무력함을 보여준 천재였다. 우리의 죄가 너무 커서 하늘이 노하였는지도 모를 일이다. 생업의 터전은 물론이며 가재도구 하나 쓸모없이 되었으니 얼마나 원통한 일이던가. 몸뚱이 하나 간수할 곳 없이 무너지고 침수되어 빈손으로 구사일생 목숨은 건졌으나 어디로 간다는 말인가. 절체절명의 상황이었다.

망연자실한 주민들의 모습에 내 가슴도 미어지는 아픔을 느꼈다. 이런 폐허에도 꽃은 피어나기 시작하였다. 봉사자들이 활동하기 시작하였다. 갯벌처럼 변해버린 생활 주변을 정리하고 씻어내고 닦고 조이고 퍼내고 밤낮을 가리지 않는 모습에 눈가에 뜨거운 눈물이 볼을 적시었다. 정부기관은 물론이며 국가 모든 기관단체 일반 시민들이 발 벗고 나섰다. 참으로 아름다운 모습이었다. 피해를 입은 분들은 용기를 잃지 않고 또다시 재기할 것이다. 봉사의 기적은 제3의 힘이란 생각이다. 아무리 좋은 제도와 풍요가 있다 한들 정이 없고 사랑이 없는 즉 생명력이 없는 것은 고사목에 지나지 않을 것이다. 우리는 전통사회를 거쳐서 산업사회로 이제는 정보화 사회와 융합시대라는 새로운 문명을 창조하는 사회에 살아간다고 좋아한다. 하지만 손이 미치지 못하고 발이 닿지 않은 어두운 곳이 곳곳에 산재되어있다. 이런 곳이 봉사의 손길을 기다리고 있다. 평상시 봉사자들이 많다는 것은 분명 선진국이라 한다. 개인주의는 공존 속에서 개인의 삶을 영위할 때에 비로소 가치 있는 일일 것이다. 그래서인지는 모르지만 선진국들의 봉사체제는 의무가 아닌 스스로 참여하는 의식이 자리매김하고 있다.

우리의 오랜 역사 속에서 선조들께서는 공동체 삶을 생활화하였다. 국가의 능력이 미치지 못한 곳에서는 "향약"을 시행하였고 "두레"라는 주민 스스로가 만든 규약을 통하여 상부상조하는 삶을 이어왔다. 그래서 지역마다 마을마다 주민자치를 실시하여왔다. 그것은 곧 봉사의 전통을 오랜 역사를 통하여 전해온 자랑스러운 문화유산이다. 선조들의 피를 이어받았고 문화를 유산으로 받아 오늘의 찬란한 대한민국을 이룩하였다.

어려웠던 시절에 혜성같이 나타난 지도자는 잘살아보자는 일념 하나로 불꽃을 피웠다. 잠자고 있는 국민들의 의식을 일깨웠다. 자포자기와 실의에 빠진 국민들을 잘살아 보세라는 말로 오천 년의 잠을 깨웠다. 정부 주도로 새로운 역사를 창조하기 시작하였다. 서로가 가진 것을 내어놓고 환경을 개선하고 생활교육을 받으면서 잘 살아갈 수 있는 방안을 강구하기 시작하였다. 농촌에서 도시에서 산업체를 비롯한 각급 단체에서 거국적인 운동이 시작되었다. 그것이 오늘의 세계 10위권 잘사는 나라를 이룩하게 되었다. 이렇게 되기까지는 봉사라는 제3의 힘을 기억하여야 될 것이다. 우리는 보았고 실증하였다. 봉사의 기적을, 이것은 곧 사회 통합이요, 국론 통일의 지름길이기 때문이다. 앞으로 나라에서는 봉사라는 제3의 힘을 키우는데 더욱 발전된 정책을 펴나가기를 기대해 본다.

대한민국의 정기국회 2016년 10월 19일

　국회는 2016년 9월 24일 0시를 기하여, 제346회 정기국회 제9차 본회를 차수바꿔 개의하여 김재수 농림축산부 장관 해임 건의안을 여당 의원들의 항의하고 전원 퇴장한 가운데 야당 의원들만으로 통과시킴으로써 정국이 급랭하였다. 정세균 의장과 더불어민주당은 치밀한 사전 계획에 의거 날치기로 진행되었다. 이는 마이크가 꺼져 있는 줄 모르고 나눈 대화 내용을 보면 여실히 증명되었다. "세월호의 특별조사위 기간 연장을 하든지, 어버이 연합의 청문회에 동의하든지 둘 중 하나 내놓으라고 했는데 절대 안 내놔, 그러니까 그냥 맨입으로 안 되는 거지, 지금." 이것이 사건의 핵심이다. 여당은 차수를 변경할 때는 국회법 제77조(의사 일정 변경)에 따라 의장이 각 교섭단체 대표 의원과 협의하여 필요하다고 인정할 때, 당일 의사 일정 안건을 추가하거나 순서를 변경할 수 있다고 한 규정을 위반하였다는 것이다. 여기서 중요한 것은 "협의하여 필요하다고 인정할 때"이다. 협의하여 뜻은 강제 규정으로 보아야 한다는 것이다. 그런데 국회의장은 당적을 버리고 중립의무를 지켜야 하는 직위이다. 그러니 의장은 중립의무를 위반하였고 국회법 77조를 위반하였다는 것이 핵심 사항이다.

이로써 여소 야대의 상황에 여당 의원들은 거리로 쏟아져 나왔고 여당 대표는 초유의 단식에 돌입함으로써 국회 일정을 전면 거부하는 상황에 이르렀다. 이를 바라보는 주권자인 국민들은 20대 국회는 달라지겠지 하는 일말의 희망도 사라졌다. 아니 최악의 국회라는 오명을 얻게 되었다는 것이다. 국회라는 곳은 무엇 하는 곳인가? 첫째도 국민을 위하여야 하고, 둘째도 국민을 위하여야 하며, 셋째도 국민을 위한 정치를 하여야 한다고 생각된다. 지금까지 우리의 헌법은 주권은 국민에게 있다고 하였는데 국민은 어떤 대접을 받았는가 돌아보아야 할 것이다. 아마도 국민의 대접받는 기간은 4년마다 한 번 오는 국회의원 선거 기간 15일이 전부일 것이다. 그들은 당선되고 나면 언제 그랬느냐는 식으로 달라진다. 보따리 싸서 서울로 올라가면서 지역과는 끝나는 것이다. 지역민은 안중에도 없다는 이야기다. 나는 지역의 국회의원이 아니라 대한민국의 국회의원이라는 거만스러움은 추종자를 대동하여 간혹 텃밭관리차 지역을 찾는 모습이 그러하다. 00당원으로써 보스에 충성하는 똘마니들이 그들이다. 마치 조폭 두목에게 충성하는 모습처럼 인식되기에 충분한 것이다. 국민과 나라는 안중에도 없다. 백성들이야 죽든 말든 관심 밖의 일이다. 북한이 핵을 개발하여 서울 불바다를 만들던지 먼 나라 얘기로만 생각하는 모양이다.

서해를 침범하여 양민들일 죽이고 천안함을 두 쪽 내어 46명의 고귀한 우리의 아들들을 수장시킨 일도 그들이 짓이 아니라 한다. 해양 경계선 NLL을 포기하였다느니 아니라 하는 등의 갈등이 나라를 혼동 속으로 만들지를 않았나. 지금에 와서는 중국 어선들이 서해의 우리 바다를 저들 안방인 양 침범하여 싹쓸이하는 일들이 날마다 일어나고, 단속하는 경비정을 침몰시키는 엄중한 상황임에도 외면하는 정치집단들 믿을 곳이 없다. 나라를 의지 못 한다면 외국으로 이민 가는 도리밖에 없지 않은가. 오직 정권을 잡는 데만 올인 한다.

국운의 말기 현상이 곳곳에 나타나고 있다. 민의를 대변한다는 정치집단들은 날마다 싸움질이고 국정의 동반자로서의 역할과 임무는 이미 사라진 지 오래다. 민주주의 마지막 보루가 입법권자들이 만든 법을 지키는 일인데 입법을 한자부터 법을 어기니 세상에 누가 법을 지키려 하겠는가. 부정부패가 만연하여 치유가 어려울 정도라니 패망의 지름길이다. 도덕 불감증에 타락한 성의 문화들, 세금을 도둑질하는 세도들, 나라의 예산은 힘센 놈이 가져가는 세상에 국민들은 피폐할 수밖에 없다. 거리에는 날마다 이익집단들이 시위장이 되어버린 나라다. 국가는 속수무책으로 바라만 보고 있어야 하는 실정이다. 맹자(孟子)의 왕도정치(王道政治)는 백과사전에만 나오는 현실에 자괴감이 들기도 한다.

그런데 매년 실시하는 국정감사는 금년이 최악의 감사인 것 같다. 금년은 미르—K스포츠재단 설립 등이 정치 쟁점화되어 한 치 앞으로 나갈 수 없는 지경이다. 국감은 감사는 뒷전이고 폭로전이다. 한 건 터트리는 자가 언론에 주목받게 되고 유명인사가 되니 너도나도 한

건주의다. 국감 마지막에는 외무부 장관을 역임하였던 사람의 회고록에 국민으로선 도저히 납득하기 어려운 문제가 이슈가 되었다. 재임 때 북한의 유엔 인권결의안 기권은 북과 사전에 협의하여 기권하였다는 내용으로 당시의 대통령 비서실장과 국정원장, 통일부 장관 등의 이야기가 서로 엇갈려 진위가 무엇인지 초미의 관심사로 등장하였다. 기막힌 일이 터졌다. 이것이 우리의 자화상이다. 어떻게 하여야 할까?

친구야! 2016년 10월 21일

친구야! 이 단어는 누구나 다 좋아하는 말이다. 세상에 가장 편안함을 의미하기도 한다. 사람과의 관계에서 친구란 말이 없다면 얼마나 무미건조하고 삭막할까. 또 인생행로에 친구라는 동반자가 없다고 생각해 보면 그 의미는 더욱 중요하게 다가온다. 어릴 때 소꿉친구로부터 시작하여 코흘리개 친구며 사춘기 때의 친구 그리고 진지하게 인생을 논하는 친구며 막걸리 친구 담배 친구도 있었다. 직장을 다니면서 또 새로운 친구들을 사귄다. 이성 간의 친구 노년의 친구 등등 수많은 친구들과 세상 삶을 의논하고 희로애락을 함께 이야기하는 친구도 있었다. 다른 사람에게는 이야기 못 할 비밀스러운 이야기도 마음 놓고 할 수 있는 것이 친구가 아니던가? 비속 말이지만 부모 팔아 친구 산다는 말이 있었겠는가. 그만큼 친구는 중요하다는 이야기다. 친구를 잘 사귀어 성공한 삶을 살았다는 선인들도 있었고 친구 잘못 사귀어 패가망신하였다는 사례도 많다. 나이가 많아지면 지

인들과 친구들도 한 사람 한 사람 떠난다. 마음 터놓고 이야기할 수 있는 사람들이 줄어든다는 말이다. 끝까지 흉허물없이 이야기할 수 있는 친구 한두 사람이면 그 인생은 성공하였다고 한다. 그만큼 친구의 의미는 대단하다. 태초에 사람들은 이 땅에 오면서 터를 잡고 정착하기를 배산임수(背山臨水)가 있는 곳을 찾아 모여 살기 시작하였다. 그곳이 사람 살기에 필요하고 충분한 조건들이 있었기에 가정과 마을을 이루면서 친구도 사귀게 되었다. 나는 어려서 육신과 의식이 자라기까지 살아오면서 사귀던 친구들을 두고 새로운 곳으로 파랑새를 찾아왔다.

무려 48년이 지났다. 각자 형편에 따라서 떨어져 살고 있지만 지금도 옛 친구들을 잊지 않고 날마다 연을 맺어가고 있다. 때때로 만나 회포도 풀고 살아온 이야기도 한다. 날마다 함께하고 있다. 하나님께 감사할 일이다. 그런데 며칠 전에 잃어버린 친구 한 사람을 만났다. 그 이름 "윤광휴"다. 이 친구는 2010년 12월에 이곳으로 이거하였단다. 벌써 6년이 지났다. 그런데 나는 전혀 알지 못하였다. 48년 만에 처음 있는 사건이다. 생활 권역이 달라 이곳으로 오리라고는 생각도 못 하였던 일이기 때문이다. 우리는 만났다. 그리고 이야기하였다. 지나온 시간이 너무 길어서 한두 시간에 모두 회포를 풀기는 어려운 시간이었기에 다음 시간으로 미루었다. 며칠간 그 친구는 내삶에 큰 기쁨을 주었다. 같은 지역에서 살고 있다는 것만으로도 위안이 되고 기쁨이 되었기 때문이다. 이곳에도 친구들이 있다. 날마다 소식 주고받는 살 같은 친구들이 있다. 하루만 소식이 없어도 궁금하고 마음 쓰이는 친구가 있다. 그는 날마다 새로운 희망이고 기쁨이다. 그것이 친구란다. 오늘은 친구와 만나기로 하였다. 평소 존경하는 선배 한 분과 오찬을 함께 하기로 하였다. 산다는 것이 이렇게도 즐거울 수가 있을까? 만나면 무슨 이야기부터 할까? 가슴속에 묻어두었던 이야기 모두 하여야겠다는 다짐하고 선배와 함께 약속 장소로 갔다. 먼저 도착한 친구와 만났다. 살아온 이야기를 시작하였다.

  그는 보기 드문 좋은 친구다. 상대를 편안하게 하는 사람이다. 어떤 경우라도 상대의 마음 상하게 하는 일은 없다. 그렇게 상대를 존중하는 사람이다. 유머가 풍성하여 얼굴만 보아도 웃음이 나는 친구다. 언행이 일치하는 사람이다. 내가 존경하는 사람 중의 한 사람이다. 그런 친구가 강원도 화천에서 한 달간 머물다가 왔다고 한다. 또 간다고 한다. 선친의 고향이 화천이라 집안 일로 머문단다. 듣는 순간 나는 옆구리에 찬바람이 일었다. 우선 섭섭한 마음이었다. 옆에 있는 것과 멀리 떨어져 있다는 거리감이 그런 느낌을 가져왔다. 여기 있으나 거기에 갔으나 날마다 소식을 주고받는 것은 매한가지인데 생각하니 웃음이 절로 나왔다. 기분이란 그렇게 오묘함을 일깨워주었다. 선배님은 손수 쓰신 『우리 할머님』이란 귀중한 소설을 선물로 주셔서 염치없이 받았다. 요사이 기력이 부쩍 떨어지고 눈도 한쪽은 실명 상태인데 그런 상태에서도 매일 글을 직접 쓰시고 있다. 문단에서는 꽤나 알려지신 선배님이시다. 내가 바빠서 자주 찾아뵙지 못함이 아쉬웠다. 앞으로는 자주 만나야겠다는 다짐을 하였다. 이 글을 쓰면서 부쩍 친구가 내 삶에 깊숙이 자리하고 있다는 사실에 나는 행복한 사람이다, 라고 소리 높여 외쳐보고 싶다. 이 밤에 그와 함께 꿈속에 만나야겠다.

하나님의 성전을 열다 2016년 10월 24일

2016년 10월 30일 오후 4시에 "충주 터 교회" 창립예배를 드리는 날이다. 내가 하나님의 은총을 입고 세상에 태어나 네 번째로 기쁘고 즐거운 날이다. 첫 번째는 아사 직전의 일제 식민지 치하에서 하나님의 크신 사랑으로 부모님을 통하여 이 세상에 태어난 날이다. 두 번째는 하나님을 영접한 날이고, 세 번째는 전통 유가의 집안을 기독교로 개종한 날이며, 네 번째는 하나님의 성전을 마련함에 일조하였다는 큰 기쁨이다. 이 기쁨은 오직 나의 능력이 아니라 하나님의 크신 은총으로 이루어졌다. 삿대를 잡은 사공은 주님의 사랑하신 종 "김상룡" 목사로서 나의 막냇자식이다. 그는 일찍이 초등학교 저학년 때부터 주님의 종이 되겠다는 서원을 하고 성장하였다. 그의 적성으로 보아 이과였는데 고등학교 때에 문과와 이과를, 정하는 과정에서 부모님의 승인 없이 혼자 결정하였다. 아버지의 인장을 몰래 가지고 가서 정하였단다. 나중에 안 사실로써 우려스러운 마음 없지 않았지만 하

43

나님께서 그를 인도하심이라 굳게 믿었다.

그는 대학에 진학하면서 하나님 알기에 깊이 심취하면서 기타 종교에 대한 연구의 보폭을 넓혀 믿음의 수련을 차곡차곡 쌓아 목회자로서의 자질을 향상 시켰다. 석사과정을 마치고 기독교 집안의 규수와 결혼을 하여 1남 1여를 두면서 목사 안수를 받고 중국 서북지방 시닝으로 선교활동에 나섰다. 중국은 기독교를 승인하지 않는 나라로서 수많은 제약이 있는 나라이다. 발각될 때는 추방시키는 나라이다. 또한 그곳은 고도가 높아 고산병으로 고생이 심하다 하였다. 이것은 아니라 생각되어 옮겨보라 하였다. 결국 서남부에 가까운 쓰촨성 성도로 거주지를 변경하였다. 그곳에서 터를 잡고 장족을 상대로 선교활동에 임하였다. 보통 9~10시간씩 버스를 타고 고산 마을에 들려 봉사활동을 하였다고 한다. 여러 가지 선교 방법을 통하여 전도사업에 전력을 하였다. 때로는 고산병으로 코피가 나기도 하면서 어려움을 극복하고 믿음이 씨앗을 뿌리기 시작하였다. 마을 전체가 전통 불교를 믿는 마을로써 선교한다는 것이 쉬운 일이 아니었다. 중국 정부는 이들(티베트)의 독립을 막기 위하여 경제적 지원을 아끼지 않고 있다. 요사이는 살만하다고 한다. 반정부 의식들이 상당히 완화되어 친정부 성향이 점증한다고 한다.

이런 여건들이 선교에 어려움을 가져온다. 특히 믿었던 친구가 군에 입대함으로써 난관에 봉착하게 되었고 자라는 아이들의 교육문제며 주변 여건들이 선교 분기점에 도달하였다. 그런 악조건에도 한 번도 어렵다는 말한 적이 없다. 항상 잘하고 있다는 말이다. 부모 된 입장에 이를 그냥 둘 수 없다는 생각에 이르게 되었다. 그래서 귀국하라고 하였다. 선교는 국내에서도 얼마든지 할 수 있는 것이니 성과를 기약할 수 없는 상황이라면 황금 같은 시간을 낭비할 뿐만 아니라 파송시킨 교회에서도 바람직한 일이 아니다. 특히 교회 운영에 어려운 여건에도 재정적으로 계속 지원해주는 소속 교회의 뜻이 아니라 생각되었다. 그래서 귀국하게 된 동인이다. 지금 와서 돌아보니 1년하고 4개월이 지났다. 지난 1년 동안 가정 예배 보면서 휴식을 취하고 재충전하면서 살피던 중에 이번 충주 터 교회라는 이름으로 창립하게 되었다. 지난 소속된 교회에서는 혹여라도 섭섭한 점이 있다면 나로서는 미안한 마음뿐이다. 믿음의 뿌리는 어디에 있든지 가든지 항상 마음속에 있다는 말씀을 드리고자 한다. 하나님은 영원하신 분이시기에 기뻐하실 것으로 굳게 믿고 있다. 이것이 척박하고 짧은 나의 믿음의 표현이다. 내가 이 글을 작성한 것은 나를 알고 계시는 수많은 분들에게 알리고 싶어서이다. 평생에 나의 꿈을 내 자식을 통하여 이루었다는 말씀을 드리고 싶어서이다. 많은 기도 부탁드립니다.

지금 우리는 어디쯤 와 있을까? 날밤을 가리지 않고 누구에게도 뒤질세라 야단법석이다. 작금의 상황에 대하여 입 다물고 있으면 바보가 되는 모양이다. 그래서 너도나도 어중이떠중이들이 진실이든 아니든 관계없이 재생산하고 부풀리고, 단정하며, 누가 카드라, 누구와 전화했었는데 신빙성이 있었다는 등의 보도가 전파를 타고 백성들을 혹세무민하고 있다.

대한민국의 배는 태평양 한복판에서 좌초 위기에 처하였다. 배를 운항하는 선장이 노를 잡고는 있으나 젓지를 못하고, 여타 기관고장으로 한 치 앞으로 나갈 수 없는 상황이다. 곧이어 틈새로 물이 스며들고 나면 승선한 모든 사람들은 수장에 살아남기 위하여 아수라장이 될 것이다. 그리고 침몰하고 말 것이다. 이렇게 생각하는 사람들이 많이 있을 것이다. 아니면 침몰하는 것을 바라고 있는 무리들도 있을 것이다. 나라를 어지럽히는 원인은 여러가지가 있겠으나 지난 역사를 돌아보면 외부에 있는 경우도 있지만 대부분 내부에서 일어난다고 배웠다. 그리고 그것은 역사가 증명하고 있다. 그런데도 마이동풍이다. 모르고 한다면 일말의 동정도 하겠으나 알면서 한다면 이는 이적행위다. 역적이란 말이다. 왜 역적인가. 나라가 망하기를 바라면서 기름에 불을 붙이는 것과 같으니 하는 말이다.

선장이 과거 흉탄에 부모를 잃고 어찌할 바를 모를 때에 도움을 준 분과 연을 맺어 오늘에 이르는 과정에서 도움받았던 일들이 죽을 만큼 잘못되었는가? 그것이 나라를 망치는 일이라 생각들 하는가? 탄핵받을 만한 일들인가. 식물 대통령으로 만들어야 직성이 풀리겠는가? 하야하여야 할 만한 일인가? 어떻게 하자고 하는 것인가? 철부지 학생들이 시국 선언하니까, 아이들을 올바로 가르치고 인도하여야 할 선생이라는 작자들이 합세한다니 기막힌 일이다. 시계를 40년쯤 되돌려 놓은 것 같은 착각이다. 생각을 달리하는 집단들이 호기를 맞았다면서 기고만장하고 있다. 그 잘나가던 우리의 경제는 마이너스를 넘보고 있다. 성장 뒷받침하는 법안들이 통과되지 못하고 있기 때문이 아닌가. 경제는 정부가 주도한다. 경제성장을 위하여 필요한 법을 통과시켜 달라고 대통령은 입만 열면 호소하였는데도 모르쇠다. 야당은 눈감고 있다, 잘 나가는 정부, 잘 되는 정부, 성공한 정부는 정권 쟁취에 도움이 되지 않으니 스톱시킨 것이다. 그것은 곧이어서 경제의 선순환 시스템이 고장이 나니 위기에 처하였다고들 하는 것이다. 이러고도 국민을 위한 정치를 한다고 하는가? 이번의 최 씨의 사건을 국기문란으로 몰고 가서 주도권을 잡아 내년 말 대선에 승리하고자 하는 얄팍한 간계를 아는 사람은 다 알고 있다.

그런데 작금의 상황이 어떠한가? 북쪽 괴뢰 집단들은 남쪽을 해방하고자 한다. 그 시기가 무르익었다고 하는 모양이다. 화해정책으로 남쪽의 자본을 이용하여 핵을 개발하고, 남쪽을 겨누고 있는 엄중한 상황에 5천만 명이 하나로 뭉쳐도 될동말동한 시점에 정부는 이를 적극 대응하고자 "사드" 배치를 결정하고 나니 기막힌 현상이 일어났다. 지역을 대표하는 국회의원과 군수가 머리 깎고 붉은 머리띠하고 주민을 선동하는 이런 막가는 세상이다. 똥오줌을 가리지 못하고 있다. 오늘날 우리가 어찌 이 지경이 되었는가? 우리가 신으로 모시고 있는 자유민주주의는 그냥 이루어지는 것도 아니며 지켜지는 것도 아니다. 중국공산당 정권에 자유민주주의가 있다고 생각하는가? 조선민주주의 인민공화국에 자유민주주의가 있다고 생각하는가? 국민의 자유를 보장하는 체제 하에서만이 누릴 수 있는 최대의 가치가 아닌가?

우리는 이 숭고한 자유민주주의를 지키기 위하여 얼마나 많은 노력과 피의 대가를 치렀는지 가마득히 잊고 사는 것이다. 동서남북 모두 적들이 우글거리고 있다. 언제 어디서 무슨 침략을 당할는지 모르는 절박한 시기에 최 씨에게 도움받았다는 게 대통령이 하야하여야 할 만큼의 중대한 일인가. 우리 모두 냉정히 생각해 보자. 당신이 어려움에 처했을 때에 도움받았다면 헌신짝처럼 버릴 것인가. 아니면 그 연을 이어 가는 것이 옳은 일인지 발등 한번 보고 가자는 이야기다. 당신들이 무엇이 그리 대단한 사람들이라고 나라를 온통 용광로로 만들었는지 자숙하자. 대한민국은 어느 누가 혼자 이끌어가는 것이 아니다. 서로 도우면서 도움받고 전진하는 시스템이 오늘 대한민국을 만들었다. 여기에는 불굴의 영웅들이 강력한 드라이브로 오늘이 번영을 이루었다는 데는 모두가 동의하면서 지금은 왜 아니라고 하는가? 어찌하자는 것인가. 특종하면 팔자가 고쳐지는 것인가. 주장주의도 때와 장소를 가려가면서 하여야 할 것이다. 그것이 지혜 있는 국민의 도리이다. 더불어 사는 세상 제발 분탕질 그만했으면 좋겠다. 조용히 조사기관이 조사하고 수사하는 결과를 지켜보았으면 한다.

하나님 전상서 2016년 10월 31일

어제는 정말로 모처럼 화창한 날씨였습니다. 날씨만큼이나 기쁨을 가득 주신 사랑에 감사드립니다. 그간에 하나님의 큰 은총으로 이곳에 충주 터 교회를 세우시고 하나님이 함께하시는 영광을 주셔서 하늘만큼 땅만큼 기쁘고 즐거운 날이었습니다. 험하고도 파고 높은 세상에 마음 둘 곳 없어 갈길 못 찾아 이리저리 방황하기를 얼마나 많이 하였는지 하나님은 지켜보았을 것입니다. 기국이 협소한 데다 마음마저 졸렬하고 척박하여 날마다 지은 죄가 태산보다 높은 죄인 중의 죄인을 알고 계시는 하나님이십니다. 죽을 수밖에 없는 죄인을 버리지 않으시고 마음에 주춧돌이 되고 기둥이 되며, 척추가 되게 축복을 주심이 고희를 넘겨서 이제야 알게 되었습니다.

사랑하시는 하나님! 충주 터 교회를 창립하고자 밤낮을 가리지 않고 수고한 주님의 종 "김상룡" 목사를 세우셨으니 이 또한 더욱 기쁜 일입니다. 참되고 정의로운 일입니다. 하나님께서 수도 없이 많은 별들을 창조하신 은혜를 입었으나 별똥별이 되어 사라지는 별이 되지 않게 하오며, 분별없이 흐려지는 별이 되지 않게 하소서. 항상 샛별처럼 빛나는 별이 되어 어지러운 세상 방황하는 심령들에게 등불이 되게 하소서. 구세주 예수그리스도께서 이 땅에 오실 때 어찌 낮고 낮은 마구간에서 태어났는지 지고한 뜻을 촌음도 잊지 않게 하소서. 거룩하신 하나님! 제가 하나님의 은총으로 이 땅에 태어나 처음으로 하나님께 편지를 쓰고 있습니다. 이것은 나의 의지가 아닙니다. 오직 하나님의 준엄하신 명령으로 행하고 있음을 알게 하소서. 하나님! 이제 나이가 들어 기력이 쇠하여지고 의식도 흐려지내요. 눈도 침침하여집니다. 모든 사람들이 가는 길로 한발 한발 가고 있습니다. 그것이 하나님의 섭리입니다. 내 몸이 내 것이 아니며 나의 소유가 모두가 내 것이 아님을 알게 하소서. 말로만 아는 것이 아니라 실천이 따르는 지혜를 주소서. 하나님 아시죠, 나의 가계(家系)는 오랫동안 조상님들께서 생명처럼 지켜 오신 성리학의 가치가 사람이 사람됨을 가르치는 말씀이었습니다만 한계점임을 알게 하셨던 분이 하나님이십니다. 그리하여 개종하였습니다. 이 또한 나의 능력이 아니라 하나님의 축복으로 이루어졌습니다. 감사드립니다.

모든 사람들이 소망하는 성전 창립의 영광을, 주님의 종 "김상룡" 목사를 통하여 이루었으니 이제는 눈을 감아도 여한이 없습니다. 또한 이를 위하여 수고하신 모든 분들에게도 감사를 드립니다. 이 땅에 머무는 시간들이 얼마나 남았는지는 하나님의 뜻이오나 머무는 동안 충주 터 교회가 날로달로 성장하는데 미력한 힘이나 보태고자 합니다. 하나님 축복하여 주소서. 하나님께서 세우신 주님의 종을 올바르게 인도하소서. 막가는 세상 악한 마귀가 들끓는 세상 주님의 갑옷을 지켜주시고 보호하여 주소서. 온전한 하나님의 말씀만을 전하게 하소서, 길 잃은 양 떼들에게 샛별이 되게 하소서.

사랑하는 하나님! 세상이 어디로 가는지 한 치 앞을 바라볼 수 없는 흑암에서 헤매고 있습니다. 무엇이 옳고 그름이 있는 것인지 알 수 없는 혼돈의 세상입니다. 국가라는 외피는 있는데 안으로 생명을 잃어 한 치 앞을 나아가지 못하고 있습니다. 사람들은 식물정부라는 표현들을 하고 있습니다. 하나님 어찌 이런 일들이 우리에게 끊임없이 일어나는가요? 날마다 거리로 몰려나오는 선량한 백성들의 걱정이 늘어나고 있습니다. 언론은 시시때때로 공기를 이용하여 진실인지 아닌지는 모르지만 부풀려 혼돈을 야기하고 있습니다. 하나님 우리의 잘못으로 마지막 시대에 살고 있다면 하나님 뜻에 합당하게 하소서, 아니면 하루속히 의혹들이 백일하에 드러나게 하여 잘못한 사람들은 합당하신 처벌을 받게 하소서. 100년 전에 불모의 이 땅에 하나님의 가르침의 씨앗을 심어 오늘에 이르렀습니다. 어려웠던 시절을 지나면서 크게 성장하였습니다. 날마다 감사하여야 할 일이었습니다.

하오나 믿음의 주체들과 초대교회들이 낮고 낮은 섬기는 교회를 잊어버리고 정치권력과 야합하고 배금에 시종 되며 이권에 개입하는 등의 말세적 현상들이 나타나고 있습니다. 개탄하지 않을 수 없습니다. 위대하신 능력의 하나님, 창조주 하나님, 저이들이 무슨 능력이 있습니까? 오직 해결하실 분은 하나님이십니다. 우매한 이 백성들을 구원하소서. 잘못된 믿음의 소유자들에게도 올바로 인도하소서. 모든 종교의 조직이 마치 거대한 정부 조직처럼 조직되어 개체 위에 종교가 층층이 상하 관계로 군림하는 종교단체로 전락하였습니다. 하나님 이것은 아니라고 생각됩니다. 어찌 바라만 보고 계십니까. 일벌백계하여 올바른 하나님의 뜻을 세워서 세상을 바로잡아 주소서. 보잘것없이 중구부언하는 편지입니다. 꼭 상달이 되어 하나님께서 기뻐하심을 보았으면 좋겠습니다. 예수그리스도의 이름으로 이 편지를 올립니다. 아멘.

설거지! 2016년 11월 5일

새벽에 일어나 얼마 전부터인지 매일 사용하는 컵을 일과처럼 씻고 있다. 오늘도 예외 없이 컵을 씻으면서 설거지에 대하여 생각해 보았다. 우리나라의 문화는 예부터 설거지는 안주인께서 하는 것으로 정설이 되었다. 날마다 삼시세끼 끼니를 준비하고 반찬을 만들고 밥을 지어 밥상을 차리는 아내에게 한 번도 깊이 생각해 본 적이나 고맙다는 생각을 해본 적이 없다. 그것은 당연지사라는 것이 오랜 풍속이었고 관습이기 때문인지도 모를 일이다. 준비하는 것도 중요하지만 식사 후 어지럽혀진 뒤치다꺼리를 포함하여 아내가 하여야 할 임무이며 책임이라 여겼기 때문이다. 문화는 세월과 함께 강물 흘러가듯 변화하는 것임을 설거지를 직접하면서 아둔한 생각이 미치는 것도 나이 탓인 모양이 아닌지? 지금에 와서는 가족 단위의 개념도 많이 변화하였고 맞벌이 부부가 늘어나면서 가사일을 공동의 일로 분담하는 것으로 변화된 세상이다. 여자가 부엌일을 전담한다는 것은 옛날이야기처럼 전설 속의 한 페이지를 장식할 때인 것 같다. 우리의 조상님들께서는 바깥일은 남자가 하여왔고 집안일은 안주인이 하여왔다. 외치와 내치를 엄격하게 실행하였던 문화이다. 이것이 잘되었는지 못되었는지를 이야기하고자 하는 것은 아니다. 시대와 흐름을 따라야 한다는 이야기를 하고 싶을뿐이다. 요사이 같으면 새벽 4시 30분경에 일어나 10분 정도 명상을 하고 아침 운동을 시작한다. 먼저 심장과 가장 거리가 먼 발가락부터 무릎까지 하고 나면 다음은 손가락과 손바닥을 비비고 마사지와 지압을 함께 한다.

이어서 복부운동과 서해 부위와 짜개미를 그리고 허리 뒤편에 위치한 신장을 위한 운동과 등쪽에 위치한 장기들을 위한 운동이 끝나면 무릎관절을 두드리고 마사지를 함께 한다. 이어서 엄지발가락 치기를 1,100회를 하고 나서 무릎에서 허벅지를 거쳐서 복부까지 위로만 마사지를 한다. 그리고 척추 운동을 끝내고 복부 배근을 단련한다. 굳어진 허리를 이완시킨다. 이 운동이 끝나면 6시 30분경이 된다. 일단 운동을 멈추고 토마토 1개를 갈고 여기에 요구르트 1병과 매실원액 조금 넣고 아마씨 분말 한 숟가락 첨가하여 전동기에 갈아서 마신다. 그리고 사용하였던 컵들을 씻는데 이 과정에서 설거지에 관한 생각이 떠올랐다. 이 운동이 끝나면 발목치기와 어깨 팔 가슴 허리 겨드랑이를 두드리고 밀고 당기고 꺾고 마사지가 끝나면 머리를 위한 운동과 얼굴을 마지막으로 하고 끝나면 3시간 정도 걸린다. 아침 7시 30분경이 된다. 나는 전형적인 아침 인간이다. 설거지는 개인 생활뿐만 아니라, 가정을 비롯하여 활동하는 수많은 단체와 국가에서도 없어서는 아니 될 매우 중요한 일이다. 본연의 일을 수행하는 것도 중요하지만 그에 따른 뒤 설거지가 더욱 아름답다 생각된다. 설거지가 없는 환경을 생각해 보았는가? 밥하고 밥상 차리는 것도 중요하지만 뒤를 깨끗이 치우는 설거지가 없다면 어떻게 될까.

나라에서도 마찬가지다. 새로운 정부가 들어서면 백성을 위한 각종 정책들을 하나씩 실행한다. 그러면서 전 정부가 펼쳐온 각종 사업들을 재점검하고 잘못된 점들을 설거지하면서 연속성을 이어 간다. 박근혜 정부는 어떤 설거지를 하였을까. 생각나는 대로 정리해 보면 먼저 전직 대통령 추징금 환수일 것이다. 다음으로는 30년 동안 숙제로 남아있든 핵연료 재처리 재협상이다. 과거 정부에서 실패한 코레일 개혁과 흑자 전환이라 생각된다. 한미연합사 작전권 환수 무기 연기를 꼽을 수 있다. 과거 30년 교육 좌경화의 주역인 전교조를 법외노조로 규정하고 통보하였다. 또 이어서 종북 통진당 해산이며. 30년 동안 해결 못 했던 경제성장과 일자리 창출을 위한 규제 개혁 실시다. 그리고 대형 비리 사건인 방산 비리, 포스코 비리, 자원외교 비리 등등일 것이다. 마지막으로 50년 동안 해결하지 못하였던 공무원 연금 개혁을 꼽을 수 있다. 지금까지 잘못되었다고 알려진 국가적인 사안들을 누가 무엇을 위하여 하였던지 깨끗이 설거지하는 정부라 표현하고 싶다. 이러다 보니 응당 경제성장과 서민을 위한 각종 개혁입법들은 국회에 발목 잡혀 답보하는 상태인데 최순실 사건으로 현 정부는 최대의 난관에 봉착하게 되었다. 우리의 헌정사에서 대통령 삶을 돌아보면 가가 막혀 입이 다물어지지 않는다.

국부이신 이승만 대통령의 장기집권과 부정선거라는 이유로 하야하였고, 자타가 인정하는 영웅 박정희 대통령은 하극상으로, 영부인은 간첩에게 암살당하였다, 전두환, 노태우 대통령의 의법 조치와 축재 문제 야기, 김영삼 대통령의 아들 김현철, 김대중 대통령의 차남 김홍업과 삼남 김홍걸, 노무현 대통령의 자살과 형 노건평, 이명박 대통령의 형 이상득 씨 등이 불법으로 수감한 스토리는 참으로 부끄러운 일이 아닐 수 없다. 그런데 이번에는 최순실이라는 여자를 통하여 풍전등화에 이른 현 시국을 개탄하지 않을 수 없다. 우리는 언제나 위기에 용감하였다. 이 어려운 난관도 능히 헤쳐나갈 것으로 굳게 믿는다. 그것은 5천 년이란 장구한 우리의 역사가 증거하고 있다. 국민 여러분 좌절하지 마시고 힘내세요. 오늘 아침에 설거지의 아름다움 운동을 하면서 생각해 보았다. 설거지합시다.

만추(晩秋)에 만난 친구들 2016년 11월 15일

1

새벽에 창문 열고 보니 비가 내리기 시작하였다. 시간은 새벽 4시 30분, 매일 반복되는 나의 일과가 시작되었다. 명상에 이어 운동하고 나니 3시간이 훌쩍 지나가 버렸다. 반갑지 않은 가을비가 오니 즐거운 만남을 망치지는 않을까 걱정이 되기도 하였다. 기상청의 발표가 틀리기 다반사이기에 하는 얘기다.

오늘만큼은 제발 예보한 대로 오전에 활짝 개었으면 하는 마음 간절하였다. 10월 중에 권 사장이 만나자는 연락에 교회 창립 문제로 다음에 연락하겠다고 답변하였다. 자주 만나는 것도 아니고 1년에 한두 번 만나는데 미안하고 안타까웠다. 돌아보니 어려서 세상 물정 모르고 매일 만나고 이야기하면서 놀던 때의 치기 어린 얼굴들이 몹시도 그리워졌다. 어렵사리 신상의 문제도 풀리고 해서 만남의 일정을 11월 11일~12일로 정하였다. 마지막 조율은 11일 오전 11시까지 주흘관 앞에서 만나기로 약속하였다. 박 사장은 교통편이 좋지 않아서 오전 9시 20분경에 충주 터미널에서 만나 동행하기로 했다. 나이가 한 살 두 살 많아지니 쑤시고 아픈 곳도 자꾸 생기는 모양이다. 서울의 김 국장은 왜 못 오는지 전화하였더니 어 부인께서 병원에 예약이 되어서 이번에는 동참하지 못한다는 내용이다. 뒷맛이 개운하지 않았다. 오고 가는 것이 세월인데 왕후장삼인들 이를 거스를 수는 없지 않다는 말이 새삼 떠오른다. 이제 좋든 싫든 받아놓은 밥상이란 이야기다. 빨리 오느냐 늦게 오느냐의 차이일 뿐이다. 아무튼 좋은 결과 있기를 기원해 보았다.

　아침은 항상 바쁘다. 조반 먹고 손자 손녀 놈들 등교시키고 이어서 급히 터미널에 도착하여 주위를 살피는 중에 박 사장이 나타났다. 반갑게 인사하고 아침식사하자 하였더니 먹었다는 것이다. 터미널은 항상 붐빈다. 오가는 분들이 모이고 흩어지는 곳이기에 활기가 넘친다. 어린아이에서부터 늙은이에 이르기까지 남녀노소를 불문하고 크고 작은 가방들을 들고 메고, 타고 내리는 풍경은 여기가 아니면 볼 수 없는 것이라 생각되었다. 가는 길이 반가운 일일 수도 있고 슬픈 길일 수도 있겠으며 수많은 사연들을 가지고 아침을 열어가는 모양이다. 권 사장은 안동에서 박 소장을 만나 오기로 하였다. 친구들끼리는 매일 정보통신의 힘을 빌려서 소식들을 주고받지만 어디 직접 만나는 것에 비교할 수 있겠는가. 마음은 벌써 콩밭에 가 있다. 시내를 벗어나 수안보 즘에서 날씨는 활짝 개기 시작하였다. 아— 하나님이 보호하사! 맑은 날을 주셔서 감사합니다. 속으로 기도하면서 차창 밖, 가을비를 머금은 산천초목들이 어딘지 생기잃은 모습들을 보면서 일로 남진하였다.

화려하고 찬란한 가을색은 기대만큼은 아니었다. 금년 우기에는 너무나 가물어서 영양분을 충분히 섭취하지 못한 영향은 아닌지, 역사에 기록될 폭서로 생장에 어려움을 겪지는 않았나 생각해 보았다. 지나간 시간들을 다시 조명하면서 그간의 삶의 이야기로 궁금증을 해소하면서 이화령 터널을 지나니 권 사장은 벌써 도착하여 기다린단다. 우리도 서둘렀다. 마지막 주차장에서 만나니 모두 얼굴에 화색이 돌아 기쁘고 즐거웠다. 워킹 준비를 하고 장도에 올랐다. 조곡관(제2관문)까지 약 1시간 왕복하면 2시간 정도 만추(晩秋)의 조령(鳥嶺) 풍치를 가슴에 담을 수 있다는 즐거움으로 앞서거나 뒤서거니 나아갔다. 여행객들의 어찌나 많은지 우리나라의 제1의 관광지답게 많은 사람들이 찾는다고 한다. 주흘관(제1관문)을 지나니 도로 표면은 찰흙으로 도포하고 그 위를 다져서 여름 한 철은 맨발로 다닐 수 있게 배려하였다. 노면 폭도 넓혀서 많은 사람이 교행하기에 충분하였다. 단풍의 화려함은, 가는 세월을 못 이겨 보이는 풍치는 오색찬란하구나! 그래도 아직 힘겹게 남아 자태를 뽐내는 단풍은 푸른 하늘색과 여행객들의 원색들이 어울려 한 폭의 그림 같구나. 왕건 드라마 촬영장을 옆으로 하고 즐거운 발길을 옮기면서 앞서거니 뒤서거니 하면서 사진도 찍고 이야기도 하면서 스토리를 이어갔다. 여기는 어디냐 원터라는 곳이다. 요사이로 말하면 여관이란 곳이다. 그 옛날 문경새재를 넘을 때는 날 저물어 이곳에서 하룻밤 묵고 가는 곳이다. 재가 험하고 깊어서 일몰이 되면 산적들과 짐승들이 출몰하는 곳이기에 여행객의 안전을 위하여 객사를 준비한 곳이다.

골짜기마다 봉오리마다 풍경에 취하고 단풍에 혼이 나가고 여행객의 마음마저 빼앗기니 이곳이 바로 무릉도원이 아닌가 한다. 기억도 가물가물하다. 내가 처음으로 이곳을 등반한 것이 1969년 가을이다. 옛날 사람들이 영남에서 충청도를 거쳐 한양으로 통하는 유일한 길이기에 도로는 옛길이었으며 2관문을 지나 골짝 막장에 이르면 도화마을이 있어 깊은 산중에 사람들이 모여 마을을 이루고 있는가 하는 의구심이 들기도 한 문경새재였다.

2

조곡관(제2관문 또는 中城)에서 잠시 쉬면서 새재(鳥嶺)의 역사적 의미를 되새겨 보았다. "새재"라는 이름은 여러 가지로 전해진다. 즉 "새도 날아 넘기에 힘든 고개" 또는 억새가 많아 "억새풀이 우거진 고개" 하늘재(麻骨嶺)와 리우리재(伊火峴) 사이의 고갯길을 의미하는 "새(사이)재"에서 비롯되었다는 설과, 하늘 재를 버리고 새로 만든 고개라고도 한다. 가장 설득력이 있는 것은 지리학자들이 주장하는 "새로 만든 고갯길"이라 한다.

수많은 선비들이 장원급제를 꿈꾸면서 이 고개를 넘나들었다. 문경새재는 태종 13년(1413)에 개설되었다. 이 길이 개설되기 전에는 하늘재가 주요 교통수단으로 활용되었다. 새재 길에는 3개의 관문이 설치되었다. 지금은 사적 제147호로 지정 관리하고 있다. 첫째 관문인 주흘관(主屹關)은 숙종 34년(1708), 두 번째 관문은 조곡관(鳥谷關)으로 선조 27년(1594)이며 중성(中城)이라고 불린다. 세 번째는 조령관(鳥嶺關)은 새재 정상에 위치하고 있다. 문경새재는 임진왜란과도 깊은 관련이 있다. 영남 내륙을 통하여 북진하는 왜군을 방어하는 신립 장군은 천혜의 요새인 새재를 버리고 탄금대에서 배수진을 쳤지만 결국 크게 패하고 탄금대에서 투신했다. 전후에 나라에서는 새재를 버린 것을 크게 후회하면서 서애 유성룡의 주장에 따라 조령 산성이 축조되었다. 시간상으로 정오를 지나는 때이다. 사람들이 점점 더 많아진다. 대부분이 여성들이 이 한 해가 가기 전에 이런저런 인연들을 통하여 추억을 만들어 가는 모양새다. 주차장이 가까워지니 발 옮기는데도 어렵구나! 주차장 한쪽에서는 문경 사과 축제가 한창 진행되고 있다. 며느리에게 전화하여 출발한다고 전화하였다. 잠시 후에 금강산 가든에서 여장을 풀고 중식을 하였다. 메뉴는 약돌 삼겹살로 참 숯불에 구워 먹고 백반과 된장으로 중식을 마무리하였다. 약돌(藥石)의 의미는 돌 속에 미네랄이 풍부하여 이 돌을 파쇄 분말하여 돼지 사료에 섞어서 사육하였기에 약돌 돼지라 이름하여 지역 특산품으로 전국적인 인기몰이를 하고 있다. 쫀득쫀득한 맛이 천하일품이다. 문경이 전국 제1의 관광지가 된 것이 그냥 얻어지는 영광이 아니라는 것이다. 여행은 볼거리 먹을거리 즐길거리 3박자가 어우러질 때 비로소 명성을 얻는다고 한다. 이곳 금강산 가든은 사돈인 조병천 장로님이 직접 경영하는 사업장이다. 관광지의 이미지답게 먹을거리로 수많은 관광객을 맞이하고 있다. 날로달로 번창하기를 기원하면서 수안보로 행하였다.

　한화리조트에서 여장을 풀고 잠시 쉬었다가 온천욕장으로 이동하였다. 등반하면서 몸에 밴 땀을 씻고 피로를 풀면서 여가를 즐겼다.

수안보온천은 세조가 치료 목적으로 다녔다는 기록으로 왕의 온천으로 알려져 있다. 수질은 단순 알칼리성으로 무미, 무취이며, 매우 매끄러운 특성이 있다. 수온은 53도, 산도 8.3 정도로 약알칼리성이며 라듐 유황 등을 함유하고 있어 피부병, 신경통, 부인병, 위장염 및 피로회복에 효험이 있다고 한다. 온천수는 충주시가 직접 관리함으로 수질을 100% 보장한다. 이곳을 나와서 앞에 있는 식당에서 다슬기 국밥으로 석식을 하였다.

객실로 이동하여 소맥에 이 여사님이 준비하신 메뚜기 안주에 떡과 과일을 곁들면서 세상사에 관심들을 가지는 시간이었다. 12일 날이 저들이 말하는 총 민중총궐기대회에 대하여 각자 의견들을 개진하였다. 먼저 박 소장님이 정국 구상을 듣고 박 사장님의 시국관과 세계관을 경청하였다. 권 사장님은 대구 사람들의 생각을 소상히 개진하였다. 종합하면 데모나 시위로는 해결 방법이 아니란다. 헌법에 보장된 선거를 통하여 선출된 대통령을 하야하라는 것은 말도 안 되는 소리라는 것이다. 누구 마음대로 하야하라는 것인지 전형적인 종북 친북 좌빨 등의 입김이 지배된 촛불집회라는 것이다. 절대로 하야해서는 안 된다는 이야기다. 잘못이 있으면 법의 심판을 받으면 된다는 것이다. 그것이 자유민주주의의 지고한 가치라는 것이다. 백성을 선동하여 행하는 여론몰이는 저들이 관행으로 하여온 인민재판이 아니고 무엇인가? 묻지 않을 수 없다. 매번 하여 왔듯이 자리 펴고 게임에 돌입하였다. 자고 일어나니 아침 7시가 되었다. 자리를 정리하고 온천욕으로 12일 아침을 맞이하였다. 조반을 간단히 자체 해결하고 10:30경에 출발하여 월악산 풍치를 온몸으로 느끼면서 만수계곡을 지나 월악 나루를 거쳐서 장회나루에서 금수산의 아름다운 풍광과 제비봉, 구담봉, 옥순봉의 만추의 모습을 기억에 담고 매운탕으로 중식을 하면서 다음을 기약하고 헤어졌다. 대구팀은 중앙고속도로를 이용하고 나는 충주 터미널에서 박 사장을 전송하고 아내와 함께 집으로 돌아왔다. 갈급하였든 마음은 당분간 해소될 것이다. 이번의 만남은 서울의 김 국장의 불참으로 많은 아쉬움이 남는 만남이었다. 모두들 건강하시길. 특히 박 사장님 건강하시고 특별기도회에서 하나님 만나시기를 바랍니다. 오, 여사님에게도 안부 전하여주시고. 다음에 꼭 참석하시길 기대합니다. 대구 권 사장님과 이 여사님 수고 많이 하셨습니다. 안동 박 소장님 지금처럼 건강하소서.

바람아 불어라! 2016년 11월 24일

입동(立冬)이 지난지도 2주일이 지났다. 그러니 10월에서 11월을 거쳐 12월로 접어드는 과월(過月)이다. 이 시기에 부는 바람이 계절 풍이다. 극동 아시아에서 가장 많이 일어나는 바람이다. 그래서 그런 지는 모르지만 지금 우리는 혹독한 바람을 맞이하고 있다. 이른 봄에 씨 뿌리고 가꾸고 길러 여름 한 철 무성히 자라 가을에 열매 맺는 풍요의 계절이다. 이 아름다운 계절에 곳간을 가득 채우는 기쁨을 누려야 할 시기에 북풍한설보다도 더 매서운 바람으로 삼천리강토가 꽁꽁 얼어붙었다. 사람들의 마음도 갈피를 잡지 못하고 우왕좌왕 기진 맥진하는 엄중한 현실에 민초의 한 사람으로 통탄하지 않을 수 없다.

어찌 우리가 이 지경이 되었는가? 오천 년의 가난을 극복하고자 너도나도 삽과 괭이와 낫을 들고 분연히 일어났다. 생활환경을 개선하고 진입도로도 스스로 닦았다. 각종 도로들도 개설하고 공장도 건축했다. 자본을 구걸 하러 이 나라, 저 나라 기웃거려도 보았다. 독재니 민주화니 경쟁하고 다투면서 시작한 우리의 국력이 날로달로 성장하여 이제는 열강들이 부러워할 위치까지 도달하였는데 작금의 상황이 어찌 이 지경이 되었단 말인가. 참으로 창피해 얼굴을 들 수가 없구나. 수천 년을 통하여 얻어진 진리는 화무십일홍처럼 권불십년이라는데 모두가 잊고 사는 모양이다. 하루살이처럼 내일이라는 날이 있는지도 모르는 것처럼 불나방이들이다. 무엇을 하겠다는 건가? 권력을 잡으면 감옥소 가는 길이라는 것을 우리는 몇십 년을 반복하였다. 그런데도 권력에 매몰되었으니 어찌 하루살이가 아닌가. 무엇을 찾고자 저리도 광분을 하는지 조상님들께서 통곡할 일이다. 나라야 어찌 되든 상관없는 모양이다. 대다수 국민들은 안중에도 없다. 권력을 잡아 일신의 영화를 누려 보겠다는 것인지 아니면 가문을 빛내려는 것인지 그도 저도 아니면 무엇 때문에 이 야단을 치는가?

수신제가 치국평천하(修身齊家治國平天下)의 가르침은 동서고금을 통하여 치자(治者)들이 추구하는 최고의 가치이다. 치국을 하겠다는 사람들의 면면을 보니 수신(修身)도 하지 못한 자들이 자신의 집인들 온전히 제가(齊家) 하였겠는가? 이런 사람들이 나라를 다스리고 세상을 평안케 할 수 있겠는가. 감언이설에 놀아난 사람들은 순진한 백성들이다. 바람아 불어라 태풍도 좋고 폭풍도 좋다. 모든 것 쓸어 갔으면 좋겠다. 보지 않고 듣지 않으면 좋겠지만 눈 있고 귀 있으니 이 일을 어찌하면 좋겠는가. 바람아 불어라 모두 날려버려라. 아니면 갈라서 살자. 그쪽이 좋다고 하는 사람들은 모두 보내주자. 안 간다면 추방이라도 하자. 가는 사람들도 좋겠으며 남아있는 사람들도 좋을 것이 아닌가. 분명한 것은 이 나라는 자유민주주의 체제이다. 이 체제가 싫으면 떠나라. 떠나면 모든 것이 해결된다.

나라의 마지막 보루는 법이다. 이 법은 모든 국민들이 합의 하에 만들어졌고 지켜야 할 의무이고 권리이다. 이것은 초등학생들도 모두 아는 사실이다. 이것을 부정하는 사람은 대한민국 국민이 아니다. 작금의 갈등은 나라를 지키는 마지막 선인 법을 지키지 않아 문제가 있다. 특히 법을 만드는 국회가, 국회의원들이 법을 발바닥 밑의 때만큼도 여기지 않는다. 이게 나라인가. 이게 국회인가. 이런 사람들이 국회의원들이다. 그리고도 국민들에게 법을 지키라 할 수 있겠는가? 이러니 나라가 온전하겠는가?

너도 망하고 나도 망하자는 것이 아닌가. 이것 말고 무엇을 하자는 것인가. 나라의 색깔이 붉어지니 이제는 칼을 뽑을 때가 되었다고 판단하는 모양이다. 아니고서는 이를 수는 없다. 우리가 이만큼 성장했으니 이제는 저들과 함께한다 하여도 자신이 있다는 말인지, 생각인지 참으로 한심한 사람들이다. 우리의 지난 역사가 증언하고 있다. 저들이 제일 먼저 숙청한 것이 남로당이다. 이것을 가마득히 잊고 사는 사람들이다. 불나방이 같은 사람이 아닌가? 꿈꾸고 사는 사람들이다. 몽상가들이다. 이들은 하수인인 언론을 쥐락펴락하면서 선량한 백성들을 현혹시키고 있다. 지난날 일명 좌파 정부라고 하는 자들이 나라를 어떻게 다스렸는지 극명하게 드러나지 않았는가? 남과 북의 대치국면을 원하는 정부가 어디에 있는가? 남쪽에서 불법으로 가져다 바친 돈으로 핵을 개발하였다는 사실은 삼척동자도 모두 아는 사실이다. 핵으로 한방이면 모두 끝난다고 협박하고 있다. 이런 원인을 제공한 자들이 그들의 적화통일에 동조하는 자들이 정권을 잡겠다고 하니 하늘 무서운 줄 모르고 날뛰고 있다. 그 사례들이 너무 많아 줄이고자 한다.

김장 김치 2016년 11월 26일

입동을 전후하여 김장을 담그는 시즌이다. 아득한 옛날부터 조상
님들께서는 길고 긴 겨울 양식으로 김장을 하여 건강을 유지하였다.
금년에는 사돈 덕분에 김장 담그는 연례행사는 하지 않았다. 우리 집
김장까지 하여 주었기 때문이다. 김장뿐만 아니라 각종 먹을거리를
연중 내내 공급하여 주시고 있다. 그렇게 하시지 말라고 하여도 계속
이다. 고맙고 감사하다는 마음뿐이지 무엇 하나 도움 되지 못하니 안
타까운 실정이다. 자가생산하시니 나누면서 살자는 깊고 높은 뜻 항
상 감사할 뿐이다. 어렸을 때 어머님께서 김장을 담그는 모습은 마치
잔치를 하는 것과 같았다. 이날은 친척들도 모이고 이웃들도 와서 함
께 김장 잔치를 하는 모습이 생각났다. 김장은 겨울 양식 중에 큰 양
식이었다. 김장독을 땅에 묻고 배추와 무를 소금에 절여 깨끗이 씻은
후에 갖은양념을 준비하여 여러 아주머니들이 둘러앉아 버물어서 차
곡차곡 김장독에 쌓아 뚜껑을 덮고 그 위에 초막을 설치하든지 아니

면 짚으로 덮개를 만들어 덮는 것으로 마무리한다. 세상이 핵가족 사회가 되니 김장 풍속도 많이 변하는 모습이다. 재작년까지만 하여도 배추 30포기에 총각무 몇 단으로 김장을 하였다.

아내의 지인들과 함께 버물어 플라스틱 통에 넣어 김치냉장고에 넣으면 끝이다. 그리고 아들딸에게도 직접 갖다 주는 것으로 김장 행사는 끝이 났다. 아마도 우리 집만이 그런 것이 아니고 대부분의 가정에서 보편적으로 하고 있는 연례행사일 것이다. 김치는 사시사철 밥상에 감초처럼 올라오는 대표적인 음식으로 저장성이 또한 뛰어나다. 그리고 비타민이 풍부하며 내장을 튼튼하게 하는 중요한 식품이다. 김장에 관한 문헌을 찾아보니 『동국이상국집』에는 무를 소금에 절여 구동지에 대비한다는 글이 있고, 고려 시대에는 채소가공품을 저장하는 요물고(料物庫)라는 것이 있었다는 것으로 미루어, 고려 시대부터 있었음을 알 수 있다.

조선시대에서는 『동국세시기』에 이르기를 봄의 장 담그기와 겨울의 김장하기는 가정의 중요한 연중 계획이라는 말과, 『농가월령가』에 시월령의 김장하기 등으로 미루어, 전국적으로 행하여온 풍속으로 여겨진다. 김장은 봄철의 젓갈 담그기에서 초가을의 고추, 마늘의 준비, 김장용 채소의 재배하는 등의 준비하는 기간만 반년 이상이 걸리는 큰 행사이다. 김장 재료들은 배추, 무, 열무, 가지, 오이, 박, 콩나물 등 다양한 종류의 채소가 사용되지만 주로 배추와 무가 주종이다. 여기에 미나리, 갓, 마늘, 파, 생강, 고춧가루와 같은 채소가 부재료로 사용되고, 소금과 젓갈이 간을 맞추기 위해 사용된다. 각 지방에 따라서 특색이 다르기도 하다.

김치는 발효식품으로 영양가가 많다고 전해진다. 고추와 마늘에는 "캡사이신"이라는 매운 성분이 있어 채소를 신선하게 해 주는 역할을 하면서 비타민C, 칼슘, 단백질, 무기질, 섬유질 등이 골고루 갖추어져 있는 겨울철 영양의 보고이다. 김치의 종류도 계절에 따라서 지역에 따라서 많이 있다. 또한 김치는 숙성하는 과정에서 생기는 유산균이 장을 깨끗하게 해 주고 암과 같은 질병도 막아준다고 한다. 국력의 신장과 더불어 김치의 세계화에 힘입어 널리 알려지기 시작하였다. 수출의 길도 활짝 열리기 시작하였다. 김치의 종류별로 엄격히 분류하기는 힘들겠으나. 시대별, 주제별, 지역별 계절별로 구분한다면 통김치류가 〈통배추김치, 갓김치, 알타리 총각김치, 고추씨 무청 짠지, 백김치〉 등이 있으며. 숙김치류는 〈숙깍두기, 숙배추김치, 숙가지김치〉가 있고, 깍두기류는 〈숙깍두기, 무깍두기, 무송송히, 굴깍두기 송송히, 오이 송송히, 양배추 송송히, 무청깍두기, 창난젓깍두기, 달래깍두기, 겨자깍두기, 곤쟁이깍두기, 총각무깍두기〉 등이며, 소박이류는 〈오이소박이, 고추 소박이, 더덕 소박이, 무청 소박이, 당근 소박이, 가지 소박이, 토마토 소박이, 배추쌈 소박이〉가 있다.

　또 물김치류로는 〈나박김치, 열무김치, 가물 동치미, 총각무 물김치, 얼갈이 열무 물김치, 돌나물 물김치, 연근 유자 물김치, 수삼 물김치, 오이지 물김치, 짠지 무 물김치, 미나리 물김치, 전복 물김치, 죽순 물김치, 박물 김치〉, 마지막으로 봄김치로는 〈보 김치 배추 잎말이, 보 김치 깻잎 말이 김치, 양배추 보쌈김치, 배추쌈 비늘김치〉 등으로 분류하고 있다. 우리의 먹을거리 중에서 자랑스러운 김치문화는 강물처럼 도도히 흘러 이제는 세계인이 선호하는 식품으로 성장하였다. 부족시대를 거쳐서 고려시대 조선시대를 경유하면서 이어져 온 자랑스러운 우리의 문화를 창조하는 것도 중요하지만 지키는 것도 매우 중요하다. 호시탐탐 김치가 저들 것이라고 하는 도적들이 눈을 부릅뜨고 있다는 사실을 한시도 잊어서는 안 될 것이다. 김장철을 맞이하여 우리의 김장문화를 돌아보는 좋은 시간을 가져보았다.

소주 한 잔 2016년 12월 1일

어이 친구야! 소주 한잔하자. 나는 원래 술은 못하지만, 술의 힘이라도 빌려서 가슴 열고 소리 한 번 쳐보았으면 좋겠다. 왜 이 지경이되었는지 자네의 고견이라도 듣고 싶다. 나이 어려서 6·25전쟁을 보았지. 지방 빨갱이들이 마을마다 다니면서 민가에 불을 놓아 몸뚱이 하나 누울 곳 없어 아버지의 등에 업혀 이곳저곳 피난살이 경험도 해보았다. 어른들께서는 밤에는 죽을까 무서워서 산에 올라가 피신하였다가 낮에 내려와서 농사일을 하던 때도 있었다.

늙으신 할머니와 어린 손자인 나만 집에 남아 있었는데 그때 괴뢰군이 지역을 점령하고 사랑방 안방 건넌방 할 것 없이 군화를 신은채로 이리 눕고 저리 누워 쉬었지. 어린 병사는 총을 메었는데 신장이 작아서 총신이 땅에 닿은 모습도 구경하였다. 세월이 가는지 오는지도 모르게 막걸리 선거, 고무신 선거를 비롯하여 매표 행위가 무성하였으며 혈연, 지연, 학연이 선거 바람을 일으키는 모습을 바라보면서 자랐다.

　장기 집권과 독재세력에 더 이상 나라를 맡길 수 없다는 판단에 어린 학생들이 일어났었지. 4·19혁명은 전국 주요 도시에 불길처럼 일어나 군중 대열에 구경 차 따라 다녀보기도 하였다. 새로운 세상이 활짝 열렸다고 정치 집단들은 좋아하였는데 그 기회를 잘하였으면 오직 좋았겠는가? 만은 그들은 경험하지 못하였던 자유를 만끽하기에는 수준 미달이었던 모양이었다. 자유는 방종으로 날마다 권력 다툼으로 허송세월에 나라를 맡길 수 없다고 판단한 군인들이 일어났었다. 어느 날 자고 일어나니 시가지는 군인들로 가득하였다. 무능한 정치집단들은 날밤을 가리지 않고 권력 싸움에 나라가 거덜 날 것 같아서 군인들이 전면에 나섰단다. 왈 5·16 군사혁명이라고 하였다.

　이들은 혁명공약 6개 항을 발표하고 국가 개조에 앞장섰다. 첫째는 반공체제를 재정비하고, 둘째 유엔헌장 준수와 자유우방과 유대 강화, 셋째 부정부패와 구악을 일소한다. 넷째 절망적인 민생고를 해결하고 경제 재건에 총력을, 다섯째 통일을 위한 실력을 배양한다. 여섯째 참신하고 양심적인 정치인들에게 정권을 이양한다, 라고 하였다. 가장 어려웠던 것은 민생고 해결과 경제개발이었다고 생각된다. 이듬해부터 경제개발 5개년 계획을 수립 시행하였지만 백사장에 건물을 세우는 만큼이나 어려웠다. 자원 없고 자본 없는 상태에서 이 나라 저 나라에 구걸도 하였지만 손사래만 보았을 뿐이었다. 천신만고 끝에서 하면 된다는 일념 하나로 국론을 통일시킨 계기는 1970년 4월에 21일 새마을운동 재창을 부르짖음으로써 게으르고 나태한 국민 심성을 깨어나게 하였으며 국론을 하나 되게 한 주요 터닝 포인트가 되었다. 이것은 바로 경제발전에 동력을 일으킨 결과일 것이다. 나는 새마을 운동은 재직 시에 처음부터 몸소 담당하여 실천한 자랑스러운 사업이라 감히 말할 수 있다. 오천 년의 가난을 극복하고 찌그러져 가는 초가지붕을 벗기는 주택 개량사업을 누가 할 수 있었겠는가 묻지 않을 수 없다. 국토 전체가 개발의 대장정에서 새로운 모습으로 탈바꿈하였다.

기존의 정치 집단들이 때 만난 벌떼처럼 일어났다. 마치 자기가 대통령이나 된 것처럼 위난에 처한 나라 생각은 않고 권력 쟁취에 몰입하여 국민들의 불안심을 고조시켰다. 이를 보아온 군인들이 또 거병하여 어지러웠던 나라를 안정시켰다. 경제를 진작시키고 부정부패를 일소 차원에서 법의 이름으로서 재단하였다. 이 과정에서 5·18이란 민주화, 또는 폭동이니 정리되지 않은 상태로 지금까지 이어져 오고 있다. 야권의 독재세력에 대항하여 집요한 투쟁의 결과로 6·29선언으로 새로운 장을 열게 되었다. 이 선거로 문민정부가 열리게 되었으면 5년 단임제로 지금까지 이어져 오고 있다. 이후 야권에서 두 번에 걸쳐서 정권을 잡았다. 이 10년의 너무나 충격적인 평가에 온 국민들이 치를 떨고 있다. 해방과 더불어 좌우의 이념적 대립이 극렬하게 이어져 오고 있다는 사실에 나라는 풍전등화의 위기에 처하게 되었다. 백년대계라는 교육이 좌경화되었고 그 결과가 수많은 학생들이 좌경화에 물들었다고 생각된다. 그것이 바로 나라 전체가 좌경화에 물들었다고 야단들이다. 정부가, 국회가, 법원이, 언론이, 정치인들이, 교육계며, 노동이며, 문화예술계, 사회단체를 비롯하여 모든 분야가 붉은색으로 변하였다고들 한다.

이런 현상은 바로 좌경화 교육을 받은 자들이 사회에 진출하면서 일어나는 자연적인 현상인데 이를 막지 못한 무능의 소이가 아니겠는가 반성하여야 할 것이다. 이념은 벌써 지구촌에서 사라진 지 수십 년이 되었는데 유독 우리나라에서만이 창궐한 것은 삼팔선 넘어 이북 괴뢰집단이 있기 때문이다. 근원적인 해결은 자유, 민주, 통일이 되면 종지부를 찍을 것이다. 오늘의 이 난국의 발원은 교육의 이념화에서 찾아야 할 것이다. 특히 교단을 좌경화한 전교조 교사들은 물론이며 좌경화에 물든 모든 학자들도 특단의 조치가 필요할 것이다. 또한 기타 좌경화에 심취하여 반정부에 이어 반국가적인 활동을 하는 사람들에게 회심의 나라 충성 맹서를 받고 용서하면서 더불어 국운을 개척하여야 할 것이다.

지금의 상황을 안이(安易)하게 생각한다면 또 다른 문제가 끊임없이 야기될 것이다. 친구야! 소주 한 병 더 먹자 날씨마저 우울하게 하는구나! 앞만 보고 달리던 기차는 단선 레일에서 멈춰버린 지도 얼마나 되었는지 모르겠다. 이것은 아니지 않은가 말이다. 12월 1일인데! 쾌청한 날씨구나! 우리는 영원히 이 땅에서 살아야 할 공동의 운명체가 아닌가. 서로 용서하고 하나 되어 앞으로 나아가야 한다. 그리고 융성하여야 하지 않겠는가.

세월이 약

누가 이야기했던가. 세월이 약이라고, 이 말이 정말로 가슴에 와닿는다. 병신년(丙申年)의 기운이 서서히 저물어가는 마지막 달에 몸도 마음도 바빠지는 것은 당연한 것이지만 허망한 생각이 나를 괴롭힘은 또한 부정하지 못할 일이다. 이것은 현실이다. 이를 벗어나서는 존재의 의미를 찾을 수 없으니까 하는 이야기다. 연초에 누구나 새로운 마음가짐으로 축복을 기원하였다. 날이 가고 달이 가는 사이에 삶에 매몰되어 지나간 날들의 일들은 가마득히 잊어버린다. 심지어 엊그제 무슨 일이 있었는지도 잊어버리는 하루살이처럼 살아왔다는 생각이 미치니 못내 아쉽기도 하다. 이것이 바로 나 자신이다. 수많은 꿈들을 실현하고자 날마다 노력하였지만 성과는 별로 잡히는 것이 없다. 꿈은 또 밤새도록 꿈으로 남는다. 눈뜨면 가족들의 안녕을 확인하고 반복되는 무미건조한 일상이 시작된다. 새벽 운동을 마치면 베란다에 50여 종의 화초들과 밤새 안녕하였는지 인사를 하고 문제는 없는지 돌아본다. 이들도 하나님이 주신 고귀한 생명이기에 돌보지 않으면 바로 고사하고 만다. 떡잎을 제거하고 물주기를 선별하며 골고루 일조량의 혜택이 돌아가도록 조치하는 것이 일과 중에 중요한 일과이다. 그리고 그들과 깊은 이야기를 주고받는 시간을 가진다.

거실은 나의 생활공간이다. 이곳에서 대부분의 일상이 시작되고 마무리되는 중요한 공간이다. 새로운 소식이 무엇이 있는지 검색을 하고 선별하여 가족들과 형제자매들 그리고 지인들에게 전하는 것은 중요한 일과다. 참 좋은 세상에 살고 있다. 발달된 정보통신기기의 이전에는 모두가 편지로 소식을 주고받았다. 그런데 지금은 어떤가. 방 안에서뿐만 아니고 국내외를 불문하고 장소에 관계없이 어느 곳에서나 원하는 소식을 전하고 받을 수 있는 세상이니 정말로 편리한 세상이다. 고맙고 감사한 일이지만 한 번도 그렇게 생각해 보지를 않았다.

이 얼마나 이기적으로 살아왔는지 증거가 되는 일이다. 작은 일이든지 큰일이든지 항상 감사한 마음으로 살아야 된다고 하나님께서 가르쳤지만 아둔함이 미망 속에서 허덕이게 하였다. 때때로 지인들을 만나 즐거운 시간을 갖기도 하면서 이런저런 즐거운 소식이랑 걱정스러운 이야기를 들을 때면 함께 즐거워하고, 가슴 아파하고, 안타까워하면서 늙어 오늘까지 살았으니 하나님께 감사하여야 할 일들이다. 늙었다는 것은 무엇인가? 생체적인 몸뚱이가 늙었다는 것일 것이다. 인간의 한계수명이 120세라고들 하는데 이만큼 살았으니 늙었다고 표현하는 모양이다. 간혹 나 자신이 정말로 늙었는가? 의문을 제기해 보기도 하였다. 모든 기능이 젊었을 때처럼 같지 않으니 정말로 늙었음을 확인하면서 자조하여보기도 하였다.

작은 것에 만족할 줄 알아야 하는데 그렇지 못하니 범부를 벗어나지 못하였다. 때로는 나 자신이 대단한 사람인 것으로 착각할 때도 있었다. 오만이 하늘에 닿았다는 이야기다. 날마다 수신(修身)을 한다고는 하는데 아직도 하늘만큼 땅만큼의 차이가 있으니 죽어 하나님을 어떻게 대면할지가 걱정이 앞선다. 인생 70이면 종심소욕불유구(從心所慾不踰矩)라 공자는 말씀하셨는데 나는 무엇인가. 그분의 발바닥에도 이르지 못하였으니 이러다가 그냥 가는 것은 아닌지 걱정이 앞서는 것도 사실이다.

사람들은 일생을 살아가면서 수많은 일들을 접하고 몸소 겪으면서 이룩하고 실패하면서 살아가는 모습들을 보면서, 아 그 사람은 성공한 사람이야, 또는 이 사람은 실패한 인생이구나 하면서 아전인수식으로 평가를 받게 된다. 그런데 성공은 무엇이고 실패 또한 무엇인가? 오십 보 백 보가 아닌가 한다. 부귀영화에 초점을 둔다면 가능한 평가일 것이다. 그런데 행복이란 관점에서 보면 또 다른 성공과 실패의 평가가 나올 것이 아닌가 한다.

세상 사람들이 말하는 성공과 실패는 생각하기 나름이란 말이 진리이다. 진리라는 말은 먼 곳에 있는 것도 아니고 낮은 곳에 있는 것도 아니지 않은가. 바로 우리들 옆에 있다는 말이 된다. 그런데 사람들이 마치 진리가 멀고, 높고, 낮은 곳에만 있는 것으로 착각하면서 산다는 것이다. 이러한 모든 현상들을 치유하는 것은 없을까? 수많은 현자들이 이를 규명하려고 노력하지만 그들의 주장을 들어보면 그렇고 그렇다. 나는 이 모든 현상들을 치유할 수 있는 것은 세월이라 해

보았다. 세월이 약이란 이야기다. 오늘의 아픔이나 고통이나 괴로움, 즐거움, 기타 모든 현상들은 세월이 바로 치유하는 약이라 하여 보았다. 믿거나 말거나.

푸른 초장(草場)을 그리며 2016년 12월 13일

만추(晚秋)와 초동(初冬)이 오가는 시기도 지났다. 본격적으로 엄동(嚴冬)이 시작되는 모양이다. 병신년(丙申年)의 원단(元旦)이 엊그제 같았는데 구름처럼 바람처럼 덧없이 흘러왔다. 지구촌 곳곳에서는 하나님의 영광과 축복이 가득하기도 하였으며 사탄 악마의 시샘도 창궐하기도 하였다. 삼십수 년 전에 길 잃어 갈길 못 찾아 방황한 죄인 중에 죄인이 영원하신 하나님을 영접하였는데 처음 같은 믿음은 어디로 가버렸는지 안타까움만 남는구나. 지금까지 이어온 삶들의 명암(明暗)은 모두 나의 부덕의 소치이다. 이것이 나라는 인간의 한계인지도 모르겠다.

언제부터인지 아기 예수님의 오신 날을 축복하기 위하여 갖가지 행사들이 있었지만 어쩐지 캐럴송 한 곡 들어본 지도 가마득하다. 이 땅에 길 잃은 양들을 구원하려고 100여 년 전에 사막 같은 불모지에 씨앗 뿌려 푸른 초장을 이루기까지 순교도 마다하지 않았던 조상님들을 생각하니 진정 가슴 아픈 일이다. 그분들의 위대한 프로테스탄트 정신은 유교사상의 조선의 국가이념을 뛰어넘어 세계 10위권에 도달케 하였다. 지금에 와서는 그 위대한 정신은 간곳없고 날마다 쏟아지는 죄악만이 대하처럼 밀려오는 흑암 같은 세상이다.

내 몸뚱이 하나 보전하기에도 급급하였다. 대관령 목장의 풍경이 생각난다. 봄철에 푸른 초장이 파랗게 변색이 되면 겨우내 우리에서 생활하던 소와 양들을 방목하는 광경을 뉴스를 통하여 보았고 만추가 되면 겨울나기를 위하여 준비하는 풍경도 보았다. 이스라엘의 위대한 "다윗" 왕이 노래한 시편 23편은 신자이든 불신자이든 불문하고 모두가 애송하는 "시"다.

[여호와는 나의 목자이시니 내가 부족함이 없으리로다. 그가 나를 푸른 초장에 누이시며 쉴만한 물가로 인도하시는 도다. 내 영혼을 소생시키고 자기 이름을 위하여 의의 길로 인도하시는 도다. 내가 사망의 음침한 골짜기로 다닐지라도 해(害)를 두려워하지 않을 것은 주께서 나와 함께 하심이라 주의 지팡이와 막대기가 나를 안위하시나이다. 주께서 내 원수의 목전에서 내게 상을 베푸시고 기름으로 내 머리에 바르셨으니 내 잔이 넘치나이다. 나의 평생에 선하심과 인자하심이 정녕 나를 따르리니 내가 여호와의 집에 영원히 거하리로다.]

대관령 목장의 풍경을 보노라면 다윗 왕의 시가 생각이 난다. 초대교회의 모습들이 진정 푸른 초장이라 생각된다. 오백여 년을 이어온 엄격한 성리학의 가치에도 목숨을 걸고 횃불을 들어 여호와를 외쳤던 순교의 씨앗으로 살만한 세상을 되었는데 선인들이 만들어놓은 초장은 어디로 갔단 말인가? 또한 나의 초장은 어디로 사라졌는지 찾을 길이 없구나. 세상 것에 매몰되어 푸른 초장이 내게도 있었는지 기억조차 가마득하다. 누구를 탓하랴 모두가 나로 인한 것이거늘 세상이 온통 미쳐 돌아가니 하나님이 노하셨는지 막장 드라마를 보는 듯하다. 하나님께서 세우신 동방의 이 작은 나라가 바람 앞에 등불이 되었구나. 누구를 원망하고 탓할 수 있겠는가, 모두가 죄인인 것을. 사라진 초장을 찾아보자 나의 초장도 당신의 초장도 우리의 초장도 모두 찾아야 할 것이다. 이것만이 새로운 희망이다. 여보시오! 밖에 사람 있습니까. 있으면 대답 좀 하고 삽시다. 땅만 보지 말고 하늘도 보고 살았으면 합니다.

파란 하늘에 흰구름 둥둥 떠다니는 모습 한 번만이라도 보았으면 좋겠습니다. 병아리들이 부리로 물 한 모금 먹고 하늘 한번 쳐다보는 것처럼 여유를 가져봅시다. 내 마음의 범주에 갇혀 오도 가도 못 하는 신세들이 아닙니까? 사람은 누구나 자신이 믿는 것에 확신을 가지고 여타 것은 배타적이라 합니다. 그래서인지는 모르지만 자신의 생각을 깨고 나오기란 어렵다고들 합니다. 그러나 이대로일 수는 없습니다. 나도 보았고 당신도 보았습니다. 단선 철로 위에 서로 마주 보고 달리는 기관차가 어찌 되겠습니까. 이제 그만하였으면 좋겠습니다. 누더기 같은 마음의 덧옷을 이제 홀홀 털고 벗어던져 버립시다. 새로운 세상이 나타날 것입니다. 두려워하지 말고 용기를 가져 봅시다.

이 좁은 땅덩어리에 자자손손 대를 이어 살아갈 푸른 초장을 우리 손으로 찾아봅시다.

해후(邂逅) 2016년 12월 17일

일 갑자(甲子) 가깝게 만나지 못하였던 친구를 만난다는 즐거움으로 버스에 올랐다. 10일 전에 서울권역에 거주하는 재경안동중학교 제14회 동기회 모임이 있다는 김동봉 회장으로부터 연락을 받았다. 어수선한 연말을 맞이하여 가야 할지 망설여지기도 하였지만 가는 것으로 결정하고 회장에게 간다는 연락을 취하였다. 작년에 윤정모 회장이 참석하였으면 좋겠다는 연락을 받았으나 내 개인 사정으로 참석지 못한 아쉬움이 결정에 일조하였다.

차창 밖은 추수 후에 텅 빈 들판을 바라보니 자연의 순환 법칙에 우리들 인생도 이들처럼 결실의 꽃을 피우는 아름다운 준비를 하는 시기가 아닌가 하는 생각이 들기도 하였다. 또 한편으로 허망함이 내 옆구리 바람 구멍 뚫린 기분이 들기도 하였다. 친구들 어떤 모습일까? 세월이 너무 많이 흘러 알아볼는지도 의문이다. 꿈 많았던 어린 시절 동문수학한 소년들이기에 더욱 간절하였다. 몇몇 사람들은 금년에도 보았고 근년에도 보았지만 한 번도 만나지 못한 친구들이 있

84   확대경으로 보는 세상

다는 것에 마음이 가는 것이다. 손바닥만 한 땅덩어리에 세상을 손바닥에 쥐어 보자는 희망으로 각자 흩어졌다. 파랑새를 잡고자 몸부림도 쳐보았다. 지난 세월에 동안의 얼굴에는 언제부터인지 모르게 크고 가는 실금들이 연륜을 표시하였다. 머리에는 백설이 분분하여 누구인지는 모르게 변하였지만 인고(忍苦)의 노력으로 한 송이 찬란한 꽃을 피운 노신들이 아닌가?

비록 나이는 고려장 감이다. 그러나 아직은 육신에 피가 끓고 심장에 고동치는 것은 남아있는 숙제를 풀어 라는 준엄한 하나님의 명령이다. 초근목피(草根木皮)의 헐벗어 못 먹고 못 입었던 지난날의 어려운 시절을 보면서 자랐다. 하늘 같은 부모님의 가르침으로 우리 모두 각자 선택한 분야에서 열심히 살았기에 오늘의 이 번영을 이룩한 결과의 소이가 아니겠는가, 자위하여 보았다. 이 번영이 어디 우리들만의 성과물은 아닐 것이지만 하나의 밀알이 되어 벽돌이 되고 집이 되었다는 것에 자긍심을 가져도 좋을 것이다. 서울이 가까워지니 거대한 차량의 물결이 도로를 가득 메웠다. 속도가 느려지고 추월하면서 앞서거니 뒤서거니 전진하는 모습에 이들이 오늘의 번영의 결과물이라는 것을 증명하는 것이다. 커다란 버스는 좁은 길을 귀신처럼 헤집고 이리저리 돌아 동서울 하차장에 도착하였다. 운전기사에게 수고하였다는 멘트를 남기고 터미널로 이동하여 밤 21시 마지막 버스 편을 예매하였다. 그리고 강변 전철역에서 지방 노인들을 우대하는 일회용 표를 발급받아 탑승하고 건대입구역에서 7호선을 갈아탔다. 군자역에서 다시 5호선으로 이동하여 장한평역에서 출구에 나오니 김방한, 박중보, 김견우 친구가 기다리고 있었다. 반갑게 인사를 나누고 친구의 안내로 모일 장소로 이동하여 도착하니 아직도 1시간 정도 여유시간이 남아있어 그동안 소식을 주고받으면서 못다한 이야기 삼매경에 빠졌다.

잠시 후에 김동봉 회장이 들어왔다. 포옹하고 권영범, 손기철, 이인원, 권오준, 전용석, 정홍정, 김호웅, 윤정모가 차례로 들어왔다. 가슴이 뜨거워지고 얼굴이 상기되었다. 두서없이 대충 인사를 나누었다. 주연이 시작되고 회장님의 인사 말씀에 이어서 결산보고가 있은 후에 개인별로 자기소개와 살아온 이야기들을 간략하게 개진하였다. 김동봉 회장님은 신수가 훤하여 건강미가 넘쳐났고 100수는 무난할 것 같았다. 부회장이신 윤정모 교수님은 역시나 전직처럼 매사에 꼼꼼히 챙기는 모습이다. 귀금속을 취급하시는 권영범 사장은 옛날 어릴 때 모습이 조금은 남아있어 기억에 무리가 없었고 손기철 사장은 사업에 성공하였다니 축하드리고 다만 몸 관리를 적극적으로 했으면 좋겠다. 이인원 청장님께서는 청장으로서의 이미지보다는 이웃집 아저씨처럼 소탈한 인상이었고, 아직도 열심히 일하시는 권오준 사장님은 늙지도 않는 모습이구나. 전국을 넘어서 해외까지 주유하는 전용석 사장은 여행 마니아와 같이 즐거운 인생을 살다 보니 건강미가 넘치고 화색이 돋보이는 도다. 정홍정 사장은 학창시절 모습 그대로인 듯 즉시 알아볼 수 있었다. 산업역군으로서 화려한 능력의 소유자 김호웅은 매사에 적극적이면서 의를 위하여 살아온 분으로 기억에 남는다. 김방한 국장, 김견우 사장, 박중보 사장은 내 어릴 때 가까운 친구로서 글로서 말씀드리는 것은 오히려 그들의 인격이나 명예에 흠이 될까 하여 접기로 하였다.

이곳의 만찬을 끝내고 이동하여 2차 행사는 정거장이라는 오픈된 무도장에서 가무를 즐기면서 추억을 쌓았다. 인류가 이 땅에 오면서 시작된 가무는 인생에 중요한 부분을 차지하고 있다. 그것은 건강과 정서 함양에도 밀접한 관련성이 있다는 것은 모두가 다 아는 사실이고 전문가들도 증명하고 있다. 밤 9시 30분경에 석별의 정을 나누고 김방한 국장님의 안내로 동서울터미널에 도착하니 한 시간 정도 일찍 도착하였다. 김 국장에게 집으로 돌아가라고 하였으나 떠나는 모습 보고 간다면서 계속 우리는 이야기하였다. 20시 55분에 지정된 버스에 탑승하고 그는 돌아갔다. 집까지는 한 시간 정도 소요된다고 하였으니 나보다는 조금 일찍 도착할 것이라면서 웃으면서 헤어졌다. 너무나 미안하였다. 내가 아니었다면 일찍 편안한 잠자리에 들 수 있었는데도 내가 너무 이기적이었다는 생각이 들었다. 잠에서 깨어보니 충주터미널에 도착하였단다. 친구들 감사하고 고맙다는 말씀을 지면을 통하여 늦게 인사의 말씀을 드립니다. 김광수가 생각나시면 언제라도 오세요. 누구 말씀대로 오는 사람 막지 않고 가는 사람 붙잡지 않습니다. 즐거운 시간 갖게 하여 주신 친구 여러분 건강하시고 병신년 마무리 잘하시고 아기 예수님께서 어찌하여 낮고 낮은 구유에서 태어났는지를 생각해보면서 새해에 복 많이 받으시길 기원합니다.

내가 사랑하는 김대경 군! 2016년 12월 24일

오늘 아기 예수님이 탄생하신 전날에, 대경이가 이 세상에 태어난 날이지. 벌써 12돌이 되었구나. 생일 많이많이 축하한다. 할아버지는 너의 기억을 오래도록 간직하려고 많은 사진을 찍어서 할아버지 방에 눈이 닿은 곳마다 붙여 놓았지. 어릴 때 너의 다양한 모습들을 보면서 날마다 즐거워한단다. 거실에서 새벽운동을 할 때도 너의 활짝 웃는 모습에 내 마음도 덩달아 즐거워지고 힘이 솟아난단다. 대경이가 벌써 13살이니 이해가 지나면 내년에는 대망의 중학생이 되는구나? 지금까지 무럭무럭 잘 자라줘서 대견스럽고 고맙다. 친구들에게 자랑한단다. 그리고 날마다 너의 아빠 엄마를 비롯하여 대경이 축복하여 주십사고 하나님께 때때로 기도한다. 너는 영특하여 공부도 잘하고, 그림도 잘 그리며, 글도, 시도 잘 쓰는 소년으로 성장하는 모습이 정말로 아름답다. 다양한 소질들을 보면서 할아버지는 살아있다는 것에 감사하단다. 그리고 친구들에게 자랑하고 있지요. 자식 자랑은 흔히들 팔불출이라 하는데 대경이 자랑하는데 이 할아버지가 팔불출이면 어떻고 구불출이라도 나는 좋단다.

간혹 전화 걸라치면 너의 목소리가 변성되어 누구인지 모를 때가 있단다. 아직은 익숙하지가 못하여서 그런 모양이다. 너의 목소리를 자주 듣다 보면 익숙하여지겠지. 꿈꾸는 소년 시절에 마음껏 하고 싶은 것 하면서 건강하게 성장하였으면 바람이다. 몸과 마음이 건강하려면 운동도 열심히 하여야 한단다. 건강한 몸에 건강한 정신이 깃든다고들 한다. 그러하니 운동도 잊지 말고 열심히 하였으면 좋겠다. 운동이란 힘이 들지 인내심을 가져야만 하는 것이야. 그런 힘든 일들을 극복할 줄도 알아야 한다. 앞으로 세상을 살다 보면 많은 어려운 점들이 나타나도 지혜가 있고 몸이 건강하면 어려움을 극복하기가 쉽다고 한다. 세상에서 제일 쉬운 것은 무엇일까? 생각해 보면 의자에 앉아서 공부하는 일이 제일로 쉬울 것이야. 따뜻한 방 안에서 하는 공부가 제일 쉽다고들 한다. 간혹 TV에 어려운 가정환경에 태어나 성공한 사람들의 성장기 스토리를 보았지. 생활이 어려워 추운 겨울 새벽에 일어나 장갑도 없이 손을 호호 불면서 신문을 배달하는 소년이랑, 조금 더 성장하여 막노동판에서 힘든 일들을 하는 모습들이 생각나지 않니. 그런 어려움에도 공부를 열심히 하면서 나는 이렇게 성공하였다는 드라마 같은 것도 기억날 것이다. 그래서 할아버지가 중학생이 되면 하여야 할 일들을 적어 줄 모양이니 꼭 실천하여 훌륭한 사람이 되었으면 한다.

첫째로 부모님께 효도하고 어른들에게 공경하여야 한다.

둘째로 공부를 열심히 하고 운동도 열심히 하여야 하며,

셋째로 학교생활에 솔선하고 친구들과 사이좋게 지내야 한다.

넷째로 영원히 살아가야 할 대한민국을 위하여 충성하고,

사랑하는 마음을 길러야 한다.

사랑하는 대경아! 할아버지와 할머니는 장손 대경이가 가까이는 아니지만 한 시간 반 거리에 있는 것만으로도 가슴 벅찬 일이며 기쁘고 즐겁단다. 항상 건강하여라. 생일 축하한다. 김대경 군! 파이팅

한해의 끝자락에서 2016년 12월 27일

구세주 아기예수 오신 성탄절도 지났다. 세상이 하수상하니 이 땅
에 아기예수님께서 오시기에는 시기상조인 것은 아닌지 우리들의 행
함을 돌아보아야 할 것 같다. 전에는 거리마다 축하의 상징물들이 휘
황찬란하게 장식하기도 하고 즐거운 성탄을 위한 멜로디가 지나는
행인의 마음과 귀를 즐겁게도 하였지만 언제부터인지 모두 사라지
고 말았다. 김포시 월곶면 애기봉(愛妓峰)에는 높다란 크리스마스 축
하 트리를 설치하여 암흑과 같은 이북의 백성들에게 구세주의 탄신
을 알리기도 하였지만 볼 수 없었다. 무엇이 잘못되었는가? 지금까지
하여온 모든 것이 잘못되었다는 말인가. 아니면 지금의 상황이 잘못
되었다는 것인지 간혹 이야기하는 사람이 있지만 바람 앞에 등불이
되고 만다. 평소에 그렇게도 잘나고 똑똑한 사람이 많았지만 모두 어
디로 숨었는지 가슴만 답답하다. 나 같은 서민이 무엇을 알겠냐 만은
이것은 아니라 생각되어 생각나는 대로 중구부언하고 있다. 암흑 같
은 휴전선 이북에는 1인 독재가 3대 세습을 하고 있다. 자유가 있다

고 믿는가, 말을 마음대로 할 수 있는 곳인가, 종교 활동이 허용된 곳인지, 또한 문화 예술은 독재자를 위한 활동만 허용된다고 한다. 인권이 보장되었다고 믿는지, 교육을 받을 권리와 실행이 보장되었는가, 먹고사는 문제가 해결되었다고 믿고 있는가, 거주이전을 마음대로 할 수 있는 곳인가. 이러한 상황이 우리에게 닥친다면 당신은 어떻게 할 것인가. 한 번쯤은 생각해 보고 데모도 하고 시위도 했으면 좋겠다. 이것은 내 이야기가 아니고 새터민들이 증언한 내용 중에 극히 일부분이다.

지금 나라 안에 기독교인들만 하여도 천만 명이니 천오백만 명이니 하는데 모두 어디로 갔다는 말인지, 수많은 목회자들은 모두 죽었다는 말인지. 그 많은 교회는 무엇을 하는 곳인가. 묻지 않을 수 없구나. 날마다 엎드려 기도하는 수많은 믿음의 신도들의 목 놓아 부르짖는 기도의 소리는 주님께서 애써 외면하시는 것은 아닌지. 아직도 너의 죄를 네가 모르는가 하시는 구세주는 아니신지 가슴에 손을 얹고 생각해 보자. 〈하나님이 세상을 이처럼 사랑하사 독생자를 주셨으니 이는 그를 믿는 자마다 멸망하지 않고 영생을 얻게 하려 하심이라.〉 말씀하셨는데 우리들이 간절히 기도함이 하나님께 온전히 전해지지 못하는 것은 아닌지, 내 자신을 돌아보고 우리 모두 돌아보자. 초심은 어디 갔는지 다시 찾아보자. 나의 믿음이 이기적인 믿음이 아니었는지, 내가 이웃을 사랑한다면서 말로만 하지 않았는지, 통절하게 반성하자. 그것만이 하나님께서 다시 이 땅에 오실 것이라는 확신을 가져보자. 지구촌 모든 사람들이 꿈꾸는 선진국의 문턱이 바로 눈앞에 보이는데 저 고개만 넘으면 하나님이 준비하신 영광이 그곳에 있는데 여기에서 주저앉은 지가 몇 년이 되었는지, 생각해 보았는가? 먹물 먹은 자들 모두 쥐구멍에서 나올 줄을 모르고 있다.

개중에 어중이떠중이들이 떠들고 있는 소리는 개소리가 되어 네 편 내 편을 갈라서 힘겨루기 시합이라도 하자는 것인가. 사라진 공산주의가 무덤에서 다시 살아나온 모양이다. 나라 전체가 붉은 물결이 선한 백성들을 선동하여 난장판이 되었다. 나라의 대통령은 하나님이 내신다고 하였는데 어찌 이리도 개판인지 지구촌에서 사라져버린 인민재판이 아직도 횡횡하고 있으니 기가 막힌 일이다. 나라가 있어야 내가 있으며 우리가 있는 것이 아니겠는가. 의식주를 보장받을 수 있고 자유를 보장받을 수 있는 것은 삼척동자도 아는 사실이다. 그런데 수단과 방법을 가리지 않고 나라를 통째로 지구촌 유일한 독재자에게 바치자는 것인가?

상식이 지배하는 세상이 되어야 할 것이다. 중국은 남의 나라 역사도 도둑질하는 판이고 일본도 우리의 역사를 저들 것이라 왜곡하고 있는데 국정교과서 한다니까 개거품을 물고 야단이다. 어린아이들에게 온전한 국가관을 심어주는 것은 기성인들의 사명이다. 그러자면 국가가 나서 혼란스러운 역사관을 바로 세워 가르치자는데 무엇이 문제인가? 교육은 100년지 대계라 하였는데 오늘의 이 혼란은 교육에 그 책임이 크다 하지 않을 수 없다. 어느 국회의원의 질문에 평양이라는 도시가 지구촌에서 가장 잘된 계획도시며 전원도시라고 가르친다니 이 사람들이 대한민국의 교육을 맡고 있는 교육감인가. 그 자료로 학생들을 가르치는 선생은 그의 하수인인가. 아직도 거부하는 선생 하나 보지 못하였다. 이러고도 선생이라 할 수 있는 것인지 참으로 자괴감마저 드는 상황이다.

나라 전체가 고질병이 들었다. 중병은 수술하지 않으면 살아남을 수 없다. 대 수술을 책임지고 해야 할 대통령을 근거도 충분치 못한 여론몰이 탄핵을 하고도 낯짝 들고 다니는 그들을 보면 구역질이 난다. 법치는 나라를 유지하는데 마지막 보루이다. 그런데 법은 아예 찾아볼 수 없다. 여론몰이 재판, 인민재판으로 유권자 51%의 찬성으로 당선된 대통령을 탄핵하였으니 세계 유수 언론에서 비난의 소리를 애써 외면하는 저들이 아닌가. 그것이 우리의 한계인지 참으로 창피한 일이다. 대선주자 1위를 달린다는 사람이 모모한 사람과의 대담에서 헌법재판소에서 탄핵을 기각한다면 어찌하겠는가의 물음에 대하여 답하기를 남은 것은 혁명할 수 밖에 없다고 하였다니 이 사람이 온전한 정신상태인지 그런 사람을 지지한다니 개가 웃을 일이다. 하루속히 대통령을 본래 되로 돌려놔야 할 것이다. 그리고 그 대통령으로 하여금 병든 환부를 수술하여야 할 것이다. 시간이 없다는 말이다. 격변하는 세계정세 속에서 살아남으려면 시간은 바로 우리를 살릴 수도 있고 죽일 수도 있다는 것이다. 썩어 문드러진 부분이 너무도 많아 다 기록하지 못함이 아쉬울 뿐이다.

이해의 마지막 날이 되면 우방인 미국에서는 타임스퀘어에서 새해를 알리는 카운트다운이 시작되고, 우리의 수도 서울 보신각에서는 타종식으로 송구영신하겠지. 민초들은 떠오르는 찬란한 태양을 맞이함으로 자신과 가정과 사회와 나라를 위하여 구복(求福) 하는 행사가 진행될 것이다. 제발 새해에는 큰 복을 주십사고 하나님께 기도하련다.

잘 가라, 병신년(丙申年)아 2016년 12월 30일

또 한 해가 저물어간다. 적어도 기성세대들에게는 영원히 아듀
(Adieu) 하는 병신년이다. 붉은 태양이 동해에 힘차게 솟아오른 기
(氣)를 받아 각자의 꿈을 실현코자 열심히도 달려왔다. 엎어지고 자
빠지며, 오르고 내려오기를 죽을힘을 다하여 열심히 뛰어왔다. 벌써
마음은 콩밭에 있지만 현실은 녹녹하지 않아 희로애락에 웃기도 하
고 울기도 하며 실망도 하였을 것이다.

북쪽에서 병신년의 시작과 함께 수소탄(1월 6일)을 실험하였다는
보도를 보고 모두들 우려하였다. 젊은 지도자라 하는 사람은 무엇을
생각하고 있는지 점점 괴물이 되어갔다. 그것은 곧 남한을 공격하겠
다는 복심이 아닌가. 그 무기로 미국을 공격할 수도 없을 것이고 결
국에는 우리를 겨냥한 개발일 것이다. 아이러니한 이야기는 그 핵 개
발에 우리 측에서 자금을 주었다니 통곡할 일이 아닌가?

이 사건이 있은 후 15일(1월 21일) 만에 전교조는 법외노조로 최

종 판결이 났다. 고등법원에 법외노조 취소 청구 소송을 제기하였으나 패소하였다. 그간 전교조는 어린아이들을 가르치는 교단을 붉게 물들이기에 주저함이 없었다. 이들은 정치에 올인하면서 힘을 길러왔고 어린 학생들은 점점 이념화 되어갔다. 교육의 중요성은 아무리 강조하여도 모자랄 것이다. 그 영향이 오늘날에 국가관은 이념화에 가려 찾아보기 힘들어졌고 애국가를 부르지 않고 태극기를 외면하는 현상까지 오지 않았나 돌아보아야 할 것이다. 이것은 작은 문제가 아니고 나라의 미래를 위해서는 반드시 시정되어야 할 것이다. 그래서 옛날 선인들의 군사부일체(君師父一體)란 말이 왜 나왔을까, 한 번 정도 생각해 보아야 할 것이다. 이들이 이념화(理念化)되면 나라를 책임지는 때가 되면 이 나라가 어떻게 될 것인지는 자명한 일이 되기 때문에 정말로 잘한 일 중에 하나이다. 그리고 고인이 된 성완종 리스트로 온 나라가 몸살을 앓았다.

결국 이완구 총리가 낙마하는 사태가 일어났다. 참으로 개탄하지 않을 수 없었던 사건이다. 우리 정치인들은 독약에 왜 그리도 약한지 그의 리스트에 오른 자가 어디 한둘이 아니었음이 증명하고 있다. 약인지 독인지 주면 고마워 무조건 받아먹고 줄줄이 쇠고랑 차고 굴비처럼 엮여 가는 모습이 가관이었다. 그리고 풀려나오면 또 개판에 뛰어들어 나라를 좌지우지하는 모습에 국민들은 만성이 되어 그럴 수도 있다 하는 식이다. 2월이 되니 그간 말도 많든 개성공단을 폐쇄하기에 이른다. 남북 교류 협력에 대명사로 추진되어왔던 공단은 점차 저들이 남쪽을 좌지우지하려고 노골적인 부당한 요구로 위기를 맞았으나 임시 처방만 하면서 근근이 이어오다가 남한 적화야욕에서 한

발도 물러날 기미가 보이지 않고 점차 그 도가 높아져 폐쇄라는 극단의 조치를 취할 수밖에 없었다. 나라 안에서는 정치적인 이슈가 되기도 하였으나 국민들의 전폭적인 지지로 일단락되었다. 4월에 접어드니 선거철이 도래하여 어중이떠중이들이 표를 구걸하는 선거판이 되었다. 결국 국민들은 식상한 여당에 등을 돌리고 야당에 표를 주어 여소 야대가 4월 13일 총선거에서 결정 났다. 이 선거로 인하여 우려되는 국정의 난맥상이 시작되었다. 인체에는 동맥과 정맥에 피를 잘 통하여야 건강을 담보하듯 국가에도 유기적으로 막힌 곳이 없이 잘 통하여야 되는데 한 발짝도 앞으로 나아가지 못하는 결과를 초래하였다.

야당에서는 항상 그래왔듯이 이제는 힘을 얻었으니 더욱 기고만장하여 식물정부를 만들고 말았다. 시계가 고장이나 멈춰버렸다. 국회에 제출된 모든 법안을 모르쇠로 폐기되고 말았다. 5월에는 강남역 살인사건이 일어나고, 또한 지하철 2호선 구의역 스크린도어 사망사건이 일어나기도 하였다. 하반기에 접어들면서 북쪽에서는 대포동 미사일을 수회에 걸쳐 이동 발사대에서 시험 발하고, 또한 잠수함에서 SLBM(잠수함발사탄도미사일)이 시험 발사하는 등 계속되는 도발에 충격을 받아 사드 배치를 전격적으로 결정한다. 이로 인하여 나라 안에는 또 시위 장면이 연례행사처럼 보게 되었다. 군수라는 얼간이와 지역 국회의원을 비롯하여 주민들과 더불어 데모에 앞장서면서 머리를 삭발하는 모습 어디에서 많이 보아온 광경이다. 대통령이 외유 중에서 총리가 현장을 방문하였다가 감금을 당하는 기막힌 사태에 일어나다. 치안을 담당한 사람은 시위자들에게 테러를 당하였으니 이 나라 법은 힘센 자에 의하여 있으나 마나 하는 장식용에 불과하였다. 마지막으로 10월 24일에는 JTBC에서 최순실 국정 농단을 보도함으로써 나라가 누란의 위기에 이른다. 지상파는 물론 종편이며 연합뉴스와 YTN을 비롯한 인터넷 언론매체며 신문 잡지에서도 대서특필에 목숨을 건 혈투가 시작되었다.

누가 카드라 어느 언론에서 보도되었다는 등의 그 실체와 증거도 불충분한 상태에서 언론은 선동에 앞장섰다. 검찰이 이를 증거물로 인용하였다. 또 국회는 인민재판을 하여 배신자들의 도움으로 결국에는 대통령을 탄핵하고 그 직무를 정지시키고 말았다. 서울은 매 주말마다 시위로 몸살을 앓고 있으며 좌와 우의 세력 대결장으로 변모하기에 이르렀다. 촛불은 미친 광란으로 이어졌다. 여기에 대응하여 태극기가 하늘을 가득 채웠다. 지방에서까지 수많은 사람들이 무슨 돈으로 버스를 전세 내어 서울 시위장에 모습을 나타내고 있는지 관심 밖의 일이다. 어린 학생들이 이 기막힌 미친 시위현장을 보고 무엇을 생각하였을까, 놀라고 말았다. 이 역사적인 현장에서 아이들을 교육하고자 나왔다고 어느 아이의 부모가 인터뷰하는 모습에 정말로 큰일 났구나 하는 생각이 들기도 하였다. 거기에 난무하는 각종 구호들을 보면 이것은 완전히 나라가 뒤집힌 모습이었다. 탄핵을 반대하는 노옹들 편에서는 태극기를 들고 수많은 사람들의 물결을 이루었다. 3·1독립 운동 때보다도 더 많은 태극기 물결이라고 한다. 어찌 우리나라가 이 지경이 되었는지 가슴 떨리는 사건이다. 이제 그 공은 헌법재판소를 넘어갔다. 헌재에서 어떻게 결정이 나던지 나라는 혼란을 거듭할 수밖에 없을 것으로 보이니 큰일이 아닐 수 없다.

내일이면 병신년의 마지막 가는 날이다. 다시 기억하고도 싶지 않은 해이다. 1년 동안 지나오면서 나라 안에서 무슨 일들이 일어났는지 주마간산으로 돌아보았다. 이 나라가 어떤 나라인가. 우리만 살다가 가면 끝나는 곳인가? 지난 5천 년 동안 면면히 이어온 우리의 혼(魂)은 어디에서 찾아야 한다는 말인가. 우리의 자손들은 어디에서 살 것이며 어떻게 살아야 할 것인지에 대하여 곰곰이 따져 보자. 이것은 아니지 않은가. 태극기를 마다하고 애국가를 마다하다니 대한민국 국민된 도리를 포기한 사람이 아닌지 이 해가 가기 전에 생각을 정리했으면 좋겠다.

근하신년(謹賀新年) 2017년 1월 1일

　새로운 밝은 햇살이 동해에서 우뚝 솟았다. 정유년 첫날이 시작되는 날이다. 대한민국 7천만 동포들이 가슴을 활짝 열고 소리쳐 보았다. 개인에게는 건강의 축복과 가정에는 행복의 축원을 그리고 나라에는 국태민안(國泰民安)하게 정유년 첫날에 기원하였다. 이날에 하나님의 기운을 받아 소원성취 하기를 기원하면서 집을 떠난 행렬들이 도로를 가득 매웠다. 장엄한 일출을 맞이하기 위하여 몇 시간씩 운전하면서 달려 새벽을 깨웠다. 해맞이 행사가 전국 곳곳에서 행하여졌다. 애국가처럼 하느님이 보우하사 우리나라 만세다. 이 나라는 하나님께서 세우신 나라이다. 그러니 하나님께서 틀림없이 보호하실 것을 굳게 믿었다.

　혹자들은 정유년(丁酉年)은 붉은 닭의 해라고들 한다. 10간(干)에 병(丙)과 정(丁)은 칼라로는 붉은색을 의미하고 지지(地支)로 유(酉)는 닭을 의미하니 즉 붉은 닭의 해라한다. 이는 역학자들의 주장이다. 아무려면 어떻다는 거냐, 붉은 닭이면 어떻고, 검은 닭이면 또 어떻다는 것이냐, 하나님이 보우하는 대한민국인데 두려워할 일도 우려할 일도 없다는 말이다. 믿음과 자신감을 가지고 출발하자. 5000년의 장구한 역사 속에서 만고풍상 겪으면서 사시사철 푸름을 유지한 낙락장송처럼 굳건히 이어왔다. 이 땅에 하나님을 영접한지 100여 년의 짧은 기간 동안 온 세상이 모두 놀라는 자랑스러운 새 역사를 창조한 우리들이 아닌가. 예부터 우리는 흥이 많은 사람들이다. 이웃의 경사(慶事)는 모든 사람들이 모여 북 치고 장구 치면서 노래하면서 즐겼다. 애사(哀史)에는 마을 전체가 함께 애통하면서 서로서로 위로하였다. 마을 공동체로 하나가 되는 흥(興)과 정(情)을 가지고 살아온 우리가 아닌가. 먼 곳에 친척보다 이웃 4촌이 더 났다는 말은 이를 두고 하는 말이다. 서로서로 도우면서 세계인들이 부러워하는 대한민국이다.

자랑스러운 이 나라를 위하여 한 번 더 도약(跳躍)의 계기를 마련해 보자. 넓고 넓다는 지구촌에서도 아침은 미국에서 저녁은 영국에서라는 이야기에 비교한다면 부산에 살고 있는 사람이나 서울에 살고 있는 사람이나 우리는 모두 이웃 4촌이다. 크고 작은 문제들이 있었지만 우리는 능히 해결하는 능력을 가지고 있다. 이 능력으로 새해에는 한 번 더 도약하는 계기를 만들어 보자. 차분히 생각해 보자. 거슬러 올라가면 우리는 모두 일가친척들이다. 용서 못할 일도 없고 이해 못할 일도 없다. 모두가 추구하는 바는 세상이 부러워하는 나라를 만들어 보자는 데는 동의할 것이다. 그러니 목적은 하나며 희망도 하나이다. 방법상의 차이가 있을 뿐이다. 가는 길은 고속도로가 있을 수도 있으며 꼬불꼬불한 오솔길도 있을 것이다. 머리를 맞대고 가슴을 열고 선택의 길을 좁혀보자. 이 땅이 어떤 땅이냐, 우리 선조들이 피 흘려 지켜왔고 우리가 대를 이어 땀 흘려 가꾸어 온 땅이다. 그리고 앞으로 자자손손 이 땅을 지키고 가꾸며 빛나는 대한민국을 이어가야 할 것이다. 주변의 여건들은 결코 우리가 원하고 희망하는 바는 아닌듯하다. 이 어려운 여건을 슬기롭게 극복하려면 무엇보다도 힘을 모아야 한다. 이승만 대통령의 뭉치면 살고 흩어지면 죽는다는 말씀이 새삼 생각난다. 가장 시급한 문제가 뭉치는 문제일 것이다. 종잇장도 맞들어야 한다는 말씀이다.

동서남북 갈가리 찢긴 갈등을 해결하는 과제가 제일 중요한 과제일 것이다. 이것을 누가 할 것인가. 정치인이 할 것인가. 대통령이 부르짖는다고 될 문제인가. 지식인들이 앞장선다고 될 문제인가. 언론이 나팔 분다고 될 사안인가. 가슴에 손을 얹어 생각해 보자. 헌법에 주권재민이라 하였던가. 그러니 주권을 가진 국민들이 해결하여야 한다. 내게 권리가 있음에도 남에게 휘둘려서는 안 된다는 이야기다. 언론이나 정치인이 선동한다고 하여 줏대 없이 따라 하면 안 된다는 이야기다. 빛나는 대한민국을 위하여 무엇을 어떻게 할 것인지에 대하여 공부도 하자. 고속도로가 있는데 왜 오솔길을 택하는 것인지 생각해보면 답이 나올 것이다. 아니면 길도 없는 나락으로 떨어져 영원히 되돌릴 수 없는 지옥이 무엇인지 판단하여야 하는 것은 자기 책임이다. 길이라고 생각되면 옆을 돌아볼 사이 없이 실행하여야 할 것이다. 그것이 뭉치는 길이고 하나 되는 길이며 통합의 목적을 이루는 길이다. 그것 외에는 아무것도 없다. 특히 정치인들이 말한다고 따라

하지 말아야 할 것이다. 언론이 선동하다고 갈 길을 잃어버리면 안
될 것이다. 정유년의 초하루에 덕담만 하여야 하는데 우리의 여건이
너무도 긴박하기에 무거운 마음으로 소견을 피력하여 보았다. 대한
민국 영원하시라! 7천만 국민들에게 행운이 가득하시길 기도한다.

오가는 교차점(交叉點)에서 2017년 1월 1일

　지금이 송구영신하는 교차점입니다. 지나온 해를 돌아보고 영원히 아듀 하면서 새해를 맞이하는 교두보에서 인사드립니다. 자주 소식을 전하고 문안을 드려야 했었는데 생각하면 후회만 남습니다. 별로 하는 일 없이 어영부영하다 보니 또 해가 바뀌게 되었습니다. 가까이 있었다면 자주 찾아뵐 수도 있었는데 변명 아닌 변명도 하면서 자위하곤 하였습니다. 세상이 어찌나 각박해 가는지 옛날 생각이 부쩍 나기도 합니다. 또 세월이 많이도 변하였다는 생각이 들기도 합니다. 비록 가진 것 별로 없고 먹을 것 별로였지만 사람 사는 인정만은 넘쳐났다 기억됩니다. 인간도 연어처럼 회기성이 있는가 보네요. 병신년을 돌아보니 나 자신에게는 중요한 한 해가 아니었나 생각됩니다. 막내 김상룡 목사가 5년간 선교활동을 마치고 귀국하여 충주터 교회를 창립하게 되어 기쁨이 넘쳐나기도 하였습니다. 믿음이 나를 구원하여 주실 것임을 확신하는 계기가 되었으니 기쁘다 하지 않을 수 없는 일이었습니다.

호사다마란 말처럼 항상 즐겁고 기쁜 일만 있는 것은 아닙니다.

하반기에 접어들면서 나라 안에는 먹장구름이 하늘을 가리기 시작하더니 결국에는 하나님께서 세우신 대통령을 탄핵하고 그 직무를 정지시키는 누란의 상황에 이르렀습니다. 정치인이 앞장서고 언론이 세상에 떠도는 말로 조작하여 사실인 것처럼 선동하였습니다. 검찰은 이런 언론 허위 보도를 증거로 대통령을 최순실과 공범으로 몰아 공소장을 제출하는 천인공노할 일들이 21세기에 저질렀습니다. 온 세상에서 부러워하는 국위 10위권에 이른 대한민국에서 일어났습니다. 한 마디로 여론재판이며 인민재판이 일어난 것입니다. 6·25사변 때에 괴뢰들은 광장에 반대세력을 모아 놓고 관중에게 물어 손뼉치면 즉석에서 죽이는 인민재판을 말하는 것입니다. 지금도 철의 장막 이북에서는 인민재판이 계속되고 있다는 새터민들이 증거하고 있습니다. 이런 일이 대한민국에서 재판도 없이 우리의 국회에서 인민재판과 같은 탄핵을 하고 말았습니다. 세계 유명한 언론에서는 비하하는 보도를 보면 낯을 들 수 없을 정도입니다. 거기에 기름에 불을 붙이듯 우매한 백성들을 촛불 들고 거리로 나오게 하는 광경은 우리가 이성적이지 못하고 얼마나 감성적이며 선동에 약한지 잘 보여주는 일입니다. 또한 우리 내부에는 우려스러운 세력들이 장마철 독버섯 올라오듯 감당하기에도 버거운 상황에 이르렀습니다.

정치란 백성을 편안하게 잘 살 수 있도록 하는 목적이 있는데도 불구하고 우리의 정치는 백성을 위하는 것이 아니고 정치인을 위한 정치를 하고 있는 데도 백성들은 눈 감고 그들의 주장에 부화뇌동하는 미성숙된 시민의식을 한탄할 수밖에 없습니다. 언론은 왜 이리도 비이성적으로 대통령을 공격할까요. 왈 김영란 법 때문이라고 합니다. 김영란 법은 5만 원 이상 선물이나 현금 또는 대접을 할 수 없는 법입니다. 이것이 실행되면 그간에 언론 대통령으로 군림하던 자들이 대접을 받을 수도 없게 되는 겁니다. 이러하니 약점을 잡아 협박하고 위협하여 금품과 이권에 개입하여 황제처럼 살아온 그들이 하루아침에 불법적인 특권 행사를 할 수 없게 된 것입니다. 그래서 청와대에 로비하기를 언론 분야는 김영란 법에 포함시키지 말아달라고 하였으나 원칙주의자 대통령은 거부함으로써 공격의 기회만 노리고 있던 중이었습니다. 이러는 중에 야당의 대선주자 문재인 후보는 북한인권법을 유엔에 상정할 때에 김정일에게 물어 보라고 했다는 내용이 전 외교장관 송민순의 자서전에서 폭로되니 변명해도 소용없음을 알고, 현 정부를 공격할 찰나에 언론이 이 기회를 놓치지 않고 일제히 최순실의 국정 농단이란 이름하에 총 공격하기에 이르렀습니다. 최순실이 불법을 저질렀으면 법의 심판을 받으면 되는 것은 삼척동자도 모두 아는 기본적인 사안입니다.

그런데 법치의 근간인 재판도 받지 않은 상태에서 위법 불법이 확정되지도 않은 상황에 법을 만드는 입법부(국회)에서 대통령을 탄핵을 하였습니다. 개가 웃고 소가 웃을 일입니다. 탄핵에 찬성한 모든 국회의원들은 불법탄핵을 하였으니 감옥소로 가는 것이 법 앞에 만인이 평등한 것이 아닙니까. 허위 날조한 언론은 폐쇄시켜 정의를 바로 세워야 할 것입니다. 그리고 거기에 관련된 모든 사람들도 법 앞에 심판을 받아야 할 것입니다. 이것은 나 같은 평범한 일개 시민의 생각입니다. 언론의 편파 왜곡 보도는 극에 달하고 있는데도 많은 사람들이 시정을 요구하여도 모르쇠로 일관하고 있습니다. 적어도 허위 날조를 주동한 자는 극형에 처하여도 분이 풀리지 않은 다는 이야 깁니다. 또한 촛불 현장에는 법은 찾아볼 수도 없을 뿐만 아니라 각종 구호들 중에는 이석기를 석방하라는 것도 있으니 사회주의가 답입니다. 단두대가 등장하고 대통령을 죄인의 형상으로 만들어 조롱을 하면서 하야하라, 즉시 물러나라, 입에 담을 수도 없는 기괴한 장면을 국민들은 보았습니다. 참석자들 과반수가 청소년들이라니 이게 말이 되는 일입니까. 학교에서 면학에 열중하여야 할 나인데 거리로 선동되어 나왔으니 우리의 문화의식이, 정치의식이 50년은 후퇴한 모습을 보았습니다. 어느 국민이 이를 보고 걱정하지 않을 수 있겠습니까. 교단을 지키는 선생님은 어느 나라 선생님입니까.

노동 현장을 지키는 노동단체는 사회주의 체제에서도 존립할 수 있다고 생각하는 것은 아닌지 묻지 않을 수 없습니다. 정치가, 언론이 문화 예술이 교단이 사회 각 분야가 모두 곪아 터지기 직전의 상황입니다. 병이 들면 약으로 처방하든지 아니면 수술을 하여 환부를 치료하여야 할 것입니다. 그런데 국민들이 선택한 나라의 대통령을 탄핵하여 직무를 정지시켰습니다. 이는 무엇을 의미하는 것입니까. 병들어 곪아 터지도록 하여 자유민주주의를 뒤엎고 사회주의나 공산주의를 하자는 것입니다. 다시 말씀드려 북한 괴뢰집단 괴수 김정은에게 나라를 바치자는 것이 아니고 무엇이겠습니까. 공은 헌법재판소로 넘어갔습니다. 대다수 국민들은 저와 같아 기각되기를 기대하고 있습니다. 왜냐고하면 탄핵 자체가 불법이고 위법하기 때문입니다. 문재인후보는 "도올"이라는 미치광이처럼 왔다 갔다 하는 자와 대담에서 만약에 헌법재판소에서 기각을 하든지 각하가 되면 어떻게 할 것이냐는 질문에 답하기를 남은 것은 혁명뿐이라고 대답하였습니다. 이것이 무슨 의미겠습니까. 민중폭동으로 나라를 뒤엎겠다는 이야기 아닙니까? 새해 벽두부터 헌법재판소에서 탄핵이 받아들여지든지 각하 또는 기각이 되든지 불문하고 나라는 어려운 상황에 이르게 될 것임은 자명한 일입니다.

우리 모두 정신 똑바로 차리지 않으면 손바닥만 한 이 땅을 지킬 수도 없어 유리걸식하는 사태가 올지도 모를 일입니다. 월남 패망 후 보트피플이 오대양을 떠다니는 광경이 우리에게 닥치지 말라는 법이 없다는 이야깁니다. 새해 벽두에 문안인사가 본질을 벗어났습니다. 그만큼 우리의 상황이 절체절명이란 표현이 합당한지 아니면 백척간두에 있기에 무거운 이야기를 하였습니다. 우리 모두 하나하나가 일의대수(一衣大水)의 역할을 하여야 할 것입니다. 새해 복 많이 받으시고 건강하시기를 하나님께 기도하겠습니다.

해가 바뀌니 떡국으로 중식을 하였다. 그것도 1월 1일 날이 주일날이었고 11시 예배를 보고 난 다음에 떡국을 먹었으니 새해구나 하는 실감이 났다. 원래 떡국은 설날에 먹는 음식이었다. 설날 조상님들 차례상에 메(밥) 대신에 떡국을 올리고 제사를 지내고 음복한 후에 어른들께 세배를 드린 다음 떡국으로 설날 아침식사를 하였다. 성장 발전하는 과정은 세월이란 배를 타고 항해하는 중에, 태양력이 세계 여러 나라에서 보편적으로 사용하여 그들과의 외교적, 무역거래 등등 교류면에서 좋다하여 적용함으로써 신정과 구정의 문제가 대두하기에 이른다.

이중과세로 설날을 신정으로 대체한 때도 있었다. 떡국은 세시음식으로 전통을 이어왔으나 요사이는 사시사철 먹을 수 있는 음식 중에 하나이다. 먹고 싶은 생각이 있으면 언제라도 준비된 식당들이 있고 각종 마트마다 떡국을 상품화하고 있는 실정이니 많이도 변하였다. 떡국은 세시풍속 음식을 넘어서 때와 장소에 구애됨이 없이 국민 음식으로 변하였다. 떡국은 원래 설날에 먹음으로써 나이를 한 살 더 먹는다고 하였다. 우리가 먹어온 떡국을 흰 쌀로 만든 것은 우리민족의 색갈이 흰색으로써 순수성과 청결함을 의미하며 떡 골비가 긴 것은 장수를 의미한다. 그래서 새해 첫날에 조상님께 차례를 올리고 먹는 음식은 민족의 상징성을 나타내기도 한다. 어렸을 때에 어머님께서 떡국 만드는 과정을 옆에서 보아왔다. 흰쌀을 디딜방아로 찧어 체로 쳐서 온수로 골고루 뿌린 다음에 시루에 넣고 찐다. 익은 재료를 안반 위에 놓고 아버지께서 떡메로 치면 어머님은 손에 물을 발라서 골고루 떡메에 닿게 하여 조직이 찰떡처럼 진득하게 하였다. 이렇게 만든 재료를 조금씩 떼어서 안반에 놓고 비비기 시작한다. 점점 둥글고 길어져 일정한 정도의 떡 골비가 되면 소쿠리에 담아 놓기를 반복하였다.

하룻밤 자고 나면 조직이 굳어져 칼로 썰기에 적당하게 되면 동전만 하게 썰기 시작한다. 썰어 놓은 떡들이 서로 붙지 않게 보관하였다가 장국이나 쇠고기나, 돼지고기 또는 닭고기 등으로 만두나 탕국을 만들어 끓인 다음에 떡국을 넣는데 지방에 따라서 두부나 묵 또는 지역의 특산물을 넣기도 하여 익힌다. 이것을 떡국이라 하고 또는 병탕(餠湯)이라 불리기도 하였다. 떡국의 유래에 대해서는 찾아볼 수 없고 다만 최남선(崔南善)의 『조선상식문답(朝鮮常識問答)』집에 이르기를 떡국의 유래는 매우 오래된 것으로 상고시대의 신년 제사 때 먹던 음복(飮福) 음식에서 유래되었다고 기록하고 있다. 이를 미루어 보면 매우 오랜 역사성을 가지고 있다고 보이며, 주곡이 쌀이었음을 알 수 있다. 또 역사적 문헌으로는 『동국세시기』와 『열양세시기』가 전해진다. 여기에서는 떡국은 정초차례와 세찬에 없으면 안 될 음식으로 설날 아침에는 반드시 먹었다고 기록하고 있으며, 손님이 찾아오면 이것(떡국)을 접대하였다고 한다. 오늘날 우리가 먹는 떡국은 시대와 시절에 따라서 조금씩 변형되었으나 근본은 옛날이나 지금이나 변함이 없다고 보인다. 우리가 날마다 하는 일상생활들이 문화라는 이름으로 후세에 전한다, 떡국이란 설날 먹는 음식이 상고시대부터 이어져 왔다는 생명력에 찬사를 보내고자 한다.

이것이 문화이다. 문화는 영원하다고 하여도 무방하다 할 것이다. 총칼의 문화는 얼마가지 못하여 사라져 버리지만 문화는 우리의 상상을 초월하고 있다. 새로운 해가 활짝 열렸다. 온 국민들이 희망을 가지고 시작하자. 우리의 색깔인 흰색처럼 깨끗하고 순수하며 장구함을 기원하는 떡국을 먹고서 힘차게 시작하자.

태극기는 휘날리고 2017년 1월 8일

늦을까 급하게 집을 나섰다. 실내체육관 연도에서 출발한다기에 핸들을 돌리면서 오늘 나에게는 어떤 역사적인 상황이 올 것인가에 관심을 가지고 해병전우회 실내 주차장에서 차를 놓고 연도에 있는 버스에 올랐다. 대부분이 낯선 분들이고 군데군데 빈 좌석에 자리를 잡고 앉았다. 며칠 전에 한영기 장로님께서 카톡으로 출발 장소와 시간을 알려주어 오늘 행사에 참석키로 결정하였다. 인터넷을 검색하다 보니 오늘 행사에는 기독교에서 목사님들 1,000명과 성가대원들이 뒤를 잇는다는 기사를 본 바가 있다.

그래서 이곳에서도 기독교인들이 가는 모양이라 생각했는데 정작 차를 타고 보니 아는 사람이 없어 무슨 일인가 하고 생각했는데 나중에 알고 보니 뒤편 버스에 타고 있는 것으로 추정되었다. 인솔자는 노승일이라는 젊은 분으로서 간단한 인사를 하면서 지난번까지는 버스 한 대로 참여했는데 오늘은 두 대로 참여한다고 했다. 이 규모는 중소도시로는 처음이며 강원도 도 단위 규모가 간다고 하였다. 지역 내에 애국시민이 많다는 것에 흐뭇한 마음도 있었다. 비용은 1인당 만 원으로 정하였다고 하며 두툼한 비닐봉지를 주어서 받아들었다. 무엇인지 속을 들여다 보니 김밥 1줄 하고 흰떡 한 뭉치와 식수 1병 그리고 귤, 과자, 우유 한 팩이 들어있었다. 이것이면 오늘 내게 필요한 열량은 충분하다고 생각하였다. 차는 서서히 시내를 지나 탄금호를 거쳐 북충주에서 중부내륙고속도로에 올라 달리기 시작하였다. 오늘의 행사는 무역회관(COEX) 앞 연도에서 한다고 하였다. 본 행사는 오후 2시부터이며 우리는 늦어도 오후 1시 반까지는 도착할 것이라 예고하였다. 인솔자는 마이크를 돌려가면서 각자 인사를 시작하였다. 차창 밖의 풍경은 텅빈 들판을 지나 낙엽진 앙상한 가지를 바라보니 을씨년스러운 겨울 풍경이다. 지금의 내 마음을 대변하는 것 같았다. 어찌하여 우리나라가 이 지경이 되었는지 답답하고 안타까움의 연속이었다. 그래서 오늘 집회에 선뜻 나서게 된 동기다. 아무리 선의로 생각하여도 이것은 아니지 않은가.

잘 살아보자고 1970년 4월 22일 대구 지방장관회의 때에 고 박정희 대통령께서 새마을 운동을 제창하였다. 1961년 5월 16일 혼돈스러운 이 나라를 구하고자 군사혁명을 주도하고 6대 혁명구호를 발표하였다 그중에 가장 어려운 일이 "빈곤을 타파"하는 문제였는데 하루 이틀에 이루어지는 것이 아니었다. 그래서 당시의 국내외의 경제학자 30명을 초청하여 국가최고회의 의장실 바로 옆에 방을 만들어 그들에게 주문하기를 3달 내에 각자 한국 경제발전 계획을 수립해 오라는 지시를 하였다고 비사는 전한다. 때가 되어 그분들이 연구한 보고를 받는데 참석한 모든 분들이 계획을 세울 수가 없었다고 하였다. 왜 그러냐는 답변에 통계수치가 하나도 없어서 계획 자체를 세울 수 없었다는 이야기를 하였다. 그럼 무엇을 가지고 왔느냐는 물음에 각자 앞으로 10년 후에 우리나라가 이 정도쯤은 발전을 했으면 좋겠다는 스케치를 해왔다는 이야기다. 최고회의 의장 박정희 소장은 지금 와서 이보다 더 좋은 안은 없다는 판단에 그분들이 계획도 아니고 다만 10년 후에 우리나라 경제가 이 정도 되었으면 한다는 꿈을 국가계획으로 받아들여 발표하고 그 이듬해인 1962년부터 제1회 경제개발 5개년 계획이라는 이름으로 추진하게 되었다.

체계적인 계획이 아니어서 수십 번 계획을 수정하면서 피를 토하는 심정으로 나라 구하겠다는 일념 하나로 시작하였으나 국내외의 여건은 너무나도 냉혹하였다. 그래서 하면 된다는 의지를 국민들에게 심어 주자는 생각에 새마을운동을 제창하였다. 한마디로 잘 살아보자는 것이다. 이것은 곧 마을에서 직장으로 각 기관단체로 농촌에서 도시로 요원의 들불처럼 일어났다. 그것이 국민들의 마음을 모을 수 있는 동인이었으며 이는 곧 경제개발 성공을 지원하는 중요한 후원자가 되었다. 우리에게 풍부한 시멘트를 이용하여 각 동마다 300포대를 무상 지원한 것이 시초였다. 그 300포대를 각 마을에 나누어 주고 부엌도 바르고 장독대도 보수하게 하였다. 그렇게 시작한 경제개발로 세계 10위권의 무역거래 국이 되었다니 춤추고 축하할 일인데 어찌하여 계층 간의 골이 깊어지고 지역 간의 갈등이 노정되며 동서남북이 갈가리 찢긴 오늘의 이 상황을 접하는 심정은 피를 토하는 심정이다. 나는 그 어려웠던 초기 새마을 운동을 직접 담당하여 추진해 왔기에 누구라도 이 사업에 시비를 건다면 목숨을 걸고라도 막을 각오가 되어 있다. 어느 누가 생각이나 했겠는가? 5천 년의 썩어 문드러진 초가지붕을 개량하였겠는가. 나라가 개국한 이래 이런 일들이 한 번이라도 있었으면 말해보라고 외치고 싶다.

때와 장소를 가리지 않고 반대만 하여온 우리의 정치는 지금도 계속되어 악랄하기가 극에 달하고 있다. 죽기 아니면 살기식이다. 나라의 대통령은 하늘이 낸다고 하였다. 유권자 51%의 지지로 당선된 대통령을 신문 전단지(지라시)로 탄핵을 하였으니 이일을 어찌할꼬. 죽어 조상님들을 어찌 뵈올런지 입은 있으되 말문이 막히는 지경이다. 법을 만드는 사람들이 법을 가장 많이 위반하니 이런 국회를 그냥 보아야 하는지 눈물이 앞을 가린다. 내가 오늘 이 행사에 참여한 동기를 이것으로 설명하고자 한다. 차는 계속 달려 어느 간이 휴게소에서 정차하였다가 계속 달려 목적지에 도달하니 정확히 오후 1시 25분경이 되었다. 하차하여 돌아보니 수많은 태극기 물결이 넘실거린다. 간단한 사진 촬영을 하고 대열에 합류하였다. 인솔자는 앞에서 들고 있는 횡으로 된 현수막에 종북 좌파 척결해야 후손 미래 보장된다는 글을 쓰고 그 밑에 충주 의병단이란 참여 주최를 밝히고 있다. 또 하나는 준동 세력 몰아내어 후손에게 민주국가 물려주자는 글씨 밑에 역시 충주 의병단이란 현수막을 보고 인솔자의 유도에 따라 움직이기 시작하였다. 참여자들이 점점 많아지고 단상에서는 전철역에서 사람들이 너무 많이 몰려나와 감당을 못하니 경찰에게 도로 반을 열어달라고 호소하고 있다. 나는 태어나 정말로 이렇게 많은 사람들을 처음 보았다. 식전행사로 연사들이 나와 나라를 뒤집으려는 준동세력들에 대하여 규탄 연설을 하였다.

　분위기는 점점 익어지는데 심수봉 가수가 부른 무궁화를 불러 참가자들의 눈시울을 적시기도 하였다. 참여자는 대부분 성인으로서 나이가 많은 사람들이며 젊은 층도 저번보다는 많아졌다는 이야기다. 어린아이들도 부모님과 함께 참여하여 살아있는 역사의 현장 학습을 목도하고 있다. 여러 구호들도 나타나났다 "탄핵 원천무효" "탄핵 기각" "국회해산" 등등 수많은 구호들을 단상에서 선창하면 참여자들이 모두 복창한다. 행진곡이 울려 퍼지기도 하면서 분위기는 점점 깊어만 갔다. 참여자들이 너무 많아지니 경찰들의 폴리스라인도 무너져 결국 중앙선을 경계로 하여 한쪽 편이 넓혀지고 인도에도 사람들로 가득하였다. 태극기 바다를 보았다. 가슴 심박이 뛰고 눈시울이 뜨거워지기도 하였다. 시간은 자꾸 흘러 본 행사를 알리는 사회자의 안내 말씀에 따라서 몇 분들의 연사들과 기독교 목사님들, 장로 대표자 말씀과 기도가 있었다. 그리고 전 국방부장관이었으며, 전 국가정보원장이었던 권영해 원장이 개회사 및 개회 선포식을 거행하였다. 이어서 기독교 찬양대원들이 찬양하는 순서로 진행되었다. 본격적인 행사가 진행되니 사람들의 발을 움직일 수 없이 많이 몰려와서 이러다가 사고는 나지 않을까 하는 우려마저도 들었다.

　행사를 주최하는 탄기국(탄핵 기각을 위한 국민 총궐기 운동본부)은 코엑스 앞에 제8차 태극기 집회를 열고 있다. 주최 측 추산으로 120만 명이 참여하였다고 하고 경찰은 3만 7천 명으로 발표하였단다. 젊은 청년 하나가 단상에 올라 "종북을 반드시 척결 하겠다"라는 의지를 보이기도 하였다. 많은 참석자들의 박수갈채를 받았다. 주최 측에서는 정치 검찰은 물러가라 또한 수사권을 경찰로 넘겨라는 구호를 외치기도 하였다. 또한 일부에서는 군인들이여 일어나라 계엄령이 답이다. 등의 촉구하는 피켓도 눈에 띄었다. 조작 날조 언론들에 대한 규탄도 이어졌다. 권영해 씨는 이번 사건의 핵심이 JTBC에서 보도한 태블릿PC라고 일갈하였다. 정광택 "탄기국" 회장은 정치 검찰의 농간과 언론의 선동 왜곡으로 나라가 누란에 처하였다고 규탄하였다. 오후 4시가 넘어서 사람들이 너무 많아 감당하기도 힘든 상황이었다. 각 지역에서 참여한 수많은 사람들의 크고 작은 태극기와 피켓과 현수막의 물결은 정말로 장관이었다. 선두 차 안내에 따라서 서서히 움직이기 시작하였다. 규탄 구호는 계속 이어지고 코엑스에서 대치동 소재 박영수 특검 사무실이 있는 곳으로 이동하기 시작하였다. 이곳에서 한 시간가량 박영수 특검은 물러가라는 규탄 집회를 마지막으로 서울시청 앞에서 행하는 집회에 참석하고자 이동하는 중에 우리는 가는 길이 멀어서 기다렸다가 버스에 올라 귀향하기 시작하였다. 집에 도착하니 저녁 9시 30분이 되었다. 동행하시는 모든 시민들에게 감사한 인사를 올린다. 둔한 필력으로 두서없이 생각나는 대로 이야기하였다. 할 말은 너무 많아 몇 년을 두고 이야기하여도 부족함을 안타깝게 생각하면서 인사에 갈음한다. 가내 행복하시기 기원한다.

함성은 천지를 진동하는데 2017년 1월 11일

 역사는 반복한다고 한다. 이는 흥망성쇠를 이르는 말이다. 지금 와서 돌아보니 우리는 참으로 고생도 많이 하고 어려움도 수도 없이 겪어왔다. 수많은 전쟁을 통하여 고귀한 생명들이 죽어간 조상님들을 모시고 살아가고 있다. 오늘 우리는 어떤 시대에 살고 있는지 곰곰이 생각해 볼 필요가 있다. 거리에는 자동차가 넘쳐나고 전화기는 사람마다 하나씩 모두 가지고 국내는 물론 해외 정보들도 가감없이 검색 가능하며 일생생활에서 휴대폰이 없으면 아무 일도 못하는 세상을 앞에 두고 있다. 대통령을 가지고 놀아도 될 정도의 언론이 보장된 자유민주주의 시대에 살고 있다.

 초근목피하던 시절은 옛날 동화책에서나 볼 수 있고 불과 반세기 전에는 세계 최빈국에 살았던 세대들이 아직도 눈을 부릅뜨고 지켜보고 있다. 나라는 풍전등화에 있는데도 개인의 자유와 인권과 부는 차고 넘쳐나 주체를 못하다 보니 이를 지키고 향유하기 위하여 수단 방법을 가리지 않는다. 나라가 있어야 나도 있고 너도 있다. 나라 없는데 사유재산이 내 것이라 할 수 있는가. 무슨 개인의 인권이 보장되고 자유를 누가 보장해 준다는 말인가. 세계 최고의 교육 수준을 유지하는 대한민국이 없다면 모두가 공염불일 것이다. 지금이 바로 해방 후의 상황과 같지 않은가? 우리는 참 민주주의가 무엇인지도 모르며 준비되지 않은 상태에서 양복을 입었다. 바지저고리에 두루마기를 입고 갓 쓰고 거리를 활보하던 선인들이 자유가 무엇인지도 모르는 상태에서 물밀듯이 들어와 의식주를 비롯하여 모든 분야가 일거에 혼돈의 경지에 이르렀다. 그러다 보니 진정한 자유가 우리에게 있을 수 없었다. 자유는 방종으로 책임 없는 방종의 자유가 나라 안을 물들이다 보니 인심은 숭숭해지고 좌와 우의 대립이 심화된 다음에 나라는 두 토막이 나고 말았다.

그것이 일 갑자 전의 이야기다. 날마다 정치 패거리들이 거리를 누비며 감언이설로 선동하기를 얼마나 하였던가. 우매한 백성들의 약점을 이용하여 저들 집 종처럼 여기지는 않았는가. 참다못한 구국 세력들이 일어나 나라 안에서는 새로운 여명의 불빛이 보이기 시작하였다. 세월이 많이 흐른 뒤에 만약에 그분들이 아니었다면 오늘 우리는 어떤 시대에 살고 있을까 자주 생각나는 대목이다. 당시의 우리보다 더 잘 살았던 필리핀은 지금 어떤 상태인지 증명하고 있지 않은가. 이를 두고 먹물 먹은 자들은 압축성장이라 하던가. 아무러면 어떠냐. 온 세계인들이 놀라는 위대한 업적을 반세기 만에 이룩한 우리가 아닌가. 그런데 지금의 우리 모습을 돌아보자. 날마다 부르짖는 함성이 천지를 진동하고 있다. 이 모습을 보신 하나님께서 누구의 손을 들어주실까. 하늘이 세우신 대통령을 근거나 증거도 되지 않는 시중의 떠도는 전단지 같은 것을 첨부하여 탄핵의 정당성이 있다고 하는 그들이다. 이러한 국회와 국회의원들의 저질적 막가파식으로 탄핵을 한 그들이 진정한 자유가 무엇인지 알고 있는지 묻지 않을 수 없다. 이런 방종이 어디 있는가. 국민들의 의식을 선도하여야 할 막중한 책임을 지고 있는 언론은 세계 역사상 전무후무한 언론 폭거이며 횡포이고 폭력이다. 언론의 생명은 직필에다 곡필이 되어 버린 지도 오랜 시간이 흘렀다. 정론은 어디에도 없었다. 우리의 자유민주주의를 지키고자 하는 의식들이 확고하다면 무슨 문제겠는가. 그렇지 못한 것이 오늘의 우리의 수준이다. 어린 학생들을 가르치는 교단이, 사라진지도 오래된 공산주의를 추종하게 교육을 시켰다. 그들이 오늘의 한국을 붉은색으로 물들이는데 훈장이라도 수여하여야 할 일 아닌가. 어찌하자는 것인지. 나라 경제의 한 축인 노동조합은 무엇 하는 단체인가. 나라 경제를 어렵게 하는 것도 큰 문제인데 정치 세력화하여 그들의 전위대처럼 이 땅을 붉은 나라로 만들려는 만행은 도저히 묵과할 수가 없다. 오만의 극치를 보여주는 그들을 징계하지 않을 수 없다. 재야 세력이라고 하는 자들 추방하자. 모두 저들이 희망하고 좋아하는 곳으로 추방하자. 자손 대대로 역적의 굴레를 씌우자. 수많은 지식인들은 모두 죽었는가. 모두가 겁쟁이가 되어버렸는지, 입은 있는데 말 못하는 벙어리가 되어 버린 지식인들 모두 약이라도 먹고 죽었으면 좋겠다. 없는 것이 오히려 낫다는 이야기다. 마음속에 간직하고 있는 생각들을 표현하지 못할 큰 이유라도 있는가. 좌편향 된 각종 사회단체는 무엇하는 단체이기에 남북이 첨예하게 대치한 상태에 이들을 보호하고 지원하고 있는지 나의 상식으로는 도저히 이해할 수 없다. 매일매일 흘러나오는 이야기들은 이 나라가 마치 적화가 다 되어 버린 것처럼 떠들고 있는 것을 보니 분명히 심각한 상황임을 우리 국민들은 알아야 한다.

그리고 더 이상 머뭇거릴 시간이 없다는 말이다. 탄핵 정국이 지속되니 일본 놈들이 독도를 저들 영토라고 침략근성을 버리지 못하고 중국 놈들도 우리의 항공식별구역을 무단침입하며, 동북공정으로 역사를 왜곡하는 엄중한 상황임에도 나라의 주권은 안중에도 없다. 이렇게 위급상황에 날마다 시위를 한다는 것이 참으로 슬픈 일이 아닐 수 없다. 우리 모두 한발씩 물러나 자신을 돌아보자. 사람의 속성은 자기가 믿고자 하는 것을 믿는 속성이 있다고 한다. 아무리 그렇다 하여도 무엇이 옳고 그런지는 식별할 수 있는 일이 아닌가. 내가 이 나라에 무슨 존재인가를.

태극기는 하늘을 가리고 2017년 1월 15일

    태극기와 무궁화는 우리에게 무슨 의미일까? 애국가 3절에 "밝은 달은 우리 가슴 일편단심 일세" 노랫말처럼 우리나라 사람 모두가 일편단심으로 지켜온 숭고한 가치이다. 오늘도 나는 이 가치를 지키는 데 미력한 힘이나마 보태고자 버스에 올랐다. 지난해 10월부터 이를 외면하는 세력들이 준동하기 시작하였다. 나라를 뒤집으려고 광분하는 모습에 그대로 방안에 앉아있을 수 없게 하였다. 언론과 정치인을 비롯하여 지식인 교수 나부랭이들 나팔 불어(입으로) 먹고사는 얼치기들이 우매한 국민들을 선동하는 난세다.

    긴가민가하였던 사람들 모두가 이에 동조하기에 이르렀다. 전위대로 강성노조와 반국가단체들이 일제히 촛불 들고 광란의 춤을 추고 있다. 불온사상을 가진 자들이 물 만난 고기들처럼 막장 드라마를 보는 듯하다. 이러다가는 정말로 천신만고로 발전시키고 지켜온 이 나라가 붉은 마수들에게 걸려들지나 않을까 우려되는 마음 금할 수 없다. 한마디로 무법천지가 되었다. 나라를 지키는 마지막 보루가 "법"인데 작금의 상황은 법은 수장고(收藏庫)에 넣어버렸는지 찾아볼 수도 없다. 힘 있는 자는 전횡하고, 목소리 큰 자가 선동 조장하는 세태를 보니 도저히 참을 수가 없었다. 법을 만드는 국회와 국회의원들은 저들이 만든 법은 안중에 없다. 피를 토할 일이 아닌가. 어찌 저들을 국회로 보냈단 말인가. 이를 보노라면 우리나라 국민들의 의식을 의심하지 않을 수 없다는 결론이다. 나 한 사람만이 그런 생각을 가졌다 하여도 오관(五官)닫고 있는 게 나의 양심이 허락하지 않는다. 그래서 태극기 흔들어 누란에 처한 구국길에 동참하고자 하였다. 이번이 제9차 태극기 집회다. 이 장로님, 조 장로님 몇 분의 지인들도 동승하였다.

나라는 거의 올 스톱이 되었다. 주변의 여건들은 날로 어려워지는데 발 묶고 손 놓고 입 막았으니 무엇으로 헤쳐나가야 할지를 생각한다면 눈물이 앞을 가리는구나. 특히나 이런 어려운 상황임에도 배신을 하는 정치 모리배들이 화면에 비치는 모습은 정말로 역겨워 볼 수 없어 채널을 돌리기 일쑤다. 이런 사람들이 반골이란 사람들이다. 국민들은 이들을 절대로 가까이하지 말아야 할 하류다. 한번 배신하는 자는 두 번 세 번을 배신한다는 이야기다. 어른들 말씀에 세 살 버릇 여든 살까지 간다고 하였다. 인간의 의식은 그만큼 변화를 거부한다. 어린 학생들에게 붉은 사상을 주입시키면 죽을 때까지 간다는 이야기다. 바로 그것이 오늘의 우리의 현실이라 생각된다. 586이 그렇고 486과 386도 이런 교육을 받은 자들이 지금의 이 나라에 주축이 되었으니 나라가 붉게 물들지 않는다면 이것이 더욱 이상한 일이다. 차는 출발하였다. 당초에 버스 두 대로 가려 하였는데 마침 반기문 총장의 귀향 환영식이 있어 버스 한 대로 42명이 동승하게 되었다고 한다. 머리띠와 태극기를 배부 받았다. 그리고 활동하는데 필요한 에너지 공급원도 배부 받았다. 오후 1시부터 기독교 주관으로 시작하고 2시부터 "탄기국"에서 주최하는 행사가 진행된다고 인솔자는 설명하였다. 그리고 행동은 개인 각자가 하며 이곳에서 행사가 끝나면 행진이 시작되어 서울시청 광장에서 하는 집회에 참석하기로 하였다.

집회가 끝나면 건너편 한화생명 앞으로 6시까지 모이면 안내하겠다고 하였다. 시내 진입하니 서울의 박창일 사장님이 전화가 왔다. 119 소방서 앞에서 만나자는 전화였다. 마침 김방한 국장도 함께 있다고 하였다. 반가웠다. 죽마지우들을 만난다는 기대감도 상승작용을 하였다. 행사장인 대학로에 도착하니 오후 1시 30분경이었다. 하차하여 안으로 깊숙이 들어갔다. 같은 동내에서 온 신 형과 함께 행동하기로 하고 서서히 발길을 옮겼다. 주최 측에서 각종 구호를 선창하면 복창하는 방식으로 함성은 지축을 흔들었고 태극기 물결은 하늘을 덮었다. 탄핵 무효, 탄핵 기각, 특검 취소, 국회해산 등등 수많은 구호를 외치면서 열광하기 시작하였다. 늙은이도 젊은이도 청년들도 어린 학생들도 할머니 아주머니 할 것 없이 모두 한목소리로 규탄하였다. 귀가 있으면 듣고 눈 있으면 보라는 것이다. 머리가 있으면 이 외침의 광경을 보고 무엇이 정의인지 진리인지를 똑똑히 보아라는 외침이다. 친구들과 몇 번의 전화 시도를 하고 연락이 되었으나 초행이라 어딘지 찾지를 못하고 김 국장이 홍사단 앞에까지 왔다고 하였으나 찾지 못하고 만남은 다음으로 미루어지는 안타까움도 있었다. 여러 연사들이 단에 올라 열변을 토하였다. 함성과 열광의 온도는 높아지니 눈물을 흘리는 자들, 통곡하는 자들로 분위기를 숙연하게 하였다. 특히 애절한 목소리 소유자 심수봉의 무궁화 노래 열창에 나도 눈시울이 뜨거워졌다.

4시에 행진이 시작되기로 하였는데 행사가 길어져 4시 30분경에 출발하였다. 완급을 조절하면서 선도차를 따라 전진하였다. 빌딩 숲 속을 헤집고 구호를 외치면서 나가는 중에 선두에서 멈춰 섰다. 좌측 높은 빌딩을 바라보니 그 이름도 악명 높은 MBN 방송국 앞에 섰다. 모두들 야유와 규탄 집회를 하고 나아갔다. 어둠이 깔리기 시작하였고 반대편 수많은 차량 행렬들이 이를 보고 태극기 집회의 의미를 가지게끔 하였다. 돌고 돌아 시청광장에 도착하니 해는 넘어가고 가로등 불빛만이 우리를 반기고 있다. 시청 앞 집회가 본격적으로 시작되었다. 이곳에서 행사에 이용한 레커 차량에 올라 군중들이 모인 사진 몇 장을 촬영할 수 있다. 시간이 점점 다가와 안타까움을 뒤로하고 인술자들과 합류하여 버스에 올라 7시 5분경에 귀향하기 시작하였다. 집행부에서는 간단한 인사와 더불어 오늘의 행사의 의미를 설명하였다. 서울 친구 박창일 사장님, 김방한 국장님, 박승일 회장님, 김부길 교장님, 대구의 박부흠 교장님 비록 만나지는 못하였지만 당신들의 함성이 귓전에 맴돌고 있구나. 다음에는 꼭 한 번 만나자는 기대도 해보았다. 벌써 도착하였다고 하였다. 잊은 소지품 잘 챙기고 다음에 또 만나자는 인사를 나누었다. 하차하여 이 장로님, 조 장로님께 인사를 하고 집에 도착하니 9시 20분경이 되었다. 다음에는 꼭 꿈을 이루시길 기원하면서.

불어라 북풍아! 들어라 태극기! 2017년 1월 17일

　살을 에는 북풍한설이 마음마저 얼어붙게 한다. 세상은 온통 미쳐 돌아가고 혼돈의 세상은 연속되어 갈피를 잡지 못하는구나. 아둔한 백성들은 깊은 잠에 빠졌는지, 애써 외면하는 것인지, 굿이나 보고 떡이나 먹자는 것인지도 모르겠다. 선장을 감금시키고 배는 침몰 직전의 상황임에도 설마 나는 괜찮겠지 하는 현실 기피증이 도를 넘어서는 것 같다. 잘 가꿔놓은 텃밭을 갈아엎겠다고 광분한지도 3개월이 되었다. 선동하고 준동하는 괴성(怪聲)에 선량한 백성들은 그들의 감언이설에 현혹되어 갔다. 검은 고양이면 어떻고 흰 고양이면 어떻다는 것이냐는 말로 유명해진 등소평의 이야기가 생각나게 한다. 좌면 무엇이고 우면 어떻다는 것이냐 하는 자포자기의 상태인지도 모르겠다. 그렇지 않고 꿀 먹은 벙어리처럼 다운된 것을 무엇으로 설명이 될까. 이런 기막힌 무정부 상태를 어떻게 설명하여야 이해할 수 있을까. 정말로 우리의 한계인지도 모를 일이다.

　무엇하자고 밤새워 공부하고, 학교 나와 직장 얻어, 분골쇄신토록 일하였는가. 이제 그 피나는 노력으로 이룩한 모든 것들이 공염불이 될 상황이 점점 다가오는데 잠에서 깨어나지 못하는구나. "법"은 있으나 발바닥으로 깔아뭉갠지도 오래되었다. 목소리 큰놈이 말하는 선동은 마치 정의가 되었고, 힘센 놈이 전위병이 되어 촛불을 드니 이것이 민초들의 뜻이라고 강변한다. 없는 죄도 만들어 씌우는 황당한 세상을 보면서도 그것이 마치 진실인 것으로 미쳐 돌아가는 세상이다. 조작된 여론이라는 것을 아전인수식으로 해석함이 공중파를 통하여 날마다 날조하고 확대 재생산하여왔다. 만인에 대한 평등이 법이라 하였는데 책에서만 있는 이야기다. 성장하는 아이들이 무엇을 보고 배우겠는가? 참으로 불쌍하고 가엾지 않은가. 내 새끼, 손자 손녀들이 좋은 세상 볼 수 있을른지도 의문이 간다. 여보시오! 그곳에 누구 있소, 귀 있으면 열어놓으시고, 눈 있으면 감지 말고 활짝 떠보세요. 입 있으면 무엇이 나를 살리고 내 가정과 내 자손들을 살리는 것인지 판단하고 말해 보시기를 간절히 기원해 본다. 뜻은 있으되 표현하기를 아끼는 대다수 선한 우리 국민들이다. 겸양이 도를 넘으면 표현할 기회도 얻지를 못한다고 한다. 당신의 가슴속에 있는 한과 울분들 땅을 향하여도 좋고 하늘을 향하여도 좋다. 큰소리로 외쳐보자. 새로운 세상이 활짝 열릴 것이다. 오늘내일하다가 늦어 돌이킬 수 없는 지경이 오기 전에 결단하고 태극기 들고 나가자. 이것만이 존망에 처한 이 나라를 구하는 길이다. 무엇이 더 설명이 필요하겠는가? 지금까지 보고 듣고 하였던 모든 것들이 설명하고 있다. 북풍이 아무리 춥고 매서워 마음까지 얼어붙는다 할지라도 영원한 우리의 태극기의 열기 앞에는 봄눈 녹듯이 녹아 사라질 것이다. 촛불을 아무리 많이 든다 한들 진실 된 국민들의 열기 앞에는 바람에 나는 겨와 같을 것이다. 이제는 망설일 시간이 없다고 한다. 이 엄중한 역사의 변곡점에서 대한민국은 당신을 간절히 기다리고 있다. 모두 잠시 내려놓고 나가자. 이것은 누구를 위한 것도 아니고 바로 자신을 위하는 일이다. 태극기 들고 집을 나가자. 이것이 나라를 살리는 길이기 때문이다. 이 땅은 우리가 살아 묻힐 땅이며 자손 대대로 살아가야 할 삶의 터전이다. 피땀 흘려 지키고 가꾸어 이제 살만한 나라로 만들었는데, 그런데 그들은 무엇을 하였는가? 하고자 하는 일들 발목 잡고 손목 잡아 오도 가도 못하게 한 일들이 어디 한 둘이 아니지 않는가. 우리는 이들을 보고 듣고 배워왔다. 지금도 조금도 변한 것이 없다. 모두 반대만 하여왔다. 역적질을 서슴없이 자행하면서도 정당성이 있다는 괴변을 언제까지 보고 들어야만 하겠는가. 얼간이들은 마치 대통령 선거철도 아닌데 법은 안중에도 없고, 마치 당선인처럼 날뛰는 덜떨어진 미친 자들을 일거에 대청소하는데 너와 내가 따로 있을 수 없다. 모두 동참하시기를 이름 없는 칠푼이가 호소한다.

태극기와 대한(大寒) 절기 2017년 1월 20일

24절기 상으로 오늘이 대한(大寒)이다. 소한(小寒)이 언제 지났는지도 모르게 대한을 맞이하였다. 우연히 달력을 바라보니 대한이란 글자가 크게 클로즈업되었다. 가장 춥다 하여 대한이란 이름이 붙었지 않았나 생각해 보면서 추위만큼이나 국민 모두가 마음과 몸이 꽁꽁 얼어붙어 언제 해동이 되는지도 모르게 하루하루 가시방석에 앉은 상태로 이어가고 있다. 작년 이맘때에도 대한을 맞이하여 글을 올린 기억이 난다. 그런데 금년에 맞이하는 대한은 유난히도 안타깝고 마음이 아파진다. 내 부모님께서 하세(下世) 한 일 만큼이나 마음 둘 곳 없어 좌불안석이다.

그런데 새벽 창문 열어보니 하얀 눈이 소복이 내렸다. 절기가 대설(大雪)로 돌아간 듯하다. 아침 출근길이 지옥길이 되지 않기를 바란다. 지난 10월부터 태풍을 만난 돛 단 대한민국 배는 가는 항로를 잃어버렸다. 촛불이란 태풍을 만나 좌초 직전에 닻을 내렸다. 부서지

129

고 구멍 뚫리며 깨어져서 곳곳에서 물이 스며들어 난파 직전의 처참한 모습이다. 대 수선을 하지 않으면 정상 항해를 할 수 없는 지경에 이르렀다. 오호통재라! 어찌 이런 일이 일어났단 말인가. 백성들 편안하게 잘 살게 하여 주십사 하고 축원하면서 소중한 주권을 행사하였는데 그네들은 간절한 백성들의 소망을 발로 밟아 깔아뭉개버리고 말았다. 늘 그래왔듯이 이번에도 속지 말아야지 하면서 그래도 미련이 남아 이번만큼은 잘하겠지 하는 간절한 심정이었는데 역시나 마찬가지였다. 어떻게 수습하는 것이 국민들을 위하여 가장 좋은 방법일까 하는 문제가 대두된다. 지금 이 시점에서 국익을 위해서가 아니고 자유민주주의를 지키고 백성을 위하는 길은 바로 원상회복뿐이라 생각된다. 그 간단한 길을 두고 죽기 살기식 이전투구 하는 것은 너 죽고 나도 죽자는 것이다. 모두 자폭하자는 것과 진배없다는 말이다.

지금이 어떤 시대인가? 21세기에 온 세계가 부러워하는 대한민국인데 분에 넘칠 만큼 발전하고 성장하였는데 무엇이 부족하다고 목을 매는가. 배가 불러서인가, 배에 기름이 너무 많이 끼어서 다이어트하자는 것인가. 알다가도 모를 일이다. 언론과 정치검사들 그리고 정치인들이 합창으로 허위 날조 폭로에 이어서 촛불이란 폭력과 테러로 대통령을 감금시켜놓았다. 대선 경쟁을 하고 있는 얼간이들이 참으로 불쌍하지 않은가? 여기에 귀족노조와 강성노조 지휘하에 전교조와 각종 좌편향 된 단체들과 고정 또는 자생 간첩들의 암약에 동조하여 나라를 붉게 물들였다. 누구라고 말하기는 그렇지만 팔푼이 같은 얼간이는 시민 혁명을 하여야 한다고 선동하고 협박하였다. 군복무 기간을 1년 앞당기겠다고 한다. 날아가는 새가 웃을 일이고 마구간의 소가 웃을 일이 아닌가. 이런 얼간이가 나라를 맡는다면 어떻게 될 것인지는 눈을 감고도 알 일이 아닌가. 내 입이 더러워져서 입에 담기도 구역질이 난다. 대한은 일 년 중에 가장 춥다는 절기다. 내일 21일 토요일 날, 대한문광장에서 태극기 집회에 참석하고자 신청하였다. 태극기는 나라의 상징이며 국민 모두와 개개인의 정신과 마음의 상징이다. 날씨가 아무리 춥다 한들 멈출 수 없는 일이기에 국민 도리를 다하고자 참석한다. 그것은 곧 나 자신의 정체성을 찾는 길이기도 하다.

나 같은 사람이야 무슨 능력이 있는 것도 아니고 체력이 뒷받침되는 것도 아니다. 불면 넘어지는 나약한 육신의 소유자이지만 국가가 부르고 있는데 방안에 앉아 있기에는 내 양심이 도저히 용서하지 않기에 나는 참석한다. 이에 반하여 촛불은 날씨가 많이 추워지면 곧 꺼져버리는 것이 자연현상이다. 그곳의 세계는 태극기는 눈을 씻고 찾아보려고 해도 보이지 않는다. 어느 나라 백성들인지 도저히 이해할 수 없다. 태극기를 들면 이적 행위인가. 태극기가 촛불보다도 못하다는 이야기인가. 그들에게는 촛불을 태극기로 하는 또 다른 나라에서 오신 분들인지 나의 머리로는 도저히 이해할 수 없다. 그리고 또 하나 광화문광장은 그들이 전세를 내었는지 이상한 나라가 서울시청인 모양이다. 지금까지 한 번도 광화문광장에서 태극기가 휘날리는 것을 본 적이 없다. 서울시장은 무엇 하는 사람인가. 이상한 점이 한둘이 아니다. 언젠가 보도에 따르면 광화문광장에 태극기를 게양하고자 허가 신청을 하였는데 불허 처분이 되었다고 한다. 서울시가 그 사람의 개인 소유인 모양이다. 태극기는 삼천리 곳곳에 게양되어야 할 상징성이 있다. 그런데 불허하였다는 보도에 어느 누가 왜라는 의문을 제기하는 사람 보질 못하였다. 이러고도 나는 대한민국 국민이로소이다 할 자격이 있는지 반성하여야 할 것이다. 오늘 대한이란 절기를 맞이하여 나라 걱정하여 보았다. 봄이 오기 전에 모든 것이 회복되기를 간절히 기도하면서.

대한문은 태극기의 함성을 보았노라! 2017년 1월 22일

조선의 덕수궁의 정문으로 사용하였던 대한문에 도착하니 오후 1시 조금 지났다. 벌써 많은 시민들이 무대 전면에 설치된 곳으로 모여들었다. 크고 작은 태극기 물결이 되어 휘날리기 시작하였다. 새벽 4시 30분부터 7시까지 매일 하는 운동을 하면서 곰곰이 생각하여 보니 어찌하여 이 지경에 이르렀는지 나의 둔한 머리로는 납득이 되질 않았다. 탄핵을 국회의원 3분지 2가 찬성하였는데 무엇을 근거로 탄핵을 자행하였는지? 탄핵을 주도한 법사위원회에는 법률을 전공한 사람들도 있을 것이고 또 법을 모르는 의원들도 기본적으로 알아야 할 책무임에도 있을 수 없는 일이 대한민국 국회에서 일어났다. 우리의 헌정사에 크나큰 오점을 남기지 않았나 하는 증거들이 속속히 드러나고 있다. 세계의 유수한 외신들의 보도를 보노라면 창피하여 그들에게 얼굴을 들 수 없을 정도다. 우리의 국가의 위상은 여지없이 땅에 떨어져 여기저기 그 징조가 나타나고 있다.

가까운 일본은 임진왜란을 일으켜 국토를 초토화시키고 수많은 선량한 우리의 조상을 살해하지 않았던가? 이어 일재 36년 동안 국권은 상실되어 그들의 종노릇 한 지도 70년 전의 이야기이다. 그때마다 조선은 국방은 뒤 전으로 미루고 당쟁으로 갈피를 잡지 못하던 때에 침략을 당하였다. 지금은 어떠한가. 그때와 너무나도 같지 않은가. 독도를 저들의 국토라고 노골적으로 표출하고, 소녀상을 빌미로 내정을 간섭하기 시작하였다. 통화스와프가 마치 크게 시혜를 주는 것처럼 없던 일로 하자고 한다. 앞으로 무슨 일이 일어날지 예측하기도 어렵다.

대륙에서는 어떠하였는가. 한나라는 고조선을 멸망시키고 한사군을 설치한다. 수나라는 고구려를 침공하여 청천강에서 을지문덕 장군에게 대패하고 돌아간다. 이때 을지문덕 장군의 유명한 시가 있다. [신책구천문(神策究天文) ⇒ 전략은 천문을 통하였고. 묘산궁지리(妙算窮地理) ⇒ 묘한 전술은 지리를 통하였구나. 전승공기고(戰勝功旣高) ⇒ 전쟁에 이겨 그 공이 높았으니. 족지원언지(足知願言止) ⇒ 이제 그만하시구려.] 당나라는 고구려를 침공하여 연개소문 장군에게 대패한다. 고려 때에 원나라는 아시아 유럽에 걸친 대제국을 건설하면서 일본 정벌을 한다는 명분으로 침략하여 약 80년 동안 지배를 받게 된다.

조선은 청나라에게 통한의 굴복을 하였다. 이러한 전쟁이란 말할 수 없는 참혹함이 우리의 역사이다. 그들은 나라를 통일하고 국력이 강해지면 필연적으로 한반도를 침략하였다. 지금의 그들은 세계의 패권을 노릴 정도로 크게 성장하였다. 그 여력으로 한반도를 넘보기 시작하였다. 그들의 첫 번째 침략으로 동북공정을 십수 년 전부터 자행하여 완성하였다고 한다. 한마디로 우리의 고대사를 저들의 지방정부로 편입시켰다. 이것은 무엇을 의미하는가. 역사 침략이다. 아마도 멀리 갈 것도 없이 1세기만 지나면 동북공정을 교육받는 자들이 주류가 되었을 때는 전쟁이 일어날 수밖에 없다는 것이다. 그리고 당장 발등에 불이 떨어진 사드 배치를 놓고 공공연히 협박을 일삼으면서 우리의 항공 식별 구역에 전투기를 투입하는 위협을 공공연히 자행하고 있다. 우리의 수출 주력상품에 대하여 관세 장벽을 높이기 시작하면서 수출입 조건을 더욱 까다롭게 해오고 있다. 어디 그뿐만 아니지 않은가 한류열풍을 차단하기 위하여 공연 취소를 거듭하는 실정이다. 아마도 이것은 시작에 불과할 것이다. 이러한 긴박한 상황에 지금까지 3개월 동안 대통령을 청와대에 감금시키고 식물정부를 만들었다. 날마다 촛불이 아니면 태극기가 삼천리 곳곳에 휘날리고 있다. 무엇 하자는 것인가. 대통령 병에 걸린 정신병자들이 나라야 어찌 되던 아랑곳하지 않고 온갖 감언이설로 우매한 백성들을 현혹시키고 있다.

북한 김정은은 대한민국을 지구상에서 사라지게 할 것이라고 어느 귀순한 고위 관리의 보도를 보노라면 소름이 끼친다. 미국에는 새로운 정부가 들어섰다. 대미관계가 초미의 관심사로 등장하였는데 나라는 사분오열되어 어디에서부터 손을 대어야 할지를 모르게 암흑 속에서 나날이다. 후세에 우리의 후손들은 오늘을 어떻게 평가할 것인지에 조금이라도 관심을 가져보자. 태극기의 물결은 점점 시청광장을 가득 메우기 시작하였다. 죽마지우들이 만나자는 시청 도서관 앞으로 간신히 빠져나와 이동하였다. 잠시 후에 박창일 사장을 만났다. 조금 후에 김방한 국장도 만났다. 반갑게 포옹하고 그간의 안부를 주고받았다. 그리고 이희성 사장님도 만났다. 그리고 친구의 친구와 친구의 동생도 만났다. 지난 7일에 무역회관 앞에서 만나자고 전화하였으나 사람들이 너무 많아 만나지 못하였다. 14일 대학로 집회때에도 만나자는 통화는 하였으나 내가 지리에 익숙지 못하여 불발되기도 하였다. 이번에 드디어 만났다. 이 친구들은 오래전부터 나라걱정에 집안에 있을 수 없어 매번 착석하고 있는 애국동지들이다. 분위기는 점차 무르익어가고 연사들이 올라 열변을 토하면서 각종 구호를 외쳐 시청에 주인이라는 박 아무개가 이 거룩하고 위대한 함성을 들었으면 좋겠다. 그는 서울공화국을 별도로 구축하여 광화문광장은 촛불집회장으로만 사용케 하는 이상한 사람이다.

태극기집회는 물론이며 태극기를 게양하려고 하여도 허가를 내주지 않는다고 하니 어느 나라 국민인지 모를 지경이다. 대한민국 땅에 대한민국 국기를 게양 못하는 사태는 역사에 길이 흉사로 전할 일이다. 우리는 목이 메어라 외치고 흔들었다. 인근에 청계천에서도 집회를 하니 그곳으로 이동하자는 박 사장의 제안에 청계천으로 이동하였다. 그곳에서는 김경재 회장이 한창 열변을 토하고 이어서 서경석 목사의 간절한 호소가 마음을 파고들었다. 일행은 다시 시청광장으로 돌아 나와 보니 그 넓고 큰 광장에 발을 붙일 곳도 없이 가득 메웠다. 아마도 백만 명은 넘는 태극기 물결이다. 하얀 눈은 태극기 물결과 더불어 하나 되어 하늘 높이 날아오른다. 부르짖는 함성은 천국문을 통하여 하나님 침소까지 들리리라 확신한다. 이 나라는 하나님께서 세우신 나라이기 때문이다. 열성적인 충주 의병대장 노승일 씨의 안내로 집에 도착하니 저녁 8시 45분경이었다.

설날, 조상님은 눈물을 흘리는데! 2017년 1월 25일

　민족의 명절 설날이 다가온다. 설날의 역사적 흔적은 7세기경 중국의 역사서인 수서(隋書)와 당서(唐書)에 신라에 대한 기록이 있다. "매년 정월원단(元旦:음력 1월 1일))에 서로 경하하며, 왕이 연회를 베풀었다고 한다. 여러 손님과 관원들이 모여 일월신(日月神)을 배려한다"라는 기록을 보면 국가 형태의 설날 관습이 분명해 보인다. 또 우리의 〈삼국유사〉권 1, 기이(紀異) 사금갑(射琴匣)조에서의 기록이다. 신라 21대 비천왕(소지왕이라고도 불린다) 때 궁중에 궁주(宮主)와 중(승려)의 간통 사건이 있어 이들을 쏘아 죽였다는 기록이 있는데 이후 해마다 상해(上亥) 상오(上午)일에는 만사를 꺼려 근신하였다 하여 달도(怛忉)라 했다. 달도는 설의 이칭(異稱)이기도 하므로 설의 유래로 볼 수 있다. 〈고려사〉에는 9대 명절 중에 원단(元旦: 정월 초하루 설날)을 기록하고 있다. 조선시대에는 원단(元旦)을 한식, 단오, 추석을 4대 명절이라 하였다. 근대에 들어서는 신정과 구정으로 이중과세(二重過歲)를 하기도 하였다. 그러다가 1989년에 음력 정월 초하루부터 원래의 "설날"을 찾아 오늘에 이르고 있다. 설날의 의미는 시대의 변천에 따라서 그 의미가 달라지기 시작하였다. 초기 설날은 일월신(日月神)을 배려한다고 하였는데 이는 천신(天神)에게 제사 드렸다는 것이고, 고려 중기 이후에는 성리학의 전래로 조상숭배 사상에 따라서 조상님에게 제사 드리는 공경 즉 효(孝)가 나라의 지배 사상이 되었다. 설날에 조상님에게 차례상(茶禮床)을 올리는 것은 조상님의 음덕에 감사하는 효(孝)에 기초하고 있다 할 것이다. 이러한 의미의 설날을 준비하면서 심신을 깨끗이 하고 근신하면서 조상님의 음덕을 상고하여 새해에도 자손들이 번성하도록 복 주십사하면서 잡귀를 멀리한다. 차례상을 준비하는데도 평소와는 달리 정성을 들여서 제물을 준비한다. 기독교에서도 이날에는 조상님의 음덕을 기리고자 가정예배를 드리면서 하나님께 경배하고 조상님 음덕에 감사하며 자자손손 복 주십사하는 예배를 드린다. 부모님께서 준비하신 설빔을 곱게 차려입고 차례를 올린다. 어른들에게 세배를 드리며 일가친척들이 모여 하례를 하고 조상님의 생전에 가르침을 생각하면서 근신한다. 나라에는 태평성대가 이루어지도록 축원한다. 이런 것들이 우리의 설날의 의미일 것이다. 그런데 금년의 설날은 어떠한지 돌아보니 참으로 가슴 아픈 일이 아닐 수가 없다. 지난해 양력으로 10월 하순부터 시작된 갈등이 백두산 화산이 폭발하듯 나라는 온통 쑥대밭이 되어 키를 잡은 선장을 감금하는 사태가 일어났다.

하늘도 무심히 지켜만 보고 있는 듯 날로 그 도가 심화되어 폭풍우에 난파 직전에 이르렀다. 이제 나라밖으로까지 번져서 온 세상에 웃음거리로 전락하였다. 국위는 땅바닥에 떨어져서 주변 강대국들은 이제 기회를 잡았다는 듯이 호시탐탐 시비를 걸어오고 있다. 경제는 나락으로 떨어져서 실업자는 양산되고 생산성은 답보상태다. 수출입 조건도 점점 장벽이 높아져서 총소리 없는 전쟁 아닌 전쟁상태다. 언제 다시 정상을 찾을는지도 모를 암흑 속을 헤매게 되었다. 입으로는 왕도정치를 한다 하였지만 주권자인 국민은 안중에도 없다. 오직 권력을 잡고자 혈안이 되어 사사건건이 반대만 일삼아 대한민국이란 배는 멈춰버린 지도 3개월이 지나가고 있다.

지난 반세기 동안에 쌓아온 공든 탑이 하루아침에 무너지게 되었다. 외적(外敵)의 탓도 아니요, 외계(外界)의 탓도 아니다. 나라 안에서 한민족이라고 동족이라 자랑하였는데 어찌 이리도 견원지간(犬猿之間)이 되었단 말인가? 이 갈등을 언제까지 이어가야만 하는지 생각할수록 암울한 분위기이다. 손바닥만 한 땅덩어리에서 너와 나의 장벽이 너무나 높아 해결의 기미가 보이질 않는다. 권력을 잡으면 천년만년 유지한다던가, 불로초 먹고 죽지 않아 영생한다던가, 죽으면 다시 환생한다는 보장을 받았는지 묻지 않을 수 없구나. 세상을 더불어 살으라고 하나님께서 당신의 형상대로 창조하셨는데 그 근원적인 사명과 명령을 어겼으니 받을 벌을 받고 있는 모양이다.

제발 깨어났으면 좋겠다. 꿈에서 방황하는 동안 민초들은 피를 토하는 삶을 살아가고 있다는 것을 깨우쳤으면 하는 바람이다. 촛불과 태극기가 단선 레일을 마주하고 달려오는 시국에 나라 안에는 온통 투쟁만이 전부인 듯하다. 언제쯤이나 이 먹장구름이 걷어지고 밝은 태양이 비쳐줄지 국민들의 몫이라 생각된다. 저들을 믿고 나라를 맡겼는데 이제는 더 이상 그들을 믿을 수 없게 되었다. 이번 설날을 맞이하여 귀향하는 가족들과 무엇이 나라를 위하는 길인지 모색하여 보았으면 좋겠다는 생각이다. 지난 7일 날 무역회관 앞에서, 14일은 대학로에서 21일에는 대한문 앞에서 태극기 집회에 참석하였다. 수많은 태극기가 하늘을 뒤덮었고 그곳에서 분출되는 함성은 천지를 진동하였다. 무엇이 애국하는 길인지를 분명히 깨닫는 성스러운 체험을 하고 돌아왔다. 조상님들이여 굽어 살펴 주소서 저희들의 죄가 너무 커서 나라가 바람 앞에 등불이 되었습니다. 저의 죄를 용서하시고 회복되는 영광을 주시옵기를 간절히 기도합니다.

태극기 의미

요사이는 날마다 휘날리는 태극기를 보면서 나라 걱정에 온 국민들이 가슴앓이를 하고 있다. 없는 죄를 만들어 씌워서 대통령을 탄핵한 모든 세력들에게 인심이 민심이고, 민심이 천심이며, 천심은 곧 진리임을 느끼게 될 것임을 엄중이 경고한다. 영하 14~5도를 넘나드는 추위에도 시청 앞 광장에는 텐트촌이 태극기 열기로 가득한 애국 국민들을 보노라면 엎드려 경배를 하여야 할 일이다. 방심위에 철야 농성하는 우리의 어머님들의 피눈물 나는 사투를 온 국민들은 본받고 지원하여야 할 것이다. 공권력은 어찌하여 비구니 스님을 가사를 벗겨 생비디오를 누구의 명으로 연출하였는지 죄를 물어야 할 것이다.

대한민국 국회전시장에는 천인공노할 대통령을 풍자한 나신을 전시한 메가톤 급 사건이 터졌다. 표창원이란 놈은 예술의 표현은 보호되어야 한다고 한다. 저놈 어미나 마누라를 알몸으로 국회전시장에 전시하고 예술표현의 자유는 보장되어야 한다고 하여라. 이에 인격 말살에 분노하여 항의하는 여성들을 가로막는 놈들은 어느 나라 사람들인가. 저놈들의 어머니고 아주머니들이 아닌가. 이를 풍자한 놈을 찾아 자손 대대로 그 죄를 물어야 할 것이다. 전시를 허용한 국회는 반드시 해산되어야 마땅한 일이다. 가장 도덕성이 요구되는 국회가 시정잡배들도 할 수 없는 짓을 하였으니 그 책임을 면할 수 없을 것이다. 이 땅에 인권이 존재하는지, 법은 장식품인지, 이현령비현령인지 입 있는 자 말 좀 해보아라. 임진왜란 행주대첩에 기록된 바, 행주치마 부대들의 활약으로 구국 대열에 앞장선 어머니들이 아닌가. 정말로 자랑스러운 일이다. 이곳저곳에서 날마다 쉬지 않고 밤낮으로 나라 걱정하는 애국 국민들에게 갈채를 보내자. 그리고 태극기 들고 참여하자. 내가 아니라도 다른 사람들이 잘하고 있으니 나는 빠져도 된다는 안이한 생각이 있다면 이 시각부터 버리자, 우리 모두 태극기 휘날리면서 북한 노동당 기를 연상케 하는 촛불을 완전히 잠재우자. 대한민국을 상징하는 태극기(太極旗)의 의미는 얼마나 알고 있는지?

  나 자신을 돌아보는 기회를 갖고자 한다. 태극기는 원래 태극도설(太極圖說)에서 찾아야 할 것이다. 여기에는 우주 만물의 생성하는 근본원리를 담고 있는 태극(太極)의 이치를 인용하여서 만들었다. 흰바탕의 깃발에 파란색과 빨간색을 나타낸 태극도형은 우주의 생성의 근본인 음(陰)과 양(陽)을 상징한다, 영원한 연속성을 나타내며 민족의 창조성과 무궁한 발전을 내포하고 있다. 태극도형의 대각선 위에 검은색으로 주역(周易)의 괘(卦) 중에 乾(하늘)·坤(땅)·坎(물)·離

(불)의 4괘를 서로 마주 보게 하여 민족의 평등사상을 내포하고, 창조, 발전, 자유, 평등, 무궁의 뜻을 담고 있다. 또한 태극기의 바탕의 흰색은 백의민족임을 상징하고 모든 것을 포용한다는 의미이다. 여기에 국기봉도 나라꽃인 무궁화 봉오리를 상징한다. 태극기는 우리나라를 상징하는 깃발이며 앞으로 나아가야 할 좌표이며 "널리 사람을 이롭게 한다"라는 홍익인간의 정신을 나타낸 표현이다. 그러면 태극도설이 무엇인지 알아야 태극의 의미를 이해할 것이다. 태극도설을 처음 주창한 사람은 북송 사람인 이름은 "주돈이(周敦頤)", 자(字)는 무숙(茂叔), 호(號)는 염계(濂溪) 옹이 주창한 학설인데 우주의 생성소멸을 담고 있는 총 249글자의 짧은 글이다. 요약하면 태극도설은 그 5위(五位)의 순서에 따라서 무극이태극(無極而太極), 음정양동(陰靜陽動), 오행(五行), 건곤남녀(乾坤男女), 만물 화생(萬物化生)을 끊임없이 전개함을 나타낸다.

즉 무극(無極: 우주)의 진(眞:진리)과 이기(二氣:음양), 오행(五行 "화·수·목·금·토)의 정(精)과의 묘합(妙合)으로 건곤 남녀(乾坤男女)를 낳고, 만물(萬物)이 화생(化生) 하나 만물(萬物)은 결국 하나의 음양(陰陽)으로, 그리고 음양(陰陽)은 하나의 태극(太極)으로 돌아간다는 학설이다. 이 태극도설을 남송시대의 대유(大儒) 주자(朱子)는 그의 정치(精緻)한 해석을 통하여 자신의 철학으로 삼는다. 그리고 주자는 이를 성리학(性理學)의 성전(聖典)으로 채택하여 기존의 고대 유교에 없는 우주 만물의 생성원리를 추가하여 화려한 성리학의 시대를 열었다. 조선의 5백 년의 역사는 성리학이 국가이념으로 채택되어 대한민국 국민들이 정신세계를 지배하여왔다. 이러한 배경하에 태극기가 만들어지게 되었는데 1882년에 박영효가 수신사로 일본에 갈 때 처음으로 사용하였고, 1883년에 정식으로 국기로 사용하게 되었다. 지금의 태극기를 대한민국 국기로 정식 공표한 것은 1949년 10월 15일이다. 이렇게 만들어진 태극기는 대한민국 국기로서 국민정신을 상징하고, 대한민국의 주권을 대표하는 숭고한 표현이다. 태극도설은 어디에 근거를 두고 있을까? 성경에 궁창(穹蒼)이란 말이 나온다. 여기서 궁창(穹蒼)은 하늘을 말한다. 주돈이는 이 궁창을 무극이태극(無極而太極)이라 표현하였다.

이 말은 성경에서는 영원한 생명이라 하였다. 그리고 하나님은 흙으로 아담을 당신의 형상대로 창조하시고 그의 갈비뼈로 하와를 만드셨다. 이는 남자와 여자를 창조하셨다는 이야기다. 주돈이는 이를 음양으로 표현하였다. 또 예수는 나는 길이요 진리요 영원한 생명이라 말씀하셨는데 하나님은 이를 궁창에서의 중심점을 "진리"로, 그리고 좌우 현에서 원의 중심점으로 가는 선을 진리를 찾아가는 "길"이라 하였으며 위를 남자(양)로 아래를 여자(음)로 표현하였음을 말해 주고 있다. 인간은 일생을 "진리"를 찾는다는 말은 즉 하나님을 찾는다는 말씀이다. 주돈이는 하나님께서 우주의 생성을 말씀으로 창조하심을 바탕으로 태극의 이론을 정립하였다고 보아진다. 결국 태극기는 하나님의 말씀으로 이루어진 대한민국을 상징하는 깃발이다. 모래가 우리 민족의 최대 명절인 설날이다. 흩어졌던 가족들을 만나는 즐거운 명절이다. 그간의 지나 온 안부와 살아온 이야기를 나눈다. 조상님의 음덕에 깊이 감사하며 생전에 교훈을 상고하면서 효가 무엇인지 생각해 보는 시간을 갖기도 한다. 자손들이 건강하고 번창

하며 가문이 빛나기를 소원도 해본다. 어지러워진 세상에 마음 둘 곳 없어 방황하였지만 가족들 만나서 해법을 찾아보시길 간절히 기원합니다. 평소에 날마다 대면하는 태극기에 대하여 이번 기회에 그 깊은 의미를 생각해 본 것에 감사함을 아울러 첨언하여 보았다.

고향 그림자 2017년 1월 27일

오늘부터 설 연휴가 시작된다. 오랜 전통사회에서 산업사회를 거
치면서 대가족 사회가 핵분열하여 도시로 집중하였다. 여기에서 고
향의 의미가 모든 사람들에게 다가왔다. 지금은 또 한 번의 사회변혁
이 정보화란 이름으로 급속히 변화되고 있다. 정보화는 다시 융합사
회로 진입 단계라고 한다. 생활이라는 것이 매시간에 쫓겨 옆도 돌아
볼 사이도 없이 광속으로 가는 시간 속에서 살아가고 있다. 인간성이
척박하여지고 생존경쟁은 치열하여 사회병리 현상이 야기되는 사회
에 모두들 필요충분한 휴식이 필요하다. 먹고살기도 바쁘다고들 한
다. 이러한 상황에 고향은 항상 마음속에 그림자로 남아있는 것이 우
리의 현실이다. 고향이라는 곳은 어떤 곳인가. 어머님 품속 같은 곳
이 고향이 아닐까 한다. 이러한 고향은 누구에게나 다정다감하고 그
리움을 불러오면서 어린 시절을 회상하기에 이른다. 부모님에 대한
애틋함이며 형제자매들의 그리움이 가슴을 아리게 하고 소꿉친구들

의 해맑은 얼굴들이 그리워지는 곳이 고향이 아닐까 한다.

실금처럼 얽히고설킨 논 두락 길, 밭 두락 길과 미로 같은 골목길들이 눈에 아련히 떠오르고, 봄철 아지랑이 아롱아롱 춤추는 모습에 버들가지 꺾어 피리 불던 그런 곳이 내 고향이었다. 마당가 양지바른 곳에 사지 뻗어 졸고 있는 강아지는 천하태평이다. 거름 터기에 어미 닭은 병아리 훈련 중에 혹시나 수리의 침입은 없는지 경계를 하는 봄날이다. 시냇물 졸졸 노래하며 깔깔거리며 앞서거니 뒤서거니 천둥벌거숭이 친구가 몹시도 생각나는 곳이 그곳일 것이다. 강가 둔치에 매어놓은 어미 소는 하늘 보고 어매 하는 소리는 송아지 찾는 소리일 것이다. 꼴망태 매고 이곳저곳 목부 역할에 하루해가 서산에 걸린 붉은 노을이 몹시도 아름다운 곳이 기억에도 삼삼하다. 여름철 마당에 모깃불 피워 미욱한 연기 속에 할머니 무릎 베고 하늘을 바라보았다. 궁창에는 헤아릴 수 없는 별들을 보고 이별은 내 별 저 별은 내 별 하면서 꿈을 먹고 자라던 곳이 고향이 아닐까 한다. 달 밝은 밤하늘에 한 아름의 둥근 달을 보고 소원을 빌기도 하였다. 계수나무와 방아 찧는 토끼는 어디에 있는지 찾아보기도 하면서 개구리울음은 계수나무 밑 토끼의 지휘를 받아 밤새 교향곡이 되기도 한 그곳이 고향일 것이다. 사람에 따라서 고향을 잃어버린 실향민들도 있고, 먹고살자고 고향을 떠나서 가슴에 묻고 사는 사람들도 많을 것이다. 도시에서 태어난 사람들은 고향의 실체가 가슴이 닿지 않는 사람들도 있다.

설 연휴가 시작되는 오늘부터 약 3천5백만 명이 고향 찾는 사람들로 도로가 주차장이 될 것이다. 자가용으로 버스로 열차로 배로 비행기로 형편 닿는 대로 부모님이 계시는 고향을 찾게 될 것이다. 오매

불망 지금에나 올까 언제나 볼까 하는 조바심 갖고 가족을 기다리는 늙으신 부모님들의 흐릿한 시선은 삽짝문밖에 종일 머물러 있을 것이다. 귀여운 손자 손녀들 언제 안아볼 수 있을까 하는 마음으로 몇 날 밤을 지새던가. 장날 찾아 준비한 선물을 날마다 바라보면서 맛있는 음식을 준비하느라 콧노래 불러가면서 즐거움의 연속이었다. 돌아갈 때 바리바리 싸서 줄 것들도 빠짐없이 준비하시는 부모님이시다. 당신이 가지신 것 모두 주시는 그런 부모님을 형제자매들을 만나러 집을 나섰다. 얼마나 늙었을까. 주름은 또 얼마나 많아지셨는지 아픈 곳은 없으신지 기쁜 마음 반, 우려스러움 반이다. 객지에서 먹고살기 바빠서 1년에 한두 번 찾는 것이 고작인데 항상 모자람과 불효함이 떠나지 않는 것이 자식들의 마음일 것이다. 그래도 내게는 부모님께서 생존해 계시니 나의 복이 아닌가. 세상에는 고향도 없는 사람들이 얼마나 많은데 부모님이 안 계시는 분들도 부지기수인데 감사하고 감사할 일이 아닌가 생각게 하는 대목들이다.

사람들은 죽을 때까지 잊지 못하는 부모님처럼 고향의 그림자를 가슴이 안고 고향길에 올랐다. 시국이라도 좋았으면 얼마나 좋을까마는 나라는 누란에 처한 중에 각자의 앞날을 염려하면서 모든 사람들이 가는 고향길이다. 위정자들이 원망스럽기도 하고 어서 빨리 어두운 그림자가 걷어지기를 기대하면서 부모님을 찾아뵙는다. 오랜 경륜과 사랑으로 자식들을 가르치신 부모님의 가르침을 받아야 이 어두운 그림자가 깨끗이 걷히기를 기대하면서.

태극기는 입춘축(立春祝)이 되어 2017년 2월 5일

대한문 앞에 도착하니 오후 1시 10분경이었다. 수많은 사람들이 벌써 본부석 무대 앞에 앉고 서고 옹기종기 진을 치기 시작하였다. 크고 작은 태극기를 들고 하늘 높이 흔들면서 무대에서 외치는 구호에 따라 하늘과 땅에 외치는 함성은 천지를 진동시키고 있었다. 마침 오늘은 24절기 중에 입춘(立春)을 맞이하는 날이다. 새해에 처음 맞이하는 절기이다. 모든 가정에서는 입춘 축을 써서 지정된 장소에 붙이고 일 년 내내 가정에 복을 주시고 나라에는 국태민안하시기를 기원하는 행사를 하여왔다.

오늘 이곳 대한문 앞에서 행하는 행사장에 와서 휘날리는 태극기를 바라보면서 문득 입춘 날에 입춘축이 태극기로 하늘에 구복 한다는 생각을 하게 되었다. 태극기로 하여금 자유민주주의 체제를 수호하고 법질서를 확립하여 나라의 정통성을 회복하여 주십사하고 기원하였다. 지난 탄기국 7회부터 오늘 11회까지 계속 참석하여왔다. 이것이 오늘 입춘 절기를 맞이하여 그 절정에 이르렀다. 누가 오라고 하여온 것도 아니다. 일당을 받고 온 것은 더욱 아니다. 내 돈 들여서 스스로 참여하였다. 나라를 유지하는 마지막 보루가 법치이다. 그런데 지금은 형식적인 법은 있으되 지키려는 사람은 없는 것이 현실이다. 특히 언론은 법 같은 것은 안중에도 없다. 정치인들은 저들이 만든 법을 스스로 발바닥으로 짓밟았다. 종북주의자들은 대한민국 체제를 전복하려는 기도를 불법적인 행동으로 표현하고 있다. 대통령을 탄핵하고 정권 쟁탈에 목숨 걸고 행하는 도저히 있어서는 안 될 배신이 횡횡하고 있다. 마치 자신이 대통령이 다된듯한 중병에 걸린 정신질환자들이 어디 한두 명이 아니다. 엄연히 현직 대통령이 있는데 전국 주요 도시마다 돌아다니면서 사전 대통령 선거를 하고 있다. 이들 모두 감옥소에 보내야 할 불법 선거운동이다.

더구나 모든 언론사들은 대통령선거를 기정사실화하여 각 방송국마다 이들을 불러 국민들의 알 권리라는 명분으로 선거운동에 기름을 붓고 있다. 국가기관은 모두가 벙어리가 되었다. 중앙 선거관리 위원회는 무엇 하는 곳인지 한마디로 무정부 상태이다. 모두가 사라져야 할 사람들이고 단체들이며 기관들이다. 이런 불법 천지 만들어 놓고 국민들보고 법을 지키라 하면 누가 법을 지키겠는가 묻지 않을 수 없다. 법보다 주먹이 앞선다는 말이 실감이 난다. 그러니 자기들의 주장에 맞지 않으면 무조건 힘으로 밀어붙이겠다는 마피아와 같은 조직과 조직인 들인지도 모르겠다. 당장 발등에 불 떨어진 일부터 해결하자고 하여 무저항을 행하는 탄핵 반대 운동에 참여하였다. 그 수가 점점 늘어 오늘은 지금까지 없던 그 절정을 이루었다. 130만 명이니 170만 명이 참석하였다고 SNS상에서 주장하고 있다. 앞으로 그 숫자는 점점 늘어나 태극기는 전국에 들불처럼 일어날 것이다. 결과는 반드시 대통령을 원상회복시키고 나라가 정상이 되도록 국민들이 할 것이다. 이것을 위하여 눈이 오나 비가 오나 개미 떼들이 일어날 것이다. 다음에는 먼저 언론 정화사업이 이루어져야 할 것이며, 정치 정화도 함께 하여야 할 것이다. 지금까지 드러난 종북주의자들이 모두는 아니지만 그간에 잠복하였다가 일단 드러난 자들은 어떤 일이 있어도 발본색원하여 자신의 행위에 대한 책임을 물어야 한다,

국가기관에 존재하는 하극상하는 자들과 반정부에 동참하는 공직자들도 정리하여야 할 것이다. 경제를 발목 잡는 강성노조들은 반드시 퇴출시키고, 역사를 왜곡시켜 국가의 정통성을 훼손시키는 역사관을 주장하는 관련자들도 합당한 책임을 물어야 한다. 특히 교단을 붉은색으로 물들이는 전교조는 완전히 쓸어 태평양에 수장하여야 할 것이다. 옛 어른들 말씀에 3살 버릇 여든 살까지 간다고 하였다. 이 말씀은 인간의 의식은 어려서부터 한번 물들면 죽을 때까지 간다는 진리의 말씀이다. 초등학생을 붉은 교육으로 가르친다면 그들이 자라서 나라의 주축이 되었을 때 어떻게 될 것이지는 불문가지다. 그것이 지금의 우리의 실정이다.

586세대니 486세대들이니 하는 사람들이 지금 나라를 혼란에 빠뜨린 자들이다. 가장 심각한 문제로 다루어야 할 것이다. 그래서 예부터 교육은 100년 지 대계라 하였다. 지금에 와서 사라져 버린 조선이 행하였던 군사부일체의 교육관의 중요성을 되새겨 보아야 할 것이다. 백척간두에 핵폭탄을 머리에 이고 있는 지금의 현실을 먼 남의

나라의 일로 생각하는 친구들이 있다면 이는 바로 멸망하는 길이다. 이순신 장군의 나는 아직도 12척의 배가 있습니다.라는 말을 지금에 와서 믿는다면 이는 어불성설이다. 누구 말처럼 한방이면 끝난다는 이야기다. 대한민국은 지구상에서 사라진다는 이야기다.

이런 이야기 하면 북풍을 이용한다고들 한다. 이것이 현실이다. 이번에는 85명이 버스 2대로 참여하였다. 노승일 의병장님의 애국 열성에 많은 분들이 참여한 모양이다. 기독교에서는 중원 교회의 장로님들로 구성된 한 대, 그리고 의병단에서 한 대 그렇게 참여하였다. 매번 참여하였던 분들이며 더러는 새로운 분들도 많았다. 의병장은 행사의 계획을 설명하고 저녁 6시에 시청광장 중앙에 설치된 메인 천막 앞으로 모이자고 하였다. 이어서 참여 회비를 1인당 1만 5천을 수납하였다. 그리고 필요한 에너지원을 공급받았다. 서울 친구들에게 연락하여 시청 도서관 오른편에서 오후 2시에 만나는 자는 약속을 하였다. 시간이 지날수록 엄청난 사람들이 몰려들기 시작하였다. 넓고 큰 광장을 가득 메우고 연결된 도로까지 인산인해를 이루었다 나는 이렇게 많은 사람들을 구경하기는 처음이었다. 발을 움직이기도 힘들 정도였다. 간신히 사람들 사이를 헤집고 만나자는 장소에서 박창일 사장과 그리고 김방한 국장 김견우 사장도 만났다. 이어서 이휘성 사장도 만났다. 그간의 안부를 묻고 시국을 걱정하였다. 몇 카트의 기록을 하고 다른 친구들이 시청 바로 옆 커피숍에 기다린다는 소식을 접하고 이동하였다. 그곳에서 김동봉 사장, 이인원 청장과 권오준 사장, 그리고 오홍석 사장, 김해영 사장도 만났다. 인사를 주고받았다. 그리고 헤어져 청계천으로 이동하여 태극기집회를 구경하면서 어묵 파는 포장마차에서 일 잔 하고 아쉬운 작별을 하였다. 행진 코스를 따라 약 3km를 행진하고 돌아왔다. 친구 이장길 회장을 만나지 못한 아쉬움이 남는 행사였다.

신뢰(信賴)가 깨어지면 2017년 2월 9일

　사람 사는 세상에는 신뢰가 무엇보다도 중요하다. 모든 관계에 있어서 신뢰는 진실만큼이나 중요시되는 최고의 가치다. 그러할진대 지금의 세상에는 이들을 찾아보기가 어려운 시대다. 사람과의 관계, 단체와의 관계며, 기관과의 관계, 그리고 나라와의 관계도 마찬가지다. 특히나 오늘날같이 복잡한 세상에는 신뢰가 무너진다면 가정, 사회, 국가는 사상누각일 것이기에 더욱 중요시된다. 탄핵 정국이 시작되면서 나라는 완전히 무정부 상태이다. 형식적인 국가는 있으되 실제적인 국가는 없다는 이야기다. 한편에서는 나라를 뒤집으려는 세력과 바로 세우려는 세력 간의 전쟁이 시작되는 중이다. 입 닫고, 눈 감고, 귀 닫아, 복지부동하는 자들은 마치 제사가 끝나고 음복하는 잿밥에만 관심을 가지는 자들이 부지기수이다. 또한 이쪽저쪽 눈치만 보는 기회주의자들이 너무나 많다는 데 더 큰 문제가 있다.

　우리나라에는 진정한 정치인은 눈뜨고 찾아보아도 없고 오직 정치 모리배만이 횡행한다. 정론(正論)과 직필(直筆)이 최고의 가치를 가진 언론은 거짓 보도로 나라를 혼란하게 하는 중심에 서있다. 이들의 뒤에는 민주노총이라는 거대한 조직이 언론 노조를 조종한다고 한다. 야당이 추천한 특검이 무소불위의 칼날을 휘둘러 안하무인 격이다. 법의 영역을 넘나들어 걱정하는 반론이 제기되는 시점에 청와대를 압수수색한다고 하였다. 5시간 동안 진 치는 모습이 보는 사람에 따라서 식상하기도 하였다. 청와대는 어떤 곳인가 대한민국의 핵심이다. 그곳은 전체가 보안의 대상이다. 이런 곳을 압수수색을 한다. 가도 너무 가버린 것은 아닌지 그 목적이 의심스러울 뿐이다. 그런데 이번에는 어제 대통령과의 면담 수사를 하되 보도를 하지 않는 조건으로 청와대와 특검 간에 합의하였다는데 이것이 언론에 공개됨으로 신뢰가 깨어져 버린 것이다. 이것을 국민들이 어떻게 받아들일 것 인지에도 문제이지만 나라의 통수권자와의 약속을 깨어버린 특검의 존립 문제가 제기되는 중차대한 이슈로 대두되었다. 신뢰가 깨어져 버린 특검은 더 이상 존치하여야 할 이유가 사라져 버린 것이다. 때문에 특검은 스스로 해체하여야 할 것이다. 그것만이 그들이 가야 할 길이라 생각된다. 신뢰를 저버린 특검을 대통령께서 어떻게 그들의 수사를 수용할 수 있겠는가? 절대로 있을 수 없는 일이다. 그들은 무슨 목적으로 신뢰를 저버린 것인지는 모르지만 초등학생들 수준에도 못 미치는 특검이다. 이를 누가 믿을 수 있겠는가를 판단하여야 할 것이다.

태극기는 달빛을 태웠다 2017년 2월 11일

　오늘이 정월 대보름이다. 설날만큼이나 대명절로 치는 날이다. 명절은 설날부터 정월 대보름까지 이어진다. 어제 아내는 보름 명절을 위하여 시장에 다녀왔다. 아침 식단에 오곡 찰밥으로 식사를 마치고 이것저것 준비하여 출발 장소로 나갔다. 가족들의 건강을 위하여 날마다 수고하는 아내에게 항상 미안한 마음은 죽을 때까지 이어질 큰 빚으로 남을 것을 생각하니 가슴 아림을 애써 잊으면서 버스에 올랐다. 시간이 일러 돌아보니 이현곤 장로님만 보였다. 자리를 정하였다. 온다는 친구 허병홍 형을 기다리면서 오늘의 집회가 아무 사고 없이 성공적으로 이루어지기를 간절히 기도하였다.

　2호 차에 올라보니 오정치 친구가 탑승하였다. 반평생을 같은 직장에서 동고동락하였던 친구가 아닌가? 수많은 동료들 중에 처음으로 퇴직한 친구를 만났으니 반갑지 않을 수 없는 일이었다. 만난 본지가 1년은 족히 되는 것 같았다. 건강한 모습에 태극기 집회에 나온 모습이 너무나 좋았다. 또 서창석 대 선배님께서 오신다 하였는데 만날 수 있겠지 하는 기대를 갖고 1호 차로 돌아왔다. 출발 시간이 가까워지니 여러 사람들이 탑승하여 썰렁하던 버스 안이 훈기가 돌았다. 지난 일주일 동안 잘 지내셨는지 인사를 나누었다. 새로운 얼굴들에게도 목례로 반가움을 표현하면서 들뜬 마음을 안정시키기에 노력하였다. 얼마 후 기다리던 허형이 도착하여 옆 좌석에 앉았다. 마치 전쟁터에 나가는 용사처럼 살을 에는 추위를 극복하고자 모두들 준비를 철저히 하였음을 볼 수 있었다. 오늘도 버스 2대로 출발한다. 1호 차는 기독교인들로 구성되었으며 2호 차는 일반 시민들로 장도(壯途)에 올랐다. 1호 차는 중원교회 한연기 장로님이 인솔자이고 충주 의병장 노승일 대장이 전체를 책임지면서 2호 차를 인솔한다고 하였다. 무슨 일이든지 앞에서 일하시는 분들은 수고가 많기 마련이다.

그분들에게 감사하고 고마움을 알아야 할 것이다. 출발 전에 여러 가지 주의하여야 할 일들과 지켜야 할 사항들을 설명받고 차는 서서히 미끄러지기 시작하여 북충주 게이트를 지나 중부내륙고속도로에 진입하여 달리기 시작하였다. 용인 휴게소에서 잠시 쉬었다가 출발하면서 안동에 박 소장에게서 전화를 하였더니 그곳에서는 버스 3대로 출발하여 우리 뒤에 따라 온다 하였다. 사전 예고한 대로 도서관 앞에서 만나자고 하였다. 시간상으로 12시 정오가 지났다. 배부받은 김밥으로 중식을 해결하였다. 수고하시는 여성분들은 음료수를 공급하는 등의 수고로움에 감사하였다. 목적지인 서울시청 광장에 있는 대한문 앞에 도착하니 오후 1시가 조금 지났다. 수많은 사람들이 구름처럼 몰려들기 시작하였고 태극기는 하늘을 가리었다. 광장 중앙에는 작은 텐트들이 진을 치고 있고 옆에는 큰 천막도 여러 동이 설치되어 각종 편익을 제공하고 있다. 무대에는 행진곡이 울려 나오고 분위기를 업그레이드하는 중에 수많은 피켓과 현수막이며 크고 작은 태극기가 하늘에 용솟음치는 모습에 아! 바로 이것이구나 하는 생각이 들기도 하였다. 정월 대보름의 세시 풍속 중에 소원을 소지에 적어 달빛 태우기에 실어 하늘에 고하는 구복 행사가 바로 이것이다. 태극기의 물결이 수많은 사람들의 소망인 탄핵을 기각하고 국회를 해산하며, 특검을 해체하라는 기원이다. 더불어 거짓 언론과 종북 좌파들과 간첩들을 비롯하여 나라를 말아먹는 전교조와 민주노총을 역사의 뒤안길로 보내자는 소망을 실었을 것이다.

본 행사가 시작되는 오후 2시가 가까워지니 밀물처럼 밀려드는 사람들이 드넓은 광장을 가득 메워 발을 움직일 수도 어려운 상황이 되었는데 이는 전번 2월 4일 행사 때보다도 엄청나게 많은 시민들이 몰려들기 시작하였다. 간신히 사람 틈을 헤집고 친구들과 만나기로 한 서울시청 도서관 앞으로 간신히 빠져나왔다. 이곳에서도 사람 물결에 운신의 폭은 좁아 어려움이 가중되었지만 참고 사람들의 틈새에서 기다렸다. 좌우를 살피는 중에 박창일 사장이 나타났고, 이어서 김방한 국장도 왔다. 박풍장 소장에게 몇 번의 전화 끝에 반가운 해후를 하였다. 같이 온 신원이 좋고 건강미가 넘치는 박명서 교수도 함께 인사를 나누었다. 박 교수는 김회동 시장 사광회 사진 전시회에서 만나 인사를 나누었으니 두 번째 만남이었다. 또 돌아보니 내가 박재창이라는 소리에 깜짝 놀라 돌아보았다. 얼굴색은 동안처럼 화색이 가득한 잘생긴 미남 중년이 바로 박재창이라는 것을 확인하고 반갑게 포옹하였다. 그의 옆에 마나님도 함께 나오셨다. 졸업한 지가 57년이 되었으니 1 갑자가 가까워지는 세월을 마치 타임캡슐을 타고 과거로 여행 온 것 같은 기분이었다. 두 내외분은 4십 대 중반처럼 건강관리를 잘하였음은 모든 사람들의 귀감일 것이다.

　동행한 허형과 인사를 하도록 주선하였다. 멀리는 제주도에서부터 전국 방방곡곡에서 올라온 국민들의 열기는 하늘을 찌를 듯하였다. 이것이 바로 국민의 뜻이고 민심임을 촛불집회 주도세력들은 반드시 알아야 할 것이다. 조금 후에 이휘성 사장과 또 한 분인 친구의 친구도 만났다. 우리 일행은 조금 뒤로 물러나 시청 옆으로 이동하여 단체 사진을 촬영하고 박창일 사장님의 안내로 식당으로 안내되어 그간의 적조하였든 안부를 묻기도 하면서 금쪽같은 귀중한 시간을 보냈다. 가는 시간이 아쉬워 많은 이야기를 나누었다. 안동에 박풍장 소장이 22일 수요일은 안동에서 태극기 집회를 한다고 하여 대구 권 사장에게 전화해서 그때 안동에서 만나자는 제안을 하였다. 식당에서의 비용은 박창일 사장이 부담하였다. 어디를 가나 솔선하는 그의 성정을 좋아하는 지도 모르겠다. 이것은 어려서부터 친구 좋아하기를 자신의 일처럼 생각하는 그의 의식에 감사한다. 다시 집회 장소로 나왔다. 수많은 사람들이 행진 코스로 이동하여 약 4km를 돌아 다시 광장으로 오는 행사가 진행된다. 여러분들의 연사들이 나와 탄핵의 부당성을 소리 높여 외치면서 각종 구호의 선창에 따라서 복창하는 소리는 천지에 울렸다. 중간에 노래로 분위기를 이어가면서 민심이 무엇인지를 알리기에 총력 경주하고 있다.

　사람들이 얼마나 많은지 남대문까지 장사진을 이었다. 집회 측 추산 210만 명이 참여하였다고 SNS에서 보도하고 있다. 건국 이후에 가장 많은 태극기 물결이었다. 시간은 살 같아 집합장소인 한화 생명 빌딩 앞으로 가기 위하여 친구들과 아쉬운 작별을 고하고 다음 만날 것을 기약하였다. 날씨도 춥고 많은 사람들 틈새에 끼여 마음과 육신이 어려웠는데 버스에 탑승하고 나니 마치 집에 온 것 같았다. 아침에 배부받은 떡으로 시장기를 때웠다. 집에 도착하니 9시가 조금 지났다. 오늘 하루가 무사함을 하나님께 기도하면서.

봄이 오는 소리 2017년 2월 15일

　내가 살고 있는 아파트의 베란다에는 하나님이 주신 크고 작은 아름다운 화초(花草)들이 50여 종이 있다. 이곳에 들면 환상의 세계에서 꿈을 꾼다. 밤새 안녕한지 그들과 대화는 감사의 기도로 시작된다. 오늘도 즐거운 하루를 보내자는 다짐도 잊지 않는다. 이곳은 계절에 관계없이 나의 휴식공간이며 사색하는 장소이기도 하다. 새벽 4시경에 일어나서 2시간 30분 동안 운동하는 과정에 10분을 이들과 같이 대화하고 있다. 입춘이 지나서 작은 화분에 심어진 영산홍은 꽃망우리가 맺히더니 날마다 굵어지는 모습을 바라보면서 봄의 소리를 들었다.

　빨간 제라늄은 벌써 활짝 개화하여 홀로 독야청청 자태를 뽐내고 있다. 작은 화분의 노랑꽃도 소담스럽게 개화하였다. 고무나무랑, 선인장, 군자랑, 재스민, 산세비에리아, 스투 킨, 넉 보스, 앤슈리엄, 킹 벤저민, 등등 모든 식물이 봄이 오면 털갈이를 한다. 노화된 피질을 벗는 모습들을 바라보노라면 자연의 위대함을 새삼 느끼게 한다. 물을 주는 횟수도 늘어나고 낙엽 지는 잎들도 따주면서 봄을 만끽하니 이만하면 세상에 부러움이 없지 않겠는가. 밖은 아직도 가는 계절을 못 잊어 살을 에는 찬 바람이 불고 기온은 영하가 연속되지만 땅속에서 올라오는 봄의 소리는 막을 수 없을 것이다. 우수(雨水)가 18일이다. 모든 식물들이 그러하듯 겨울철에 동면하면서 가을에 축적된 영양분을 조금씩 소모하여 생명을 이어온다. 봄철이 되면 소모된 영양분을 공급하여 주는 시기가 우수(雨水)라는 절기다. 봄의 소리는 땅속에서 하늘에서 본격적으로 시작된다고 보아야 할 것이다. 삼라만상은 생명이 약동하기 시작하는 계절이 봄일 것이다. 봄의 교향곡은 집안에서 연주한다. 길고 긴 겨울 동안 켜켜이 쌓였던 먼지도 털어내고 세탁물이 많아지며 쓸고 닦아 봄맞이 채비를 시작한다.

가까운 산야에는 봄의 기운이 조금씩 다가와 양지바른 곳에서는 따사로운 햇살이 봄을 재촉한다. 들 색도 산색도 조금씩 변하며 태양도 조금은 가까워지기도 한다. 실개천의 얼음 녹는 소리는 재잘거리는 어린아이의 웃음소리처럼 귓가를 맴돌고 있다. 농촌에서는 창고에 보관한 농기구를 손질하고 점검하며 부농의 꿈을 키우는 시기가 바로 지금일 것이다. 자연의 질서는 진리라고들 한다. 이러한 자연의 질서가 인간의 파괴로 무너지면 기존의 순환질서가 혼란에 처하고 그 재앙은 보복으로 파괴자인 인간에게 돌아온다. 국가도 마찬가지다. 국운은 날로 승천하여 이제는 먹고살 만하게 되었고 세계가 부러워하는 나라로 성장하였지만 귀(鬼)의 장난인지 악마의 시샘인지 흑암이 몰려왔다. 세상에는 좋은 일만 있는 것은 아닌가 보다. 지낸 해

10월부터 모든 언론들은 합창이나 하듯 국정 농단이란 제목으로 광풍을 일으켰다. 왈 최 아무개가 대통령을 조종하고 지시하여 사실상 대통령 행세를 했다는 쓰레기 언론 보도는 연일 태풍처럼 밀려왔다. 여기에 무식한 모리배 정치인들이 물 만난 고기처럼 기고만장하는 모습이었다. 일반 시민들은 언론에 맹신 되어 여론이 악화일로에 편승하였다. 종북 정당들과 종북을 지지하는 민주노총과 전교조 및 이에 동조하는 사회단체들이 합세하였다.

촛불집회를 광화문광장에서 시작하니 기름에 불을 붙이는 광풍이 되었다. 뿐만 아니고 남파 간첩들과 자생 간첩들도 활동 무대를 열어주었다. 일설에는 중국 유학생 5만 명이 촛불집회에 참석하였으며 일본에서 온 용역 노조들도 촛불을 들었다고 외신들은 전하고 있다. 막가파식의 언론들은 허위 날조 보도를 연일 쏟아냈다. 정치검찰들이 이에 동조함으로써 국회는 탄핵이란 칼날을 들어 결국에는 대통령을 탄핵시킴으로써 식물 대통령을 만들었다. 이때부터 나라는 무정부 상태가 되었다. 풍전등화에 나라를 구하고자 시민들이 일어났다. "탄핵 기각을 위한 국민 총궐기 운동 본부(탄기국)"가 발족되어 활동하기에 이른다. 지난겨울 동안 피눈물 나는 노력으로 일반 시민들도 조금씩 진실을 알게 되었고 그 수효가 점점 늘어나 지난 2월 11일 대한문(서울시청 광장) 앞 집회에서는 210만 명이란 사상 유례가 없는 인파들이 태극기를 들었다. 울부짖은 함성은 광화문의 촛불집회를 압살하였음을 하나님에게 고하였다. 모든 상황의 역전의 기회를 잡았다. 나는 이를 봄의 소리로 규정하고 이 글을 쓰고 있다. 봄은 자연의 순환이며 진리이다. 봄이 오는 소리는 진리이기에 반드시 악마의 작위(作爲)를 잠재울 것이다. 이것이 다가오는 봄의 의미이기 때문이다. 거짓은 언제나 진실 앞에 무릎을 꿇게 되어있다는 사실들을 그들은 모르고 있기 때문이다.

이 봄이 가기 전에 대통령을 원상회복 시키고 왜곡되었던 일들을 대청소하여야 할 것이다. 이것이 봄이 주는 사명일 것인데. 누가 할 것인가. 바로 내가 앞장서고 우리가 하여야 할 국민 된 도리인 것이다. 자유민주주의는 가만히 앉아있다고 지켜지는 것이 절대로 아니다. 그것에 필요한 만큼의 노력을 요구하고 있다. 그 노력은 주권자인 국민의 몫인 것을 한시도 잊지 말아야 할 지고한 가치이다.

태극기의 꿈은 현실로 2017년 2월 17일

따뜻한 봄날에는 꿈이 많은 계절이다. 꿈의 의미는 잠자는 동안 일어나는 심리적 현상의 연속이라고 표현하고 있다, 또 다른 표현은 잠자는 동안에 생시와 마찬가지로 보고 듣는 여러 가지 체험을 말하기도 한다. 꿈은 생전에 바라던 일들이 의식 속에서 잠재되었다가 꿈이란 또 다른 정신세계로 나타난다. 우리는 지난 수십 년 동안 오직 한 번만이라도 잘살아 보겠다는 소중한 꿈을 머금고 살아왔다. 새벽부터 밤늦게까지 밤과 낮을 가리지 않고 온 국민들이 피땀을 흘려 오늘에 이르렀다.

산골짜기에서 들판에서 굽은 허리 펴지도 못하고 오직 가난만큼은 대물림할 수 없다는 굳은 의지로 피눈물 흘리면서 살아왔다. 연구소에서는 최고의 상품을 만들어야겠다는 굳은 의지가 생산 공장으로 이어져 365일 가동하면서 밤을 홀랑 새우기를 얼마나 많은 해를 보냈던가, 세계 최고의 상품을 만들어야겠다는 꿈을 가지고 오대양 육대주를 발바닥이 달도록 뛰지 않았던가. 자본이 없어 구걸행각을 마다하지 않고 이 나라 저 나라에 머리 숙여가면서 통곡한 일들이 어디 한둘이 아니지 않았던가. 산업역군들에게 감사하고 또 감사하여야 할 것이다. 이를 강력한 대통령님의 추진력에 뒷받침한 기관과 부서와 종사자들에게도 보이지 않은 노력들과 헌신의 공을 잊어서는 안 될 것이다. 5천 년의 상징처럼 남아있던 초가지붕도 모두 벗겨냈다. 부엌도 개량하고 화장실도 현대식으로 개조하였다. 담장도 새로이 단장하고 마을 안길도 넓혔다. 마을 진입로도 바르게 그리고 넓혔다. 마을 앞을 지나는 하천에는 교량도 가설하였다. 생활 주변을 정리함에는 너와 내가 따로 없었다. 마을 주민들이 모두 나와 함께 땀으로 이룩한 정신은 새마을 운동이란 이름하에 국민의식을 하나로 모았다. 국토는 거대한 사업장으로 변하여갔다. 각종 도로망이 개설되고 수많은 공장들이 건설되기 시작하였다.

여기에는 근면, 자조, 협동이라는 새마을 정신이 그간의 전통사회의 의식을 마음속에 추억으로 남겨두었다, 하면 된다는 도전의식으로 바꾸어나갔다. 지하에서 육지에서 하늘에서 바다에서 때와 장소를 가리지 않고, 있으면 있는 대로 없으면 맨몸으로 부딪쳐 이룩한 오늘의 대한민국이 아닌가 한다. 1948년 대한민국이 건국되어 좌우의 이념의 갈등으로 나라는 두 조각으로 갈라져서 체제 경쟁을 하였으나 우리는 당당히 그들을 이겼다. 이 위대한 대한민국을 상징하는 태극기는 5천만 민족의 가슴에 깊이 뿌리내린 심벌이다. 애국가는 대한민국을 상징하는 모든 국민들이 애송하는 노래다. 대외적으로 태극기와 애국가는 대한민국을 상징하는 것은 누구도 부인하지 못한다. 그런데 언제부터인지는 모르지만 이를 부정하고 백안시하는 사람들이 늘어났다. 전직 총리를 한 사람이 국민들이 소중히 그렇게 소중히 여기는 태극기를 짓밟은 모습이 TV 화면에 비쳤다, 태극기를 발로 밟을 정도로 이 나라를 우습게 여기는 사람이 어떻게 총리가 되었을까 하는 의구심을 넘어 저주스럽기까지 하였다. 대한민국의 광장인 광화문 광장에 태극기를 게양코자 하였으나 서울시에서는 불허하였다는 보도는 더욱 경악게 하였다. 태극기는 삼천리 방방곡곡 어디라도 게양되어야 한다는 것은 모든 국민들의 마음이다.

각종 행사에 태극기를 게양하고 애국가를 제창하는 것이 기본이다. 국민적 정형화된 의식조차도 태극기를 게양하지 않고 애국가도 제창하지 않는 개인과 집단들이 있음은 개탄하지 않을 수 없다. 그들은 원칙적으로 대한민국을 부정하는 사람들일 게다. 그렇지 않고 어떻게 이 땅에서 태어나 자라고 교육받고 사회 활동 하는 사람들이라 볼 수 있겠는가? 국가에서 베푸는 모든 혜택을 받은 그들의 배신행위를 보노라면 기가 막혀 말이 나오질 않는다. 그들은 자유민주주의 대한민국을 부정하는 사람들이다. 남과 북이 극한 대치상태에 있음에도 북한의 주장을 암묵적으로 또는 공공연히 찬양하고 고무하는 행태를 보면 반정부를 넘어 반국가적 행위임이 분명하다 할 것이다. 이러한 행위들은 여러 경로를 통한 불순분자들의 집요한 포섭으로 눈덩이처럼 불어났다. 이번의 대통령을 탄핵하여 나라를 뒤집으려는 세력들의 치밀한 계획하에 광풍 같은 폭동을 일으켰다. 그들의 행하는 촛불집회장에는 태극기도 없었다, 물론 애국가 제창하는 소리도 들리지 않았다. 자신의 부모님이 계시고 조상님의 얼이 깃든 이 나라를 뒤집어 북괴에 고스란히 바치겠다는 것이 아니고는 설명이 되지를 않는다. 외신들은 전하기를 이번의 탄핵은 외세에 의한 탄핵이며, 고영태의 난이며, 검찰, 언론, 국회의원, 노조들의 난을 일으켰다고 한다.

보다 못한 국민들은 누란에 처한 이 나라를 구하겠다는 일념으로 태극기를 들었다. 눈 감고, 귀 닫았으며, 입 닫았던 백성들이 깨어났다. 그 외침의 함성은 나날이 커져 삼천리 방방곡곡에 울려 퍼지기 시작하였고, 태극기는 하늘을 가리었다. 태극기의 불꽃이 바람을 타고 하늘 높이 올라 목숨 걸고 나라를 지키신 선혈들에게 고하였다. 태극기 앞에는 어떤 적들도 무릎을 꿇을 것이기 때문이다. 촛불은 드디어 사그라지기 시작하였다. 위대한 태극기여 당신의 꿈이 실현되려나 봅니다. 태극기여 영원 하라! 감사합니다. 18일 대한문 앞 집회를 기대하면서.

국민저항운동본부
발족을 바라보면서 2017년 2월 19일

매번 수고하시는 노승일 대장님 감사합니다. 당신 같은 분이 있어 이 나라가 바로 설 것입니다. 장하십니다. 힘내세요. 분발하세요. 또한 각 차량별로 수고하시며 인솔하시는 분과 총무님들에게도 감사의 뜻을 전합니다. 드러나지 않게 음으로 양으로 수고로움을 아끼지 않은 분들에게도 감사하다는 말씀의 인사를 올립니다. 중원교회 장로님, 권사님께도 고맙고 감사합니다. 동행하여주신 애국지사님들에게도 뜻을 같이한 모든 분들에게도 경의를 표합니다. 제13차 태극기 집회가 대한문 앞에서 진행되고 있는 현장에 오후 1시 30분경에 도착하니 벌써 구름 같은 시민들이 드넓은 광장을 가득 메웠다. 12차 집회 때보다도 훨씬 많은 군중들이 삼삼오오 또는 집단으로 자신들의 주장을 표현하기 시작하였다. 버스 3대가 지역을 출발하였는데 현장에서는 하차할 곳이 마땅하지 않아서 숭례문 앞 신한은행까지 이동하여 간신히 하차하고 집회 장소로 이동하였다. 지난번까지는 시청

광장을 경유하여 숭례문으로 통하는 도로는 중앙선을 경계로 한쪽만 허용하였는데 이번에는 양쪽 모두 개방하였다. 그만큼 많은 사람들이 왔다는 증거이기도 하다. 지난번까지는 탄기국(탄핵 기각을 위한 국민 총궐기 운동 본부)이름으로 진행하였다. 오늘부터는 국민저항운동 본부로 개칭하여 진행한다고 발표하였다. 깜짝 놀라지 않을 수 없었다. 국민저항운동이란 용어에 익숙하지 않아서 많은 생각을 하게 되었다. 왜 명칭을 바꾸었을까? 탄핵 기각이 이루어진 것도 아니고 아직도 진행되는데 헌법재판소에서 24일까지 변론을 끝낸다는 발표는 있었다, 그리고 3월 초순경에 인용을 하던 기각을 하던 예단이 가능한 데서 기인한 것이 아닐까 나름대로의 판단이다. 아마도 집행부에서 좀 더 강력한 압박 카드로 사용하기 위하여 개칭하였을 것이다. 여기서 국민 저항은 어떤 방법으로 진행될까. 먼저 비폭력적인 저항운동이 있을 것이다. 예를 들어 거짓 방송 편파방송 선동 방송을 일삼는 방송들의 시청을 거부한다든지 아니면 각종 신문들을 절독을 한다는 등이 있을 것이고 법을 집행함에 있어서 편파성을 노골적으로 집행하도록 강요하는 데 대한 거부 운동을 한다는 등이 있을 수 있지 않을까 생각해 보았다. 편파적인 검찰권을 행사하는 경우와 재판권을 행함에 있어 공정성을 결여한 법관들도 개인별로 국민들의 알 권리를 충족시키기 위하여 공개하는 방법도 있을 수 있을 것이다. 또한 불법적인 선거운동을 일삼는 자들을 대상으로 모든 비폭력적인 수단들을 동원할 것이 예상된다. 그들의 불법성과 이적성을 또는 비윤리적이며 비도덕적인 면들도 낱낱이 국민들에게 알리는 방법 등이 예상되기도 한다.

또 다른 방법은 실력으로 저항하는 방법이 있을 것이다. 이 방법은 마지막 카드가 되어야 할 것으로 생각된다. 지금까지 진행되어온 시국은 나라의 운명이 바람 앞에 촛불처럼 법은 있으되 만인에 평등은 교과서에나 있음을 증명이나 하듯 사정의 칼날은 편파적으로 사용되어왔다. 반국민 정서가 늘어나고 있고, 나라는 분명히 있으나 무정부 상태다. 이런 상태가 지속될 경우에 자유민주주의 대한민국은 역사의 뒤안길로 사라질 것이다. 최후에 위기라 판단될 경우에 국민들의 힘으로 바로 세우겠다는 의미로 보인다. 지난 반세기 동안 동근 동락하였던 친구인 허병홍 형과 이재갑 형과 함께 본부석으로 이동하였다. 수많은 깃발과 피켓들이 하늘을 가리었다. 방공 특수 전 여단, 해사. 대한민국 ROTC 애국동지회, 육사, 공사, 외국인도 보였다. 고령인 노인들도 태극기를 들고나왔다. 어린아이와 함께 온 어머니, 애국청년단, 태극기와 성조기를 양손에 높이든 용감한 원더우먼도 도로 복판에서 탄핵 기각을 주장하고 있다. 2017년 02월 18 PM 3:00 정각에 국민저항운동으로 바꾸었다고 전격 선언하였다. 전직 외교관 100인도 시국선언에 동참하였다. 인산인해란 이런 경우를 두고 하는 말이다. 무엇이 민심인지 보지 않고 체험하지 않으면 모를 것이다. 주권자인 국민의 힘이 이렇게 크게 나타날 줄은 저들은 상상도 못 하였을 것이다.

회를 거듭할수록 눈덩이처럼 커진다는 사실을 안다면 아마도 기절초풍할 것이다. 이것이 국민저항운동이며 민심이고 주권이 국민에게 있다는 증거이다. 서울 친구들과 만나기 위하여 정하여진 장소로 겨우 사람들의 사이를 헤집고 이동하였다. 아직도 시작 시간인 2

시가 되지 않았는데도 이곳까지 발 디딜 틈도 없이 밀려들었다. 광장에는 사람들의 파도이며 태극기의 파도다. 피켓과 깃발과 현수막들이 찬바람을 잠재웠다. 어디에 이렇게 많은 사람들이 뚝 터진 호숫물처럼 감당하기도 힘들 듯 몰려온다. 사고가 나지 않을까 하는 우려마저도 든다. 잠시 후 박창일 사장과 이휘성 사장도 만났다, 이들은 한 번도 빠지지 않고 참여하여 온 죽마지우들이다. 그들의 애국심을 존경하지 않을 수 없다. 지난번에는 10여 명이 만났었는데 이번에는 사람들이 너무 많이 나와 만나지 못한 친구도 많았다, 중학교 동기들도 고등학교 동기들도 나왔다고 전한다. 이들과 티타임을 하고 헤어져 다음 기회에 만날 것을 약속하고 헤어졌다. 진행되고 있는 행진 대열에 참여하였다. 이번의 행진은 저번에 하였던 반대편으로 행하였다 광장에서 출발하여 숭례문을 거쳐 한국은행 앞을 지나 남산 1호 터널 옆을 지나 영락교회를 경유하여 광장으로 돌아왔다. 들리는 이야기는 300만 명이 모였다고 전한다. 역사에 기록할 만한 많은 사람들이 모였다.

세계는 분초를 다투면서 혁신하는데 우리는 금쪽같은 시간을 이념에 매몰되어 헤어나지 못하니 통곡할 일이다. 언제쯤이나 이 먹장구름이 걷어지려는 지 온 국민들의 상처 난 심정을 하나님에게 기도로 치유하고자 한다. 하나님! 저의 기도를 들어 주소서, 5천만 국민들의 마음의 상처가 너무나 깊습니다. 이 상처를 치유하여 주실 분은 오직 하나님뿐인 줄 믿습니다. 이 흑암을 걷어주소서, 하나님이 세우신 이 나라가 바람 앞에 촛불이 되었습니다. 저희들의 죄가 크옵니다. 저의 죄를 용서하옵고 이 나라를 바로 세워 주소서 이 아름다운 나라를 길이길이 보전케 하소서 예수그리스도의 이름으로 기도합니다. 아멘.

모두 태극기 들자! 2017년 2월 24일

시국은 점점 엄중한 상황에 가까워지는 것 같다. 잘은 모르지만 헌법재판소에서 2월 24일로 마지막 변론을 끝낼 것으로 보도되었다가 27일로 연기가 되었다. 24일이 되었든 27일이 되었든 이정미 재판관 퇴임일 이 3월 13일 이전에 결정한다는 데는 이론이 없다는 것이 언론이나 정치권에서 하는 이야기들이다. 기존의 자유민주주의를 지지하고 옹호하는 보수 진영에서는 지금까지 드러난 거짓과 진실들을 정확히 소상히 조사하고 판단하여 명명 백일하에 국민들에게 알리기를 원한다.

시간에 구애됨이 없이 밝혀 판단하자는 주장이다. 반면에 촛불이 민심이라 대변하는 좌익 종북 세력들은 모두가 진실이니 하루빨리 결정하자는 주장이 대립하여 지금에 이르렀다. 거짓을 주장하는 종북 좌익세력들은 오늘도 거짓으로 일관하고 있다. 특검이나 헌법재판소나 대통령 변호인단이 요구한 고영태 통화기록들을 증인 채택하여 줄 것을 강력히 요구하였으나 묵살되었다. 거짓을 주장하고 날조하며 선동하는 모든 무리들은 처음부터 치밀한 계획하에 최순실이 일으켰다며 국정 농단으로 몰아붙였다. 우매한 국민들은 그들의 주장에 현혹되기도 하였다. 그간에 피눈물 나는 보수 우익들은 자체 조사를 하고 증인들을 찾아 밝힌 것이 고영태와 언론의 거짓과 날조선동이라 주장하였다. 또한 검찰과, 귀족노조인 민주노총, 전교조, 좌익에 깊이 빠진 시장 군수, 교육감, 공직자들이 좌익 정치인들과 짜고 치는 고스톱임을 밝혀 인터넷을 통하여 국민들에게 알리기 시작하였다. 이러한 고영태 국정 농단을 조사하지 않는 검찰과 특검 그리고 법관들 법질서와 법적 안정성은 안중에도 없다. 무엇을 하자는 것인지 모든 국민들이 예의 주시하고 있다는 사실을 애써 외면하는 것은 아닌지? 나라를 누란에 처하게 한 원흉이 밝혀졌는데도 모르쇠다. 그래서 순진한 백성들이 태극기를 들고 일어났다.

국민 된 도리라면 누구나 필요할 때마다 나는 주권자라고 자기 권리를 주장하는 사람들이 어찌 이런 광경을 보고 방안에서 그냥 구경만 할 수 있겠는가. 그래서 거리로 뛰쳐나왔다. 지금까지 촛불집회장에는 무슨 일이 일어났는지 알아야 할 것이다. "민주주의 국민행동본부"라는 단체는 "동족 대결과 악정, 위선과 기만으로 국민을 우롱한 마녀 박근혜를 단두대에 끌어내어 참형에 처한다." ⇒ 이것은 북괴의 지령에 의하지 않고는 이럴 수는 없는 것이다. 또 커다란 단두대를 제작하여 촛불집회장에 끌고 나온 사진을 보고 이 어찌 대한민국 국민이며 주권자라 할 수 있겠는가. 광화문 이순신 동상 앞에서 대통령 얼굴 현수막을 바닥에 깔고 그를 짓밟고 가는 모습들, 북한 로동

신문에 박근혜는 항복하라. 민중이 승리하는 레일을 깔 것이다. 등의 사주하는 모습들, 야권의 대선 주자라는 문재인은 "분노한 군중들이 모인 광장에서, 거대한 횃불로 보수 세력을 불태워버리자, 라고 주장하는 자는 대한민국 국민이 맞기는 맞는지 심히 의심이 간다. 기절초풍할 일들이 그곳에서는 보통으로 일어난다. 마치 그 옛날의 소도(蘇塗:삼한시대 제의 장소)와 같은 지역인지 착각이 들기도 한다, 또는 여기가 북조선 땅에 온 것은 아닌지. 어찌 이런 일이 있을 수 있겠는가. 입에 담기고 거북한 주장들이 무수하다. ⇒ 사회주의가 답이다. 문제는 자본주의다.

아무것도 해결하지 못한 자본주의, 자유주의에는 답이 없다. 이석기를 석방하고 박근혜를 구속하라. 쌀값 대 폭락 박근혜 퇴진하라 현수막을 상여에 게시하여 메고 가는 막가파식의 시위꾼들, 억울한 희생양 한상균, 이정희, 이석기 그들이 돌아와야 민주주의입니다. 범법자들을 민주주의 투사로 모시겠다는 주장들, 당신의 마지막 할 일은 남북정상화를 시켜라, 북쪽은 우리의 미래다. 우리의 희망이요 삶이다, 어떤 나라 눈치도 보지 말라는 등. 박근혜 참수하고 그 목을 잘라 장대에 달고 아래에 민족의 반역자라는 걸개를 보여주는 모습, 붉은 복면에 안전모를 쓴 사람들이 철봉을 들고 누구에게 대항하려는지, 박근혜 흉상에다 밧줄로 칭칭 동여맨 모습, 박근혜. 최순실. 재벌일당 전원 구속, 박근혜 무조건 즉각 퇴진, 어린 학생들에게 횃불을 들게 하였습니다. 중고생이 앞장서서 혁명정권 세워내자. 이런 학생들이 들고 있는 피켓 글들 중에는 ⇒ 박근혜는 하야하라, 새누리도 공범이다. "민주시민의 요람, 서울대학교 사범대학 사회교육과 학생들"이 게시한 내용입니다. 박근혜 씨, 더 이상 긴말 필요 없습니다. 민주주의와 시민 그리고 헌법을 더 이상 모욕하지 마십시오. 당신은 괴뢰 정권의 꼭두각시입니다. 나는 민주시민을 길러낼 예비 교사로서, 그리고 대한민국의 주권자로서, 더 이상 부끄럽고 싶지 않기에 당신에게 명령합니다. 박근혜 씨 이제 대통령 놀이 그만하십시오!

학생 여러분, 그리고 국민 여러분, 자랑스러운 민주화의 역사를 가진 우리가 왜 이러한 부끄러움과 모욕을 참아내야 합니까. 우리 이제 화 좀 냅시다. 박근혜 탄핵합시다. 박근혜 쫓아냅시다. " 국기문란 사범 박근혜 체포단 민중총궐기 서울대 투쟁본부"란 단체에서는 박근혜 일당 체포식을 지난 12월 8일 목요일 학생회관 앞에서 오후 12시부터 5시까지 한다고 게시한 내용. 옛 사극을 흉내 내어 사약을 박근혜 대통령에게 막대기로 입을 벌리고 사약을 주입하는 퍼포먼스 이것들이 촛불 현장이고 민심이라 한다. 어쩌다가 우리가 이 지경에 이르렀는지 통탄하지 않을 수 없다. 대한민국이 건국한 지 70년 만에 이제 먹고살 만한 세상을 만들었다. 세상이 부러워하는 나라로 성장하였다. 여기에 자유민주주의 이념으로 무장하여 일으킨 자랑스러운 대한민국이다. 잠시 동안 꿈꾸는 사이에 붉은 무리들이 나라를 좌지우지하는 현실 앞에서 눈물이 난다. 그래서 앉아 죽느니 차라리 태극기를 들고 나가 죽자 하는 심정으로 국민저항운동본부에서 추진하는 광장에 나왔다. 수많은 사람들이 태극기 휘날리면서 나라 살리자고 외쳤다. 여기에는 너도나도 없다. 어른, 아이들도 없다. 남녀 구분이 없다. 모두가 하나이다. 횟수를 거듭하여 13회 때에는 무려 300만 명이 나왔다고 한다.

기네스북에 기록할 만한 군중 아닌가 한다. 저들은 이를 보고도 애써 외면하고 있다. 언론은 언론이기를 포기 한지 꽤나 오래된 듯하다. 외신들의 날카로운 비판에도 안중에 없다. 태극기야 휘날려라, 들어라 태극기를, 너도 들고 나도 들고 이웃도 친구들도 남녀노소를 불문하고 태극기 들자 2월 25일 14차 태극기 집회장인 대한문으로 태극기 들고 나가자. 5천만 명아! 잠에서 깨어나자 방관은 도움이 되지 않는다. 나라를 다시 세우자는 일념으로 태극기 들자. 제2의 건국을 한다는 마음의 자세로 태극기 들자. 그것이 우리의 소망이 아닌가. 자손 대대로 훌륭한 나라를 물려주어야 하지 않겠는가. 자랑스러운 조상으로 남아야 하지 않겠는가.

가자 우리 모두 대한문으로 만나자 그곳에서 나라를 바로 세우자.

태극기는 봄바람 타고 날아라! 2017년 2월 26일

　지난밤 꿈속에 태극기는 따뜻한 봄바람을 타고 하늘 높이 올랐다. 남자와 여자를 창조하였고 하늘과 땅 그리고 바람과 물을 창조하서 이 나라를 하나님의 나라로 세우신 그 놀라운 뜻이 태극기에 담겨있음을 자랑스럽게 배우고 익혀왔다. 73년 동안 배워온 믿음에 흠집을 내려는 붉은 무리들이 하나님이 세우신 이 나라를 뒤집으려는 간계는 온 나라를 혼란에 빠뜨렸다. 이를 보다 못한 국민들이 태극기를 들고 거리로 나왔다.

　집회 장소인 서울에 도착하여 을지로입구역 주변에서 하차하고 대한문에 도착하니 오후 1시 30분경이 지나고 있다. 수많은 사람들이 손에 태극기를 들고 부르짖는 함성은 하늘 높이 올랐다. 분위기는 지난 13회 집회 때보다도 더욱 많은 사람들이 삼삼오오 도착하는 모습이 어쩌면 긴장감이 돌기도 하였다. 진행되어온 시국이 그만큼 긴장감을 더하는 모양이다. 전국 방방곡곡에서 크고 작은 각종 태극기와 피켓과 현수막을 들고 외치는 함성은 거대한 파도가 되었다. 각종 사회단체들, 전역한 육사 생도 출신들, 공사 출신, 해사 출신 용사들 제3사관생도 출신과 ROTC 출신들 특전사 출신을 비롯하여 헤아릴 수 없는 많은 단체와 조직들이 함께 야외에서 연출하는 거대한 드라마 세트장 같다. 각종 행진곡에 맞추어 함께 노래하고 외침이 하늘에 고하고 땅에 통하여야 할 것이다. 연사들이 피를 토하는 외침은 수백만의 외침이 되어 이것이 바로 민심이고 국민의 뜻임을 알았으면 좋겠다. 그들이 진정으로 나라를 생각하는 마음이 조금이라도 남아있다면 올바른 판단과 결정을 기대하며 촉구하는 바이다. 지금까지 밤낮을 가리지 않고 쌓아온 공든 탑이 하루 밤사이에 무너지는 일은 없어야 하기 때문에 당신도 나오고 나도 나왔다.

이곳에 모인 각양각색의 군중들은 생각지도 못하였던 종북 추종자들이 터무니없는 국정 농단에 놀라 뛰쳐나왔다. 자신의 생업도 포기하고 오직 나라를 구하자는 일념 하나로 모였다. 거대한 군중의 물결은 쓰나미가 되어 해안가에 밀려오는 듯하다. 서울시청을 중심으로 지하철역 입구마다 폭포수처럼 쏟아져 나오고 있다. 어디에서 이렇게 많은 사람들이 몰려오는지 경악을 금할 수 없다. 대한민국의 상징은 곧 태극기이며 애국가인데 그래서 태극기 들고 애국가 부르면서 이것이 민심이라는 것을 알리고자 노구를 이끌고 너도나도 나왔다. 할머니 할아버지 아저씨 아주머니는 물론이며 젊은이와 청소년 어린아이에 이르기까지 모두 나왔다.

사람 사는 세상에는 뜻이 서로 다를 수는 있다. 이해와 양보로 최소공배수를 찾는 것이 민주주의의 핵심일 것이다. 그런데 지금의 상황은 서로 말로 해결할 단계는 지나 자유민주주의를 뒤엎으려는 세력들과는 어떤 타협도 불가능한 단계이기에 진인사대천명의 자세로 끝까지 지킬 수밖에 없는 절체절명의 단계이다. 오늘이 25일이니 내일모레 27일은 최종변론이 있다고 헌법재판소에서는 발표하였다. 때문에 오늘의 집회가 매우 중요한 집회다. 그래서인지는 모르지만 그 중요성만큼이나 한층 더 긴장감이 엄습하기도 한다.

다시 말해서 자유민주주의가 이 땅에서 사라지는가, 아니면 굳건히 계속 유지 발전시키는가의 칼날 위의 서 있는 심정이다. 나 혼자 빠진다고 하는 방관은 결국은 저들의 마수에서 벗어나지 못하고 천추의 한을 남길 것이 불 보듯 한 일이기에 하는 말이다. 눈 감고 귀 막고 입 닫고 있는 모든 분들에게 엎드려 호소합니다. 모두 나오세요. 힘을 실어주셔야 이 어려운 난국을 풀어야 하지 않겠는가? 지금 이 시점에는 어느 곳에서도 기대할 수 없는 현실이다. 오직 국민들의 힘만이 지킬 수밖에 없다는 말씀이다. 방관은 저들을 도와주어 건널 수 없는 강을 건너고 나서야 후회하는 일은 남기지 말아야 할 것이다. 오늘도 친구들과 만나기로 한 약속 장소로 이동하였다. 사람들에게 밀리고 밀려 운신의 폭은 점점 더 좁아져서 내가 서있는 자리도 지키기 어려운 상황이다. 잠시 후에 박창일 사장, 몇십 년에 만난 황관동 소장, 이휘성 사장, 김방한 국장, 박재창 사장, 박풍장 소장, 박명서 교수, 이수웅 과장, 강구섭 과장. 등 죽마지우들과 만났다. 그간 어떻게 살아왔는지 지나온 이야기에 시간 가는 줄 모르고 이야기 삼매경이 빠졌다. 함성에 이야기는 끊어지기도 하였지만, 옆에 있는 것만으로도 즐겁다. 군중들과 함께 부르고 함성 지르고 태극기 흔들어 자존감을 지키기에 혼신의 노력을 하였다. 또 반가운 소식은 내가 좋아하는 김석인 시인(詩人)께서 태극기 들어 하나님께 고하기 시작하였다.

삶을 노래하고 자연을 노래하며 영혼과 세상을 즐겨 노래하신 김석인 선생님 존경합니다. 감사합니다. 이 땅에 당신 같은 지식인이 있어 희망이 있다는 메시지에 다시 한번 감사를 드립니다. 당초에 계획은 오후 2시부터 4시까지 집회를 하고 4시부터 행진하기로 하였다. 그런데 각 방송사에서 편파 방송에 대한 항의를 계속 받았는데 이를 불식하고자 오늘은 오후 4시부터 옥상에서 촬영하여 공정 보도를 하겠는 답변을 듣고 갑자기 행진 계획을 2시간 늦추어 6시로 변경하였다고 한다. 친구들은 장소를 변경하여 많은 이야기들을 하였다. 시국에 관한 이야기며 건강에 대한 관심사들 요즈음 근황에 대한 이야기들 등등 주고받는 정보들도 가지가지였다. 마치 시절을 1 갑자(甲子) 되돌려 놓고 그때 그 시절의 이야기로 꽃을 피웠다. 오늘의 사수는 박명서 교수님께서 과녁을 쏘았다. 이제야 감사하다는 말씀 올린다. 다시 광장에서의 인증샷도 하고 함께하는 중에 살 같은 시간은 각자의 영역으로 돌아갔다. 3월 1일 집회에 다시 만나기로 약속하고 헤어졌다. 같이한 대장 노승일 님. 인솔하시는 한연기 장로님 각 차량별 살림살이 맡아 하고 봉사하시는 애국 여성 동지들에게도 감사 인사드립니다.

같은 뜻 가지고 동행한 모든 분들에게 고맙고 감사합니다. 집결지에 대기 중에 모두들 모여 승차하니 마치 집에 다 온 것 같았다. 오늘의 집회장에서 느끼는 심정은 개운하지를 못하고 어딘지 모르게 어두움의 그림자가 드리우기도 하였다. 어쩌면 더욱 엄중한 상태로 진행되는 것은 아닌지 우려스럽기도 하였다. 3월 1일은 모든 사람들이 태극기 들고 진정 국민의 뜻이 무엇인지 국민의 힘의 위력을 보여 주어야 할 것이다. 꿈이 현실이기를 기도하면서 돌아왔다.

탄기국이 국민을 불렀다 2017년 3월 2일

참혹하였던 일제 36년의 치욕을 타의에 의하여 해방되고 군정 2년을 지나는 동안 좌우익의 극한 대립으로 하나 되지 못하였다. 손바닥만 한 땅에 두 조각으로 갈라져, 1948년 8월 15일에 대한민국이 탄생하였다. 어렵게 탄생된 이 나라는 건국 이후 최대의 위기를 맞고 있다. 지난해부터 전조(前兆)가 서서히 나타나 하반기부터 어두운 그림자는 전국적으로 휘몰아쳤다. 언론이 거짓과 날조와 협잡으로 선동에 앞서니 이들을 맹신하여온 우매한 백성들은 중독되어갔다. 위기 상황의 분위기가 전국적으로 고조되는 때를 놓치지 않고 권력욕에 눈이 먼 정치 모리배들은 이때를 적기다 판단하였다.

그리고 붉은 무리들과 거대한 음모는 곧 나라를 뒤집겠다는 촛불시위로 이어져 그 여세를 몰아 탄핵정국으로 몰아갔다. 대한민국에는 대통령 위에 언론 대통령이 있다고들 한다. 삼권분립은 절름발이되어 안하무인으로 무소불위의 권력을 남용하고 대통령을 비롯하여

장차관을 저들 집 강아지 부르듯 호통치는 국회다. 제대로 반론하나 제시하지 못하는 불평등의 극치를 보여 왔다. 어디 이것뿐이지 않는다. 기업의 총수들과 일반 시민들도 불러 야단치고 호통치는 모습을 보노라면 이런 국회를 언제까지 보아야 하는지 역겹고 한심하기 그지없는 일이다. 국민의 51%를 지지하여 당선시킨 대통령을 탄핵이란 이름으로 권한을 정지시키고 청와대에 연금시킨 천인공노할 일이 일어난 지도 3개월이 지나고 있다. 세계는 분초를 다투며 살아남기 위한 피나는 경쟁을 하는데 우리는 손 묶고 발 묶어 온 지 4년이 지나고 있는데도 외면한 국회다. 오직 정권을 쟁취하기 위하여 현 정부의 성공을 저지하고 방해만 일삼아 왔다. 이런 국회 필요한지 국민들은 다시금 생각해 보아야 할 것이다. 보다 못한 국민들이 일어나기 시작하였다. 그들은 손에 태극기 들고 생업도 포기하고 나라 구하는 일이 가장 시급한 일이라 생각하고 아스팔트로 뛰쳐나왔다.

의(義)로운 사람들이 하나가 둘이 되고 눈덩이처럼 불어나기 시작하였다. 집회 횟수가 거듭하면서 구름 같은 백성들이 일어나기 시작하였다. 거대한 음모는 양파 껍질 벗기듯 그 마수가 백일하에 드러나기 시작하였다. 오늘은 제98회를 맞이하는 3·1절 기념일이다. 나라 구하겠다는 일념으로 태극기 들고 일제의 침략과 독립을 위하여 무저항 시위를 온 세계에 알린 날이다.

이날을 기념함과 동시에 제15차 탄핵 기각 총궐기 국민대회를 하는 날이다. 며칠 전부터 이날이 어서 오기를 마음 설레면서 손꼽아 기다렸다. 헌법재판소에서 2월 27일에 마지막 변론을 끝으로 3월 13일 이정미 재판관이 퇴임하는 날에 결정할 것으로 예측되기 때문이다. 이번 태극기 집회는 그래서 매우 중요한 의미가 될 것으로 예측된다. 이날은 전 국민이 총궐기하는 날이기에 능력 없고 힘없는 노구이지만 나라를 구한다는 희망을 함께 하기 위함이다. 노승일 의병장은 이번에는 버스 10대 정도가 참여한다고 하였다. 나도 뒤질세라 바로 신청하고 준비하였다. 준비라야 별것도 없지만 건강 문제만 체크하는 일이 전부다. 한두 번 가는 것도 아니기 때문이다. 매회 때마다 돈 되는 일도 아니고 오직 누가 보태 주는 일도 없이 스스로 부담하여 참여하는 집회다.

나라를 위한 사명감과 봉사하는 마음으로 수고하시는 노승일 대장님과 1호 차를 인솔하시는 한연기 장로님 또 각 차량별로 수고하시는 인솔하시는 분과 봉사하시는 여사님들께 감사하다는 인사를 올립니다. 고맙습니다. 자유민주주의 대한민국을 지키기 위하여 동참하신 모든 분들에게도 감사하다는 인사를 드립니다. 우리는 숭례문 앞 신한은행 앞에서 하차하고 광화문 로터리로 서서히 이동하였다. 지금까지 7회를 참여하였지만 한 번도 허락되지 않았던 곳, 즉 촛불집회만 허용하였던 곳이라 불법과 불평등 불공정의 대명사로 알려진 광화문 오늘에야 비로소 갈 수 있다는 기쁨이기도 하다. 그곳에는 청와대로 연결되는 도로이며 정부종합청사가 있는 것이기도 하다. 대한민국의 핵심 지역이기 때문이다. 그런데 서울시장 박원순은 그의 정치 성향처럼 촛불집회장으로, 왜 불법적인 장기 점용을 허락하고 있는지 국민들에게 대답하여야 할 것이다. 본부석으로 이동하는 중에 정태갑 국장과 오정치 국장을 만났다. 반가웠다. 일평생 동고 동근 하였던 분들이기에 더욱 반가웠다. 수많은 사람들이 파도가 밀려

온 듯 길이 있는 곳이면 모두가 태극기 들고 전국 각지에서 몰려들었다. 그곳에는 서울 시청을 비롯하여 종편으로 악명 높은 조선일보사와 동아일보사도 있었다. 경찰 차량으로 막아놓은 너머에는 촛불집회장이기에 사전에 사고를 방지하기 위한 방벽이다. 1시부터는 기독교 주관으로 행사를 진행하였다.

기도(祈禱)를 하고 대회를 선언함과 동시에 탄핵의 불법성과 부당성을 삼천리 방방곡곡에 알리기 시작하면서 참여한 모든 국민들은 환호성과 저항성을 여과 없이 보여주었다. 크고 작은 태극기와 깃발들 현수막이 하늘에 춤을 추고 땅을 진동시켰다. 눈 있고 귀 있으며 입 있는 자들은 보았을 것이다. 무엇이 민심이고 천심인지를 똑똑히 보았을 것이다. 2시부터는 국민 총궐기 국민운동 본부에서 진행하면서 분위기는 절정에 이르게 되었다. 김평우 변호사의 절규 소리를 들었고 박근혜 대통령의 마지막 변론에 서면(書面) 답장을 낭독하는 역사적 현장에서 가슴 아리기도 하였다. 내가 사랑하는 친구들에게서 전화가 왔다. 알려준 장소로 이동하였다. 반가운 죽마지우들을 만났으니 나의 복이로소이다. 전 김휘동 시장, 김동봉 재경 안중 회장, 박풍장 소장, 박명서 교수, 박창일 사장, 김방한 국장, 김견우 사장, 권오준 사장, 윤정모 교수, 57년 만에 만난 박승열 회장 등을 만났다. 오늘의 태극기 집회가 아니었다면 어찌 이 나이에 이런 귀중한 친구들은 만날 수 있었겠는가. 하나님께 감사하였다. 오늘 만남의 정리는 김동봉 회장님이 담당하였단다. 감사합니다. 이슬비 내리는 대한문 광장에는 정하여진 각 코스별로 행진에 참여한 분들이 모여들기 시작하였다. 우리는 인증 샷을 하면서 목소리 높여 탄핵의 불법적이며 부당성을 소리 높여 외쳤다. 벌써 5시를 지나고 있다. 다음을 기약하고 각자 삶의 현장으로 돌아가기 위하여 석별의 인사를 나누고 돌아섰다. 집결장소로 이동하여 준비된 차량에 탑승하고 돌아왔다.

가고 싶어지는 곳 2017년 3월 5일

2017년 3월 4일 오늘은 토요일이며 개구리 동면에서 깨어나는 경칩(驚蟄) 전닐이다. 놀랄 경(驚) 자에다. 빌래 칩(蟄) 자이다. 그래시 사람들은 개구리가 오랜 동면(冬眠)에서 놀라 깨어나는 날이라 한다. 이날이 며칠 전부터 몹시도 기다려지는 날이 되었다. 경칩 전날이라서가 아니라 매 주말마다 하는 행사인데 마치 안 가면 안 되는 무엇에 중독된 듯, 나 자신도 제어할 수 없는 무엇인가가 내게 있는 것 같다. 제16차 탄핵 기각 국민 총궐기 대회가 있는 날이다. 전날 충주 의병 노승일 대장께서 가실 분들 신청하라는 알림에 나도 주저함이 없이 신청하였다. 마치 내가 가지 않으면 행사 자체가 성공할 수 없는 것처럼 빨려 들어갔다. 쇠붙이 자석에 끌리듯 내가 가지 않으면 촛불 세력들로 나라가 누란에 처한 엄중한 상황을 구할 수 없다는 염려가 내 마음속에 있었는지도 모른다.

30분 전 출발 장소에 도착하니 벌써 가실 분들을 맞이하시는 노승일 대장과 한연기 장로님께 인사를 하고 1호 차에 승차하였다. 준비하시는 총무님들께서는 분주히 여러 가지를 준비하는 중에 동행자들이 탑승하기 시작하였다. 오늘도 전에 같이 근무하였던 장홍기 씨와 정희채 씨도 승차하고 반갑게 인사를 나누었다. 같은 지역에 살고 있으나 서로 활동하는 범위가 달라서 만나지 못하였다가 나라 구하자는데 동행하다니 참으로 기쁘지 않을 수 없었다. 옷을 벗은 지가 십수 년이 지나는 동안 많은 동료들이 있었지만 지금까지 아홉 번째를 맞이하는 행사 중에 7명을 만났다. 모두들 사는데 올인 하는지, 노는데 바빠서인지, 뜻이 달라서인지는 모르지만 안타까운 마음이다.

대부분이 이순(耳順)이 지나고 고희(古稀)를 넘긴 상태에 들었으니 선계(仙界)에 입문(入門)한 나이가 아닌가. 귀신의 경지에 들었다는 이야기다. 이 말씀은 무엇이 옳고 그름을 판단하고 행할 연령이란 말로 설명하고자 한다. 지금까지 살아온 것은 하나님의 축복이며 대한민국이 생명과 재산을 지켜주고 일자리를 제공하였으며 먹을 것을 허락하시며 병들어 고생할 때에 치료까지 하여준 고마운 이 나라가 아닌가 한다. 지금에는 나이 들어 능력이 쇠하니 나라를 위하여 할 수 있는 영역이 거의 없어 거추장스럽고 골치 아픈 존재들이 되었다.

노인 인구가 급증하다 보니 노인들의 대책에 골머리를 앓고 있는 보도를 볼라치면 내가 나 자신이 걸림돌이 되었다. 나 자신을 어떻게 할까, 무슨 좋은 일은 없을까, 하면서 이곳저곳 기웃거려보지만 답은 보이질 않는다. 나라가 만들어 놓은 복지센터, 각 읍면동별로 주민센터와 사회 여러 기관과 단체 또는 기업체에서 여가를 선용할 수 있는 프로그램들이 많이 개발되어 혜택을 받고 있는데 그 고마움을 알아야 할 것이다. 그런데 대부분의 사람들은 잊고 살아간다. 이는 응당 내가 받아야 할 반대급부처럼 생각하면서도 조금의 불편도 감수하지 못하고 불평불만을 일삼는다. 그것이 인간의 속성인지도 모르겠다. 친구들아 이 나이에 우리가 살면 얼마나 더 살겠는가. 잠시 하던 일들 멈추고 나라 위하여 마지막 남은 힘을 보태보자꾸나. 그것이 우리가 해야 될 하나님이 부여한 사명이란 말이다. 주말마다 일도 없이 기다려지는 우리가 되어 보자는 말씀이다. 죽을 만큼의 죄를 짓지도 않았으며 부정축재도 하지 않았는데 온갖 루머로 대통령을 탄핵이란 올가미를 씌운 무소불위의 국회를 해산함이 올바른 일이 아닌가. 호스트바에서 접대부로 일하던 고영태란 놈과 언론이 합작하였다. 이에 민주노총과 전교조, 종북 세력들과 검찰이 음모로 조상님이 물려준 자유대한민국을 북한 정권에 바치려는 목적으로 국민이 직접 선출한 대통령을 권한을 정지시키고 청와대에 연금시킨 지가 3개월이 되었다.

　이제 모든 음모는 밝혀졌다. 정확한 증거들이 백일하에 속속 드러나고 있다. 무엇이 옳고 그름은 삼척동자도 알게 되었다. 이제는 모두 나서야 이 나라를 구할 수 있는 마지막 기회다. 3월 11일(토요일) 태극기 집회가 매우 중요하다고들 한다. 헌법재판소에서 11~13일경에 결정한다고 알려지니 마지막 힘을 다하여 나라를 바로 세우자 그리고 귀중한 우리들 후손에게 물려주자꾸나. 숭례문 옆 신한은행 앞에 하차하여 동료들과 집회 장소인 대한문으로 이동하기 시작하였다. 벌써 수많은 사람들이 인도와 차도를 가득 메워 거대한 파도가 일어났다. 크고 작은 태극기와 각종 피켓이나 현수막을 들도 전국에서 몰려들기 시작하였다. 우리도 이들의 일원으로 합류하여 메인 무대에서 흘러나오는 행진곡에 즐겁게 따라 노래하면서 구호를 외치기 시작하였다. 탄핵 기각, 탄핵 각하, 국회해산, 탄핵을 탄핵하자, 특검자들을 체포하자, 좌익 언론, 종북 언론을 심판하자는 등의 구호가 스피커에 전파되는 소리에 따라 힘차게 외쳤다. 드넓은 시청광장은 밀림 속에 빼곡히 선 나무들처럼 메워갔다. 본 행사가 시작되고 태극기에 대한 경례와 애국가 4절까지 부르고 나라 위하여 순국하신 분들을 추모하는 묵념을 끝으로 의식을 마쳤다. 정하여진 연사들이 단상에 올라 탄핵의 불법적이고 부당함을 토로하기 시작하였다. 국제 대회에서 나 국가 간의 회담장에도 반드시 나라를 상징하는 태극기를 계양하고 애국가를 연주한다.

그런데 이상하게도 언제부터인지 애국가는 임의 행진곡으로 바뀌었고 태극기는 노란 리본으로 바뀌었다. 나라를 대표하는 대통령마저 탄핵하였으니 국가를 상징하는 태극기, 애국가, 대통령 3대 축을 모두 저들 마음대로 바꿔치기했으니 그들의 입장에는 대한민국이란 나라는 사라졌다고 기고만장하고 있다. 우리 사회가 언제부터인지 붉은 무리들이 나라를 이렇게 좀먹었으니 기막힌 일이 아닌가. 태극기는 하늘을 기리었고 외치는 함성은 하늘과 땅을 진동시켰다. 전국에서 참석한 지역의 피켓들과 사람들이 바로 민심이며, 육해공군 전역한 노병들도 깃발을 날리며 동참하였으니 민심이고 천심이 아닌가. 각 대학교며 고등학교 심지어 중학교 각 기수별로 참여하였다. 각종 종교단체에서도 나라 구하고자 교회를 박차고 나왔다. 누가 이를 보고 관제시위라고 하겠는가. 나도 내 돈 내고 이곳에 매회 참여하였다. 모두들 자비로 참여하였는데 배 아파하는 좌익 거짓 언론들은 돈을 주고 모집한 사람들이라고 기막힌 사기 방송을 보았다. 주최 측 추산으로 4백9십만 명이 참여하였다고 한다. 벌써 3시 30분이 되니 선두 차를 중심으로 행진이 시작되었다.

박승열 회장, 김방한 국장, 박창일 사장, 황관동 소장, 이휘성 사장과 함께 을지로입구역을 지나 을지로3가역을 거쳐 충무로에서 좌익 언론, 거짓 언론 MBN 방송사에서 잠시 멈춰 함성으로 규탄하고 명동 입구를 지나 회현 로터리를 경유하여 한국은행 로터리와 소공로를 지나 대한문으로 돌아왔다. 시간상 5시 30분경이 되었다. 다음을 약속하고 헤어졌다. 6시까지 만남의 장소로 이동하여 버스에 올라보니 피로도 밀려오고 시장기도 느껴서 남아있는 먹거리로 해결하였다. 오늘의 집회가 저들에게 온전히 전달될 것을 기대하면서.

새로운 시작을 예고하면서 2017년 3월 9일

오래 참고 기다리면 복이 온다고 하였다. 물론 상응하는 노력이 필수라는 것은 두말할 나위도 없는 일이다. 3개월 동안 말도 안 되는 일에 온 국민들이 날마다 시시각각으로 마음 졸이면서 애태웠던 숱한 날밤에 받은 상처를 어떻게 치유 받을 것인지 가슴 떨리는 순간이 왔다. 내일이면 그 결과를 국민들에게 공포한다고 한다. 탄핵 각하인지 기각인지 인용인지를 8명의 재판관들이 평의를 거쳐 그 결과를 10일에 발표한다. 마치 국민들이 무슨 죽을죄를 지은 것처럼 법관 앞에서 벌벌 떨어야 하는지 누구도 속 시원히 답해주는 사람 없다.

혹자들은 짙은 안개로 앞이 보이질 않는다고 하는 사람이 있는가 하면 어떤 사람들은 반드시 각하나 기각이 되어 대통령은 즉시 권한을 회복하여 난마 같은 시국을 속 시원히 풀어줄 것이라 한다. 또 반대하는 쪽에서는 반드시 인용되어 새로운 세상을 열어야 된다고 하는데 그들이 꿈꾸는 세상은 어떤 세상일까. 지금까지 알려진 바로는 자유대한민국이 싫으니 사회주의나 아니면 공산주의로 가자는 것이다. 그것은 무엇을 의미하는 것인가. 지금까지 밤낮을 가리지 않고 천신만고 끝에 이 나라를 이만큼이나 발전되었는데 고스란히 이북 김정은에게 바치자는 것이 아닌가 한다. 그리고 그들은 만약에 각하나 기각이 되면 민중혁명이 일어난다고 하였다. 참으로 무서운 발언이다. 국민들이 혁명을 일으켜 자유대한민국을 뒤집자는 것이다. 더욱 기가 막히는 것은 이 발언을 한 사람은 민주당의 대표 주자라고 자처하는 문재인이라는 사람의 입에서 나왔으니 정신이 이상한 사람이 아니고서는 어찌 이런 말이 입 밖으로 나올 수 있는지 알 수 없는 일이다. 지금 우리 사회의 주류를 이루고 있는 사람들이 70년대에 출생한 자들이라고 한다. 그들은 선배들로부터 전교조로부터 학원 강사들로부터 붉은 이념에 세뇌 되어 세상을 좌지우지하는 세력들이라고 한다.

그래서 이들이 좌익의 핵심세력이기에 좌향좌에 자신 있다는 것이다. 이들 70년대 생들은 사회의 각 분야에서 주류로 활동하기 때문에 언제라도 계기만 주어지면 뜻을 이룬다고 확신하고 있는 사람들이다. 왜 이런 현상이 되었을까? 누구 하나 진단해 보는 사람 없다. 나라 위해서 목숨을 초개같이 버린 사람들과 민주화라는 이름으로 불투명하게 임의 선정된 자, 그리고 수학여행 가다가 죽은 학생들과의 대우의 비교는 하늘과 땅만큼의 차이가 있다. 그러니 누가 나라 위해서 몸 바칠 것인가. 충성할 것인가. 이러고도 학생들이나 젊은 사람들에게 나라 위해 헌신하라고 한들 그들이 좋다고 하겠는지 정책 입안자들에게 묻고 싶은 내용이다.

가장 중요한 것은 지나온 일들이 잘못되었다면 지금이라도 늦지 않았으니 시정하고 앞으로 나라 위하는 사람들을 국가와 사회는 적극적으로 양성하여야 할 것이다. 그것이 남의 나라 일이 아니고 지금의 우리의 과제다. 옛 말씀에 종즉유시(終則有始)란 말이 있다. 끝이 있으면 시작이 있다고 한다. 우리는 지금 대한민국 건국 이후 최대의 위난에 처해있다. 지난 3개월 동안 아무것도 하지 못하고 고영태라는 희대의 사기꾼이면서 호스트바의 접대부였던 그는 한국체대 동문 친구들과 모의하고 떠돌이 들개 정치인들과 야합한 말도 안 되는 사기극을 연출하였다.

여기에 정치인들이 놀아나고 언론이 여과 없이 날조 선동하였으며 민주노총과 전교조 진보사회단체들은 행동에 나서 망국을 획책하는 주역으로 등장하였다. 이제 그 끝이 내일에 11시에 헌법재판소에서 결정된다. 이는 탄핵이란 위헌인지 아닌지를 가리는 역사의 변곡점이다. 탄핵이란 하나의 사안이 헌법적 가치의 판단이 끝나는 것이며 이것은 또 다른 세계인 새로운 시작을 예고하는 것이다. 이것은 무엇일까? 각하나 기각이 되면 저들은 민중 혁명이 일어난다고 하였다. 이는 새로운 사회 혼란을 야기할 소지가 충분한 것이다. 인용된다면 이 또한 사회 혼란을 불러올 것으로 예측이 된다. 다시 말해서 이래도 저래도 혼란은 올 것이라고 예단하고 있다. 대다수 국민들은 이것을 알아야 한다. 나라를 책임지고 있는 사람들이나 지식인들이 해결하지 못한다면 국민들이 해결 현장에 설 수밖에 없다는 것이다. 자유대한민국을 굳건히 지키려면 철저한 준비가 필요할 것이다. 그래서 나는 내일 현장에서 이를 목도하고 기록하여 영원히 후손에게 전할 것이다.

진실과 거짓은 무엇인가? 2017년 3월 11일

헌법 재판관 8명 전원이 대통령을 파면한 날이다. 하늘과 땅이 통곡한 날이다.

만장일치로 결정한 이유라는 것이.

0. 탄핵심판은 보수와 진보라는 이념의 문제가 아니라 헌법적 가치를 실현하고 헌법질서를 수호하는 문제.

0. 탄핵심판은 단순히 대통령의 과거 행위와 파면 여부만을 판단하는 것이 아니라 미래 대한민국이 지향해야 할 헌법적 가치와 질서의 규범적 표준을 설정하는 것.

0. 박 대통령에 대한 파면 결정은 자유 민주적 기본질서를 기반으로 한 헌법질서를 수호하기 위한 것.

0. 우리와 우리 자손이 살아가야 할 대한민국에서 정의를 바로 세우고 비선조직의 국정개입, 권한 남용, 정경유착과 같은 정치적

폐습을 청산하기 위한 것. 헌법적 가치를 두 번에 걸쳐서 말하였고 헌법을 수호하기 위하고 폐습을 청산하기 위함이라 하였다.

헌법적 가치는 무엇인가?

헌법이란 다수 국민들의 동의하에 누구나 지켜야 할 경(經)이다. 이러한 헌법의 정신 중에 모든 국민은 인간으로서의 존엄과 가치를 가지며 행복을 추구할 권리를 가진다고 한다. 모호한 말로 국민을 기만한 판결이 아닐 수 없다.

대통령이 인간의 존엄을 유린하였는가?

어느 곳에서도 국민의 인권을 유린한 증거는 없다. 밤낮을 가리지 않고 나라를 위하고 국민의 생명과 재산을 보호하며 첨예하게 경쟁하는 세계질서 속에서 살아남기 위하여 노력한 죄밖에 없다.

인간의 행복권을 침해하였는가?

대통령이 국민의 행복권을 침해하였다는 것이 모호한 판결 주문의 하나이다. 무엇을 근거로 해괴망측한 판결을 하였는지 묻지 않을 수 없다. 우리의 헌법이 이현령비현령인가.

비선조직의 국정 농단이라 하였는가?

대통령도 대한민국 국민의 한 사람이다. 대통령도 인간으로서의 존엄과 가치를 기질 권리가 있다는 것이 헌법적 가치일 것이다. 이 중에는 대통령도 사생활을 존중하며 행복을 추구할 권리의 가치가 포함된다는 정신이 바로 헌법적 가치이다. 법은 만인에 대하여 평등하니까. 이를 두고 비선조직이 국정을 농단하였다고 주장한 것이 8명의 재판관들이다.

권한 남용과 정치적 폐습을 청산하기 위함이라 하였는가?

대통령이 재단 설립을 두고 권한 남용과 정치적 폐습이라 하였는데 어불성설이다. 재단 설립은 지금까지 관행으로 정권마다 설립해 왔고 그 규모도 작은 규모이다. 그것을 권력남용으로 또는 정치 폐습으로 보아 결정하였다는 것은 우리의 역사에 길이 남을 오판의 기록일 것이다.

보수와 진보의 문제가 아니라고 하였는가?

탄핵의 주역들은 진보를 자처하는 야당 의원들과 정치 배신자들의 야합으로 이루어진 탄핵인데 어찌하여 이념의 문제가 아니라고 하였는가? 탄핵을 위하여 광화문 광장에서 목불인견의 광란의 시위장을 보고도 이념의 문제로 보지 않았다. 야당 의원들과 차기 대통령은 자신들이 따놓은 당상이라는 하는 자들이 참여하여 격려하고 지원하였으며 기각이 되면 민중혁명이 일어난다고 망발을 하였음에도 이념의 문제가 아니라고 하였다. 이곳이 대한민국의 중심부인 광화문 광장이 아니고 마치 평양 거리가 아닌지 각종 구호들과 시위물들이 소름을 끼치게 하였으며. 고영태 일당의 주고받은 파일들을 국정 농단에 이유 없다며 증거로 채택하지 않고 결정한 판결을 어느 국민이 수용하겠는지 우려스러운 심정이다. 나는 평범한 시민이며 이제 멀지 않아 가야 할 나이기도 하다. 또한 법은 전혀 모르지만 이 나이가 되도록 이 땅에서 살아온 경험들이 어떻게 살아야 하는 것이 옳고 그름은 판단할 수 있는 나이다.

어떻게 하는 것이 자유대한민국을 지키고 국력을 키우는 것이 언제인지는 모르지만 반드시 통일을 위하는 길이라 굳게 믿고 있는 시민이다. 나는 정당인도 아니다. 나는 박사모도 아니다. 나는 오직 나일 뿐이다. 양심이 무엇이며, 도덕이 무엇인지 정의가 무엇이며 신념이란 것도 이념이란 것도 알 수는 없지만 무엇이 옳고 그름은 판단할수 있다고 생각하는 나이다. 글도 아닌 마음속에 맺힌 것이 있어 조금이라도 풀어보자고 귀중한 지면과 시간을 할애하였다. 또한 사랑하는 대한민국을 위하고 후손들에게 진실과 거짓은 무엇인지를 남겨두기로 하였다.

제1차 탄핵 무효
국민저항운동에 붙여 2017년 3월 12일

2017년 03월 10일은 헌법재판관들이 법의 칼날로 박근혜 대통령을 숙인 치욕의 날이다. 일제의 사무라이들이 명성황후를 시해한 날이 생각나게 한 날이다. 또한 일제에 나라 팔아먹은 을사5적(敵: 이완용, 이지용, 박재순, 이근택, 권중현)이 떠오르기도 하며, 탄핵 인용이란 커다란 선물을 김정은에게 바치는 정유 8적(敵: 이정미, 김이수, 이진성, 김창종, 안창호, 강일원, 서기석, 조용호)이 탄생한 날이다. 저들은 승복하여야 된다고 국민을 현혹하고 있다. 협박한다는 표현이 옳은 표현일 것이다. 촛불집회는 민심이고 태극기는 민심이 아니라고 한다.

그러니 태극기 들고 있는 국민들은 대한민국 국민으로 보지 않는다는 말이 된다. 그들은 오직 태극기 대신에 노란 리본을 태극기로, 애국가 대신에 임의 행진곡을 흔들고 부르고 있다. 국민주권주의 입각 하에 직접 비밀 평등 보통선거로 당선시킨 대통령을 무참히 밟아

버렸다. 인권보장이 명시한 헌법적 가치가 분명할 것인데 인권을 말살하고 인격 테를 일삼는 촛불집회가 민심이란다. 그리고 높은 보좌에 앉은 쓰레기 재판관 8인 전원 일치 판결을 하였다니 날아가는 새가 웃을 일이고 헤엄치는 물고기가 통곡할 일이 아닌가. 역사적으로 듣도 보도 못한 사건으로 인하여 그들은 기고만장하고 있다. 마치 정권을 쟁취한 것처럼 날뛰는 저들의 불법 선거체제 돌입을 보고 아! 대한민국이여 망국의 길로 가는 것은 아닌지 심히 우려된다. 이를 보는 대한민국 국민뿐만 아니라 외국의 교민들까지 누가 이를 승복할 것인지 생각 있는 자 한 사람이라도 있었다면 이 지경까지는 아니었을 것이다. 이 나라를 누가 이만큼 발전시켰는지 그리고 북괴로부터 지켜왔는지를 생각해보자. 지금도 쉬지 않고 틈만 나면 밥 먹듯이 침범하는 테러집단에게 그들을 지지하고 추종하는 개인과 집단에게 손을 들어 주었다는 말인가?

정치집단과 이에 빌붙어 생계를 꾸려가는 모든 무리들은 말하기 좋아 협치가 어떻고 하면서 선량한 백성들을 현혹하고 있다. 협치, 얼마나 좋은 말인가. 누가 들어도 좋은 단어이며 매력적인 말이다. 그런데 말이 협치라고 하지, 박근혜 정권 4년 동안 반대만 일삼아온 야당들이 아닌가. 오직 정권 쟁취에 올인 하는 것이 그들의 목표였다 보니 박근혜 정부의 성공을 절대적으로 협치할 수 없다는 것이 저들의 음흉한 간계였다. 국민을 위한 정치와 협치는 창고 속에 깊이 넣어두고 그것을 박근혜 정부에 뒤집어씌워 그들의 본분인 위민정치는 실종시키고 오직 실패한 정부에 주도적으로 앞장선 그들이 아닌가 한다.

지도자로 알려진 김구는 마지막으로 김일성과의 회담에서 빈손으로 돌아왔다. 거쳐 가는 의례적인 만남이었다. 이것은 무엇을 의미하는 것인가? 여기서 우리는 중요한 사실을 잊고 있다는 사실을 알아야 한다. 공산주의자와의 대화는 협치는 근본적으로 이루어지지 않는다는 역사적 사실이다. 우리의 전직 대통령 두 사람은 화해정책이란 미명하에 저들과 협치에 임하였다. 6·15 공동선언이 채택되고 이산가족이 만나게 되었고 개성공단이 조성되었다. 금강산 관광의 문이 열리게 되기도 하였지만 이는 기하급수적인 국민의 동의 없이 돈을 주고 이루어진 합의라는 것은 모두 다 알려진 사실이다.

그것은 10여 년에 걸친 퍼주기 회담 결과가 어떻게 되었는지 다시금 되돌아보게 된다. 그들은 국제 협약을 무시하고 그 돈으로 핵을 개발하여 우리에게 부메랑으로 돌아왔다. 공산주의자와의 대화에는 강력한 국력만이 가능하다는 것을 외면한 결과이다. 애국시민들은 이 역사적 사실을 한시도 잊어서는 안 될 것이다. 지금까지는 애국시민이라 하였는데 오늘부터는 구국 시민이라 불러야 옳은 표현일 것이다. 이제는 애국만으로는 부족하며 나라를 구한다는 일념으로 구국함이 제2의 건국에 걸맞은 표현일 것이다. 2017년 03월 11일은 제1회 탄핵 무효 국민저항운동을 대한문 광장에서 구름같이 수많은 인파가 몰려 구국에 동참하는 영상을 유튜브를 통하여 보면서 그 자리에 내가 서지 못하였다는 자책을 하면서 다음부터는 꼭 참석하겠다는 다짐을 하였다. 구국 시민들은 두 번에 걸쳐서 저들에게 패하였다. 첫 번째는 국회에서 대통령 탄핵이 불법적으로 통과되었으며 두 번째는 헌법재판소의 탄핵 인용에서 상식이 통하지 않는 쓰레기 정유 8적(敵)이 서지른 희대의 법난을 일으켰다. 그들은 자자손손 대를 이어 오명(汚名)이 계속 이어진다는 엄연한 진리를 어떻게 감당할 것인지 애석하지 않을 수 없다. 구국 시민들이여 일어나라 깨어나라 그리고 구국 대열에 앞장 서자. 그리고 투쟁하여 사회주의와 공산화는 막아야 하질 않겠는가? 그것이 진정한 헌법적 가치일 것이다. 물심양면으로 지원하자 반드시 다음번에는 승리의 월계관을 우리 모든 국민들의 머리에 씌워 주자꾸나. 우리가 태어나고 자라고 생활하며 묻힐 대한민국이여 영원 하라!

새로운 도전에 앞서! 2017년 3월 13일

　　우리는 모두 바보가 되었고 웃음거리가 되었다. 세계사에서 유례 없는 후진성을 드러내어 조롱거리가 되고 말았다. 촛불세력들은 자축하고 있을 때가 아니다. 그들은 스스로 웃음거리의 주역이었다. 그러니 무엇을 근거로 축배를 마실 수가 있겠는가. 반대로 태극기 집회 측에서는 이를 막을 수 없었다는 무능함에 더불어 망신을 당한 것이다. 5천 년의 문화민족임 내 단일민족임 내 세계 10~12대 경제 강국이 내 하면서 우리끼리 자화 자천하였다. 이 얼마나 오만하고 자만인가. 남이 알아주지도 않은데 혼자 북치고 장구 친 격이 되어버렸다. 이제 모두 잠에서 깨어나자. 미몽에서 탈출하자 그리고 다시 시작하자 이것이 내가 주장하고자 하는 이유다. 특히 옆 나라 일본은 어떻게 볼까? 아마도 조센징 들은 별수 없다니까 하고 회심의 미소 지을 것이 자명하다. 불구경하면서 또 다른 음흉한 간계를 부릴지 모르는 상황에 왔다.

중국 사람들은 어떻게 생각할까. 아마 그들도 이번 사태를 예의 주시하였을 것이다. 속으로는 제발 탄핵이 인용되어 좌파 정부가 들어서야 유유상종할 수 있으니까 하는 속내를 가졌을는지도 모를 일이다. 그들이 가장 싫어하는 사드 배치에 알레르기 반응이 무역보복으로 나타나고 있지만 그들이 쓸 수 있는 카드가 별로 없다는데 고민이 깊어지는 시점에 변수가 왔으니 호재를 불렀을 것이다. 그리고 앞으로의 한국 정치 상황에 좀 더 적극적으로 개입하고자 노력할 것이 분명해 보인다. 가장 우방이라 하는 미국은 이번 사태를 어떻게 받아들 것인지 초미의 관심사가 되었다. 트럼프는 조각을 마치고 바로 국방부 장관을 한국에 제일 먼저 보냈다. 무슨 의미였을까? 대충은 짐작은 하지만 결코 선물 보따리는 아닐 것으로 예상된다. 한국의 정치적인 불안정이 계속된다면 결코 미국의 새로운 트럼프 정부의 입장에서는 바람직하지 않을 것이다. 동북아의 긴장은 결코 자국에 유리할 것으로 보지 않았을 것이 분명한 일이기 때문이다. 호전적인 김정은에게 경고의 메시지도 있었겠지만 중국과 러시아를 견제하는 측면에 무게가 더하였다고 생각된다. 아마도 미국의 입장에서는 북한 정도는 손톱 밑에 가시 정도로 인식하고 있을 것이다. 그렇다면 미국은 건국 이후부터 전략적으로 관리하고 있는 태평양 즉 알래스카에서부터 알류샨 열도를 거쳐 캄차카반도를 지나 쿠릴열도와 대한 해협을 경유하여 대만 필리핀을 아우르는 태평양을 안방으로 관리하였다.

지난 200년 동안 어떤 세력도 넘보지 못하도록 관리해 왔는데 중국이 남중국해에서의 도전장을 제어할 필요성이 대두되었기 때문일는지 모르겠다. 러시아는 미국과 중국에 등거리 외교로 지금까지 지속되었기에 초록은 동색으로 보고 있다는 것이 옳을 것이다. 미국이 우리를 어떻게 보고 있겠느냐에 최대의 관심거리다. 우리의 생존 문제와 직결되기 때문이다. 대한민국이 미국에 절대적으로 필요한 존재인가, 아닌가에 문제다. 트럼프는 미국의 이익을 위한 정책 기조에서 한국은 어떤 존재인가? 한마디로 자신의 영향권에 남아있으면 더욱 좋은 일이고 없다고 해도 무관하다는 입장이라고 보인다. 그들의 세계 전략을 보노라면 짐작이 가는 대목이다. 냉전 시대에서 소련과 중국의 거대한 공산주의자들이 태평양을 크로스로 막을 수 있는 징검다리가 한국이었기에 맥아더는 한국전에 참여하였고 자유대한민국 수립에 일조하였으며 기초적인 지원을 하였다. 지금의 역학관계는 그때와는 많이 달라졌다. 골치 아픈 한반도 정도는 없어도 일본과 대만 필리핀으로 방어선을 계속 구축한다면 충분히 가능하다고 판단하는 애치슨라인으로 후퇴할는지도 모른다. 이런 시점에 미 국방부 장관의 방한에 초미의 관심을 가져볼 필요가 있다는 것이 나의 생각이다. 미국의 이익에 합당한 정부가 들어선다면 다다익선일 것이고 친북, 친 중공 정부가 들어선다면 미국은 어떻게 할 것인지는 우려스러움에 우리는 대비하여야 할 것이다.

왜라고 묻는다면 우리는 보아왔다. 사람이 전쟁하는 시대는 구시대다. 전자전으로 대처 된지도 한참은 된듯하다. 이라크전에서 확인하였고, IS 퇴치에서도 보아왔다. 그러니 미국의 국익에 반한다고 한다면 한반도쯤은 순식간에 좌표에서 사라질 수도 있다는 것을 명심하여야 할 것이다. 그는 모종의 메시지를 전달하고 일본으로 건너갔다. 나라를 걱정하는 모든 구국 시민들아 감성을 앞세울 시점은 지났다. 새로운 장이 우리 앞에 펼쳐졌다. 우리가 어떻게 하느냐에 따라서 우리의 운명이 결정된다는 것을 인식하여야 할 것이다. 이성을 회복하고 한반도 주변의 역학관계를 정밀 분석하고 구국 대열에 앞장서야 할 것이다. 반드시 이루어야 할 대임이 우리들 앞에 있다.

뿌리 깊은 나무는
바람에 아니 흔들릴세! 2017년 3월 14일

　어릴 때 기억으로는 5천 년의 장구한 역사와 문화를 가진 대한민국이라고 배웠다. 그것은 곧 자부심이었다. 육신의 성상과 지적 성취는 물론이며 인성과 영혼에 이르기까지 그 기조가 되었다고 본다. 이런 생각은 지금도 대한민국의 위대함을 한 번도 부정해 보지 않았다. 물질적으로 풍요로운 나라를 동경도 해보았지만 그것은 어느 순간의 일시적 환경이라 생각하면서 성장하였다. 이것이 대한민국의 존립의 근저이다. 찬란한 문화민족으로, 수 백회에 이르는 외침을 당하였어도 도도한 역사를 이어온 강인함이 가장 큰 국력일 것이다. 조선이 500년의 단일 왕조를 이어온 것은 세계사에 유례없는 일이다. 천년을 이어온 나라도 있지만 그들은 단일 왕조로 이어온 것이 아니기에 더욱 그 배경이 어디에서 온 것일까. 연구의 대상이다. 조선의 건국 이념이 성리학에 기초를 두었다. 성리학의 폐습은 결국에는 나라를 망하게 한 원인 중에 하나였지만 이 시점에 우리가 관심을 두어야 할 것은 인간을 만드는 교육을 하였다. 사람 만드는 교육을 하였다. 이는 올바른 인성(人性)을 길렀다는 데서 찾아야 할 것으로 본다. 아직도 우리의 정신세계를 지배하는 사상으로 남아있다는 것이 크게 위로가 되기도 한다. 역사적 전통성과 찬란한 문화적 배경과 인성(인간교육)이 우리들 핏속에 남아있기에 어느 누구도 넘보지 못할 것이라 자신감이 작금의 어려움을 반드시 극복하리라 확신하는 바이다.

지피지기(知彼知己)란 고사를 상기하여야 할 것이다. 적을 알아야 백전백승할 수 있는 고사다. 이 시점에서 우리가 왜 양은 냄비가 되었는가? 돌아보고 그 원인을 알아야 해결책이 나올 것이다. 먼저 언론의 거짓 선전 선동에 진위를 가리지 못하였다. 오랜 세월 동안 종합정보전달 매체로 자리 잡은 언론이기에 맹신할 수밖에 없다는데 원인을 찾아보아야 할 것이다. 시민들이 이렇게 거짓 언론 선전 선동에 약할 수밖에 없었는지 돌아보아야 할 것이다. 알 권리란 명제를 충족하기 위하여 정보의 수집과 전달 방식에서부터 또 정보의 질과 내용은 물론 재가공하고 처리함에 있어 적법성과 그 효과 등에서 문제는 없었는지 검토를 간과하였다.

또한 언론의 위상이 국가의 상위개념으로 인정하는 것이 옳은 언론 시책인지를 포함하여 돌아보아야 할 것이다. 특히 거짓되고 선동적이며 이념화된 분야는 없는지 검토했어야 했다. 국민 정서에 유해한 정보의 규제 방안은 제대로 시행되고 있는지도 사이비 언론인에 대한 처벌 등 전반적인 검토가 되어야 할 것으로 본다. 특히 강조할 점은 국가 위에 언론은 없다는 것이 평범한 나 같은 시민의 입장임을 감히 말할 수 있다. 다음은 민주노총처럼 강성 노동조합이다. 일명

이들을 귀족 노조라고들 한다. 노동은 신성한 가치이다. 창조주께서 인간에게 주신 신성불가침의 권리이기도 한 것이다.

그런데 노동은 개인의 행복추구권에 절대성을 가지지만 사회는 더불어 살아가는 공동체이기에 이기적으로 주장하여서는 노동의 가치를 훼손하는 일을 범하게 될 것이다. 따라서 공동의 합리적인 이익을 위하여 노동조합을 구성하고 권익을 보호하고자 활동하도록 제도적으로 보장하고 있다고 믿는다. 그런데 우리의 강성노조는 지금까지 활동하고 주장하는 바가 지켜야 할 기본적인 범주를 넘어서고 있다. 국가라는 공동체에 우려스러운 단체로 인식되고 있다는 데에 문제의 심각성이 있다. 그들이 속해있는 회사의 존립에도 절대적이다. 또한 글로벌화 지구촌에서 치열한 국가 간의 경쟁 체제에서의 나라 경제에 절대 위협은 자신들의 이익과 직접적인 관련이 있다 하더라도 정당화될 수 없는 것이다. 하물며 직접적인 관련성이 희박한 단체와 조직 간의 연대성의 허용도 문제다. 그리고 내부적인 이념화뿐만 아니라 정치 분야까지 진출함에 있어 어디까지가 한계성인지 명확히 하여야 할 것이다. 아니면 무한정 활동의 영역으로 보아야 하는지에 대하여 국가가 용인하는 입장이라면 이는 반드시 시정되어야 할 시급한 과제이다. 특히 작금의 촛불집회에서 나타난 그들의 법치(法治)는 안중에도 없고 이념성까지 등장한 사태는 심각하지 않을 수 없다. 다음은 교단의 문제를 지적하지 않을 수 없다. 교육은 100년 지 대계란 말이 있다. 그만큼 중요하다는 말이다. 조선의 교육은 군사부일체(君師父一體)가 기본적인 행동 가치였다. 이렇게 스승은 존경의 대상이었다. 그런데 언제부터인지 존경받아야 할 스승님들이 우리는 교사이기 이전에 노동자라는 주장으로 교단을 노동조합으로 만들어 버리고 말았다.

그러니 노동자로서의 주장을 취함으로써 스승으로서의 존경의 대상이 아니라는 국민들의 인식에 결정적으로 기여하였다고 본다. 스스로 나는 스승이기를 포기하고 노동자로서의 위치를 선택하였다. 그것이 이념성에 빠져 교단이 붉게 물들게 되었다. 이들에게 교육받은 자들이 사회에 주역으로 성장할 때쯤이면 나라 전체가 붉게 물들었다는 증거이기도 하다. 이들은 사회 전반에 걸쳐 활동함으로 나라 전체가 이념화에 물들게 한 1등 공신들이다. 이것은 오랫동안 북괴가 적화 통일을 위한 장기적인 계획으로 이루어진 오늘의 한국 사회라 본다. 교육을 왜 100년 지 대계라 하였을까. 보통 3대를 100년으로 본다, 이념화의 교육이 3대에 걸쳐진다면 그 사회는 이념화가 완성되었다고 보아야 할 것이기 때문이다. 가장 시급한 분야가 교단을 하루빨리 대청소하는 것이 나라를 구하는 길이라 굳게 믿고 있다.

촛불은 무슨 의미인가? 아마도 어둠을 밝히는 뜻이 촛불이 가지는 의미라 생각된다. 우리 사회가 어두운 곳이 많이 있는 것 또한 사실이다.

그런데 대단위로 무리 지어 단순한 어둠을 밝히는 차원이 아니라 정치 집단화로서 이념성이 집회 전반에 걸쳐 이루어졌다는 것은 나라를 전복하기 위한 기도(企圖)로 볼 수밖에 없다. 여기에는 단순 가담자도 물론 있지만 대다수는 북괴에 동조하는 세력들이 아닌가 하는 의심이 가는 대목이다. 지금까지 평범한 일반 시민으로서의 나의 견해를 밝혀 보았다. 언론과 노동의 문제와 교단의 문제 촛불시위의

문제 등에 대하여 짧은 식견으로 부끄러움을 감수하면서 글을 쓰게
되었다.

어디로 갈 것인가? 2017년 3월 15

새로운 세상이 열리려나? 해방 후 좌우익이 첨예하게 대립하던 그때로 회기(回期) 한 것은 아닌지 착각을 하게 하는 것 같다. 한쪽에서는 축배를 들고 마치 정권을 쟁취한 것처럼 기고만장하는 모습들이 코미디 한 편을 보는 것 같다. 그럴 만도 하다. 그들의 주변에는 온통 지지하는 세력만이 진을 치고 있으니 하는 말이다. 어리석은 백성들을 중독시켰다. 거짓과 기만으로 선전 선동에 앞장섰던 모든 언론들이 대변을 해주고 서슬 퍼런 칼자루를 쥐고 있는 검, 경이 보호하며, 법원이 막힌 통로를 열어주었다.

붉게 이념에 물든 민주노총, 전교조, 자타가 인정하는 붉은 이념적 진보를 자처하는 각종 사회단체가 행동대원으로 버티고 있으니 그럴 만도 하다. 거기에 조종자로 지원하는 김정은이 이래라저래라하면서 확실한 지원세력으로 버티고 있으니 정권 쟁취는 따놓은 당상이라 할만하지 않은가? 그래서인지 벌써 어느 당에서는 주자들이 TV 토론

215

을 시작하였고 또 이상한 당에서는 벌써 확정하였단다. 또 다른 당에서도 출사표를 던지는 어중이떠중이들이 날뛰는 세태를 보노라면 한 단어로 줄인다면 "웃긴다." 작금의 우리의 모습이 깊은 꿈을 꾸고 있는 듯하다. 역동하는 세계는 눈뜨면 바뀌는 세상인데 촛불이라는 광란을 마치 이것이 민심이라 강변하면서 어리석은 국민을 현혹하여, 정유(丁酉) 8적(敵)을 낳게 한 원동력이 되었다. 저희들이 행하는 모든 것들이 진리라 한다. 반론에는 강한 알레르기 반응을 보이고 있다. 광화문 광장 촛불집회에 일어났던 모든 모습들을 한 번이라도 본 적이 있는지 있다면 이는 분명히 모의하고 거짓을 진실로 뒤집어 결정하였다고 나는 확신한다. 인간은 누구에게나 기본적인 양심(良心)이란 것이 있다. 이 양심을 지나는 개들에게 주어버리고 우리의 역사에 길이 남을 명판결을 그것도 8명 전원 일치로 하였다고 자랑하였다. 그렇게 철석같이 믿어왔던 우리나라의 최후의 양심인 헌법재판관들이 이런 정도의 쓰레기였다는 것에 참을 수 없는 모욕감을 느꼈다.

　무엇이 이들을 이렇게 만들었을까? 그들은 무엇을 생각하면서 그 위치까지 올랐을까. 의심이 되는 대목이다. 다른 표현을 빌린다면 사람이기를 포기한 자들이라고 볼 수밖에 없다. 그렇지 않고는 평범하고 아무것도 모르는 무지렁이라 하더라도 이런 결정은 할 수가 없는 것이기에 하는 말이다. 여기에는 분명히 이유가 있을 것으로 믿어 의심치 않는다. 언제인지는 모르지만 진실은 반드시 밝혀질 것으로 확신한다. 패닉에 빠진 태극기 집회자들은 세상 끝났다는 통곡을 지금도 이어가고 있다. 더구나 고귀한 생명을 잃은 사람들로 나타났다.

이들을 죽인 자는 누구인가? 거대한 쓰나미가 한순간에 덮쳤다. 왜 아니 그렇겠는가. 굳게 믿었던 진실과 정의가 한순간에 무너졌으니 그 허탈감을 무엇으로 채울 것인지 마치 그 순간만큼은 세상이 끝나는 나락으로 떨어졌을 것이다. 그 많고 많은 사람들이 외침이 밀려왔다 사라지는 물거품이 되었다고 생각하니 나 자신도 정신이 혼미하였다. 무엇을 믿고, 무엇을 이루고자 자비 들어 몇 시간씩 차를 타고 전철을 타고 미친 듯이 열 번이나 쫓아갔을까. 마치 귀신에 홀린 것처럼 달려갔다. 태극기에 대해 경례도 하고 애국가도 4절까지 부르며 나라 위해 목숨 바친 선열들에게 묵념도 하였다.

그것만 하여도 대한민국 국민 된 도리를 하였다는 자긍심이 들기도 하였다. 연사들의 열변을 듣고 환호도 하였다. 행진하면서 태극기의 힘을 빌려 젊은이들이 꼰대라 지칭되는 비속어를 일축하기도 하면서 나는 아직도 살아서 나라를 위하여 무슨 일이라도 할 수 있다는 자신감을 갖는 계기도 되었다. 이곳은 분명히 대한민국이다. 길 건너 광화문 광장에는 이 나라를 떠받쳐야 할 젊은 세대들이 촛불 들고 집회하는 광경은 대한민국의 땅이 아닌 것 같았다. 어찌 이 지경이 되었는지 가슴 아픈 일이다. 어찌할꼬 이들을, 그들은 우리들의 자식들이고 가족들이다. 이들의 미래를 생각하면 눈물이 앞을 가린다. 바람아 불어라 태극기야 휘날려라. 진정하고 맑은 정신으로 세상을 바라보자. 이 시점에 어떻게 하는 것이 나라를 지키는 길인지를 냉정하게 생각해 보자. 시간은 우리를 기다려 주질 않는다. 빠른 시일 내에 전열을 정비하고 태극기가 민심이라는 것을 확실히 국민들에게 인식시키자. 수백만 명의 사상자를 낸 6·25전쟁도 겪었지 않은가. 무엇이 두려울 것이 있는가? 자유민주주의가 완벽한 제도는 아니지만 현존하는 제도 중에 최선의 가치라고 여기는 민주주의가 아닌가. 이 지고한 가치는 무슨 일이 있어도 지켜져야 한다는 말이다. 어느 누구도 훼손해서는 안 될 것이다.

실의에 빠진 자들이여, 일어납시다. 잠든 자들도 함께 동참합시다. 미망에서 깨어나지 못하는 우리들의 자손들이며 가족들을 올바른 곳으로 인도하여야 하질 않습니까. 그것이 우리가 숨 쉬고 있는 이유라 생각합시다. 내가 하지 않으면 누가 합니까? 이것이 우리의 대의명분이기도 합니다. 언젠가는 저들도 크게 후회하면서 돌아온다는 것을 굳게 믿고 금 번 토요일에 함께 태극기 들어 봅시다.

애국 열사님을 보내면서 2017년 3월 19일

    2017년 03월 18일 낮 12시 대한문 광장에는 매우 침통하고 애통하며 슬픔이 가득한 분위기에 속에서 살신성인(殺身成仁)하신 애국 열사님의 장례식이 거행되고 있었다. 지난 3월 10일 헌법재판소에서 대통령 탄핵을 인용하느냐, 기각하느냐 아니면 각하하느냐를 결정하는 날이다. 이 역사적인 날의 올바른 결정을 하도록 모인 태극기 집회장인 안국역에서의 나라 구하고자 몸을 던지신 김해수 님, 김안식 님, 이정남 님, 애국 열사님의 국민장 영결식이 진행되고 있었다.

    엄숙히 장례식이 진행되는 동안에도 나라를 구하고자 하는 수많은 애국지사님들이 전국 각지에서 구름같이 모여들고 있었다. 이들 모두 세계사에서 전무한 탄핵 사기극을 바로잡고자 살신(殺身) 하신 분들의 애국충정을 기리고 가신 님의 영혼을 위로하며 천국 가는 길을 밝히고자 모였다. 1시간 영결식을 마치고 안국역으로 행진하여 노제(路祭)를 올리고 다시 대한문으로 돌아와서 2부 행사를 6시까지 이어간다는 계획이다. 오늘도 충주에서는 버스 두 대로 행사장으로 출발하였다. 차 안에는 조금은 무거운 분위기에서 사람마다 결의가 가득함을 느낄 수 있었다. 작은 중소도시에서 매번 나라 위하는 분들의 결기(決氣)를 마음으로 손뼉 치며 위로하였다. 충주 의병 노승일 대장의 행사 일정을 간략히 설명하고 국민 저항 본부가 앞으로의 구국방향을 어떻게 할 것인지에 대하여 설명하였다. 또한 항상 말없이 봉사하시는 총무님과 여성분들의 헌신에 감사하였다. 사람 사는 세상에는 생각이 다르고 뜻이 다를 수 있다. 민주주의란 이러한 여러 사람들의 생각을 투표란 제도와 선가란 제도를 통하여 해소하여왔다. 결정된 생각들은 설령 그 결정된 뜻과 다르다 하더라도 따르는 것이 민주주의 핵심이다. 그런데 우리가 사는 세상이 언제부터인지는 자신들의 뜻을 관철시키기 위하여 이미 결정된 사안을 뒤집기 위하여 민주주의 원칙에 반하는 행위들이 늘어나기 시작하였다.

국민들이 직접, 보통, 비밀, 평등 선거를 통하여 선택된 대통령을 민주독재를 한다느니 소통 부재니 하면서 온갖 비방을 일삼아왔다. 민의의 전당이라고 하는 국회는 민의는 간곳없다. 반대를 거듭하는 것이 마치 민의인 것처럼 국민들을 호도하며 반대만을 일삼아 발목을 잡아 왔다. 이러한 세력들은 과거 정부의 잘못된 시책과 비자금의 문제들이 언론에 회자(膾炙) 되는 비리들과 잘못되고 불법적인 사안에 직접 또는 간접으로 참여하였던 자들이 크게 위기의식을 느끼기 시작하였다. 핵심세력들에 대한 부정과 부패들을 바로잡고자 하는 찰나에 크게 위기의식을 느낀 이들은 최순실이라는 사람이 국정농단을 하였다는 말도 안 되는 사안을 두고 탄핵이란 반란을 일으키기 시작하였다. 바로 이것이 대통령 탄핵의 핵심이라 할 수 있다. 시정잡배나 다름없는 고영태 일당들의 소가 웃을 만한 국정 농단을 언론을 통하여 확대 재생산되면서 거짓과 선동을 더 하였다. 정치집단들이 이들을 지원하고 이용하였다. 민주노총과 전교조, 진보세력이라 주장하는 각종 사회단체들과 괴뢰집단들이 합세하였다. 칼자루를 쥐고 있는 검찰과 법원 그리고 경찰에 이르기까지 그들의 하수인이 되었다. "탄핵"이라는 세상에 전무후무한 인민재판을 정유(丁酉) 8적(敵)들로 하여금 만들어냈다. 이제 그들의 계획 되로 5월 초에 대선을 이끌어냈다.

유력하다고 자처하는 이상한 자는 마치 자신이 대통령에 당선된 것처럼 행동하는 모습에 우물가에서 숭늉을 마시는 격이라 표현한다면 점잖은 표현일 것이다. 어쩌면 정신 상태에 문제가 있는 것으로 볼 수밖에 없다는 말이 옳을 것이다. 루머인지는 모르지만, 이상한 징조가 인터넷을 통하여 퍼지고 있다. 치매 증상이 있다니 전직 대통령 추모 장에서 춤을 춘다느니 날짜나 이름 등을 기억하지 못하며 경쟁자의 질문에 동문서답을 하는 등의 사례들이 떠돌고 있다. 어떻게 할 것인가? 저들은 당선되었다는 전제하에 내각 구성의 명단이 SNS에 떠돌고 있고 각종 언론매체들이 국민들을 상대로 저들의 선거 홍보기관으로 선전활동을 강화하는 시점에 애국 세력들의 대응 전략을 어떻게 할 것인지에 대하여 초미의 관심사가 되었다. 지금까지 두 번에 걸쳐 저들에게 패하였다. 그 하나는 국회 탄핵이며, 또 하나는 헌법재판관들의 탄핵인용이다. 이제 마지막 딱 한 번의 승패로 자유대한민국의 운명이 결정된다. 민주주의를 지키느냐 아니면 공산주의로

가느냐의 운명의 한판 승부다. 많은 사람들 중에는 좌파들에게 대세는 기울었다고 하는 자들이 있는가 하면 아직은 아니다. 우파가 그렇게 쉽게 무너질 수는 없다고 하는 사람도 있다. 아마도 신(神)만이 알 것이다.

다만 내가 주장하고자 하는 것은 선거는 바람이다. 과거에도 현재에도 선거는 바람에 좌우되어왔다. 나는 수십 년 동안 선거 사무에 직접 종사하여왔기에 나의 일천한 경험으로 하는 이야기다. 특히 우리나라는 언론이 국민들에게 절대적인 영향을 가지고 있기 때문에 언론대책을 어떻게 하느냐에 따라서 결정될 것이라고 본다. 지금 이 시점에서 우파가 가장 하기 쉬운 방법은 언론 비리를 노출시키고 시청 거부 운동과 광고 거부 운동, 신문 절독운동 등을 국민운동으로 펼쳐서 가시적인 성과를 이룬다면 한판 승부가 가능하리라고 생각한다. 또한 애국 국민 모두가 자신의 가족부터 설득하고 형제자매들과 일가친척들에게 나아가 친구들에게로 맨투맨으로 설득한다면 반드시 성공하리라 굳게 믿는다. 선거는 생각으로 되는 것이 아니고 직접 부딪쳐 실행하는 것이다. 내가 안 해도 다른 사람들이 할 것이니 나는 그냥 하는 것처럼 하자 하는 태도는 필패(必敗)를 가져올 것이다. 이번 선거는 남의 이야기가 아니고 남의 선거가 아니다. 나 자신의 운명을 결정하고 내 가족은 물론이며 대한민국의 운명을 결정짓는 중차대한 선거라는 인식이 절대적으로 필요하다. 모두가 나서야 가능성이 보인다는 말이다. 오늘도 잊지 않고 동참하여준 친구들 방한이, 창일이, 휘성이, 만나지 못한 승열이 고맙다. 자네들이 있어 나는 외롭지 않았고 큰 힘이 되었단다. 계속 진력하시게나.

거울의 생각 2017년 3월 22일

나는 아침마다 화장실에서 거울을 바라보게 된다. 집안 곳곳에 거울이 설치되어있다. 내가 매일 키보드를 두드리는 책상 위에도 거울이 나를 주시하고 있다. 마치 나를 감시하는 감시자처럼 말이다. 이른 아침 일어나 운동을 하고 화장실에서 거울 바라보면서 나의 작은 몸뚱이에 무슨 변화는 없는지 아니면 혈색은 좋은지 이것저것 시각적으로 점검을 하게 된다. 이것은 매일 실행하는 무의식의 연속이다. 내가 거울을 바라보는 것이 아니라, 거울이 나를 구석구석 점검하는지도 모를 일이다. 아무렴 어떻다는 것인가. 내가 거울을 보던 거울이 나를 점검하던 아무런 생각 없이 눈동자는 거울 면에 고정된다. 매일 보는 늙고 주름진 그 얼굴에 그 얼굴인데 무엇 때문에 날마다 보게끔 이곳저곳에 거울을 준비하였을까? 오늘따라 그 거울이 생각났다. 거울은 빛이 있을 때에 형상이 나타나는 것이다. 빛이 없는 캄캄한 밤중이나 암실에서 거울을 바라본다면 아무 흔적도 찾아볼 수

없다. 다시 말해서 빛이 있는 곳에서만이 거울의 역할을 다하는 것이다. 거울 혼자서는 아무런 의미나 쓸모가 없는 것이다. 빛과 더불어 함께할 때에만 진가를 보여준다. 이러한 물질적인 거울이 있는가 하면 이와는 반대로 형체가 없는 무형의 거울도 있다는 것이다.

나는 이 무형의 거울과도 매일 바라보면서 독대를 하고 있다. 저녁 운동을 하고 잠자리에 들기 전에 소등을 하고 평좌를 한 상태에서 마음의 거울을 만나 10분간 명상(冥想)과 단전호흡(丹田呼吸)으로 무형의 나래를 펼쳐 보는 것이다. 즉 생각 없는 것이 생각을 하게 된다는 이야기다. 흔히들 마음을 비우라는 말처럼 세상에서 사는 동안 사단칠정(四端七情) 속에서 병들고 찌들어진 나를 천부께서 주신 원상을 찾아보는 것이 나의 생각이다. 낮에는 유형의 나를 바라보고 수신(修身)에 노력하고 캄캄한 밤에는 나의 내면을 들여다보는 것이 나의 거울을 대하는 방법이다. 이것은 나만의 과제가 아니고 모든 사람들에게는 이 위대한 유형무형의 거울을 가지고 있는 것이다. 이를 잘 활용하시는 분들도 있지만 대부분의 사람들은 세상사에 매몰되어 잊고 사는 것이 보통이다. 다시 말해서 거울에는 유형의 거울과 무형의 거울이 있는 것이다. 어느 것이 더 중요하고 중요하지 않은 것인지는 사용자에 따라서 평가를 달리할 것이다. 지금 우리는 무엇 때문에 갈등이 연속되는 것일까? 요람에서 무덤까지를 꿈꾸면서 사라져야 할 진영논리(陣營論理)에 갇혀 한 발짝도 나아가지 못하고 있다. 오로지 냉전의 유산인 세계 유일의 분단 속에서 허덕이며 나오지 못하고 허우적거리는 모습에 세계인들이 비아냥거리고 있는 것이다. 참으로 안타까운 일이다.

왜 우리가 이리도 못났는지 외세로부터 멸시 천대를 받는지에 대하여 각자 가지고 있는 거울을 바라보자. 나는 무엇 하는 사람인가. 내가 대한민국의 국민은 맞는 것인가. 나의 언행이 자유민주주의 대한민국의 헌법정신과 정의에 합당한가. 나는 공산주의를 지향하는 사람인가. 나는 PD(마르크스주의) 계열인가 아니면 NL(김일성 주체사상) 계열인가. 나의 생각이 정의로운가. 대한민국에 이로운 일인가. 내 손 자녀들에게 어떤 나라를 물려주어야 할 것인지에 대하여 각자의 유무형의 거울을 바라보고 자문자답하여보자. 진영에 갇히게 되면 답을 찾기가 어렵다고들 한다. 판단하기 어려울 때는 나는 항상 원칙을 생각하고 그 원칙에 가까워지도록 노력하여왔다. 지금 와서 돌아보니 크게 잘못 살아오지는 않았다는 생각이다. 자화자찬의 건방진 생각일 런지도 모르겠다. 판단이 어려울 때는 원칙이다. 내가 서있는 곳은 어느 곳인가. 대한민국인가 아니면 북조선인가. 중국 땅 만주 벌판인가. 하와이 사탕수수밭인지 생각해자. 나의 국적은 대한민국이고 주민등록증도 있으며 집도 있고 처자식도 있으며 이곳에서 부모님 슬하에서 배우고 익혀 직장도 갖고 있으면서 자동차도 몰고 다니지 않는가. 무엇이 천국인지 아니면 지옥인지를 분별해보자는 것이다. 무엇으로 할 것인가. 각자의 거울로 확인하자는 제안이다.

우리 모두는 금세기를 살아오면서 도도한 역사의 흐름을 보아온 살아있는 증인들이다. 공산주의 종주국인 구소련은 어떻게 하여 망하였는지 그 위성국들 모두가 탈 공산화가 되었는지 보아오지 않았는가. 유일하게 남아있는 북조선은 지금에 어떤 길로 가고 있는지 눈 있고 귀 있는 자 모두 보고 들어 알고 있다. 그뿐 아니고 탈북한 "새터민"들의 증언도 들었다. 또한 그곳의 생활 참상을 화면으로 직접 보았다. 수많은 국민들이 굶어 죽었단다. 우리의 5일장처럼 저들의 장마당의 참담한 풍경을 보지 않았는가. 금세기에 권력 없고 힘없고 가진 것 없는 민초들이 굶어 죽는 곳은 북조선과 아프리카 소수의 나라에서만 존재한다고 한다.

이러한 참상을 보고도 판단을 하지 못한다면 당신은 자유대한민국에 살아야 할 자격이 없다고 볼 수밖에 없다. 그러니 봇짐 싸서 그곳으로 가서 영웅 대접을 받든지 아니면 총살을 당하던지 알 수는 없지만, 당신이 선택한 것이니 기꺼이 손뼉 쳐 축원한다. 중국은 왜 아직도 공산주의를 유지하는지 묻는 사람들이 있을 것이다. 그들의 지도자 등소평은 흑묘백묘론(黑猫白猫論)을 주창하였다. 경제는 시장경제를 정치는 사회주의(공산주의)를 택하고 있는 나라이다. 다시 말해서 수정 공산주의를 택하였다. 시장경제를 채택함으로 국부를 키워 지금에 와서는 일본을 따돌리고 공히 두 번째 강국으로 성장하였다.

쥐를 잡는데 검은 고양이면 어떻고 흰 고양이면 어떠냐는 이론이다. 그러니 공산주의 경제든 자유주의 경제든 잘살면 된다는 것이다. 그런데 북조선 괴뢰집단들은 국민들을 체제 유지를 위해서는 소모품으로 생각하고 먹을 것 입을 것 모든 것을 빼앗고 있다. 기댈 곳이 있는 건장한 남자들을 근로자로 외국에 보내 임금을 착취하고 있다. 예쁜 여성들을 골라 세계 곳곳에 식당이나 점포를 개설하여 달러를 벌어들이고 있다. 외교관을 통하여 마약과 밀수를 하다가 발각되어 추방당하는 모습들도 보았다. 불법 무기 거래로 큰돈을 마련하고 여기에 우리가 상납 돈과 물품으로 핵 개발하여 부메랑으로 돌아왔다. 시국은 절체절명이라고들 한다. 국회는 탄핵의 칼을 쓰고 헌법재판소는 그들의 장단에 맞추어 탄핵을 인용함으로써 자유대한민국을 보전하느냐 아니면 공산화가 되느냐의 갈림길이 오늘의 현실이다. 아직도 미망(迷妄) 속에서 허덕이는 사람이 있다면 제일 먼저 당신의 거울 보시기를 바랍니다. 그 거울 속에서 "참(진리)"이란 무엇인지 반드시 찾아보시기를 제안합니다. 운명의 결정 날은 시시각각 다가옵니다. 머뭇거릴 시간이 없다는 말씀입니다. 우리는 모두 자랑스러운 대한민국 국민입니다. 다 같이 축배의 장을 만들어 봅시다.

세월호의 허상(虛像) 2017년 3월 23일

아침 뉴스에 잔상(殘像)으로 남아있던 세월호의 인양(引揚)에 대하여 집중 보도하고 있다. 1073일 만에 인양한다고 한다. 2014년 4월 16일에 안산시 단원고등학교 학생들이 수학여행을 가기 위하여 인천항에서 세월호를 이용하여 목적지 제주도로 출발하였다. 항해 중에 진도군 조도면 부근 해상에서 침몰된 사건이다. 대한민국 누구나 모두 애석해하고 희생자들을 위하여 추모하였다. 전체 476명이 승선하고 그중에 172명이 구조되었다 한다. 또 사망자가 295명, 실종자 9명의 귀중한 어린 학생들과 선생님, 일반 시민을 수장한 일을 입에 올리기도 참혹한 사건이었다. 그 아픔이 3년이 가까워지는 이 시점에도 그들의 허상들은 끈질긴 생명력을 이어오고 있다. 아무리 생각해도 이것은 아니다. 이 사건을 계기로 공적인 책임의 한계와 사적인 부담의 한계를 두고 갈등을 계속하여왔다. 유족들을 이용하여 정치권에서, 언론에서, 노동계에서 교단에서 지식인에서 각종 사회단체에서 이들을 부추기고 비난하면서 피 튀는 갈등을 이어오고 있는 것이다. 그것은 아직도 광화문 광장에는 살아 꿈틀거리고 있다. 이 갈등이 진일보하야 진영논리로 전개하여 자신들의 목적을 달성하고자 철저히 이용하여왔다.

지금에 와서는 봉합의 길이 보이질 않는다는데 문제의 심각성을 지적하지 않을 수 없다. 이것이 작금의 한국 사회다. 결국에는 민의의 전당이라고 하는 국회는 인과관계가 전혀 없는 세월호 사건을 대통령 탄핵에 이용하였고 헌법재판소는 이를 인민재판의 칼날로 재단하여 그 직을 박탈하였다. 누구의 권리로 하였는지 묻지 않을 수 없다. 대한민국 유권자들의 주권으로 당선시킨 대통령을 국민주권자들에게 물어보지도 않고 탄핵을 인용함으로써 우리의 헌정사에 치욕의 날임을 지적하지 않을 수 없다. 세월호 침몰하던 날에 7시간을 무엇을 하였는지 밝히라고 유족들은 목숨을 건 투쟁에 정치권은 이를 철저히 이용 화답이라도 하듯 탄핵이라는 단두대를 사용하였다, 재판관은 10분 단위로 행적을 소상히 답하라는 명령을 하였다. 이것이 무엇 하자는 것인지 나의 상식으로는 도저히 납득이 가질 않는다. 나라는 거덜 나고 말았다. 국민들의 정신세계가 거덜 났다는 말이다. 황폐화되었다. 패닉에서 헤어 나오지 못하고 있다. 국력은 사상누각이다. 물질적 국력이라고 하는 것은 하룻밤 사이에 무너지지만, 또한 국민들의 정신세계가 사익과 진영의 이익에 머물러 있다면 이 또한 나라 망하는 첩경일 것이다. 우리들의 생각이 나, 정신 상태가 무엇이 공생하는 길이며 나라를 위는 길인지 올바른 생각을 갖기에는 차이가 너무나 멀어진 것은 아닌지 우려스럽지 않을 수 없다.

나라 전체가 용광로가 되었다. 이미 거스를 수 없을 만큼 왼쪽으로 기울어진 상태인데 세월호의 인양으로 또 다른 갈등의 소지를 낳을 호기를 저들은 바라고 있을 것이다. 왈 정치권은 또 다른 호재를 만난 것이다. 5월 9일은 대한민국의 운명을 결정하는 선장을 뽑는 날인데 기막힌 호재를 제공하였다. 인양(引揚)을 완료하고 잔재를 청소한 후에 국회와 유족 측에서 선임한 사람들로 원인 규명을 한다고 하니 하는 이야기다. 이들이 침몰 원인을 조사하여 발표를 하게 되면 모두가 적극적 동의 또는 암묵적 동의를 하여야 하는데 그럴 소지는 전혀 보이질 않을 것으로 전망되기 때문이다. 누가 이렇게까지 만들었는가? 자승자박이다. 항상 우리는 내 탓이 아니고 남 탓으로 그 책임을 돌려왔다. 이것이 우리들의 한계라는 것이 통곡할 일이다. 우리 사회는 또 거대한 폭풍에 갈피를 잡지 못하고 좌측으로 갈 것인지 우측으로 갈 것인지에 대하여 방황하는 불쌍한 사람으로 기록되지 않을까 하는 우려를 금할 수 없다. 아마도 지금쯤 준비를 하는 사람들도 있다고 보아진다. 힘 있고 가진 것 많은 사람들은 이 땅이 싫어서 탈출을 준비할는지도 모를 일이다. 기업들 또한 마찬가지다. 좀 더 기업하기 좋은 곳을 찾지 않을까 하는 우려를 낳게 된다. 이것은 자연적인 현상이다.

우리의 위정자들이 사람 살기 좋은 세상과 기업하기 좋은 나라를 만들지 못하였기에 좋은 곳, 좋은 나라를 찾는 것은 어쩌면 당연한 일이 아닐까 한다. 이들을 보고 애국심이 없다느니 배은망덕하다느니 하는 이야기는 아전인수식의 사고일 것이다. 이들이 무엇이 두려워서일까? 생각해 본 사람 있나, 정치인들 있는가? 그들은 보나 마나 몸담고 있는 자유대한민국은 조종(弔鐘)을 고하였다는 것을 보고 있는 사람들이다. 다만 남아있는 힘없고 가진 것 없는 민초들만이 저들의 종들이 되고 말 것이기에 눈물이 난다. 가슴을 치고 통탄하지 않을 수 없구나. 아무리 외쳐본들 쇠귀에 경(經) 읽기가 되어버렸다. 나는 무엇을 준비하여야 할까? 가까운 약방이라도 찾아야 할 것 같구나. 이것이 오늘 아침 뉴스 보고 세월호의 인양이 또 어떤 갈등을 가져올까 하는 걱정에서 이 글을 올렸다. 우리 모두 토요일 태극기 집회에 참여하자.

서해는 우리의 영토다 2017년 3월 24일

우리는 3면이 바다를 끼고 있는 동북아의 인구 남북 총 8천만 명 정도라고 한다. 지리직으로는 서, 서북, 북, 동북으로는 거대한 중국과 러시아가 호시탐탐 침범의 기회를 엿보고 있다, 또 남으로는 간특한 일본이 독사의 이빨을 감추고 있는 아주 위험한 지리적 환경에 처해있다. 다행인 것은 한미 동맹으로 힘의 균형을 이루고 있는 나라임은 누구나 다 알고 있는 사실이다. 6·25전쟁 발발 67년이 지났는데도 저들은 기회만 있으면 무력도발을 하여 왔다. 우선 근년에 서해에서 무슨 도발이 있었는지 바라볼 필요가 있다. 정부에서는 늦었지만 서해를 지키자는 의지가 금년 들어 제2회 "서해 수호의 날"을 매년 4월 넷째 금요일을 국가 기념일로 정하고 기념하고 있다. 그날을 잊지 말자고 희생자를 추모하고 관련 유가족들을 위로하면서 국가기념일로 정하고 있다. 이에 따라서 중앙정부와 각 지방 자치단체에서도 이날을 서해 수호의 날로 기념하고 있다. 북괴의 서해 도발은 제일 먼저 1999년 6월 15일, 제1 연평해전이 발생한다. 여기에서는 부상자 7명이 발생하였다. 두 번째에는 2002년 6월 29일에 제2 연평해전을 도발하였다. 이 전투에서 전사자 6명과 부상자 19명이 발생하였다. 세 번째 2009년 11월 10일 대청해전을 도발하였다. 다행히 희생자 없이 격퇴하였다. 네 번째는 2010년 3월 26일 천안함 피격사건이 일어났다. 전사자 46명이 발생하였으며, 다섯 번째는 2010년 11월 23일 연평도 포격 도발이 있었다. 이때에는 전사자 2명과 부상자 16명 그리고 민간인 사망 2명이 발생하였다.

통계로 보듯이 우리는 항상 저들의 침략으로 금쪽같은 우리의 아들들이 희생되었고 다수의 부상자들도 발생하였으며 특히 천안함 피격사건은 나라 안에서 수많은 문제점을 가져오기도 하였다. 말썽의 소지를 없애고자 세계적으로 알려진 전문가들을 동원하여 조사결과 북의 침략 행위라 발표하였다. 진보라 주장하는 자들은 북괴의 소행이 아니고 자작극이라는 도저히 묵과할 수 없는 발언들이 상당기간 이어져 오기도 하였다. 지금도 아마 NL(김일성 주체사상) 계열에서는 북괴의 도발이 아니라고 하고 있는지, 북괴도발을 인정하는지를 밝혀야 할 것이다. 이런 것이 국민들이 알 권리라 할 것이기에 각 언론은 귀담아들어야 할 것이다. 또한 연평도 포격으로 선량한 민간인 사상자까지 발생한 침략은 천인공노할 일이 아닐 수 없다. 우리는 좌파 정부 10년 동안 남북 화해정책 기조 하에서 저들을 품어보려는 노력은 물거품이 되었다. 돈도 주고, 공장도 지어주며, 금강산 관광 사업으로 지원하기도 하였다. 다방면에서 크게 지원하였지만 모두가 허사였다. 하다못해 전직 대통령께서는 북방한계선인(NLL)을 포기하는 발언까지 나왔다. 국민의 생명과 국토를 보전할 책임자가 영토를 적군에게 넘겨주어도 된다는 식의 발언을 듣고 기가 막혀 말문이 나오질 않았다. 이에 더하여 유엔 인권결의안에 대하여 그의 보좌하는 사람은 김정일의 승인을 받아 결정하겠다니 이 사람이 대한민국 국민인지 아니면 조선민주주의인민공화국의 국민인지 그 정체를 분명히 밝혀야 할 것이다.

지금에 와서 돌아보면 화해정책은 모두가 실패하였고, 결과는 핵개발로 협박을 당하는데 이를 해결하고자 미국의 사드를 설치하려고 하니 온 나라가 광풍에 휘말리고 말았다. 님비현상은 어제오늘의 문제가 아니지만 해도 너무한다는 인상이다. 해당 지역 군수라는 자는 머리를 깎고 주민들 선동에 앞장서며 지역의 맹주를 자처하는 선량들도 함께하는 모습이 마치 이 나라가 망해가는 모습을 보기도 하였다. 그들이 누구의 덕으로 선량이 되었는지는 세상 사람 모두가 알고 있는데 얼굴에 철판을 씌었는지 모를 일이었다. 사회 구석구석 좌경화의 물결은 거대한 강물이 되었다. 이 상황을 누가 막을 것인가. 아직도 잠에서 깨어나지 못하고 대수롭지 않게 생각하는 자가 문제다. 설마 내가 아니라도 다른 사람이 대신해주겠지 하는 자들, 그들은 누구인가. 아마도 나라가 뒤집어지면 제일 먼저 쫓아가서 나는 당신들을 적극 지지합니다, 라고 손과 발이 닳도록 비빌 사람들은 아닌지, 내가 가진 것 모두 바치겠습니다. 땅도, 돈도, 채권도, 금붙이도, 내 몸뚱이도 내 자식들도 모두 바치겠습니다, 하실 분들도 있을 것이다. 나는 2013년 6월 25일에 백령도를 아내와 함께 다녀왔다.

그곳이 북한과 가장 가까운 지역이라서 꼭 한번 가보고 싶었던 곳이었기에 용기를 내었다. 특히 6·25전쟁이 발발한 날을 잊지 않고자 그날을 선택하였고 마치 날씨도 좋아 작은 꿈을 이룰 수 있었다. 백령도 연안의 풍치는 탄성을 자아냈으며 인당수에 몸을 던진 심청 아가씨 기념관도 보았다. 옆에 전시용 전차도 돌아보면서 접경 지역임을 실감 나게 하였다. 드디어 핵심인 천안함 46용사 위령탑에 이르게 되었다. 이 위대한 용사들의 사진을 보니 나도 모르게 눈물이 왈칵 쏟아졌다. 저들은 집에 가면 천금과도 바꿀 수 없는 자식들인데 어찌 당신들은 무엇을 위하여 황량한 바닷바람 맞으며 이곳에 서있느냐는 생각에 하염없는 눈물을 흘려도 보았다. 오늘 제2회 서해 수호 기념식이 있는 날이라서 백령도의 46용사들의 모습이 생각나서 내 몸뚱이는 늙었지만 나라가 필요하다면 언제든지 내어줄 것을 다짐해 보았다. 나라는 누가 대신 구하는 것이 아니다. 내가 앞장서야 한다. 3월 25일 대한문 태극기 집회에 모두 나옵시다. 나라 사랑은 먼 곳에 있는 것이 아닙니다.

희망아 하늘 높이 날아라! 2017년 3월 25일

지금까지 살아오면서 이렇게 간절해보기는 처음이다. 마치 내 부모님께서 하세(下世)하였을 때는 하늘이 무너지고 땅이 꺼지는 고통과 아픔을 느꼈다. 고통 속에서 신음하시는 모습이 수십 년이 지났지만 아직도 그 아픔이 잊히지 않는다. 아마도 내가 죽을 때까지 안고 가야 할 나의 몫이라 생각한다. 그때의 절망적이었던 간절함이 지금에 다시 내 생애에 있다니, 다시는 없을 줄 알았는데 세상사가 알 수 없는 요지경(瑤池鏡)인지도 모를 일이다. 하기야 한 치 앞을 바라볼 수 없는 것이 사람이라 하지 않은가. 오늘은 3월 25일이다. 이날도 대한문 앞에서는 태극기 집회가 있는 날이다. 며칠 전 김 국장과 박 사장께서 올라오느냐는 전화가 왔었다. 당연히 간다고 하였다. 매주 토요일이 기다려지기도 한 지가 석 달이 지나가고 있다. 무엇이 이렇게 나를 유인하는 것일까? 밥이 나오는 것도 아니고 떡이 나오는 것도 아닌데 오전 10시 30분에 집에서 나서면 밤 9시가 지나서야 집에 돌아온다. 하루 종일 걷고 외치면서 신상이 연속되어 집에 오면 거의 녹다운 상태이다. 그런데도 가지 않으면 안될 것 같은 내 안의 정의(正義)를 살려야 된다는 절박하고 간절함이 나를 일어나라 하였기에 두말없이 동참하였다고 변명해 본다. 무상한 세월은 고희를 넘긴 지도 몇 해가 지났다.

살아오면서 배우고 익히고 실천하면서 근대화와 현대화에 한 몸 바쳐온 경륜으로 체득한 살아있는 정의가 무엇인지를 판단할 수 있는 경지의 사람들이 모인 곳이 태극기 집회의 면면들이다. 그런데 이곳에서 외치는 정의는 민의가 아니란다. 이것을 언론들이 날마다 왜곡하는 선동 보도다. 광화문에 아직도 배우면서 익히고 있는 젊은 친구들과 사회 주역이라 자처하는 사람들이 또한 나라를 뒤집으려는 사람들이 주장하는 것만이 정의라고 한다면 이는 정말로 소가 웃을 일이 아닌가 한다. 그래서 이것은 아니라고 이것은 정의가 아니라고 생각되어 참여한다. 정말로 화가 나서 그대로 방 안에 있을 수만 없어서 참여한다. 나만이 그런 것이 아니고 대다수의 노옹(老翁)들이 이야기다. 이 사람들이 외치는 소리가 민의가 아니라면 무엇이 민의인가? 입으로 먹고사는 정치인들아, 언론인들아, 지식인들아 특히 아이들을 가르치는 선생 놈들아 너희들은 정말로 민의를 몰라서 하는 이야기는 아니라고 생각하지만 그 죄를 어떻게 감당하려고 하느냐? 역사 앞에 큰 죄인으로 남는 것이 정의인가. 너의 자손들에게 무엇을 가르칠 것인가? 할아버지 할머니가 주장하는 진실은 헛소리이니 내가 하는 말이 진실이라고 감히 가르칠 것인지 대답하여라. 대통령을 아무 죄 없는 상태에서 정치적인 망나니들이 살인을 감행한 천고에

죽일 놈들이라 역사는 기록할 것이다.

또한 이들을 사주받은 헌법재판관들이라고 하는 얼간이들은 주문을 한다고 하면서 헌법 제 몇 조에 근거하여 인용한다는 인용 근거 조항도 없이 날치기 주문하였다니 이것이 헌법을 지키는 재판관들인가 개망나니인가. 우리 역사에 영원한 죄인으로 남을 것이다. 그것도 모자라서 특검에서 조사를 마치고 물 지난 압수수색을 하였다니 너희들도 천고의 죄인으로 대대 자손에 이를 것이다. 늙은이들이 할 일이 없어서 지친 몸을 이끌고 주말마다 태극기 들고 외치고 있는 줄 아느냐. 너희들 생각에는 대통령도 곧 감옥소에 갈 것이니 이제는 태극기 집회도 사라질 것으로 생각할 수 있겠지. 착각은 자유다, 허나 이런 무법천지를 보고 그냥 주저앉을 것 같으면 애초부터 시작도 하지 않았을 것이다. 자유대한민국을 뒤집으려는 세력들이 이 땅에 있는 한은 절대로 포기하질 않을 것이기 때문이다. 똑똑히 듣고 보아라. 태극기 집회는 앞으로 더욱 들불처럼 일어날 것이다. 자유 대한민국을 어떻게 지켜온 나라인데 감히 너희들이 이 나라를 괴뢰들에게 상납하려 하느냐. 오늘 집회를 "제3차 탄핵 무효 국민 저항 총궐기대회"로 하면서 오후 2시부터 시작하였다. 특히 오늘 행사에는 천안함 46용사 추모식도 함께 하고 있다. 어제는 서해 수호 정부 주관 기념식이 있었는데 좌익들은 한 놈도 보이질 않았다.

이것을 무엇을 의미하는 것인가? 아직도 천안함이 북괴의 소행임을 믿지 않는 증거이다. 이들이 대한민국 국민이 맞는 것인지 가슴 칠 일이다. 순서를 바꾸어서 오후 2시부터 4시까지 대한문 광장 1부 행사를 하고 이어서 행진을 하고 다시 광장으로 모여 2부 행사를 진행하였다. 집회 측 추산 6십만 명이라 한다. 광장에 가득히 휘날리는 태극기 물결이 마치 우리들의 숨소리이며 외치는 함성은 이 나라의 기상(氣像)일 것이라 믿는다. 오천 년의 역사를 이어오듯 앞으로 영원히 이어갈 것이다. 정의는 영원하기 때문에 내가 아니면 누가 지키랴, 내가 바로 주인이기 때문이다.

돛대는 꺾어지고 2017년 3월 31일

아침에 눈 뜨고 보니 새로운 하늘에는 먹장구름이 잔뜩 끼었다. 만경창파에 모진 비바람과 기센 파도에 금방이라도 휩쓸려 침몰하려는 작은 돛단배는 겨우 숨통이 붙어 항해하였으나 유일하게 남아있는 돛 하나마저 꺾어지고 말았다고 한다. 이 땅에 보수는 무주공산이 되었다. 보수의 아이콘은 가버리고 갈피를 잡지 못하는 미아(迷兒)로 남았다. 훗날 역사는 무엇이라 가르칠까? 전두환 전 대통령, 노태우 전 대통령에 이어서 초유의 여성 대통령 박근혜가 국회의 정치적 탄핵에 이어 헌법재판관들의 이해하기 어려운 아리송한 탄핵 인용을 하여 파면이라는 올가미를 씌웠다.

이어서 검찰도 법원도 역시나 법의 양심마저도 정치적인 잣대로 영장을 발부하지 않았나 하는 우려를 금할 수 없다. 이어서 서울 구치소로 수감하는 첫 번째 대통령이라 기록할 것이다. 참담한 심정이다. 잘잘못이 무엇인지에 대하여 법은 소상히 국민들에게 보고하여야 할 것이다. 그것이 주권자인 국민의 알 권리이기에 구체적으로 설명을 하여야 할 것이다. 과연 진실은 무엇인지, 정의는 살아있는지, 좌우의 갈등의 골은 그 깊이를 알 수 없을 정도이니 무엇으로도 메울 것인지 앞이 보이질 않는다. 정말로 우리는 이런 정도밖에는 되지 않는지 가슴만 답답할 뿐이다. 나치의 선전장관인 괴벨스의 말처럼 "99 가지의 거짓과 1개의 진실이 적절히 배합되었을 때 100%보다 더 큰 효과를 나타낸다. 또 적과 맞서려면 무엇보다도 대중들의 한없는 증오를 활용하여야 한다고 하였다." 무지한 보수들은 치밀한 진보주의자들에게 완패를 당하였다. 광화문 촛불집회 현장에는 보수들에게 적개심과 증오심을 심어주기 위하여 온갖 시위 물을 들고나왔다. 그것은 일반적인 상식으로는 이해가 되질 않은 것들을 동원하여 태극기와 맞대결에서 완승하였다. 우리들 속담에 내기할 때에 삼 세 판을 겨루고 승패에 동의하는 풍습이 우리들의 삶 속에 녹아있다.

그런데 보수는 삼 세 판 모두 패하였다. 국회의 탄핵이 그 첫 번째이고, 헌법재판소의 탄핵 인용이 두 번째이며 마지막으로 검찰과 법원의 합작으로 영장 발부를 하였다. 삼세판 모두 패하였으니 동의할 수밖에 없는 것이 아닌가? 적어도 박근혜 정부는 막을 내렸다는 것이 현실이다. 국민들이 투표로 대한민국의 통치권을 위임한 대통령을 죄수복을 입히고 1심, 2심, 3심에서 옳고 그름을 다투는 일은 별도로 대응하여 무죄를 적극 소명하고 명예를 회복하게 하여야 할 것이다. 그리고 다시 보수의 후원자로 우뚝 서기를 기원해 본다. 세상사는 강물과 같은 것이다. 앞 강물은 뒤 강물에 의하여 밀리고 밀려 바다로 흘러들게 되어있다. 과거는 잊지는 말아야 하지만 그것에 매몰되어서는 안 되고 반면교사로 삼아 새로운 시대를 맞이할 준비를 착실히 하여야 할 것이다. 이것이 지금까지 이 나라를 지켜오고 발전시켜온 보수우익 세력들이 명심하여 지키고 추진하여야 할 가치라 생각된다. 그것을 이루고 지키려면 전열을 재정비하고 무엇이 잘못되었는지 피를 토하는 심정으로 개혁하고 얼마 남지 않은 기간을 최대한 결집함으로써 반드시 승리하는 게임에 임하여야 할 것이다. 가장 중요한 역사의 대 변환점이 5월 9일의 대선일 것이다. 이것은 정말로 중요한 국가 대사이다. 이 선거는 어떤 일이 있어도 승리하여야 자유 대한민국을 지키는 일이다. 여기에는 나와 네가 따로따로가 없다. 모두가 하나가 되어야 한다.

지금까지 이 땅에서 누리고 보호받고 쌓아온 모든 공과는 한순간 잘못으로 모두 잃을 수도 있고 계속 누릴 수도 있다는 말이다. 낡아빠진 마르크스주의와 김일성 주체사상이 어찌하여 우리나라에만 극성을 부리는지 그 원인도 철저히 조사하고 대책을 강구하여야 할 것이다. 이것이 남의 나라 이야기가 아니고 바로 나의 이야기며 우리들의 이야기다. 태극기의 정의가 살아나기를 기원하면서 만시지탄은 있지만 늦었다고 생각할 때가 가장 적기란 말도 있다. 내일은 또 태극기 집회가 있는 토요일이다. 기력은 쇠하지만 현장에 서려고 한다.

4월의 꿈 2017년 4월 2일

　4월은 "춘삼월 호시절(春三月 好時節)"이라 하였다. 여기서 춘삼월은 음력으로 하는 이야기이니 양력으로는 4월이 되는 셈이다. 음양(陰陽)이 교합(交合)하여 만물(萬物)이 화생(化生) 하는 달이라 하여 호시절(好時節)이란 말이 생겼다. 만물들이 각각이 가지는 꿈들을 실현하는 달이다. 사람들에게도 마찬가지다. 겨울철에 움츠리고 쇠(衰)하여지는 기력도 회복하고 간직한 꿈도 실현해 보고자 본격적으로 활동하는 시기이다. 그런데 지난달에는 암흑의 나락으로 출구를 찾지 못하고 미망 속에서 헤매기를 얼마나 하였든가?

　민주주의 절차에 따라서 국민들이 직접 뽑은 대통령을 검찰이 영장을 청구하고 법원이 영장을 발부하여 구치소에 입감하였다고 한다. 방(房)에 들기 전에 많이 흐느꼈다고 하는 이야기가 흘러나왔다. 하늘이 무너지고 땅이 통곡하였다. 대통령에게는 나라를 다스리기 위하여 법의 영역에 버금가는 통치력이 주어진 것은 어제오늘의 이야기가 아니다. 과거 대통령들이 무수히 사용하였던 관례고 관습법화 되어왔다. 그런데 1원 한 장 받은 바 없는 대통령을 뇌물죄를 덮어씌우고 아무개가 주범인 국정 농단을 대통령에게 덤터기 씌워 촛불에 놀아난 인민재판의 칼날로 살인하였다. 대통령이 누구인가. 그는 하나님이 부여한 한 인간으로서의 영화와 화생의 행복도 포기하고 국민과 결혼하였다고 하였다. 무엇이 아쉬워 기업으로부터 돈을 받았다고 하는가? 취임 초 국정운영의 방향을 실현하고자 기업인들을 만나고 협조를 부탁하였다는 것에 온갖 혐의를 덧씌워 가장 악랄한 방법으로 수감하였으니 어느 국민들이 이를 용납하겠는가. 그는 돈을 받을 만큼 궁핍한 형편인가. 늙어 곧 기력도 쇠진할 연령인데 무엇 하고자 돈을 받았다고 하는지 삼척동자도 이해할 수 없는 일을 그들은 주저 없이 하였다. 지금까지 도덕성에 털끝만큼의 흠도 없는 대통령을 법이란 칼날로 난자하였다. 증거가 넘쳐난다고 하였는데 무엇이 넘쳐났는지 국민들에게 소상히 보고하여야 할 것이다. 반드시 억울함은 밝혀져야 할 것이다.

　누가 무엇 때문에 대통령을 죽였는지를 저들이 못하면 국민들이 밝힐 것이다. 몇 가지의 주목할 만한 증거들이 나타나고 있다. 아마도 더 많은 증거들이 나타날 것이다. 대통령님 조금만 참으세요. 반드시 억울함은 밝혀질 것입니다. 정말로 기억하기도 싫은 3월의 마지막 날이 지나갔다. 오늘은 4월 1일이다. "탄기국"은 대한문 앞에서 "제4회 탄핵 무효 국민 저항 총궐기 국민운동"을 개최한다는 날이다. 대망의 4월이니 무엇인지 좋은 일들이 있을 것만 같은 기대를 가지고 출발 장소에 도착하였다. 매번 버스 2대가 출발하였는데 오늘은 1대

뿐이다. 기대와 희망이 반감되는 순간이었다.

대통령의 무죄구금(無罪拘禁)이란 치욕이 법전에도 없는 법의 잣대가 있은 후 처음 있는 태극기 집회에는 더 많은 사람들이 갈 것으로 기대하였으나 꿈은 사라졌다. 대부분 매번 동행하였던 분들이라 인사로 서로를 위로하였다. 의병대 장님의 인사 말씀과 오늘의 행사 개요를 설명하였다. 1부 행사는 14:00~15:30까지는 국민 의례와 개회사, 대회사, 본 행사가 있은 다음 15:30~17:00까지 행진을 대한문에서 출발하여 → 을지로 입구 → 한국은행 ⇒ 숭례문 → 중앙일보 JTBC → 대한문으로 돌아오는 코스이다. 2부 행사는 17:00~ 18:30까지 연사들의 열변을 듣고 폐회를 한다고 하였다. 숭례문 주변에서 하차하고 태극기를 들고 대한문으로 이동하였다.

여느 때와 마찬가지로 전국에서 참여하고자 하는 수많은 시민들이 삼삼오오 인솔자의 안내에 따라서 모여들기 시작하였다. 13:30경 도착하고 주변을 돌아보니 시간상 좀 이른 감은 있지만 비어있는 공간들이 많이 보였다. 친구들에게 연락을 하였으나 모두가 사정이 있단다. 물론 각자 사정도 있겠지만 더 큰 사정은 아마도 대통령의 구속은 면할 것으로 기대하였으나 그 기대가 무참히 깨어진 실망감이 더 큰 이유였는지도 모르겠다. 애국시민들이 점점 늘어나고 있다. 전역한 애국 군인 단체들, 각 사관학교 졸업생들 대학교며 고등학교 기수들과 중학교 기수들도 깃발 앞 새워 참여하고 있다. 주요 특징은 젊은 계층의 사람들이 부쩍 늘어나기 시작하였다. 또한 어린 청년층들도 많이 늘어난 것이 특징이다. 본 행사가 시작되고 나서 수많은 애국시민들이 광장을 가득 메웠다. 지방에서 올라오는 사람들은 전번

보다 줄었고 서울과 인근 주변 시민들이 부쩍 늘어난 것이 특징이다. 발을 디딜 틈도 없을 것같이 빼곡히 서서 참여하였다. 하늘에는 먹장 구름이 조금씩 보이더니 일기 예보에 답이라도 하려는 듯 한줄기 비가 쏟아지기 시작하였다. 그런데 이상한 점은 그 비도 마다하지 않고 온몸으로 받아 가면서 꼼작하지 않고 무대를 바라보고 외치고 있다. 아! 바로 이것이구나. 내가 아침에 우려하였던 기우들은 모두 사라지게 되었다.

서광이 보이고 희망이 보이기 시작하였다. 아마도 100만 명은 충분히 될 것으로 추산되었다. 나 혼자만이 애태우고 있지나 않았나 하는 기우도 모두 사라졌다. 춤이라도 추고 싶었다. 행진하면서도 힘든 줄 모르고 즐겁기만 하였다. 발걸음도 가벼웠다. 콧노래도 불러가면서 청년층과 젊은 세대들이 동참하였다는데 크게 위안을 받았다. 이 여세는 바로 보수우익의 승산(勝算)을 예측해 볼 수 있기 때문이다. 예측건대 보수 대통합이 되어 4파전이 된다면 충분히 승산을 점쳐 볼 수 있기 때문이다. 그러기 위해서는 반드시 태극기집회를 크게 키워야 할 것이며 보수의 대통합이 전제된다면 가능하지 않을까 기대해 본다. 4월의 꿈을 현실화시키자. 모두 태극기 들고. 주일날 오늘은 하나님께 경배 예배를 드리고 오후 3시가 지나서 집에 돌아왔다. 그리고 접어두었던 키보드를 두들겨 이 글을 작성하였다.

4월의 소의(素意) 2017년 4월 5일

4월은 잔인(殘忍)한 달이라는 말이 있다. 모름지기 4월은 만물이 화생(化生)하는 달이다. 잎이 피고 꽃망울 맺혀 드디어 활짝 피는 아름다운 계절인데 모두들 기뻐하고 함께 즐거워하여야 하는데 어찌하여 잔인한

달이라고 하였을까? 길고 긴 엄동에도 중단 없고 멈춤 없이 그들은 봄맞이 준비를 하였다. 이들은 올해의 봄에 어떤 모습으로 활짝 피어볼까 하면서 인고(忍苦)의 엄동을 하나님의 명에 따라서 위대한 탄생을 하였다. 이것이 자연이 섭리라는 것이다. 이 위대한 탄생의 계절을 우리는 지금 어떻게 바라보고 무엇을 느끼며 무엇을 생각하고 실행하면서 자신의 인생의 꿈을 키워왔는지 한 번쯤 돌아보면 좋을 것 같다. 꿈 많았던 어린 시절에 읽었든 『황무지』라는 시에 4월은 잔인한 달이라는 문구가 기억이 난다. 이 시는 미국 사람 T.S 엘리엇의 작시로서 매우 난해하기로 유명한 시라고 알려져 있다. 나는 먼저

모든 만물들이 새로운 생명을 탄생하기 위하여 인고의 산고를 겪으면서 한 송이 꽃과 한 잎을 피우기 위한 고통을 잔인한 달이라 표현하였다고 보았다. 또 다른 해석은 봄의 계절은 아직도 찬 바람이 불고 기온의 차가 심하여 썰렁하고 황폐한 계절임에도 초목에는 잎이 돋아나고 꽃나무에도 꽃이 활짝 피어 사방천지가 꽃의 세계인데, 먹고살기 위하여 세상을 열심히 살아가는 민초들에게는 즐길 여유조차도 없으니 이들에게는 잔인한 달이라 표현해 본다.

마지막으로는 사월은 우리 국민들에게는 하늘의 법과 땅의 법과 인간의 법을 짓밟아 선택을 강요받는 4월은 진정 잔인한 달이 아닐까 한다. 그래서 이 시는 모든 사람들의 가슴에도 진하게 전해 오는 4월의 노래다. 우리는 지금 어디쯤 와 있을까? 지나간 해의 봄부터 조금씩 우려하였던 일들이 하나씩 나타나기 시작하였다. 만물이 본격적으로 성장하는 하절기에는 먹장구름의 몸통들이 긴가민가할 정도로 혼란을 야기하였다. 결실의 계절인 가을철에서부터 검은 구름은 비바람과 폭풍우를 겸비하여 본격적으로 하늘을 뒤덮고 말았다. 이것이 무엇인고 백성들은 설왕설래하면서 가슴속에 화병을 눈덩이처럼 키웠다. 누가 무엇 때문에 무엇을 하고자 선량하고 무지한 대다수 백성들에게 이리도 잔인할 수 있는가? 백성들은 걱정 없는 세상, 편안한 세상, 풍요로운 세상을 만들어달라고 선택하여 위임하였더니 백성들의 삶은 돌보지 않고 권력전쟁으로 밤낮을 지새는 구나. 백성은 안중에도 없단다. 백성을 조금이라도 생각한다면 이러지는 못할 것이기에 더욱 화가 난다. 이 화병을 누가 책임지고 고쳐 줄 것인가. 그것도 기존의 자유민주주의를 완전히 갈아엎어 버리자고 한다니 눈

뜨고 당할 굿판이 되었다. 무당들이 칼을 잡고 춤을 추니 무지한 백성들도 너도나도 덩달아 춤을 추는 세상에 되었다. 역대 대통령 중에 가장 도덕성이 있는 대통령을 몰아내고 정권을 쟁취한 후에 악마에게 통째로 나라를 바치자는 무리들이 날뛰는 세상이다.

결국에는 그들의 마수에 걸려 대통령을 감방에 보내고 말았다. 1원 한 장 받은 바 없는 대통령을 고영태라는 호스트바 종업원과 그 주변 무뢰한들이 짜고 치는 고스톱에 대한민국이 거덜 나는 농단을 당하였는데도 모르쇠로 하고 있다. 인류 지상에 있을 수 없는 가장 악랄한 방법을 모두 동원하여 정치적 살인과 인격적 살인을 하고 말았다. 후대 사람들은 무엇이라 기록할까. 두렵지 않은가? 이 엄청난 죄과를 당신이 아니면 당신들의 후손들이 받아야 한다는 것을 꼭 기억하였으면 좋겠다.

이제 잔인한 4월이 되었다. 모든 백성들에게 그들이 안겨준 이 잔인한 4월을 맞이하여 선량한 백성들의 선택이 나를 죽이고 우리를 살리는 길이 되기를 희망한다. 꽃 피고 새우는 아름다운 계절이지만 그들을 포용할 만한 마음의 여유도 없이 토요일마다 태극기 들고 나라 구하고자 발 벗었다. 거기에는 노소가 없었고 남녀가 구별이 없었다, 잘난 사람 못난 사람도 없었다. 모두가 하나 되어 왜 치는 함성은 하늘과 땅을 진동케 하였다. 눈 있는 사람 보시기 바란다. 귀 있는 사람 들리지 않는가. 입 있는 사람들도 외쳐 보시기 바란다.

느끼면서 생각에 생각을 거듭하여 올바른 선택을 하였으면 하는 희망이다. 꽃은 피었다가 다음 계절에 또 피어나지만 나라는 한번 망하면 끝이기에 현명하신 백성들이 올바른 결정을 할 것으로 굳게 믿어 왔다. 사람은 사람이 지켜야 할 도리라는 것이 있다. 그 도리를 저 버리면 금수(禽獸)라고 표현한다. 나라를 다스리는 사람도 인륜 지사에 충실하여야 그것이 바로 왕도정치(王道政治)라 하는 것이기에 다음에 선택되는 사람은 반드시 왕도정치를 실행하여 백성의 삶을 돌아보는 정치를 하였으면 하는 간절한 바람이다. [4월의 꽃은 다시 피어날 것이다. / 님이 있어 지난 4년 동안 행복하였습니다. / 나라를 위하여 한 몸 내어주고/ 백성들을 위하여 흘린 눈물 잊지 않을 것입니다. / 님이 있어 진실이 무엇인지 알았습니다. / 자유민주주의의 진정한 가치가 무엇인지도 알았습니다. / 지금은 춥고 추운 엄동이라 생각하시고 내공을 쌓으시길 바랍니다. / 다시 활짝 피어나는 그날을 위하여. / 아둔한 백성들은 당신의 아름다움을 영원히 기억할 것입니다.]

남촌에 부는 바람 2017년 4월 7일

　매년 남쪽에 불어오는 꽃바람도 계절의 변화와 더불어 금년에도 예외 없이 불어왔다. 오늘 아침에 들리는 정보에 의하면 지구온난화로 개화시기가 수종에 따라서 빨라진다고 하였다. 그 실례로 이전에는 개나리와 벚꽃의 개화 시기는 30일 간격이었는데 지금은 7일 정도라고 한다. 단 하나뿐인 지구에는 수많은 사람들이 이웃 4촌처럼 옹기종기 살아간다. 때로는 시기하고 싸우면서 내 편 네 편 갈라가면서 합종연횡은 서로의 종족을 보존하고자 열심히 살아간다. 요람에서 무덤까지 꿈꾸면서 잘살아 보자고 피 튀는 경쟁의 산물이 환경과괴라고 한다. 개발이라는 이름 뒤에는 지구의 숨통이 점점 사라진다는 것이다. 밀림이 축소되고 폐기물이 늘어나 아무 곳에서나 대책 없이 투기하고 있다. 편익의 산물인 냉매들이 각종 상품으로 둔갑하여 절제 없이 생산하고 사용하고 있다. 그 결과는 하늘의 오존층이 파괴되어 태양의 초사량이 많아서 피부병이며 눈병 등등 각종 질병이 발

생하기도 한다. 기존의 온대가 아열대로 아열대가 열대로 순환의 질
서가 뒤바뀌어 생체의 리듬이 완전히 뒤바뀌는 대혼란을 맞이하고
있다. 남촌에서 불어오는 꽃바람을 피해 갈 수 없듯이 나 혼자만이
또는 우리만이 살아갈 수 없는 것이 오늘의 세계질서이고 환경이다.
특히 우리나라는 중국에서 불어오는 황사는 살인적이다. 그 속에는
인체에 유해물질들이 다량 내포되었다.

　중국의 경제 개발에 따른 대기 환경 오염물질들이 황사와 더불어
서해바다를 넘어온다는 것이다. 아마도 이 문제는 국제적인 문제로
등장하고 있다. 이는 당연지사라고 생각된다. 원인 제공자는 반드시
거기에 상응하는 책임을 져야 하는 것이 국제관례일 것이다. 이는 우
리만의 문제가 아니고 북한과 일본에도 직접적인 피해를 가져오기
때문에 하루속히 협상 테이블에 올려야 할 것이다. 그들의 궁색한 변
명은 자연의 일반적인 현상이라고 강변하고 있단다. 이게 말이나 되
는 소리냐? 국가나 개인이나 편안하고 행복하려면 이웃을 잘 만나야
한다는 것은 누구나 다 아는 사실이다. 우리는 어떤 이웃을 두고 있
는지 모두들 잠시도 잊어서는 안 될 것이다. 어느 자료에 의하면 우
리의 역사가 5000년일진 데 5년마다 전쟁을 겪었다고 한다. 크고 작
은 전쟁들이 무려 980회를 넘는다고 하니 산술평균으로 5년마다 전
쟁이 있었다는 것은 설득력이 있는 수치일 것이다. 서북쪽의 거대한
중국은 어떤 이웃이었는지 잊어서는 안 될 것이다. 먼 옛날 한나라
무제(武帝)는 광활한 고조선을 침략하여 한사군을 설치하였다. 이어
서 수나라 문제(文帝)는 고구려를 침공하였으며 당나라 당태종(唐太
宗) 역시 고구려를 침공하였다. 고려는 원나라의 침공으로 80년간 그

들이 지배를 받았으며, 청나라 역시 조선을 침략하여 남한산성에서 인조에게 항복을 받았다.

대한민국 건국 이후 6·25전쟁 때에는 유엔군이 개입으로 1950년 9월 28일 빼앗겼던 서울을 탈환하고 그 기세로 북진하여 압록강까지 진격하였으나 이듬해 1월 4일 중공군의 개입으로 통일의 꿈은 꿈으로 남았다. 지금은 달라졌는가? 서해의 우리 영해를 인정하지 않고 날마다 수백 척의 어선들이 침입하여 어획물을 싹쓸이하는 모습은 눈 뜨고 코 베어 가는 형상이다. 어디 이것뿐이겠는가. 사드를 배치한다고 하니 온갖 저질 침략을 하는 것도 모자라서, 전투기를 동원하여 항공 식별 구역을 침범하는 불법적인 무례를 지금도 서슴지 않는 것이 중국이다. 지금 이야기한 것은 크다고 생각되는 전쟁사를 이야기하고 있다. 이러한 침략으로 우리의 할아버지 할머님들의 고통을 조금이라도 생각한다면 날마다 잊지 않고 기억하여야 할 것이다.

동남쪽의 일본은 어떤 나라인가? 임진년의 왜란은 결코 잊을 수 없는 침략 행위이다. 무려 7년 동안 나라를 초토화시킨 것이 그들이다. 그 7년 동인 나라 안에서의 성하고 온전한 곳이 어디 한 곳이라도 있었겠는가. 귀와 코를 잘라 무덤을 만들었다니 세상에 듣도 보도 못한 일 아닌가. 어찌 이 일을 잊을 수 있겠는가. 1910년 한일합방으로 36년 동안 국권을 빼앗겨 그들의 종노릇을 하면서도 친일이니 극일이니 하면서 우리끼리 다투지 않았는지 대오각성하여도 모자랄 것이다. 모든 것 다 빼앗겼다.

개인의 재산은 거덜 났고 심지어 숟가락 밥그릇까지 빼앗겼다 하지 않은가. 무슨 말이 더 필요한 것일까. 유구무언이다. 크고 작은 우리의 해안을 침범하여 약탈한 일들이 부지기수라고 하니 그들을 정년 이웃이라 하여야 할까. 지금도 독도를 저들의 영토라고 하니 침략 근성은 버리지 못하는 나라임을 가슴에 묻어야 할 것이다. 북쪽의 러시아는 친구인가 적인가. 피아를 가려야 할 것이다. 그들의 전신은 구소련의 스탈린은 6·25전쟁을 김일성에게 승인한 나라이다. 지금도 초록은 동색이라 중요 사안마다 중국과 동조해 온 세력들이 러시아다. 그들의 음흉함을 간과해서는 결코 안 될 것이다.

동족이라고 하는 북한은 우리의 이웃인가 적인가? 분명한 것은 같은 민족임에는 틀림없다. 다만 그들을 지배하는 지배층은 세계에 유래를 찾아보기 어려운 3대 세습에 김일성 유일사상을 집요하게 강요하는 세력들은 분명 우리의 적이다. 모든 정보를 차단하고 일인 독재를 유지하기 위하여 소모품으로 쓰이는 백성들을 생각하면 하루속히 저들을 해방하여 광명을 찾게 하는 것이 우리가 해야 할 일인데 어찌할 것인가, 나라 안에서는 주체사상을 신봉하는 자들이 늘어나 나라가 거덜 나게 되었다. 들리는 소리는 점점 기울어져 간다고 하니 이대로 그들의 주문 되로 당하고 말 것인지 답답한 심정 금할 수 없다. 세계 해전사(海戰史)에 가장 위대한 성웅 이순은 내게는 아직도 12척의 배가 남았습니다. 이 말씀을 믿고 오늘도 태극기 휘날리려고 한다. 지성이면 감천이란 말씀 굳게 믿고서.

혼돈(混沌)의 시간들 2017년 4월 9일

작금의 혼돈의 시간들은 우리에게 어떤 의미로 다가오는가에 대하여 돌아보았으면 좋겠다. 우리 사회에서는 몇 가지의 주류를 형성하는 생각들이 있는 것이 사실이다. 첫째로는 자유민주주의 체제를 굳건히 지키면서 성장 발전하여 행복을 추구하자는 주장들과 둘째로는 분배를 적정하게 하여 삶의 질을 높이고 더불어 살자는 주장들이 있으며, 셋째로는 자유시장경제로는 계층 간의 갈등을 봉합할 수 없으니 사회주의 경제체제로 가자는 기류가 있으며 넷째로는 사회의 모든 체제를 함께 사회주의 또는 공산주의로 가자는 사람들이 있다.

마지막으로는 김일성 주체사상을 신봉하는 사람들은 나라 전체를 그들에게 상납하자는 세력들도 있다고 믿어진다. 좁은 땅에 어찌하여 이러한 현상이 왔는지는 무엇이 원인인지 크게 잘못된 모양이다. 혹시나 건망증이 너무나 심하여 지난날의 역경들을 모두 잊고 사는 모양이다. 또한 태생적으로 우리에게 옳고 그름을 판단할 수 있는 이

255

성적 지혜가 있는지에 대하여 의문을 던질 수밖에 없다. 그것이 위와 같은 소위 가치관의 대혼란을 초래한 것이 아닌가 한다. 역사 속에 우리는 어떤 삶을 살아왔는지 조선 500년 동안 성리학의 국시는 말단의 민초들에게도 최고의 가치관으로 익히며 실천하여왔다. 여기서 가장 중요한 핵심은 군사부일체(君師父一體)의 가르침으로 전주 이씨의 단일 계통으로 500년의 역사를 이어온 것은 세계사에서도 처음 있는 일로서 연구 대상이라 한다. 성리학(性理學)의 근본사상인 인의예지신(仁義禮智信)이란 오상(五常)의 가치를 최대의 덕목으로 배우면서 실천하여왔다. 여기서 주목할 점은 의(義)에 관하여 우리 국민들은 어떻게 배우고 생각하고 실천하여 왔는지 뒤돌아보면 오늘의 혼돈 사태는 잘못된 의(義)로부터 시작되지 않았나 한다. 의(義)는 곧 정의(正義)를 말하며 바르고 옳음을 말하는 단어이다.

우리의 선조들은 의(義)를 위하여 목숨도 초개같이 버리는 기개(氣槪)를 가졌었다. 그것은 곧 "선비정신"으로 표현된다. 선비정신의 핵심 정의(正義)다. 선비라고 함은 출관(出官) 하지 않고 사림(士林)에서 은둔하면서 학문을 하고 후학을 가르치면서 몸소 실천하는 사람들을 일으켜 선비라고 문헌은 전한다. 지금도 일부 자치단체에서는 선비정신을 계승하자고 하는 지역이 있는가 하면 또는 정신문화의 수도를 자처하는 단체도 있다. 또 일부 민간단체서도 선비정신을 계승 발전시키고자 하는 단체도 눈에 뜨인다. 알게 모르게 우리의 핏속과 의식에는 의(義)에 관한 전래된 지고한 가치관이 지금도 꿈틀거리면서 앞길을 밝히고 있는데 작금의 현실을 돌아보면 찻잔 속의 태풍이 아닌지 의구심이 들기도 한다. 몇 년 전에 우리에게 선풍적인 인기를 끌었던 "정의란 무엇인가?"라는 정치철학서가 기억에 남는다. 이 책은 하버드대 교수인 "마이클 샌델"의 작품이다. 그는 정의란 무엇인지에 대하여 정의의 판단 기준을 제시하였는데 "행복", "자유", "미덕" 세 가지를 말하고 있다. 이 말은 나는 곧 선비정신이라 표현한다. 정의(正義)는 바로 의(義)로서 완성되기 때문이다. 나는 오늘의 혼란을 야기한 것은 우리들 가치관에 정의(正義)의 부재(不在)에서 오는 것이라 감히 말하고 싶다.

사람의 마음속에는 옳고 그름을 판단할 수 있는 이성적 지혜들이 있지만 사람마다의 환경과 주어진 여건들이 달라 왜곡함의 결과라 생각된다. 여기에는 교육을 빼놓을 수 없을 것이다. 교육은 가정과 학교 사회가 공동으로 책임져야 함에도 잘못된 정의를 심어주지 않았나, 우려해 본다. 나는 오늘도 정의(正義)를 실현하고자 작은 몸뚱이에 의지하여 대한문(大漢門)으로 미친 듯이 달렸다. 우리가 몸담고 있는 이 사회는 갈 길을 잃어버리고 좌충우돌 뒤죽박죽되어, 거짓이 진실로 둔갑하고, 진실이 거짓으로 전도되며, 불의가 합법화되고, 합법화된 법이 길거리에 버려진 현실, 힘이 곧 정의(正意)로 인식하며 진정한 정의(正義)는 들개가 물어갔는지 찾을 길 없으며, 악(惡)이 곧 선(善)으로 인정되는 사회, 선(善)은 수장고에서나 찾을 수 있을는지 우려하는 마음에서 이래서는 안 되겠다는 판단에 마지막 미력한 힘이라도 보태자고 나섰다. 수많은 애국 시민들이 태극기 휘날리면서 속속히 모여들고 있다. 얼마나 많은 사람들이 모였는지 그 큰 광장을 가득 메우고도 남아 주변 지역에도 가득하였다. 각양각색의 모습들이 세계의 이목을 집중하고 있다. 이 광경을 보도하기 위하여 미국 모모한 방송국에서는 한국 오산에 직접 간이 스튜디오를 설치하고 직접 위성 중계를 세계 전역에 송출한다고 한다. 한마디로 한국에 아직도 정의가 살아 있는가?

촛불집회만이 정의인가를 확인 중계 한다고 하니 기막힌 일이다. 그 잘난 촛불집회 때문에 우리의 치부를 속속들이 보여주다니 정말로 자존심이 상한다. 모든 국가에서는 우리의 눈부신 번영을 대서특필하고 보도하면서 반면교사로 삼으려고 야단들인데 종주국이 망하고 사라져 없어진 공산주의가 이 땅에 이리도 많다니 말문이 막힌다. 보수우익이라 자칭하는 쓸개 빠진 사람들은 무엇이 그리도 잘났는지 갈가리 찢어지고 대다수 말 없는 국민들을 우롱하고 있지 않은가. 무엇이 진실이고 정의인지 판단도 못 하는 머저리들이 대통령 되겠다고 불나방이처럼 날뛰고 있는 모습에 구역질이 난다. 주최 측에서는 주장하는 말처럼 하루속히 정돈하여 하나로 선택하고 본선에서 승리하기를 간구해 본다. 그것이 당신들이 해야 할 책무이고 사명임을 잊지 말고 역사에 기록되기를 기원한다. 마지막으로 정의의 가치는 무엇인가에 대하여 나는 대다수의 사람들이 옳다, 라고 생각되는 그것이 정의고 바른길이라 첨언한다. 오늘 제5차 탄핵 무효 국민 저항 총궐기 국민대회에 참여하여 느낀 바를 기록하였다.

아름다운 만남 2017년 4월 14일

먹빛 바다는 오늘따라 바람 한 점 없어 잔잔함이 마치 어머님의 품 속처럼 편안함을 안겨준다. 하늘이 시샘할 때면 성난 파도는 하늘과 자웅을 겨룰 정도로 무서울 정도지만 시비를 걸지 않는다면 언제나 푸른 초원처럼 누구나 쉬어갈 수 있는 휴식처이기도 하다. 보름 전에 초등학교 동창 총무님으로부터 모인다는 안내를 받았다. 항상 그렇지만 초등학교 친구들 생각만 하여도 즐겁다. 강산이 일곱 번이나 변하는 동안 세상 풍파에 휩쓸려 변화도 될 수 있는 시간들이었지만 우리들의 만남은 순진무구함이 그때나 지금이나 가식이란 찾아볼래야 볼 수 없기에 하는 이야기다. 고희(古稀)가 지났지만 그들과 함께하면 언제나 그 어려웠던 6·25전쟁 중에 변변한 교실 하나 없이 마을 회관과 창고 건물 등등 전전하면서 꿈 많았던 소년소녀 시절을 함께하였기에 남다른 애정을 가지게 되었다. 따뜻한 봄날이 되면 학교 아래 강가에서 넓적한 돌을 찾아 책상과 의자로 삼아 선생님의 가르침

259

을 받기도 하였다. 봄가을 소풍도 이곳 강가에서 보물찾기도 하였다. 수변에 피어오른 물안개를 벗 삼았고 진달래 꽃잎 따서 입속에 넣을 라치면 향긋함을 잊을 수가 없구나. 봉선화 꽃잎 따서 손톱에 물들이기도 하였으며 휘늘어진 버들가지에 잎 돋아나고 아지랑이 아롱아롱 피어오르는 들녘에 망아지처럼 뛰어놀았지. 태양이 중천에 오르는 여름철에는 언제나 반변천에서 물과 고기와 더불어 숨바꼭질하면서 꿈을 키웠다. 비록 개구리헤엄이나 개헤엄이지만 깊은 물 속에 바위가 어느 곳에 있고 어디쯤에 수초가 있는지 모두 꿰고 있었다. 그처럼 1급수에서 하루 종일 강은 우리의 학습장이요, 놀이터였다. 느티나무에 앉아 시절을 노래하는 매미 잡으려 이 나무 저 나무 오르며 성장을 과시하기도 하였다. 봄철에 씨앗 뿌려 키워온 농작물들은 산빛과 들빛 그리고 강빛도 모두 푸름을 뿜내는 모습들을 체험하면서 그들과 같이 성장하였다. 눈에 보이는 것 모두가 우리들의 선생님이셨다. 냇가 숲속에서 딸기랑 머루도 잊을 수 없는 간식거리였지. 마당에 깔아 놓은 멍석 위에서 밤하늘을 바라보며 별똥별들의 밤하늘을 가르는 모습과 별들의 도시인 은하수 바라보면서 이 별 저 별 헤어가면서 어린 꿈을 키웠지. 오곡백과가 무르익을 때면 산야는 오색으로 물들어 하나님이 주는 천국 같은 선물에서 천방지축 뛰면서 놀았지. 산으로 강으로 들로 사방천지가 우리들의 무대였다. 벼 포기 사이로 이리 뛰고 저리 뛰는 메뚜기 잡아 강아지풀 줄기에 꿰어 보기도 하였으며, 고추잠자리 잡아 실로 매어 날리기도 하였다. 담장 너머 늘어진 감나무 가지에서 감이나 대추도 슬쩍 따 먹다가 야단맞기도 하였다.

추수가 끝나고 텅 빈 들녘에는 무리 지은 동네 강아지들의 놀이마당이었다. 김장철이 되면 무와 배추 뿌리도 깎아 먹은 기억들이 잊을 수가 없다. 엄동인 겨울철이 되면 밖에 나가는 일은 드물어지고 주로 집안에서 공부하면서 부모님의 훈육 받는 시간들이 많아지기도 하였지. 짧은 낮 시간에는 앞 연못에 얼음이 얼면 썰매를 타는 일로 친구들과 만나기도 하고 썰매 경주도 하면서 성장하였다. 간혹 얼음이 녹아 빠지는 사고도 있었다고 기억된다. 눈 오는 날이면 눈사람 만들어 세우고 좋아하기도 하였으며 먼발치 낙낙 장송에 눈꽃이 활짝 핀 모습은 정말로 형용할 수 없는 아름다운 풍경이었다.

우리들이 꿈을 키웠던 그 아름다운 고향의 4계절을 어찌 한두 장의 글로써 표현할 수 있겠는가마는 스쳐 지나는 것만으로도 잠시의 즐거움이 아니겠는가? 김광열 회장님께서 불의 사고로 참석하지 못한다는 연락을 받고 대구로 내려가서 김필자 총무님께서 준비하신 물건들을 싣고 강구항으로 이동하였다. 파란 바닷가에 주차를 하고 예약된 장소를 이동하니 벌써 이춘섭씨,박유정 사장님, 정천섭 사장님이 도착하였다. 부산에서 오는 임영자 동창이 곧 도착한다고 연락이 왔다. 우리가 졸업할 때는 40명이 가까웠는데 세월이 가는 동안 많은 사람들이 고인이 되고, 남아있는 분들도 지병으로 또는 고령으로 삶에 지쳐 함께하지 못하는 분들도 있다.

모두 모여 반가운 인사를 하고 지나온 이야기 봇짐을 풀었다. 주로 살아온 이야기며 친구들 이야기 참석하지 못한 동창들의 소식들 자신들이 가정사까지 시간 가는 줄 모르고 이야기하고 또 하였다. 총무님이 준비한 쇠고기 등심을 구워 맛있는 중식을 하면서 음료수도 몇 순배 돌아가면서 주거니 받거니 시간 가는 줄 몰랐다. 저녁때가 되어 강구항으로 나아가 저녁 횟감을 구입하여 매운탕과 함께 저녁을 해결하였다. 얘기는 계속 이어지고 때로는 깔깔거리면서 웃음바다를 만들기도 하였으며 가슴 아픈 친구 이야기를 들을라치면 모두가 안타까워하기도 하였다.

스트레스 풀자 하여 2시간 정도 가무를 즐기면서 깊어가는 우정처럼 밤도 함께 깊어만 갔다. 숙소에 돌아와 잠자리에 들려고 시계를 보니 새벽 2시경이었다. 아침 늦게 일어나 9시경에 조반을 마치고 바다 바람맞으면서 동해의 무한한 기를 받아들였다. 시간을 말뚝에 매어놓을 수만 있다면 얼마나 좋을까? 친구들은 하룻밤 더 있다가 가자고 한다. 만남을 정리하고 오찬을 한 후에 석별의 정을 나누고 각자 처소로 돌아갔다. 오래오래 기억하기를 기원해 본다.

정의(正義)는 아름다웠다 2017년 4월 16일

　예고된 것처럼 4월 15일로 태극기집회는 대미(大尾)의 제1막을 종료하였다. 한 치 앞을 바라볼 수 없었던 5개월 전을 생각하니 감개무량하다. 무엇이 옳고 그름을 판단하기도 쉽지 않은 시점에 대통령을 "고영태"라는 쓰레기 같은 놈의 사기와 거짓으로 행한 역적질은 최 아무개를 미끼로 대통령을 국정 농단이라 씌워 언론이 집중적으로 공격하였다. 스스로 종북을 자처하는 정치집단과 민주노총, 진보적 사회단체들과 김일성 주체사상을 신봉하는 자와 세월호를 이용한 세력들이 만들어낸 촛불시위로 가치관의 혼돈을 야기하여 수많은 국민들이 긴가민가하기도 한 시점이었다. 2017년 4월 15일 오늘은 탄기국에서 탄핵 무효 국민 저항 국민운동이란 이름으로 바꾸어 집회를 한 지 제6회를 맞이하는 집회면서 마지막 집회이다. 대선의 법정 선거운동이 4월 17일이라 하여 마지막 태극기 집회다. 의병대장의 공지에 의거하기로 결정하고 신청하였다. 아무래도 마지막이니 유종의

미를 거두어야 하겠다는 생각도 있었고 저들이 막가파식의 불법적이며 부당한 일로 나라를 위기에 몰아넣는 반역자들과 역적질에 도저히 집에 있을 수가 없었다.

집에 있는 다는 것은 도저히 나 자신을 용서할 수 없었기에 참여하기로 하였다. 정의는 사라진 지가 얼마나 되었는지 상상도 되지 않은 세월이 흘렀다. 나라가 이 지경이 되도록 난도질한 자들을 그냥 묻고 갈 수는 도저히 없다고 판단되어 쓰러지더라도 현장에서 그들을 징계하지 않으면 안 되겠다는 생각에서다. 15일 현재로 대통령 출마를 등록한 자가 13명이라 한다. 이 상황을 어떻게 보아야 할까? 하루살이들이 화톳불을 보고 너도나도 날아들어 사라지는 모습을 연상케 한다. 우리의 대통령의 이력들을 하나같이 참담한 결과를 가져왔다. 그런데도 너도나도 그렇게 그 길로 가겠다는 것이다. 열흘 가는 꽃이 없으며, 10년 지속되는 권력이 없다는 용어도 모르는 죽고 싶어 환장한 사람이 아니라면 기껏 3~4년의 영화를 보려고 날뛰는 자들을 보니 하루살이가 생각이 난다. 그들 중에는 이합집산을 노리면서 떡값이라도 받아먹으려는 자들도 있을 것으로 생각되며 상대방을 교란하기 위한 술수가 있을 것으로도 예상되며 또한 차기나 차차 기를 노리면서 이름을 알리기 위한 자들도 있을 것이다. 아무리 제멋에 사는 세상이라지만 국민 알기를 우습게 아는 자도 있는 것 같다. 불과 몇 달 전에 대통령을 탄핵하고 배신자로 낙인찍혀 얼굴도 들지 못할 자들도 이름이 올랐다.

길거리에서 맞아 죽지 않은 것만을 다행으로 생각하는지, 아무리 건망증이 심한 국민들이라지만 이를 어떻게 받아들여야 할까? 보수라고 하는 자들도 너도나도 출마한다니 지나는 개가 웃을 일이 아닌가. 똘똘 뭉쳐도 될까 말까 한 시점에 불난 집에 부채질하는 격이 아니고 무엇인가. 아무리 기획된 여론조사라고 하지만 저들은 정권 쟁취는 따놓은 당상이라고 기고만장하는 모습이다. 이러다가 나라가 거덜 나는 것은 아닌지 대다수 국민들이 우려하는 상황인데 게임 놀이를 하자는 것인지 알 수 없구나. 이러는 상황에 보수라고 하는 표들이 상당수가 좌파 쪽으로 갔다는 논평을 보았는데도 아랑 곳 없다는 모습이다. 그 결과 "안철수"가 "문재인"을 추월했다느니 아니라느니 헷갈리지만 분명한 것은 수많은 지지자들이 넘어간 것만은 사실로 인정하여야 할 것이다. 지금이라도 늦지 않았으니 석고대죄하고 새로운 모습을 국민들에게 보여야 할 것이다. 자유대한민국을 지키느냐 아니면 적화되어 이루어 놓은 것 모두 균등하게 나누어주고 며칠만 먹고 마시고 살자는 것인지, 자유와 권리와 인권과 사유재산 모두 몰수당하는 북쪽 동토의 땅에 꽃제비 신세가 되어도 좋은 것은 아닌지 심사숙고하여야 할 것이다. 어떤 난관이 있어도 반드시 단일화만이 기회는 있다고 생각된다. 누구를 위한 자리인가 국민들을 위한 자리가 대통령이다.

그런 용기 없으면 단에서 내려오시게나. 그리고 단일화를 꼭 이루어 국민들의 기대에 부응하시기를 기대한다. 완벽한 제도는 아니지만 현세의 자유민주주의 제도는 공산주의를 넘어 지고한 가치로 인정된 제도이기에 목숨을 걸고 지켜야 할 것이다. 다행히 책임자들이 단일화 의지를 확고히 하였으니 멀지 않는 날 자에 이루어지리라 확신하여 보았다. 태극기 집회는 오늘도 수많은 사람들의 사랑으로 정의가 무엇인지를 국민들에게 확실하게 인식시키는 계기가 되었으며 아름답게 마무리하였으니 이 또한 즐거움이 아니겠는가 한다. 몇 달 동안 주말마다 앞장서신 "노승일" 대장님과 "한연기"장로님 봉사하시는 여성분들 감사합니다. 또한 물질적으로 많은 도움을 주신 수안보 "안" 사장님도 감사하다는 말씀을 드립니다. 동행하시며 즐거움과 기쁨을 함께하신 모든 분들에게도 진심으로 감사함을 드립니다. 혹에라도 길거리에서 못 알아본다고 욕은 하지 마시길 바랍니다. 대단히 감사합니다.

이렇게 아름다울 수가 있을까?

1. 2017년 4월 27일

얼마를 달렸을까. 캄캄한 밤공기를 가르면서 새벽을 달린 지도 한 시간이 지났다. 장거리 여행을 위하여 혹시나 하는 마음에 애마(愛馬)를 전문가에게 맡겨 보니 연륜이 16년이 되어 여기저기 손볼 곳이 많다고 하였다. 그래서인지는 모르지만 우려하였던 부분을 마음 밑바닥에 밀어 깔고 보니 한결 가벼운 심정으로 집을 나섰다. 오랜만에 깜깜한 새벽에 나서기는 했지만 시가지를 벗어나기까지는 졸고 있는 가로등 불빛의 전송을 받으면서부터 긴장이 되기 시작하였다. 사위(四圍)는 캄캄한 데다가 이따금 가로등만이 나를 지켜보는 가운데 도로 가장자리에 노란색과 하얀 차선이 나의 생명선이 되었다. 그런 데다가 순발력마저 떨어지니 더욱 긴장의 연속이었다. 전에는 이렇지는 않았는데 왜일까 우문(愚問)을 하여 보았지만 가는 세월 누가 막을 수 있겠는가. 자조의 웃음마저 어색하게 하는구나. 세 자매들의 여행에 보디가드로 또는 짐꾼으로 조력자로 선택받았지만 얼마 전부터 기다려진 그 날이 내 마음이기도 하였다. 어떤 경우에도 기다려진다는 것은 기쁨일 수도 있고 반갑지 않을 수도 있지만 적어도 내가 살아 숨 쉬고 있다는 것만은 분명하다. 어쩌면 인생은 일평생 기다림의 연속일 런지도 모를 일이다. 그 수많은 기다림 속에 오늘의 만남을 이루기 위하여 실행한 여행을 진정 기뻐하며 축하한다. 형제자매들 모두였으면 더욱 좋을 일이지만 각자의 삶의 형편들이 달라 함께 하지 못한 일들이 못내 아쉬운 점은 지울 수가 없다.

　연간 약 40만 정도가 배를 3시간 정도 높은 파도를 해치면서 달려 간다는 울릉도는 어떤 모습으로 내게 다가올까, 상기된 마음이 그저 고맙고 감사할 뿐이다. 사통팔달로 잘 닦인 도로를 달리다 보면 정말로 대단하다는 말밖에는 표현할 길이 없다. 이제는 그만 닦았으면 하는 마음이 드는 것은 어쩐일일까? 조국 근대화에 목숨 바친 분의 경부고속도로 개설에 따른 역사적 의의를 죽자 살자 반대만 하였든 인사들 지금 어디에서 무엇하고 있는지 살아있다면 눈으로 볼 것이고 죽었다면 그 영혼이라도 볼 것이 아닌가. 산 자든 죽은 자든 모두가 손뼉 쳐 마땅한 일이다. 횡성 휴게소에서 잠깐 쉬었다가 계속 목적지 묵호항을 달렸다. 한국도로공사에서는 도로 보수 공사로 수 km씩 차선 하나를 막아버려 더욱 조심스러웠다. 전면 먼발치 하늘에서는 참으로 오랜만에 나타나는 초승달과 길을 인도하는 샛별 하나가 기적처럼 나타났다. 서 씨의 눈썹인지 양귀비의 눈썹인지 이렇게 아름다운 초승달은 처음 보는 것 같다. 샛별은 비행체의 불빛으로 착각을 일으키게끔 선명한 별 하나 동방박사와 동행하며 갈 길을 밝힌 샛별을 연상케 하였다. 동쪽 하늘에 먼동이 트기 시작하자 그 아름답든 모습은 언세 구름 속으로 사라졌는지 산속으로 묻혀 버렸는지 바닷속으로 빠져 버렸는지 사라지고 말았다.

강릉 게이트를 빠져나와 동해로 내리 달리기 시작하였다. 동해는 역시나 청정지역이다. 바다에 떠오르는 태양을 비롯하여 청정해역이며 공기에 이르기까지 신선함을 차 안에서도 느끼게 하였다. 함께 여행한지 꼭 1년하고 1개월이 되었다. 누가 이야기하였던가. 여행은 많이 할수록 좋다고 한다. 그래서 자식들에게 여행을 많이 하도록 하라는 말도 있는 모양이다. 새로운 문물을 보고 배우는 학습장이 여행이 아닐까 생각게 한다. 집을 나오면 고생이란 말도 있다. 물론 고생도 되겠지만 고진감래(苦盡甘來)란 말처럼 고생 끝에 즐거움이 여행의 또 다른 모습일 것이다. 여행에는 3가지 즐거움이 있어야 한다. 첫째는 먹을거리, 둘째는 볼거리, 셋째는 즐길거리라고 누가 정리하였다. 생각해 보면 그래서인지는 모르지만 언론에서는 먹고살기가 어렵다고 입만 열면 하는 이야긴데 어찌 된 일인지 주말만 되면 육로든, 해로든, 항공로든 미어터진다고 하니 어느 경우를 믿어야 할지 아리송하다. 시간상 아침 7시를 지나니 옥색 바다는 끝도 없이 광활한 모습이다. 마음마저 시원한 느낌이다. 여객선 터미널 주차장에 거금 21,000원을 3일 동안 주차료로 상납하고 주차를 하였다. 초행이라 조금 일찍 집을 나왔더니 시간이 남아 잠시 차 안에서 새우잠을 청하였다. 비몽사몽 간에 큰언니는 밖을 나가는 것 같았다.

잠깐의 눈 붙임이 끝나고 앞을 보니 앞에 윤 교장님이 주차를 하고 내외분이 밖으로 나오는 모습을 보았다. 안동에서 이곳까지도 거리상 나와 비슷할 것으로 보아 새벽처럼 집을 나섰을 것으로 짐작이 간다. 서울에 있는 막내 정 박사 내외는 어제 이곳에 와서 하룻밤 자고 오늘 이곳에서 만나기로 하였다. 나도 밖으로 나와 터미널 안에서 즐거운 만남의 시간을 가졌다. 배는 09시에 출항하기에 여행사에서 준비한 선표를 배부 받아 8시 30분부터 승선 절차가 시작되었다.

2. 2017년 4월 28일

터미널은 수많은 사람들로 가득하다. 각양각색의 차림으로 마치 오일장 마당을 연상케 하는 모습이다. 길게 두 줄로 개찰을 하는데 먼저 선표 확인과 다음에는 선표와 주민등록증을 대조하여 본인 여부를 확인하는 절차를 거쳐서 선착장으로 이동하는데 집사람이 생년월일 틀린다고 하여 저지당하였다. 다시 선표 발행 장소에서 정정한 다음 통과되었다. 아마도 타이핑하는 과정에서 오타가 있었다고 추정되었다. 세월호 사건 이후 안전에 관하여 많이 개선된 모습을 볼 수 있었다. 좁은 통로에서 승무원의 안내를 받아 2층으로 이동하여 창 측 지정된 좌석에 착석하였다.

날씨도 좋았다. 잠시 후에 배는 움직이기 시작하고 뱃고동이 울리면서 좁은 항구를 빠져 망망대해로 나아갔다. 연근해에는 바람도 없었고 찬란한 태양광선이 잔잔한 물결에 반사되어 반짝반짝하는 모습이 수많은 은어 떼를 연상케하였다. 바다와 함께 살아가는 해조(海鳥)는 선창 밖을 위로 아래로 좌우로 비행하면서 반갑다는 인사를 하는 풍경이다. 잠시 후에 안내 방송은 울릉도 사동항(沙洞港)에 입항하게 된다고 하면서 약 3시간 정도 항해를 한다고 하였다. 날씨에 따라서 조금 늦을 수도 있단다. 사동항이 어떤 곳인지는 모르지만 기대 치가 아름다운 상상을 하게 하는구나. 이어서 승객들에게 기본적으로 지켜야 할 수칙을 화면을 통하여 교육을 하였다. 뒤편에는 윤 교 장 내외분이 앉았고 막내 정 박사 내외는 먼발치에서 손을 흔들며 알 려 주었다. 배는 점점 속도를 가속하면서 망망대해를 하얀 물보라를 일으키면서 물길을 따라 전진하였다. 보이는 곳은 연무 낀 하늘색과 검푸른 바다 색깔이 만나는 수평선만이 내가 지금 배를 타고 있다는 것을 알려주는 듯하다. 세 자매들은 어디를 여행할 것인지를 오래전 부터 전화로 주고받으면서 장소와 시기를 조율하는 모습을 보았다. 그것이 최종적으로 울릉도로 결정되고 오늘 이렇게 장도(長途)에 올 랐다. 새벽 3시경에 일어나 준비물 챙기고 세안하고 출발한 지가 4시 10분경으로 기억된다.

졸음이 엄습하여 가장 편안한 자세로 단꿈을 꾸었다. 평상시 늘 그 래왔듯이 낮잠을 30분 정도 실행하였기에 신체의 리듬에는 문제가 없을 것으로 생각되었다. 깨고 보니 1시간 정도 휴식한 것 같았다. 눈 떠 밖을 보니 역시나 망망대해만이 기다리고 있었다. 아직도 2시 간 정도는 어떻게 보낼까 무료하기만 하였다. 비몽사몽에서 동서남 북 보이는 곳마다 출렁이는 검은 바다와 이를 항해하는 엔진소리만 요란하다. 잠시 후에 섬의 형체가 나타나기 시작하였다. 드디어 사동 항구에 접안하였다. 이곳 사동항구는 확장공사를 한창 하는 중이다. 다음 백과에 의하면 사동항(沙洞港)은 경상북도 울릉군 지역이 환동 해 경제권으로 북한, 일본, 러시아, 중국 4개국의 중앙에 있는 지리적 이점을 전략적으로 이용하고 급증하는 화물 수용에 대처하며 조업

어선의 긴급 대피와 관광시설로 활용하고자 대규모 항(港)으로 개발하고자 계획되었다고 한다. 여행사 직원과 미팅 되어 차량으로 도동항(道洞港)으로 이동하였다. 그리고 바로 식당으로 안내되어 중식을 하고 도동 부두 좌 해안을 따라서 개설된 산책로 입구에는 태극문양을 형상화한 조형물이 관광객을 반기고 있다. 해안선을 따라 개설된 행남 산책도로를 따라 울릉도의 진면목을 감상하기에 이르렀다. 먼저 산책로 입구에는 행남산책로라는 입간판이 있고 그 앞에는 태극문양의 조형물이 하늘을 비상하며 그 옆에는 역사적 기록물을 석판에 각인하여 역사성을 알려주고 있다.

어릴 때부터 울릉도는 우리나라 영토라고 배웠는데 대한민국 국민 모두는 울릉도가 일본 영토라고 믿는 자는 한 사람도 없다. ●제2차 세계대전 종전 후 최고사령관 총사령부는 1946년 1월 29일 연합국 최고 사령관 각서(SCAPIN) 제677호를 통해 독도를 일본의 영토로부터 분리시켰다. ●세종실록지리지 강원도/삼척도호부/울 진현 조에서는 우산(于山)과 무릉(武陵) 두 섬이 현의 정동(正東) 해중(海中)에 있다. 두 섬이 서로 거리가 멀지 아니하여 날씨가 맑으면 가히 바라볼 수 있다. ●또 삼국사기 권4 신라본기, 지증마립간 13년(512) 6월 우산국은 명주(오늘날 강릉의 옛 지명) 정 동쪽 바다에 있는 섬인데, 울릉도라고도 한다. 그 섬은 사방 1백 리인데, 그들은 지세가 험한 것을 믿고 항복하지 않았었다. 이찬 이사부가 하슬라주의 군주가 되었을 때, 우산 사람들을… 계략으로 항복시켜야 한다고 말했다. 그는 나무로 허수아비 사자를 만들어 병선에 나누어 싣고, 우산국으로 가 거짓말로 "너희들이 만약 항복하지 않는다면 이 맹수를 풀어 너희들을 밟아 죽이도록 하겠다"라고 말하였다. 우산국의 백성들은 두려워하여 곧 항복하였다. 이사부(異斯夫)의 노력으로 독도가 울릉도와 함께 우산국 영토로서 6세기 이래 우리의 영토로 편입되었다. ●조선의 안용복(安龍福)은 숙종 시기 동래(오늘날 부산) 사람으로 1693년과 1696년 두 차례에 걸쳐 일본 어민들이 울릉도와 독도에서 불법 조업 하는 것을 문책하여 담판하였다. 안용복의 활약으로 일본 정부는 자국민의 울릉도 도해(渡海) 금지 명령을 내렸다. ●심흥택(沈興澤)은 1903년부터 울릉군수(오늘날 울릉 군수)로 재직하면서 1906년 3월 28일 울릉도를 찾은 시마네 현 관리들로부터 일본이 독도를 자국 영토로 편입시켰다는 말을 듣고, 다음날 즉시 강원도 관찰사에게 그 사실을 보고하였다. 이로써 러일전쟁이 벌어지고 있던 1905년 은밀하게 이루어진 일본의 독도 침탈 사실이 드러나게 되었다. ●독도의 용수비대는 1952년 6·25전쟁으로 혼란했던 상황을 틈타 일본은 독도에 상륙하여 우리 어민들을 쫓아내고 독도가 일본 영토라는 표지목을 설치하는 등의 독도 침탈 행위를 시도했다. 이에 대응하여 1953년 홍수칠 대장을 비롯한 울릉도 청년들이 독도의용수비대를 결성하여 일본인들의 독도 접근을 저지하였다. ●마지막으로 태극 조형물은 태극은 우리 민족의 사상이며 대표적 상징이다. 이 조형물의 전체적인 형상은 독도를 시작으로 하늘로 휘감아 오르는 태극의 모습을 하고 있다. 역동적인 동세로 휘몰아치며 상승하는 태극의 모습을 통해 우리 민족의 영원한 발전과 굳건한 독도수호 의지를 표현하고자 하였다, 라고 음각하였다.

3. 2017년 4월 29일

오후 시간대라 관광객들이 많아지기 시작하였다. 도동에서 산책로 입구에는 입간판이 길을 안내하고 있다. 행남(杏南)이란 용어는 옛날 마을 이름으로서 이곳에 커다란 살구나무가 있어 붙여졌다고 한다. 울릉도를 찾는 대부분의 여행객들은 첫 번째로 찾는 곳이 이곳이라고 한다. 울릉도의 아름다움을 한 곳에 갖고 있는 아름다운 산책로다. 태곳적의 화산 용암이 바다로부터 융기하면서 만들어진 신비 지경과 다양한 풍경이 아기자기한 모습은 찾는 모든 사람들을 매혹시키고도 남는다. 해수가 밀려 화산암에 부딪혀 하얀 물보라를 일으키면서 수만 년을 이어온 업경(業鏡)의 세월을 아는지 모르는지 위를 비상하는 해조는 자연의 신비함을 즐기는 모습처럼 아름답다. 해안은 발을 붙일 수도 없는 위험한 곳에 도로를 만들고 계단을 설치하고 아름다운 다리를 만들었다, 화산의 신비한 동굴이며 계곡과 또한 자생하는 모든 수목들이 신비감을 더하고 있다.

에메랄드 바다빛에 부서지는 하얀 물보라와 더불어 인공을 가미한 풍경은 절경이란 말 외에는 탄성이 절로 나오게 하는 곳이 이곳일 것이다. 시간 관계상 저동항 촛대바위까지 가지 못하고 중간에 돌아 나왔다. 일행은 다시 도동항 만남의 광장에서 기다리는 관광버스에 탑승하였다. 지금부터는 A코스로 관광한다고 운전기사는 설명하였다. 가이드가 별도로 탑승하면서 설명하는 것이 아니라 운전기사가 가이드를 겸직하고 있다. 구수한 입담에 사람들을 웃기면서 한 손으로는 운전대를 한 손으로는 포인트를 가르치면서 꼬불꼬불한 도로를 잘도 돌아간다. 사고나 나지 않을까 조바심마저 들기도 한 관광 나들잇길이다. 인구 약 7,000명에 자동차 약 4,000대가 등록되어있고 이 중에 관광버스만 140여 대라고 한다. 도로의 구조는 매우 협소하고 커브가 많으며 한번 사고가 났다면 천 길 바다로 추락하는 대형사고가 날 것 같은 환경이다. 중국의 천문산이나 만선산 길을 보고 험하기 짝이 없다고 느꼈는데 울릉도에 비하면 그곳은 위험한 축에도 들지 않을까 한다. 그처럼 울릉도는 해수면으로부터 곧바로 솟아오른 화산 섬이기에 위험하면서도 아름다움의 극치를 이룬다 하겠다. 제주도는 그 유명세가 익히 알려져 있어 외국인들이 많이 찾는 곳으로 유명한 반면에 제주도를 능가하는 아름다움을 간직한 울릉도는 관광하기에 열악한 환경으로 감춰진 진주라 하겠다.

도동에서 출발하여 사동항을 지나 가두봉 등대를 거처 거북바위를 옆으로 하고 몇 개의 터널을 지나니 사자바위라 한다. 기이한 곰바위를 지나 코끼리바위를 바라보고 반대편에 독도 수호를 위한 약사여래불을 모시고 있는 성불사에 들러 송곳봉의 관통암을 사진 기록하였다. 천부를 거쳐서 도로 종점을 바라보면서 뒤돌아 나와 나리분지로 입성하였다. 우선 시야가 확 트였다. 이렇게 넓은 공간이 있을 줄은 상상도 못했는데 접하고 보니 놀랄 수밖에 없었다. 중앙에 집들이 보이고 그중에 너와집을 둘러보았다. 외형은 강원도 너와집이나 별반 차이가 없었으나 안으로 들어가면 전면에 회랑이 있는 것이 특이하다고 하였다. 이곳은 전부가 사유지라고 하면서 밭으로 이용하고 있고 특히 산채 나물이 유명하다고 한다. 그래서 이곳 식당에서 산채 나물 비빔밥으로 저녁식사와 막걸리 한 잔에 시장기와 여행의 피로를 풀었다. 나리분지는 화산 분출물로 이루어진 토양은 보수력(保水力)이 약하여 논농사는 불가능하다고 한다. 그래서 주로 채소류인 더덕이며 취, 고비, 산나물 등과 약간의 옥수수, 감자가 재배되고 있다. 분지 내에는 기온이 고르지 못하여 농작물에 피해를 입기도 한다. 이곳의 자연환경은 신생대 제3기 말의 화산활동으로 점성(粘性)이 강한 조면암(粗面岩). 안산암(安山岩), 그리고 응회암(凝灰岩)이 분출되면서 형성된 화구원(火口原)이다.

나리분지의 규모는 동서의 폭이 1.5km, 남북 길이가 2km, 면적이 1.5~2.0평방키로미터라 한다. 나리분지 주변에는 해발고도 500m 전후의 외륜산(外輪山)이 병풍처럼 둘려있고 그 가운데 제일 높은 곳이 남쪽에 위치한 성인봉(聖人峰: 984m)이다. 분지에는 원추형의 중앙화구구(中央火口丘)인 알봉(卵峰: 611m)이 있다. 도동항으로 돌아오니 저녁 8시가 지나서 숙소에 여장을 풀었다. 아름다운 풍경을 감상하느라 지친 줄도 몰랐는데 쉴만한 곳에 오니 한꺼번에 피로가 엄습하였다. 막내 처제는 한잔하자고 하는데 내일로 미루고 샤워하고 일찍 잠자리에 들었다. 1일 차 관광을 마무리하는 시간이었다.

4. 2017년 4월 30일

오늘은 독도를 가는 날이다. 날씨가 좋아야 접안할 수 있다고 하는데 마음으로 기도하면서 도동항(道洞港) 만남의 장소로 나갔다. 독도로 가는 배는 역시나 사동항(沙洞港)으로 이동하여 승선한다고 한다. 기사는 1년 중 접안 가능 횟수는 약 40일 정도라 하니 하늘만 바라고 선표를 받아 배에 올랐다. 이번에는 1층에 지정된 좌석에 자리를 잡았다. 가는데 2시간 오는데 2시간 도합 4시간이 걸린다고 한다. 창밖 갈매기의 군무를 감상하면서 사진으로 또는 동영상으로만 보았다. 항상 마음으로만 언젠가는 한 번은 꼭 가보고 싶은 곳이 독도였다.

역사적으로나 실제 적으로도 엄연히 우리의 영토임에도 일본은 일방적인 독도 침탈로 인하여 항상 국민들의 마음을 아프게 한 우리의 아름다운 섬, 오늘에서야 독도 땅을 밟아볼 수 있다는 기대감으로 마음마저 부풀었다. 배는 망망대해로 거침없이 물살을 가르는데 파도에 배는 약간의 흔들림이 시작되었으나 심각한 것은 아니었다. 이명박 정부에 대통령께서 독도를 방문한 일을 두고 일본은 외교 문제를 제기하였고 대통령은 우리 국토에 대통령이 가는 것은 당연한 일 아니냐는 말씀을 TV를 통하여 보고 들었다. 내 땅에 내가 방문하는데 무슨 잠꼬대 같은 소리를 하느냐는 것이다. 백번 천번 옳은 말씀이다. 역사적으로 엄연히 우리의 영토임에도 저들은 아니라고 한다. 침략의 근성은 버리지 못하는 모양이다. 저들은 갈수록 노골적인 침략 근성을 들어 내고 있다. 어린 학생 아이들에게 독도를 시내 마현에 편입하고 저들의 영토라고 하면서 한국이 무단 점령하고 있다고 가르친다는 것이다. 저들이 어떤 나라인가? 우리는 항상 저들에게 당하면서 용하게도 명줄을 이어왔지 않은가. 조선조 선조 때 임진년에는 7년 동안 나라 전체가 쑥대밭이 되었고 왕은 몽진을 하였으니 그때의 상황을 상상만 하여도 치가 떨리고 분통이 터져 당장 토벌하고 싶은 심정이다. 우리의 조상님들께서 개죽임을 당하고 모든 자원을 강탈 당하지 않았든가?

어디 이것뿐만이 아니지 않은가. 1910년 한일 합병 후 36년이란 긴 세월 동안 국권을 빼앗긴 역사를 어찌 한시도 잊을 수 있단 말인가. 그래서 가깝고도 먼 나라라는 말이 나오지 않았을까? 잠시도 잊어서는 안 될 늑대 같은 이웃이다. 우리의 국력이 조금만 틈이 나면 가차 없이 물어뜯는 이리들이기에 잠시도 경계의 시선을 늦추어서는 안 될 것이다. 얼마나 나쁜 나라인지 우리의 고대사도 날조한 저들 아닌가. 광개토대왕 비문까지 날조하여 한반도 남부지역에 임나일본부(任那日本府)를 설치하여 백제, 신라, 가야를 지배하고 특히 가야에는 일본부(日本府)라는 기관을 설치하고 지배하였다는 역사 침탈이다. 이러한 도둑의 근성을 가진 이웃 일본을 모든 국민들은 잠시도 잊지 말아야 할 것이다. 독도 침탈 행위는 세월이 흘러 어린 세대들이 나라 운영의 주역이 되었을 때는 반드시 영토 전쟁이 일어날 것임에 우리는 확고한 대응책을 세워야 할 것이다. 2014년 독도 현황 고시〈독도 규모〉에 독도는 울릉군에 소속된 섬으로서 국유지로서 국토교통부의 관할이며 1982년 11월에 문화재청에서 천연기념물 336호로 지정 관리하고 있다. 독도는 동도와 서도 외에도 89개의 부속도서를 구성되었다고 하며 주소는 경상북도 울릉군 울릉읍 독도리 1~96(분본 포함 101필지)라고 한다.

총면적은 187,554평방미터로서 동도가 73,297평방미터. 서도가 88,740평방미터이다. 독도의 좌표는 동도 삼각점 기준으로 북위 37도 14분 22초, 동경 131도 52분 08초이며 울릉도 동남향에서 87.4km에 위치한다. 날씨가 맑으면 울릉도에서 육안으로 바라볼 수 있다고 한다. 울릉군에 따르면 독도에는 52명이 거주하고 있으며 처음으로 주민등록을 이주하여 거주한 사람은 최종덕으로 1965년부터 1987년 사망할 때까지 거주하였다고 한다. 현재는 김성도, 김신열 부부가 1991년 11월 17일부터 서도에 거주하며 어로 활동에 종사하고 있다. 실제 거주하지는 않지만 호적상 등재된 가구 및 인원은 149가구에 531명이 있다. 또한 독도 경비대와 등대원이 상주한다. 〈위 내용은 한국민족문화 대백과 사전 인용함〉

시간이 지날수록 파도는 높아지기 시작하였다. 간혹 뱃멀미하는 분들이 보이기 시작하였고 좌우로 앞뒤로 요동치기 시작하였다. 창문에는 빗방울이 맺히기도 하고 바람도 심하여지기 시작하였다. 섬이 가까이 보이기 시작하자 선내 안내방송에 날씨 관계로 접안이 불가능하다는 안내가 나왔다. 염려하였던 일이 결국에 발생하였다. 가까이 접근하여 사진으로 추억을 담게는 하겠다는 멘트였다. 어찌하겠는가? 날씨가 말리는데, 통로 문을 열어 밖으로 나가 사진 찍기에 경쟁이 시작되었다. 바람은 불어 머리카락은 휘날리면서 모자도 벗겨져 배는 흔들리고 몸을 바로 지탱하기도 어려웠다.

몇 장을 찍었는지 기억도 없이 황망히 선내로 들어왔다. 잠시 후에 배는 회항하기 시작하였다. 날씨는 점점 사나워지기 시작하니 옆에 집사람은 뱃멀미를 시작하였다. 응급처치 비닐봉지를 가지고 뒤편 화장실로 갔다. 여기저기 뱃멀미로 신음소리가 들리기 시작하였다. 배는 요동치기 시작하였고. 사람들은 우려의 목소리가 나오며 배는 좌우로 앞뒤로 낙엽처럼 자연의 위력 앞의 속수무책이었다. 마치 그네를 타고 올라갔다가 내려오는 아찔한 순간을 배 안에서 느껴 보기도 하였다. 일어서 화장실로 가고자 통로에 의자를 잡고 서 보았을 때 몸을 가눌 수가 없을 정도로 심하게 흔들렸다. 멀미하는 사람들에게는 악몽을 꾸었을 것이다. 고통스러운 시간이 연속되는 중에 사동항에 돌아왔다. 대기한 관광버스를 타고 도동항으로 이동하여 중식을 해결하고 오늘 관광은 끝났으니 자유시간이란다. 우리는 도동항 우측 해변 길을 산책하기로 하고 이동하였다. 청정해역이라 돌미역들이 암석에 붙어 물결에 살랑거리는 모습은 미네랄이 풍부한 청정 해수임을 보면서 아름다운 해변을 산책하였다. 울릉도는 특이한 점이 한둘이 아니다. 우선 해산물이라는 것이 오징어가 주류고 그다음이 산채라는 것이다. 그래서 매식마다 산채비빔밥을 먹기도 하였다. 바다 복판에 와서 해산물이 귀하다니 이해가 가지를 않았다. 횟집이 있기는 있는데 육지보다도 더 비싸고 종류도 한정되었다. 선물용 오징어를 보고 구두 예약을 하였다. 오징어도 10마리에 거금 3만 원이라 한다. 남매들은 저녁 식사를 하고 숙소로 돌아와 씻고 예쁜 막내처제가 가지고 온 담근주를 주스로 알고 두 잔 먹었더니 잠시 후에 취기가 올라 이야기 즐거움에 밤을 보냈다. 2일째 관광을 마무리하였다.

5. 2017년 5월 1일

오늘은 집으로 돌아가는 마지막 날이다. 아침 식사를 마치고 바로 어제 구두 예약한 선물 가게로 가서 반건조 오징어 한 팩, 건조된 오징어 2팩을 구입하여 숙소로 돌아와서 행장을 꾸리고 방을 정리한 다음 여행사 사무실로 이동하여 짐을 맡겼다. 오늘 여행 계획은 오전에는 유람선을 이용한 선상 관광을 하고 오후에는 B코스를 여행한다고 하였다. 도동항 아침은 시전 거리처럼 사람 냄새가 물씬 풍기는 곳이다. 주말도 아닌데 이렇게 많은 사람들이 모일 수 있을까 하는 의아심마저 들기도 하였다. 급한 경사에 터를 닦고 집을 지어 밤에는 마치 고층 빌딩을 보는 것처럼 불빛이 휘황찬란하다.

승조원의 안내로 1층으로 입실하였는데 좌측으로 돌아가면서 아름다운 절경을 보아야 하니 우측 창가로 자리를 잡으라는 안내에 따라서 뒤편 창가에 앉았다. 현업에 종사할 때 울릉도에서 자란 두 형제가 같이 근무한 기억이 새로웠다. 같은 사무실은 아니었지만 사람들이 참으로 순수하고 진실하였다고 기억된다. 안타깝게도 수년 전에 형 되는 사람이 먼저 소천하였다는 이야기를 들었다. 유람선은 서서히 움직이고 선내는 어수선한 가운데 선장이 인사와 더불어 관광 해설을 시작하였다. 울릉도는 배가되었든 관광 차량이 되었든 모두가 운전하시는 기사들이 겸직을 하고 있다. 얼마나 많이 하였던지 마르고 닳도록 반복하다 보니 완전히 도통한 경지에 이르렀다. 아마도 육지에 와서 한다면 큰 인기를 한 몸에 받을 수 있을 것으로 추중이 되었다. 항구를 벗어나니 바로 기암절벽들이 시선을 집중케하였다. 해변 도로를 따라 보는 것과 가까운 바다에서 바라보는 것과는 풍경의 진수가 바로 이런 것임을 깨닫게 하였다. 유람선 좌우에는 갈매기들이 너울너울 춤추는 날개에 따라서 관광객들이 던져주는 먹이를 쏜살같이 날아 가로채는 모습은 숙달된 곡예도 볼거리였다. 이곳은 무슨 바위이며 저곳에는 코끼리바위가 있고 이 마을은 무슨 마을인데 숨 쉴 틈도 없이 이어간다.

기암절벽들이 바라보는 시선을 유혹하고 그에 따라서 계속 셔터를 눌러보는 것이다. 사자바위도 보았고, 삼선암도 보았다. 코를 바닷물에 박고 있는 커다란 코끼리바위도 보았다. 곰바위를 닮았다 하여 붙여진 바위도 보았다. 먼발치 산 능선이 아름다웠고, 깎아진 절벽에 바닷물이 철썩철썩 부딪쳐 하얀 물보라는 그 자체가 천상의 그림이 바로 이런 곳이 아닐까 홀로 상상이다. 홀로 우뚝 솟아오른 봉오리는 유아독존처럼 굽어보는듯하다. 움푹 파인 검은 동굴에는 마치 귀신이라도 나올 것처럼 으스스하다. 없는 것 빼고는 모두 있는 환상적인 아름다움에 넋을 빼앗겼다는 말이 옳을 것이다. 창조주는 어찌하여 동해바다 한복판에 이리도 아름다운 걸작을 만드셨을까. 생각만 하여도 느끼기만 하여도 감사할 뿐이다. 파란 하늘과 옥색 물빛이 갈매기의 하얀 날갯짓에 출렁이는 파도는 시선(詩仙)이 온다 하여도 어찌 표현이 가능하겠는가. 역사에 길이 남은 화가가 온다 하여도 어찌 화폭에 옮길 수 있겠는가. 마음 같아서는 계속 그곳에 머물고 싶은 충동이다. 오후에는 도동항에서 우편에 위치한 저동항 방향으로 관광버스를 타고 출발하였다. 운전기사의 익살스러운 해설은 여기가 아니면 들을 수 없다. 모두가 웃으면서 즐거운 여행길에 올랐다.

길은 좁고 꼬불꼬불하여 마음을 졸이면서 기대 반 우려 반의 심정으로 일로 전지하다가 봉래폭포를 관광하기 위하여 주차장에 주차하고 걸어 올라가기 시작하였다. 조금 지나니 풍혈(風穴)이라는 곳에 도착하였다. 이곳은 여름에는 냉풍이 나오고 겨울에는 온풍이 나오는 곳이라 한다. 잠시 쉬었다가 또 폭포 쪽으로 올라가기 시작하였다. 조금 지나니 앞에 구조물이 보이고 상수도 보호구역이라 팻말을 보니 폭포로부터 흘러오는 청정수 모아 정수시킨 다음 송수관을 통하여 각 가정으로 공급하는 시스템이다. 울릉도는 물이 풍부하다고 한다. 골짜기마다 물이 흘러내리는 모습은 아마도 지하로부터 솟아오르는 용천수가 풍부한 모양이다. 그래서 사시사철 물이 마르지 않는단다. 이곳을 뒤로하고 쉬엄쉬엄 올라보니 전면 골짜기에 하얀 물줄기가 보이기 시작하였다. 왈 봉래폭포다. 군(郡) 당국에서는 구조물을 편리하게 설치하여 폭포를 배경으로 사진도 찍을 수 있게 배려하였다. 돌아 내려와 저동항에 이르니 이곳에는 고기 배들이 활동하는 곳이란다. 부두에 배가 접하면 잡은 어획물을 내리고 위판이 가능하도록 준비된 곳인 모양이다. 이 저동항을 지나 내수전 몽돌 해변을 옆에 두고 내수전 일출 전망대로 곧장 이동하였다. 한발 한발 조심스럽게 올라 중간지점에 큰 해송이 있는 곳에서 집사람과 막내 처제는 쉬기로 하고 나머지는 정상을 향하여 올랐다. 내려오는 사람과 올라가는 사람이 서로 불편한 교행을 하면서 정상에 올라보았다.

사해는 푸른 바다만이 끝없이 펼쳐진다. 태양은 해무에 가리고 아스라이 보이는 곳은 수평선만이 획을 긋는구나. 날씨 좋을 때는 독도가 보인다는데 오늘은 아니다. 먼발치에 석포라는 미개통된 종점을 바라보면서 터널 공사가 한창인 모양 이곳만 뚫리면 울릉도 일 주가 가능하다고 한다. 멀지 않아 울릉도는 또 다른 모습으로 관광객을 맞이할 것이다. 도동항으로 돌아오니 오후 4시가 가까웠다. 저녁 6시에 출항하는 배를 타야 한다니 저녁을 먹자고 하여 "더덕 홍합밥"으로 일찍이 해결하고 사무실에 맡겨두었던 가방들을 찾아 사동항으로 이동하였다. 30분 전에 승선하고 돌아보니 무엇에 홀린 기분이다.

윤 교장 내외의 신원은 전에 보다 많이 좋아 보였다. 퇴직한 지 얼마 되지 않았으나 자기관리를 잘하는 모습이고 처제도 열심히 건강관리 덕분에 새 새댁 같아 보였다. 사는 것이 뭐 별것 아니지 않은가? 조상님의 은덕과 하나님의 은총으로 이 땅에 태어나 주신 명, 잘 관리하다 가면 그것이 성공한 삶이 아닐까 한다. 막내 정 박사 내외도 열심히 사는 모습이 보기 좋았다. 정 박사는 아직도 현업에 종사하면서 전국을 누비며 강의하는 모습이 모든 사람들의 귀감이 될 만한 삶이 아닐까 생각해 보았다. 막내 처제는 아직도 예쁜 어릴 때의 모습이 눈에 삼삼하구나. 부디 건강하시고 행복하시길 빌어 마지않는다. 밤 9시경에 묵호항에 도착하고 집에 도착하니 밤 12시경이 되었더라. 자고 일어나니 새로운 날이 나를 기다리고 있었다. 또 새로운 기다림이 시작이다. 〈울릉도 여행을 하면서 보고 듣고 느낀 점을 졸필로 용기 내어 기록하였다.〉

기다림 2017년 5월 9일

좌(左)가 되었든 우(右)가 되었든 오랜 기다림의 결과가 몇 시간 후에 나타날 것이다. 지난 몇 달 동안 일어난 일들이 평생 동안 보지 않았어야 할 것들이 우리에게 너무나 많은 충격으로 가슴앓이를 하였던가? 사람마다 생각들이 같을 수는 없겠지만 대의(大義)에는 공감하는 분야가 있기에 자유대한민국이 70년을 이어오지 않았는가. 가족이 있고 사회가 있으며 나라의 울타리가 개인의 생명과 자유와 행복을 담보해 주었기에 열강들 틈에서 모두가 부러워하는 나라로 성장하지 않았는가? 가감 없이 돌아보았으면 좋겠다. 그래야 만이 어디로부터 와서 무엇을 배우고 익혀 성장하여 왔는가에 대하여 자신의 정체성을 찾을 수 있기 때문이다.

언제부터인지는 모르지만 우리들 뒷면에 드리운 검은 그림자를 보지 못하고 방관하여왔다. 알기는 알았지만 남과 북이 첨예하게 대립된 상황에 설마 하는 방심에서 그림자는 더욱 커지기 시작하였다. 성장과정에서 오는 고통은 작은 병리 현상이라 과소평가도 있었다. 모든 것은 나로부터가 아니라 남으로부터 이기에는 남 탓하기에 날밤을 새우지 않았나 한다. 행복은 물(物)로부터는 물심 이기주의(物心利己主義)가 지배하는 세상이다. 신성한 노동은 이념화에 물들어 왈강성노조가 창궐하고, 백년대계를 위한 교단도 붉게 물들어 어린 가슴에 돌이킬 수 없는 생채기를 남겼다. 이 어린아이들이 성장하여 나라를 책임지는 때를 생각한다면 밤잠을 이룰 수가 없다. 나라의 기본 틀인 삼권분립이란 지고한 가치도 선진국에나 있는 일이 아닌지. 자유민주주의 기본 이념도 도마 위에 놓고 칼질을 하는 나라가 우리나라다. 정치는 백성을 위한 정치가 아니라 진영논리에 갇혀 한 발짝도 앞으로 나아가지 못하고 있다. 표가 된다면 김일성 주체사상(NL계)에 심취 한자도 손잡고 정권 쟁취에만 올인하는 우리의 정당들이다. 이들에게 크게 후원하는 이념화된 노동 집단과 전교조, 좌파로 주장하는 각종 사회집단들을 항상 높이 받들어 모시는 저급한 정치 집단들이 아닌가 한다. 선량한 대다수 국민들을 선전 선동으로 국론을 분열시켜왔으며 어느 지역을 000공화국이란 말이 나도는 세상이다. 나라의 지도자라고 뽑아 놓았더니 백성은 돌보지 않고 이권에 눈이 멀어 자신의 호주머니 부풀리기에 수단 방법을 가리지 않았다는 실례를 보고 듣고 하였다. 적폐 세력에게 국민들이 피땀 흘러 납부한 세금을 동의도 없이 적국에 가져다 바치고도 큰소리 펑펑 치는 정치집단과 그 추종자들 그 돈으로 핵을 개발하여 우리나라를 흔적도 없이 지구상에서 없애 버리겠다고 위협하는 것이 오늘날 우리에게 부메랑으로 다시 돌아와 국가위기를 자초하였다. 아무 죄도 없는 대통령을 대한민국 국회에서는 사유도 안 되는 이유를 들어 탄핵하고, 헌법재판소에서는 세계사에 남을 만한 탄핵을 인용하여 대통령을 파면하였다. 날아가는 새가 웃을 일이다. 언론은 탄핵에 주도적 역할을 자임하여 거짓 방송을 지금도 앵무새처럼 반복하는 나라다. 특검이라는 곳에서는 증거주의를 발로 밟아 버리고 아무 죄도 없으니 이것저것 온갖 카드 라식의 언론 보도를 증거라 채택하였으니 법을 모르는 나 같은 사람도 알 수 있는 막가파식 법치다. 여기다가 유력한 대통령 후보자는 탄핵이 인용되지 않으면 민중 폭동이 일어난다고 협박을 하였으니 기막힌 세상이다.

공공연히 언론을 통한 국민 협박으로 대통령이 되겠다는 것이 아니고 무엇인가 묻지 않을 수 없다. 결국에는 대통령을 감옥소에 보내놓고 지금 무엇 하자는 것인가? 입법기관도 무너졌고 법을 담당하는 사법기관도 무너졌다. 행정부는 눈치로 나라를 다스리는 것은 아닌지 복지부동이 국민의 삶을 피폐하게 할 것이다. 그러니 나라의 골간인 삼권이 모두 제 길을 일탈하여 적화되었다. 아마도 이 기세(氣勢)가 계속된다면 멀지 않은 장래에 서울 하늘에 인공기가 게양될 것이 아닌지 우려를 금할 수 없다. 나라 전체가 붉게 물들었다고 보는 것이 정답일 것이다. 그렇지만 그래도 5천 년의 역사를 이어온 우리가 아닌가. 지난 5개월 동안 태극기의 함성에 애써 위로받은 일들이 큰 힘이 되었다.

날마다 나아지고 좋아지리라 간절히 기대하였던 꿈들이 파랑새가 되기를 희망하여본다. 나라는 풍전등화의 위기를 보고 듣고 하였어도 나와는 직접적인 관계도 아니니 애써 외면하면서도 자신에게 미칠 유·불리를 계산하는 바보들의 집단이 아니기를 바란다. 좋았든 싫어했든 주사위는 던져졌다. 제발 깨어났으면 좋겠다. 지금의 대의 (大義)는 무엇인가? 자유대한민국을 지키는 것이 국민 모두의 책임이고 위대한 가치이다. 조용히 지켜보면서 간절한 마음으로 기도해 본다.

새로운 시작 2017년 5월 10일

선거는 이제 끝났다. 치열한 경쟁이 종막을 고하였다. 각 언론사는 물 만난 고기처럼 보도에 날밤을 새웠다. 나라를 이끌어 갈 선장이 바뀌었다. 나는 정당인도 아니며 박사모도 노사모도 아니다. 그저 평범한 시민의 한 사람으로서 지금까지 보고 듣고 느끼면서 살아온 늙은이다. 비록 몸과 마음도 늙었지만 생각조차 늙었다고 보지 않는다. 이런 내가 정치에 정자도 모르지만 지난해부터 나라 돌아가는 꼴을 보면서 정치에 대한 관심을 가지게 되었다. 이런 내가 이번 19대 대통령 선거를 보면서 그를 지지하지는 않았지만 41%의 국민들의 지지를 받고 당선시킨 국민과 당선인에게 축하를 드린다. 선거라는 게임의 정당성과 공정성은 별론(別論)으로 하고 나라를 대표하는 사람으로서뿐만 아니라 국민의 생사여탈권을 쥐고 있는 대통령이기에 축하의 예는 국민 된 도리라 생각된다. 이것이 성숙된 시민의식이며 민주시민이라 평소 생각하고 자부하여왔기에 하는 이야기다.

그렇다고 그가 속한 정당이나 공약한 것 모두를 수용하고 인정하는 것은 결코 아니다. 다만 표를 모으기 위한 공약들은 정책과정에서 수정되기를 바라는 마음 간절할 뿐이다. 공약이라 하는 것은 자신을 지지하는 사람에게만 통용되는 것은 아니며 전제 국민을 위한 공약 일진데 앞으로 철저히 검증하고 감시하여야 하는 것이 또한 국민의 몫이다. 더 나아가 경쟁자의 공약들도 과감히 받아들이는 자세가 바로 국민들이 바라는 바일 것이다. 고인 물은 쉽게 썩는다고 한다. 호수의 고인 물은 썩지 않기 위하여 아래 물은 위로, 위에 있는 물은 아래로 위치를 바꿔가면서 산소를 공급하는 자정활동으로 현상을 유지한다고 한다. 우리의 정치도 이와 같지 않을까 생각해 보았다. 대한민국호라는 배는 백두산을 기점으로 여러 갈래의 낙맥을 타고 수많은 봉오리와 능선을 만들어 남해 바다로 숨어 드디어 한라산이란 영봉을 만들어 오기를 장구한 5천 년을 이어왔다. 또한 골골마다 실개천들이 모여 수많은 크고 작은 강들은 굽이굽이 돌아 국토를 기름지게 하였고 만물에게는 생명수를 공급하면서 대하로 흘러들었다. 때로는 조용히 흐르다가도 급하게 요동치면서 바위에 부딪쳐 산산이 깨어지는 아픔을 겪기도 한다. 낭떠러지에 떨어진 폭포수처럼 바람 앞에 촛불이 되기도 하면서 살아 있는 물로 대하로 흘러간다. 우리의 역사도 산과 같이 수많은 영광과 굴욕을 겼으면서 강물처럼 굽이굽이 돌아 휘몰아쳐 눈과 비바람도 수용하면서 장구한 역사를 이어왔다고 생각된다.

오늘 이 땅에 우리가 같은 하늘 아래에서 더불어 살아간다는 것은 하나님께서 우리에게 주신 영광이며 축복이라 생각한다. 당면한 시급한 문제가 안보라는 것은 모두가 인정할 것이다. 사드 배치로 갈팡

질팡하는 모습은 보이지 않았으면 좋겠다. 한미 동맹에 어떤 틈도 있어서는 안 된다는 것이 국민의 뜻임을 깊이 성찰하여야 할 것이다. 과거 좌파 정부의 잘못된 대북 정책으로 우리는 지금 핵폭탄을 머리에 이고 살아간다는 것을 명심하였으면 좋겠다. 햇볕정책이 얼마나 짝사랑에 그쳤는지 각성하여야 하며, 개성공단 재가동이니, 공단을 2천 만평으로 확장하느니 하는 공약은 거두어 드리기 바란다. 해방 이후 그쪽 지도자들의 적화통일을 위한 대남 전술 전략은 하나도 바뀌지 않았으며 앞으로도 절대로 바뀌지 않을 것이라는 사실을 명심하였으면 좋겠다. 목표는 분명히 정해져 있다. 비핵화에 초점이 맞추어 지금까지 우리뿐만 아니라 주변국들과 유엔이 이르기까지 수많은 노력을 하였으나 공염불이 되었다는 사실을 인정하여야 할 시기다. 때를 놓치면 상상할 수 없는 대가를 치러야 할 것이기 때문임을 명심하여야 할 것이다. 미적미적하다 보면 그들에게 시간만 벌어주는 결과를 초래할 것이다. 작금의 상황으로 볼 때 일부는 완성하였고 나머지는 완성 단계라고 전문가들이 주장하고 있는 현실을 외면하지 말았으면 한다.

해방 이후 얼마나 많은 굴욕을 당하여 왔는지, 얼마나 많은 침략과 도발을 당하였는지 기억하기 바란다. 이것은 먹고 사는 문제가 아니라 국민들의 생명을 보전하느냐 마느냐에 달린 생존의 문제다. 국가 안보(安保)는 아무리 강조하여도 부족하다는 말이 있다. 금과옥조 같은 말이다. 안보 이야기만 나오면 색깔을 쓰고 바라본다. 남북이 1갑자가 지나도록 첨예하게 대립된 상황을 마치 태평성대나 이룬 것처럼 안이한 접근법이 오늘의 핵 문제를 초래하지는 않았는지 곰곰이 생각해 보아야 할 것이다. 냉전 시대의 공산주의가 왜 망하였는지 반면교사로 삼아야 함을 새로운 정부에서는 충고하고 싶을 뿐이다. 그들과의 대화는 힘의 우위에 있을 때만 협상에 가능하였다는 역사적 사실을 외면하지 말고 명심하였으면 한다. 이긴 자의 오만으로 진 자들에게 핍박하지 말아야 하며, 그들의 실체를 존중하고 동반자로 인정하면서 새로운 역사를 창조하기를 간곡히 바란다. 폐족은 한 번으로 족하며 두 번은 나라의 비극이며 민족의 비극이 될 것임을 명심하였으면 좋겠다. 다음에는 또 다른 분야에 접근해 보고자 한다.

5월의 숨결 2017년 5월 18일

　요사이는 사람들이 활동하기에 알맞은 날씨가 연일 이어지고 있다. 황사나 미세먼지가 없다면 천국이 따로 있는 것이 아니고 이곳이 바로 천국이라 생각나는 대목이다. 사방팔방 눈 가는 곳에는 아름다운 꽃들이 반기고 있다, 신록의 컬라는 노소를 불문하고 살아 숨 쉰다는 것은 그들과 동화되었다는 실제를 느끼지 못하는 사이에 벌써 5월도 중순을 지나고 있다. 오늘도 04시에 일어나 창문을 활짝 열어보니 아직은 미명이라 매일 바라보는 금봉산(金鳳山)의 모습은 보이지 않지만 원근의 교회 종탑에 십자가(十字架)의 불빛은 하나님이 거하시는 곳임을 알리고 있다. 힘들고 어려운 자 모두 내게로 오라고 하시는 곳이니 미망에서 깨어나지 못하는 심령들을 위하여 한없이 기다리시는 곳이다. 내가 숨 쉰다는 것은 나 자신에게 고마움과 나를 있게 하신 부모님과 조상님에게도 그리고 하나님에게 기도로 시작하는 시간이다. 순서에 따라 아침 운동을 마치고 나면 07시경이다. 오늘은 무슨 날인고 기억도 알쏭달쏭하여 달력을 바라보니 새로운 사실을 발견하였다. OO날이 왜 이리도 많은지 깜짝 놀랐다. 세어보니 무려 31일 중에서 19일에 30가지의 각종 기념일과 절기 및 민속일이 가득 찬 달이 5월임을 새삼 알게 되었다.

유감스럽게도 5·16혁명 일은 빠져있다. 그러니 1년 12달 중에 각종 행사가 가장 많은 달이 5월이다. 그래서 5월은 사람이 활동하기에 가장 알맞은 달이라 해서 계절의 여왕이라 하는 모양이다. 각 학교에서는 운동회를 하는 달이며, 소풍이나 여행을 가기도 하는 학창시절이 생각나기도 한다. 개인은 물론, 직장마다 또는 동호인들과 함께 야외로 심신을 단련하는 달이기도 하다. 나라에서도 국민 체력증진 사업으로 지방자치단체마다 건강 관련된 분야에 많이 투자하였다. 그리고 곳곳마다 꽃 잔치를 하고 있다. 이러한 행사들은 지역마다 특색을 살려 관광객들을 초치하며 지역을 알리고 경제도 함께 살리고자 하는 행사다. 또한 지역의 선량들 인기관리에도 한몫을 하는 모양이다. 언젠가 언론에서 지역의 축제가 너무 많다. 줄여야 하지 않겠는가 하는 보도를 듣기도 하였다. 한마디로 효과는 별무하니 국부 손실이 너무 크다는 것이다. 또한 5월은 수많은 사람이 본격적으로 관광을 하는 달이기도 하다. 주말이 되면 고속도로는 몸살을 앓고 있는 것이 그 증거이다. 공항마다, 여객선 터미널마다, 떠나고 오는 사람들로 북새통을 매일 안방에서 연일 보고 듣고 있다. 그러니 아무리 못 살겠다고 하여도 설득력이 떨어질 수밖에 없다. 그만큼 살기가 좋아졌다는 증거이기도 하다.

그래서 붙여진 이름이 계절의 여왕이라 하였든가. 만물이 가장 활동하기 좋은 달이기에 붙여진 이름일 것이다. 우리에게 5월은 또 다른 의미를 가지고 있다. 그 하나는 5·16혁명이라 할 수 있다. 타의에 의해서 주어진 자유민주주의를 온전히 뿌리를 내리지 못하고 방종(放縱)이 곧 자유로 착각되었다. 매일 데모와 시위로 날밤을 새우다 보니 민생은 간곳없고 정치투쟁만이 전 부인 듯 나라가 거덜 나게 되었다고 판단한 군인들이 혁명을 일으킨 날이다. 이날은 대한민국의 역사를 바꾼 위대한 날이다. 한 사람의 위대한 지도자가 역사를 바꾸었다는 것이다. 오늘날 세계사에서도 유일한 성장 모델로서 평가받아 개발도상국들로 하여금 반면교사로 삼고자 줄을 잇고 있다. 군사 쿠데타 주역이며 독재자라는 이유로 역사에서 제외하고자 하는 일은 당장 시정되어야 할 것이다. 정부에서 지정한 수많은 기념일에도 제외했으니 각종 기념사업에 지원이 이루어진다는 보도를 보고 들은 바 없다. 이것은 말이 되질 않는다. 정치는 누가 하는 것이 중요치 않으며 백성을 위하여 진정으로 위민하였으며 치국에 평천하를 하였는지가 중요하다. 군인이면 대한민국 국민이 아니란 말인가. 이후 지금까지 8명의 대통령이 나왔는데 그분의 업적에 비하면 비교가 되질 않는다. 오늘이 5·18 기념일이다. 5·18은 국가에서 성대한 기념식을 행한다면서 언론사마다 경쟁적으로 보도하고 있다. 그런데 그저께 5·16에는 정부뿐만 아니라 각 언론에서도 보도되었다는 이야기 듣지 못하였다.

이것이 대한민국의 최대의 갈등의 원인이라 하지 않을 수 없다. 이것 하나 제대로 다루지 못하면서 국민화합을 이야기할 수 있는지 묻지 않을 수 없다. 우리는 민주화 세력이니 산업화 세력을 인정할 수 없다는 논리는 지금은 그들의 세상이니 그들의 생각에 동의하는 사람들이 있을지 모르지만 국민 대다수의 사람은 5·16을 인정하고 있다는 사실을 애써 외면한다면 우리의 미래는 암담할 뿐이다. 역사는 어떤 특정 정당이나 집단의 전유물이 아니다. 국민 모두의 것이다. 새로운 정부는 이 점을 명심하고 국민화합에 앞장서길 바라는 마음 간절하다. 국민화합이야말로 최대의 국가 안보라는 것을 잊지 말고 위대한 대한민국을 열어가기를 축원해 본다. 반만년의 유구한 우리의 역사에서 국민화합이란 명제를 이룬 위대한 업적이 영원히 기억되는 정부로 남기를 기원해 본다.

소식(消息) 2017년 5월 20일

　며칠 전에 대구에 사는 친구로부터 소식을 전해왔다. 금년에 첫 번째 만남을 해외로 하였으면 좋겠다고 하였다. 그동안 국내에 여기저기 많이들 돌아가면서 만났으니 이번에는 6월 중에 해외로 하면 어떻겠냐는 것이다. 즉시 좋다고 하였다. 다른 친구들에게 장소와 날짜를 조율하여 연락하겠다는 내용이다. 나의 하루의 생활상을 돌아보았다. 매일매일 소식을 받기도 하고 소식을 전하는 것이 일상임을 늦게나마 깨닫게 되었다. 소식 없는 날을 생각하면 암담하고 절망적일 것이라는 생각이다. 이제 와서 철이 드는 모양이다. 소식이라는 것은 원래 사람과 사람 사이에 이루어지는 의사전달 방식의 하나이다. 서로 간의 일어난 안부나 처지와 형세 등등을 말이나 글로써 알리는 것을 말한다. 소식이 없는 날은 정말로 무료하고 답답할 뿐만 아니라 살아있는 송장은 아닐까 하는 느낌이기도 하다. 별것도 아닌 이야기를 설왕설래하느냐는 친구도 있을 것이다. 숨 쉬고 살아있음에 감사한다면 내가 의식하는 것 중에 소중하지 않은 것은 하나도 없을 것이다. 문명의 발달로 소식을 전하는 기기나 방식도 가지가지다. 옛날 조선시대에는 전달 방식이 인마(人馬)를 이용하기도 하였으며 정부에서는 변방에 시급히 알리기 위하여 파발(擺撥)을 띄우기도 하였다. 전쟁이나 시급을 요할 때는 봉화(烽火)를 올려 외적이 침입하였음을 알리기도 하였으며, 장안에는 신문고(申聞鼓)를 두어 백성들에게 억울함을 진정하는 역할도 하였다.

나의 어린 시절에 소식을 전하는 방법 중에 시급(時急)을 요하는 사항은 사람이 직접 전달하는 방식이 있었다. 예를 들면 사람이 별세하면 보통 5일장에서 많게는 7일장을 하는데 이를 알리기 위하여 부고(訃告)를 전할 때는 사람을 시켜 직접 전하기도 하였으며, 잘 사는 사람들이나 권력이 있는 사람들은 신문광고로 길사(吉事)나 애사(哀事)를 전하기도 하였다. 산업사회가 시작되면서부터는 통신기기의 대중화가 되어 주로 전화나 전보를 많이들 이용하고 청첩의 경우는 우편을 이용하였다. 전화기는 일반 가정에 보급됨과 동시에 길거리마다 일정한 곳에 공중전화가 설치되어 국민 누구나가 쉽게 이용하는 시대가 열렸다. 또한 여러 교통수단도 확대되어갔다. 우마차에서 자전거로 이륜차로 자동차로 고속도로이며 아스팔트 도로를 달리기 시작하였다. 또 꿈의 열차로 알려진 KTX라는 고속 열차가 운행함으로써 전국을 반나절 시대를 활짝 열었다. 이로써 지역 간 계층 간의 소식은 급속하게 빠르게 전파되었다. 정말로 꿈같은 세상이었다. 이러한 때에 이보다도 더 놀라운 세상이 활짝 열렸다. 소위 정보화시대가 세상을 모두 바꾸어 놓았다. 컴퓨터가 발명되어 보급되면서 세상은 급속도로 정보화시대가 활짝 열렸다. 컴퓨터를 모르면 문맹이라는 말이 나돌았다. 소위 컴맹이라는 신조어가 생기기도 하였다.

소식을 전하고 받는 일은 물론이며, 각종 회의나 의사 결정 방식들도 모두 가능한 시대가 열렸다. 이때 함께 등장한 것이 휴대용 전화기였다. 기막힌 세상이었다. 포켓에 넣고 다니다가 전파 송수신 가능한 곳에서는 언제 어디서라도 마음대로 소식을 주고받는다니 놀라지 않을 수 없는 세상이었다. 전국을 광케이블을 깔아서 한마을이 되었고, 또한 지구촌을 하나로 묶는 인터넷 세상이 도래하였다. 안방에 앉아서 미국의 상품을 인터넷으로 주문하는 세상이다. 지구 반대쪽에 있는 친구들과 소식을 즉시 주고받는 세상이다. 정보통신기기의 발달은 또 새로운 시대를 열어가고 있다.

다음에는 융합의 시대가 진행이라 한다. 내가 살아온 시대는 정말로 역동적인 시대다. 전통사회에서 산업사회로 이어서 정보화 사회로 나아가 융합의 사회가 불과 1갑자 사이에 일어났다니 경탄하지 않을 수 없다. 시시각각 세상이 변하는 것을 온몸으로 느끼면서 부딪쳐 살아온 세대들이다. 날만 새면 새로운 소식들이 산더미처럼 밀려오는 세상이다. 이를 선별하기도 어려운 상황이다. 좋은 세상인지 나쁜 세상인지도 분별하기도 힘이 드는 날들이 연속이다. 어제는 관광회사에서 메시지가 도착하였다. 여행에 관한 상품 내용과 여권을 사진 찍어서 전송하여 달라는 내용이었다. 검색하고 여권을 핸드폰을 찍어 전송하였다.

직접 제출할 필요가 없다는 소식이다. 개인의 가정생활이나 사회생활에 이르기까지 모든 부분에 걸쳐서 전자기기들이 대신하고 사람의 생각까지 초보이지만 일부를 그들이 담당하는 세상이니 하나님의 영역에 도전하는 정도가 앞으로 어디까지 진행될 것인지 초미의 관심사이기도 하다. 어제 친구 소식을 접하고 문득 소식에 대하여 나에게 무슨 의미가 있는지를 돌아보는 계기가 되었다. 날마다 컴퓨터로 블로그, 카페, 메일, 메시지, 카톡, 밴드, 스토리, 페이스북으로 전하며 받는 친구들의 소식들이 있기에 날마다 살아있다는 것에 감사하며 행복이 따로 있는 것이 아니고 주고받는 소식 속에 있다니 즐겁지 아니한가.

의식(意識)은 변하지 않는다 2017년 5월 26일

　오늘 아침에 창문 활짝 열어보니 매일 바라보는 금봉산(金鳳山)은 거울처럼 깨끗한 모습이 얼마 만인지 기분도 상쾌하였다. 황사(黃砂)에다가 미세먼지와 안개 등으로 맑을 날이 없었는데 초등학교 다니는 손주 놈들은 마스크를 착용하고 등교하며 어른들도 외출에는 필수품으로 마스크가 자리매김하였다. 오염된 환경으로 지구촌이 몸살을 앓고 있다는데 이곳에도 예외는 없는 모양이다. 어릴 때 자라든 고향마을 앞 "반변천"에는 일급수에서만 살아온 물고기들과 숨바꼭질에 놀이마당으로 꿈을 키워왔던 일들이 새록새록 생각나는 아침이다.

　어쩌다 간혹 만나는 친구들은 자네 요사이 어떻게 지내시는가? 라는 인사가 생뚱맞지도 않고 낯설지 않은 나이다. 보편적으로 하는 인사이다. 뭐 그럭저럭 잘 지내고 있지, 라는 답변으로 두리뭉실하게 넘어가지, 며칠 전에는 매월 만나는 분들과 저녁 모임에 나갔더니 식사를 하면서 반주를 곁들였는데 옆에 계시는 분께서 나라 돌아가는 모양새를 보니 밥맛을 잃었다. 염려의 도를 넘어 패닉(Panic) 상태가 되었다는 말씀을 들었다. 듣고 보니 나 또한 마찬가지의 심정이었다. 새로운 시대, 새로운 세상이 열렸으니 기대한 만큼에 훨씬 미치지 못하니 하는 이야기일 것이다. 인사가 만사라고 하였는데 과거의 전력으로 보아 매우 우려스러운 인사들이 발탁되었다는 보도를 바라보니 이것은 아니라는 생각이 드는 것이다. 남과 북이 첨예하게 대립되어온 지도 1 갑자가 가까워오는데 적대적으로 그간의 얼마나 많은 침략을 당하여왔던가. 돌이켜 생각하기에도 끔찍스러운 일들이 어디 한둘이 란 말인가. 이러할 진대 그들을 지지하고 동조하였든 세력들이 나라를 움직이는 중추에 발탁되었다면 이는 보통 넘어갈 문제가 아니라고 보인다. 그를 잘 안다는, "하" 아무개라는 얼간이는 과거에는 그가 주체사상(NL:김일성 주체사상))을 신봉하였으나 지금은 아니라고 변명하는 글을 보았다.

그가 국민들 앞에 나는 학생운동 하면서 주체사상을 신봉하였고 이적행위도 하였다. 그러나 지금은 자유민주주의를 확실히 수호하고자 전향하였습니다. 라고 선언도 좋고 고백도 좋으며 용서를 바란다는 등의 행위를 한 적이 있는지 묻지 않을 수 없다. 이것은 매우 중요한 문제이다. 김일성 주체사상(主體思想)을 일명 유일사상(唯一思想)이라고도 하고 교조적사상(教條的思想)이라고도 하는 북조선에만 존재하는 사상을 정립한 자가 몇 해 전에 작고한 황장엽 비서다. 그는 이 이론을 북조선 국민들에게 가르치고 세뇌시킨 장본인이 무엇 때문에 전향하여 대한민국의 품으로 왔는지를 생각한다면 그 사상과 그 사회가 얼마나 허구인지를 극명하게 드러나고도 남음이 있다. 그런데도 나는 법의 심판을 받고 죗값을 감옥소에서 충분히 받았다는 생각이 더욱 문제라는 것이다. 국가가 지향하는 이념에 반하는 이적행위는 사법적 심판은 당연하지만 그것으로 전향되었다고는 어느 누구도 믿지 않는다는 것이다. 진정한 전향은 마음과 언행이 일치할 때에, 다시 말해서 신념과 언행이 일치할 때에 비로소 전향되었다고 보아야 할 것이다. 이러한 미전향한 자들을 입각을 시키는 것도 문제이고 선출직에 당선된 것도 큰 문제이다. 인간의 마음에는 자신이 믿는 것을 끝까지 믿고 싶어 하는 속성이 있다고 한다.

그래서 한번 의식화가 되면 전향이 어렵다는 것이 정론으로 알려져 있다. 옛 어른들의 말씀에 3살 먹은 버릇 80살까지 간다는 말씀을 듣고 자랐다. 이 말씀을 곰곰이 생각하여 본다면 어려서 의식화는 죽을 때까지 간다는 말씀이다. 이처럼 사람이 자신이 믿는 신념을 바꾸기 어렵다는 말씀이다. 그런데 단순히 그들의 언행만 가지고 전향되었다고 판단하는 것은 그들을 지지하지 않은 60%의 사람들이 우려하는 바이다. 몇 가지 중요한 분야가 검토되고 있다는 보도를 보았다. 기록카드에 잉크도 마르지 않았는데 개성공단을 거명하고 금강산 관광 사업이 어떻고 인도적 지원을 하여야 한다는 등등의 5. 24조치는 해제하여야 한다는 얘기들이 흘러나오고 있다. 온 세계는 북 핵을 포기하도록 하여 한반도를 비핵화하고자 하는데 이를 반대하면서 핵을 개발하고자 하는 저들을 도와주지 못해 안달하는 사람들을 대다수 국민들을 어떻게 바라보고 있을까에 초점을 두어야 할 것이다. 또한 저들에게 햇볕 정책을 또다시 시작하여 핵을 포기하도록 하자는 이야기도 있는 모양이다. 한번 당한 것도 모자라서 또 당하자는 이야기와 무엇이 다른가. 핵을 개발하도록 지원한 사람들이 햇볕정책을 추진한 자 들임을 명심하였으면 좋겠다. 국가 안보(安保)는 작은 실수로 한꺼번에 무너진다는 사실을 알고 연습한다는 생각들을 버렸으면 좋겠다. 세상에 웃음거리가 되지 않았으면 좋겠다. 이것이 초로(初老)의 생각이다.

보수인가 진보인가 2017년 5월 30일

우리에게는 보수가 무엇인지 진보는 어떤 경우인지를 잘 알지 못하고 정치적인 성향에 따라서 보수와 진보로 인식되고 있다. 또한 진정한 의미와 뜻을 알고 있는 전문가 집단들 외에는 일반 국민들은 잘 알지 못하고 그들이 주장하는 선전 선동에 따라서 이해하고 있는 현실이다. 올바로 판단할 수 있는 능력을 배양해 주는 것이 정치적 집단이며 정부일 것이다. 이것이 "감"인지 "대추"인지도 모르고 무작정 따라 의사결정 하는 것은 문맹자임을 자처하는 일이 아닐까 한다. 일반적으로 진보는 매력이 있는 것으로 이와는 반대로 보수는 나쁜 것으로 인식되고 있다. 왜 이렇게 잘못 인식되었을까 지금이라도 반성하고 시정하여야 할 것이다. 이것이 확실히 전정한 보수와 진보의 의미를 국민의식 바탕 위에서 한국 정치의 발전을 기대하여야 할 것이기 때문이다.

우리의 진보라고 자칭하는 집단들이 보수는 아주 나쁜 것이며 없어져야 할 대상으로 지속적인 선전 선동하기 때문에 국민들은 보수

는 나쁜 것, 진보는 좋은 것, 보수는 수구세력이며 진보는 개혁세력
인 것처럼 잘못 인식되어왔기에 정치발전에 암적 저해요인으로 자
리매김하였다. 그러면 보수는 무엇인가? 한마디로 지속하는 것을 이
르는 말이다. 지속한다는 말은 지금까지 하여온 모든 것들 중에 잘된
점들을 계속 유지시키고 발전시키는 것으로 이해하면 오해가 없을
것이다. 예를 들면 우리의 전통문화를 보존시키고 유지시켜 발전하
게 하는 것이 보수의 진정한 뜻이라 할 것이다. 진보는 무엇인가? 매
사안별로 변화를 주어 발전시키는 것을 이르는 말이다. 삼라만상들
중에 진리인 4계절은 쉼 없이 반복되어 왔다. 이것은 보수의 개념에
속하며, 4계절이 운행되면서 잎과 꽃이 피고 지는 현상들은 진보로서
4계가 운행되는 것은 따로따로가 아니라 하나의 법칙에 따라서 존재
한다. 이와 마찬가지로 사람들의 내면에는 보수와 진보가 함께 공존
한다는 것이다. 내 가정에 대하여 전통적으로 지켜야 할 가치는 보수
인 반면에 종교적 선택을 하여야 한다면 이는 진보적일 것이기 때문
이다. 그러니 보수와 진보는 따로따로가 아니란 말이다. 따라서 보수
만 좋다고 지속되는 사회, 진보만이 있는 사회가 지속된다면 어떤 결
과가 도래될까, 한마디로 망할 수밖에 없다는 말로 대변될 것이다.

따라서 보수와 진보가 서로 잘 어우러지는 사회가 모든 사람들의
꿈이 이루어지는 사회일 것이다. 우리의 현대사를 돌아보면 극명하
게 드러난다. 5·16혁명은 정치적 관점에서는 분명히 진보적이며 그
당시 시행하였든 모든 것들이 혁명적이었으며 진보적이었다는데 이
론이 없을 것이다. 사적 자치의 대원칙인 사유재산마저도 제한하는
극히 진보적인 그린벨트를 묶는 정책을 시행하기도 하였다. 전두환

대통령 때에는 어느 시대에도 하지 못하였던 진보정책을 시행하기도 하였다. 불법적인 과외를 강제하면서 평등교육을 실행하기도 하였다. 김영삼 정권 때에는 금융 실명제를 전격 실시함으로써 지하경제를 지상으로 끌어올리기도 하였다. 잘못되었다는 역사 바로 세우기도 하였으며 정변을 일으킨 세력들을 법 앞에 세우기도 하였다. 위에서 열거한 몇 가지 사례들은 모두가 자유민주주의를 지키자는 보수정권에서 이루어진 진보적 정책들이다. 오늘날 우리나라가 이만큼 잘살게 된 원인(遠因)과 근인(近因)들은 이들 보수정권에서 진보적 정책들이 크게 이바지하였다는데 이론이 없을 것이다. 진보정권으로 알려진 김대중 정부와 노무현 정부에서는 어떤 일들이 있었는지? 예를 들어본다면 금융정책의 완화와 부동산 정책으로서 강남 부자들을 양산하였고, 금융 부실화를 초래한 정책들은 보수적이라 평가되기도 한다. 작금의 진보 정당이라 자처하는 정당들은 정권 창출을 위하여 적과 동침도 마다하지 않았다.

예를 들어 PD(막스 레닌주의) 계열과 NL(주체사상) 계열들을 끌어들여 제도권으로 편입하여 진정한 진보의 의미를 퇴색하기도 하였다. 굴러들어온 돌이 박힌 돌을 뺀다는 속설처럼 지금이 진보로 자처하는 정당들은 그들의 막강한 입김에 농락당하고 있다는 우려를 금할 수 없다. 지금이 문재인 정부의 조각을 바라보노라면 방향키는 점차 분명해지는 느낌을 지울 수가 없다. 대한민국의 정치는 보수와 진보의 개념부터 새로이 정립하고 대국민 교육에부터 새로이 시작하여야 할 것이다. 개인의 의식은 죽을 때까지 간다는 선인들의 말씀에 귀 기울였으면 좋겠다.

오월은 가고 유월은 오는데 2017년 5월 31일

오늘은 5월의 마지막 날이다. 사람들이 활동하기에 가장 좋은 달이 5월이라, 계절의 여왕이란 칭호도 얻게 되었다. 희망을 한 아름 안고 하늘을 날고 싶은 달이다. 나라의 새싹들을 보호하고 길러 미래의 기둥으로 세우자는 어린이 날이 있었고, 사회의 기초단위인 가정의 중요성을 기리고자 가정의 날도 기념하였다. 군사부일체(君師父一體) 교육으로 조선 500년의 모진 풍파를 헤쳐 온 숭고한 정신을 기리고자 길러주신 부모님의 은혜를 생각하는 어버이날도 지나갔으며, 가르쳐주신 스승님 모시기를 어버이처럼 하라는 뜻을 계승 발전시키고자 스승의 날도 지났다.

대통령에 대한 생각들이 아무리 염량세태(炎涼世態)라 하더라도 이럴 수는 없지 않은가? 알만한 국민들은 알고 있다. 탄핵이 얼마나 허구인지를 지지했던 사람들도 반대했던 사람들도 모두가 다 알고 있는 사실이다. 범죄사실이 하나도 드러나지 않았다는 것이 증명하는 것 아닌가. 역사와 세계사에서도 길이 치욕의 날이 될 것임을 모두가 알고 있다는 이야기다. 왜 우리가 이렇게 되었나? 세계적으로 교육열이 가장 높다고 자랑하는데 문맹률이 가장 낮다고 자랑도 하였다. 대다수 국민들이 고등교육을 받았는데 어찌하여 이런 일이 일어났는가. 대통령이 누구인가, 유권자의 과반수의 지지를 받고 세우신 분을 광화문광장에서 인민 재판하여 끌어내렸다. 이것이 21세기 대명천지에서 있을 수 있는 일인지 아무리 생각하고 또 생각해도 이것은 아니라는 결론이다. 이 엄청난 과오를 누가 책임질 것인지 곰곰이 따져보아야 할 것이다. 우리가 지금까지 배워온 전통적 가치인 선비정신은 어디에 가서 찾아야 할까. 선비정신이야말로 정의(正義)의 핵심이다. 다시 말하여 의(義)를 숭상하고 지키며 발전시키고자 목숨도 아낌없이 버린 정신이다. 아무 죄도 없는 아버지를 죄를 씌워서 아버지 자리에서 쫓아내었다. 천륜을 저지른 패륜아가 아니고 무엇인가. 반드시 책임져야 할 것이다.

암흑과 같은 어둠의 세상을 밝히고 깨우쳐 보시겠다고 멀고 먼 수미산을 뒤로하고 찾아오신 현세 불인 석가모니 부처님이 오신 날도 지났다. 오늘의 대한민국 발전의 원동력을 제공한 5·16은 패륜이 몰고 온 정치 일정에 가려서 공기라고 자처하는 어느 방송에서도 입에 올린 곳이 없다. 그 찬란한 공은 하늘이 알고 땅도 알고 있다. 온 세계가 인정하고 있는 이 위대한 업적의 근원을 보도하지 않는 것은 무엇으로도 설명이 되지를 않는다. 아직도 밝혀야 할 일들이 많은 5·18은 정부 주도로 거대한 매머드 행사를 하였다. 태극기에 대한 경례도 없었고, 애국가 대신에 임의 행진곡을 제창하면서 순국선열들에 대한 조의(弔儀)도 없었다. 미완의 5·18 정신을 헌법 전문에 반드시 포함 시키라는 보도를 보니 이곳이 내 나라가 아닌 마치 다른 나라에 온 것으로 착각되기도 하였다. 오월은 계절의 여왕이 아니라 많은 일들이 일어난 달이다. 다사다난한 달이라 하는 것이 옳을 것이다. 스스로 공기라는 언론은 5·16은 없었고, 미완의 5·18만 있었다. 그 본래의 기능을 상실한 지 오래다. 몇 시간 지나면 오월은 역사의 뒤안길로 영원히 사라질 것이다. 다가오는 유월은 호국보훈의 달이라고 하는데 우리에게 어떤 의미로 인식되어야 할까. 자문해 본다.

6월 6일은 현충일이다. 나라를 위해 몸 바치신 영령들을 위하여 추모하는 날이다. 그래서 태극기도 반기(弔旗)로 게양한다. 이날은 온 국민들께서 경건한 마음으로 그분들의 희생이 어떤 것인지에 대하여 돌아보고 배우고 기억하여야 하는 날이다. 그분들의 희생이 없었다면 대한민국은 역사의 현장에 나타나지도 않았을 것이기에 너도 나도, 남녀 불문하고, 노소를 가리지 않고, 참뜻을 헤아려야 하는 날이다. 특히 커가는 젊은 청소년들에게 교육하여야 할 것이다. 6월 25일은 북한 괴뢰 집단이 새벽 4시를 기하여 일제히 남침한 전쟁이 있는 날이다. 괴수 김일성은 소련 스탈린의 사주를 받고 피의 전쟁을 일으켜 무려 피아를 막론하고 200만 명 이상이나 희생당한 전쟁이다. 자유대한민국을 지키고자 오대양 육대주에서 참전한 고마운 외국 병사들을 비롯하여 부모형제를 살육한 전쟁이었다. 괴수 김일성의 손자 김정은은 지금 이 시간에도 호시탐탐 적화야욕을 버리지 못하고 기회만 엿보고 있다. 새로운 정부가 한 달도 되지 않았는데 벌써 로켓 발사를 세 번이나 하였다. 혹시나 남쪽에 우군이라고 생각되는 정부가 집권하였으니 이제는 마음 놓고 시험 발사를 하는 것은 아니기를 간곡히 기도하는 심정이다. 노랫말처럼 "아아 잊으랴 어찌 우리 이날을…" 결코 잊어서는 안 될 것이다. 자유대한민국을 수호하기 위해서는 생각이 다를 수는 있겠지만 체제를 흔드는 어떤 기도도 해서는 안 될 것이다.

적어도 남과 북이 첨예하게 대치하는 상황을 평화공존으로 착각하는 행위는 절대로 있어서는 안 될 것이다. 특히 먹물 먹은 자들 역사와 당신의 조상님들에게 죄를 짓는 일은 없기를 바란다. 젊은 혈기 왕성한 학창시절 좌익에 심취하였더라도 사회의 일원으로 편입되어 세상을 살아보았다면 현실 정세에 올바른 판단을 하여 호국선열처럼 나라 지키는 대열에 앞장서기를 간곡한 심정으로 기도한다. 그것이 속죄의 길임을 명심하기를 바라면서.

즐거운 여행

1. 2017년 6월 18일

누구나 모두 잘 알고 있는 성헌(聖賢)의 말씀이다. 논어(論語) 하이편(學而篇)에 있는 말씀이다. 자왈(子曰: 선생께서 말씀하였다.). 학이시습지(學而時習之: 배우고 때때로 익히면), 불역열호(不亦說乎: 또한 기쁘지 아니한가). 유붕자원방래(有朋自遠方來: 먼 곳이 친구가 찾아오면) 하면, 불역락호(不亦樂乎: 이 역시 즐겁지 아니한가).라는 공자님의 말씀을 생각하면서 인천국제공항 가는 버스에 작은 몸뚱이 하나 맡기고 위의 말씀을 생각하여 보았다. 길고 긴 인생행로에 친구는 어떤 존재인지 생각에 잠겼다.

문득 위의 말씀이 떠올라 어릴 때 학교에서 배웠던 기억을 되살려 보았다. 먼 곳에 있는 친구가 어느 날 찾아와서 밤 새도록 회포를 푼다면 기쁜 일이 아닌가. 하나님의 천명으로 하늘 같은 부모님의 육신의 은혜로 이 땅에 와서 어린 시절 성장하면서 평생을 잊을 수 없는 친구를 사귀는 일들은 누구나 모두 행하는 과정이다. 그래서 어디에서 들은 이야기인지는 기억에 없지만 "부모 팔아 친구 산다"라는 말을 하면서 친구들과 어울렸다. 사람의 탈을 쓰고서 이 땅에 와 성장하면서 가장 큰 영향을 주신 분은 당연히 부모님이고 배우자다. 다음에는 가족들 그리고 친구들과 이어서 선생님, 또는 선배님 사회 조직원들일 것이다. 가장 흉허물이 없는 사람은 당연히 친구라 생각된다. 친구에게는 비밀이란 장벽이 없다. 무엇이든지 이야기하고 친구의 생각을 경청하면서 인격형성에 일조하였다. 기쁘고 즐겁고 괴롭거나 어려울 때는 언제나 친구에게 이야기하면서 조언과 충고를 경청하면서 자라왔다. 세월이 많이 흘러 고희(古稀)를 지나 팔순(八旬)을 바라보는 나이에 그 친구들을 만나러 가는 길이다. 1년에 두어 번 정도 만나 우정을 나눈 지도 꽤나 오래된듯하다. 입에 풀칠하려고 올인한 지가 가물가물하지만 이제 모두 홀홀 벗어버리고 나니 공허한 심정을 잊을 수 없는 친구들이 채워주고 있다.

아직도 자영업에서 직장에서 일하시는 친구도 있지만 같이 만난다는데 큰 의미가 있다. 지나온 장구한 세월 동안 무엇이 그리도 급한지 먼지 가신 친구들도 가물가물하지만 우정만은 잊히지를 않는다. 어릴 때는 꽤나 촉망 되든 친구도 불의의 사고로 갔다. 또는 지병으로 고생하다가 젊은 청춘을 1기로 날마다 만나지 않으면 안 될 분신 같은 친구들 남겨두고 매정하게 가버린 친구도 있다. 지난달에 대구권 사장으로부터 금년에는 해외로 가는 것이 어떻겠는지 의사 타진이 있었다. 우리가 살면 얼마나 더 살겠는가? 라는 것이다. 좋다고 했다. 매번 만남은 장형(長兄)인 권 사장이 바쁜 자영업을 하면서 짬짬이 시간 내어 추진하여왔다. 고맙고 감사한 일이었다. 이번에도 역시

모임을 주선하였다. 대구에서 권 사장 내외분과 친구의 친구 되시는 분 세 명. 그리고 안동에서 박 소장님, 박 교수님, 6년 선배 되신 분, 이렇게 안동에서 세 분. 서울에서 박 사장님 내외분, 충주에서 뿌리 박은 나를 포함해서 열한 명이 한 팀으로 계약되어 오늘 오후 3시 30분에 공항 출국장에서 미팅이 약속되어 가는 중이다. 마음은 20대 청춘처럼 설레기 시작하였다. 작년 가을 문경에서 만나고 반년 지난 후에 그립던 얼굴들을 다시 본다는 기대감이 내 심장을 뜨겁게 하였다.

목적지는 태국이다. 나로서는 처음 가는 길이지만 기대 반 우려 반이다. 각종 정보 채널을 통하여 알려진 짧은 식견이지만 관광 사업으로 나라가 운영된다고 들었으며 국왕의 지위는 절대적 신적 존재라는 정도이다. 인도차이나반도에 위치한 무덥고 습도가 높은 기후라 한다. 주변에는 베트남, 라오스, 캄보디아 등과 국경을 접하고 있다. 그 옛날 혜초 스님께서 불법을 구하려고 신라의 수도 경주를 출발하여 당나라 광저우에서 해로를 따라 역사상 처음으로 해양 실크로드를 개척하였다. 남중국해와 베트남, 말레이반도를 지나 벵골만 "바이샬리"에 상륙하였다고 전한다. 인도차이나반도의 역사적 의미를 생각해 보았다. 돌아올 때는 내륙의 비단길로 알려진 중국 서부지역의 "둔황"을 거치는데 본인이 직접 쓰신 『왕오천축국전』을 이곳에 위치한 막고굴에 보관하였고 이후 당나라 수도인 장안에 머물면서 불법을 전하였다고 한다. 이 유물은 지금 프랑스 국립도서관에 보관 중이라고 한다. 이런저런 생각에 벌써 도착하였다. 트렁크를 찾아 약속 장소에 도착하니 벌써 모두 와있었고 내가 제일 늦게 도착하였다. 간단한 인사를 교환하고 권 사장은 여권을 모아서 탑승 티켓(ticket)을 교부받고 이어서 가지고 온 짐을 부친 뒤에 검색대를 지나 패스포트 확인 절차를 거쳐서 면세구역으로 들어갔다. 아이쇼핑을 하면서 정한 게이트를 찾아 잠시 쉬었다. 출발 30분 전에 보딩을 마치고 기내로 들어가 지정된 좌석에 앉아 대기하였다.

2. 2017년 6월 20일

기체(機體)는 꽤나 큰 비행기다. 빈자리가 없을 정도로 많은 사람들이 탑승하였다. 오고 가면서 정리정돈이 시작되고 승무원들이 점검이 시작되었다. 그리고 승객이 지켜야 할 몇 가지 중요한 사항에 대하여 설명이 있은 다음 18시 20분경에 기체는 서서히 움직이기 시작하였다. 방향을 틀어 활주로 가는 중이다. 편명은 아시아나항공(OZ741편)이며 도착은 방콕 쑤완나품 국제공항에 현지 시각 22시 10분경 도착이라 한다. 현지 시각이 우리 시각보다 2시간 늦다고 하니 우리 시각으로 보면 00시 10분경이 된다. 운행시간은 약 5시간 30분이 소요된다고 한다. 누구나 마찬가지지만 이코노믹(economic) 석은 의자가 좁고 간격이 협소하여 장시간 타기에는 마음과 육신이 고통을 감수할 수밖에 없다.

여행은 항상 마음 설레게 한다. 국내 여행이 되었든 해외여행이 되었든 마찬가지다. 새로운 문물을 접한다는 것 하나만으로도 충분한 것이다. 볼거리, 즐길거리, 먹을거리가 여행의 3대 주요 요소라 하지 않았던가. 잠시 후에 저녁 식사 시간이다. 승무원들이 열심히 서빙을 하고 있다. 식사하고 오렌지주스로 저녁 식사를 끝냈다. 눈 감고 그간에 태국은 어떤 나라인지 여행 준비 기간에 익힌 내용을 생각해 보았다. 태국의 정식 국호는 타이(The Kingdom of Thailand)이고 한지로는 태국(泰國)이라 부르기도 한다. 인도차이나반도 북부에 있으며, 해안선의 길이는 무려 3219km라 한다. 인구는 2015년 기준으로 6797만 명 정도다. 수도는 방콕(Bangkok)이고 종족(種族)의 구성은 타이족 75%, 중국인 14%, 말레이족 2.9%로서 타이어와 영어를 사용하며, 95%의 대다수 국민들이 불교도이다. 나머지는 이슬람교를 믿는다고 알려져 있다. 기후는 고온다습에 열대성 기후이며, 지형은 끝없는 늪지로서 산이 별로 보이지 않는다. 주요 자원은 천연고무, 쌀, 주석, 텅스텐, 천연가스 등이라 한다. 정치체제는 입헌군주제이며 의원내각제로써 양원제로 상원 150석 하원 480석으로 구성되고, 주요 정당으로는 민주당, 푸에아 타이, 푸에아 펀딩 등이다. 특히 주목되는 점은 주변국들은 대부분 영국이나 프랑스의 지배를 받았으나 태국은 예외라 자존심이 매우 강한 나라이다.

우리나라와 타이는 1949년 10월에 대한민국을 정식으로 승인하였다. 1950년 11월에는 한국전쟁에 유엔군 일원으로 참전하였다. 특히 남쪽에 파타니(Pattani)와 라티 와트(Narathiwat) 두 도시 간 98km의 2차선 고속도를 현대건설이 처음으로 해외공사를 수주하였다는 기록이 있다. 비행 예상 거리는 3670여 km라 한다. 기체의 고도는 9000m로 높아지고 속도는 800km/h 이상이다. 때로는 대기 불안정으로 기체가 흔들리기도 하면서 남진하고 있다. 모니터에 나타나는 항로는 인천에서 군산 광주를 지나 남해로 그리고 대만 해협과 필리핀 해협을 지나 베트남 다낭과 라오스의 하늘을 날아 태국으로 입국

하는 것으로 안내하고 있다.

승무원들은 고객의 불편한 점은 없는지 수시로 순찰을 하고 있다. 집에 있을 때는 매일 저녁 9시 30분경에는 잠자리에 들곤 했는데 그 영향인지 눈은 자꾸 감기고 의식도 몽롱해지지만 애써 무시도 해 보았으나 소용없이 비몽사몽의 상태가 지속되었다. 옆 좌석 권 사장은 그렇지 않아 보인다. 생체의 리듬은 자신이 습관으로 만들어 놓은 것에 따라서 반복된다. 얼마나 지났는지 시계를 보니 남은 시간대가 1시간 정도면 도착할 것으로 보인다. 자다 깨다 몇 번 반복하였으니 얼마를 자고 얼마를 깨어있었는지 구분이 잘 되지를 않는다. 화장실을 다녀와서 보다가 접어둔 국민일보를 읽기 시작하였다.

국내 시국이 하도 어지러워 뉴스 채널 닫았고, 신문 보기 사절하였는데 기내에서 신문을 보다니 내가 정한 금기를 나 스스로 깨어 버렸다. 언론의 사명이 무엇인가? 어떤 경우가 되었던 직필을 하여야지 곡필을 하면 언론으로서의 존립의 명분을 잃었다. 우리나라의 언론은 거짓 보도가 생활화되니 대부분의 국민들은 식상해 있다. 정치권력과 결탁하여 영향력을 행사하려는 저의(底意)를 국민들은 모두 알고 있다. 이러다 보니 대통령 위에 언론 대통령이 따로 있다고들 한다. 무소불위의 언론권력이란 칼을 휘둘러 대통령과 집권세력들 그리고 국민들이 칼을 맞았다. 이것이 우리나라의 언론의 현실이다. 국익과 관련하여 개인의 권리도 일부 유되는 실정임에도 언론은 치외법권(治外法權)에 있는 모양이다. 랜딩 소리에 태국 쑤완나품 국제공항에 도착하였다. 주변을 정리하고 태국 시각으로는 저녁 10시가 지났다. 입국 수속을 밟고 트렁크를 찾아 C 번 출구로 나오니 현지 가이드의 안내를 받아 한국 가이드 황은수 씨와 만나 그의 안내를 받아 버스에 탑승하였다. 봉고차로 알고 왔는데 2층에 큰 버스란다. 나중에 안 일이지만 권 사장님이 관광회사에 수십 번의 조정으로 나이 많은 일행들을 조금이라도 편안히 모시기 위한 조치였다는 것을 알았다. 가이드의 인사와 통성명을 하고 "에이 원 호텔"에 도착하여 여장을 풀고 잠자리에 들었다. 나는 박 교수와 함께 룸메이트가 되었다.

3. 2017년 6월 21일

잠자리는 불편한 점이 없었다. 어제는 버스와 비행기에서 호텔까지 장시간 타고 왔으니 피로가 겹쳐 녹다운 상태였다. 새벽에 일어나 10분가량 명상과 단전호흡을 하고 몸을 점검하였다. 박 교수도 일어나 샤워하고 오늘 관광에 필요한 준비를 하였다. 나도 따라서 이것저것 챙겼다. 가이드의 설명에 의하면 오늘은 원래 왕궁과 에메랄드 사원이 예정되어 있는데 효율적인 관광을 위하여 마지막 날에 계획된 대리석 사원을 오늘 함께 관광한다면 4시간 정도 시간 절약을 할 수 있으니 동의가 필요하다고 한다. 좋다고 하였다. 대리석 사원은 왕궁과 인접한 거리에 있으니 좋겠다는 이유였다. 조식은 호텔식으로 간단히 해결하고 방콕에서 일정을 마치면 바로 파타야로 이동하기에 트렁크를 챙겨서 로비에서 체크아웃하였다.

현지 가이드와 한국가이드가 도착하여 인사를 교환하고 버스에 올랐다. 버스는 이층 볼보 버스로서 리무진 급이지만 내부 인테리어를 새로이 하여 통로가 매우 협소하여 간혹 부딪치는 사고가 있는 것이

흠이었다. 의자는 비교적 괜찮은 편이며 에어컨도 작동이 원활하였다. 이곳 기후는 정말로 사람을 힘들게 하고 있다. 이때는 우리나라와 별반 차이 없이 비슷한 기후이지만 체감하기에는 하늘과 땅만큼이나 크다. 습도가 높은 데다가 바로 정수리에 쏘는 태양의 초사량이 어찌나 뜨거운지 감당하기가 무서울 정도다. 왕궁 부근에서 정차하고 하차하여 도보로 이동하기 시작하였다. 그런데 왕궁에서 관광을 하려면 한국가이드는 안내를 하지 못하고 왕궁 전용 현지 가이드가 안내를 맡아야 한다며 태국 여자 가이드가 일행을 안내하기 시작하였다. 왕궁 주변 도로에는 말을 훈련하는 장면도 보이고 가로수 전지를 하는 모습도 눈에 들어왔다. 왕궁 입장에는 상의와 하의는 긴 팔에 긴 바지를 착용하고 가방도 소지할 수 없다고 하는데 가이드에 따라서 허용할 수 있단다. 다행히 가이드의 실력이 좋아 가방은 허용한다고 하였다. 그런데 태국은 관광산업으로 먹고산다고 하여도 과언이 아니다. 관광객이 얼마나 많은지 사람에 치여 이동하기에 어려움이 있는 상황이다. 가이드의 말로는 1년간 3천5백만 정도라 하니 뻥이라고 생각되지만 엄청 많다는 느낌이다.

실제로 2015년 11월 25일 태국 체육관광부는 지난 20일 푸껫 국제 공항에서 올해 2600만 명째 관광객을 맞이했다고 발표한 기록을 보았다. 멀지 않은 해에 가이드의 말처럼 연간 3500만 명이 될 것으로 기대가 된다. 왕궁은 입실을 할 수 없어 밖에서 바라만 보았다. 이곳에서 나와 에메랄드 황금사원의 건축양식이며 미적 아름다움과 황금과 보석들, 라마 1세의 위용이 신의 경지였음을 이 왕궁 하나로 증명이 되고도 남았다. 이곳을 나와 다음 코스는 대리석 사원을 찾았다.

역시나 대단한 건축물이다. 왕궁의 모든 건축물이 지붕 끝이 뾰족하게 하늘을 향하고 있다. 이것은 불교의 영향을 받았다고 한다. 부처가 보리수 아래서 해탈을 하였기에 보리수 잎의 끝이 뾰족하다는데 착안하였다고 가이드는 힘주어 설명하였다. 이어서 배꼽시계는 시장기를 알려준다. 바로 식당으로 안내되었는데 로열 드래건이라는 식당이 대규모 레스토랑이라는 명성으로 기네스북에 등재되었다고 한다. 음식이 맛이 있는지 없는지는 잘 모르지만 너무 규모가 커서 산만한 분위기였다고 평하고 싶다. 방콕 관광을 끝내고 동남아 최대 휴양도시인 파타야로 약 1시간 30분 버스를 타고 이동하였다. 다음 코스로 이동하였는데 이번에는 발 마사지 업체를 찾았다. 열한 명 중에 네 사람은 발 마사지로 나머지는 전통안마장으로 이동하였다. 인체의 모든 경락은 발과 손에 있다.

그래서 나는 15년이 넘게 매일 발과 손을 마사지로 하루를 시작하였다. 그 효용성을 익히 알고 실천하고 있기에 마다하지 않고 발 마사지를 받고 나니 무겁던 몸의 상태가 한결 가벼웠다. 방식이야 다를지라도 요소마다 경락을 지압하는 것이기에 그 효과는 비슷하다고 생각된다. 이곳을 빠져나와 저녁 시간대라 석식은 MK 수끼 즉 태국식 샤부샤부를 예약하였다고 한다. MK는 일본 기업으로서 택시사업으로 유명하였다. 그런데 식당업에 진출한 모양이다. 이곳 태국까지 외연을 확장하였다는 증거이다. 이 업체 설립자는 원래 한국인으로 알려졌다. 수년 전에 우리나라에도 그의 택시사업의 장점들을 선전하는 모습을 본 기억이 난다.

날씨는 더워 찜통 상황인데 입구에 도착하니 백화점 경비병들을 교육하는 모양이라 돌아가라는 것이다. 이리저리 돌고 돌아 겨우 찾아 입실하였다. 관광 천국에 관광객 알기를 우습게 대접하는데 기분이 그리 좋지를 못하였다. 수끼는 냄비에 물을 끓이고 그곳에 어묵들을 넣어 익혀 먹는 방식이다. 다 먹고 나면 밥을 넣어 볶음을 하는데 정확한 표현으로는 볶음 죽이 맞을듯하다. 이곳을 나와서 바로 로열 크리프 비치호텔로 입실하였다. 낮에 가이드의 설명은 마지막 날에는 시간상 4시간 정도 남아돌기에 공항에서 보내기에는 무리니 선상(船上) 디너를 2시간 정도 즐기면 좋겠다는 것이다, 1인당 80불인데 오늘 저녁에 결정하여 내일 알려달라는 것이다. 사전에 예약하여야 한다고 한다. 여장을 풀고 샤워를 한 다음 친구들을 우리 객실로 안내하여 준비하시느라 수고하신 권 사장에게 감사 인사를 드리고 안건을 협의하였다, 모두들 좋다는데 합의를 보고 소주로 객고를 풀고 잠자리에 들었다. 집 나오면 고생이라는 말이 실감 나는 하루였다.

4. 2017년 6월 24일

어제는 이곳 파타야로 이동하고 먼저 3D 미술관(아트 인 파라다이스)으로 입실하여 다양한 시각적인 그림들을 감상하였다. 또한 호텔 뒤편 전망대에서 파타야 시티 초야(初夜)를 감상하였는데 아스라한 끝없이 이어진 해변 백사장을 따라 시선이 멈춘 곳에는 먼 동화 나라의 불빛처럼 꿈을 꾸는 듯 내가 지금 무엇을 보고 생각하는지 백치가 된 듯하구나. 호텔로 이동하는 중에 그림같이 너무도 아름다운 석양은 엷은 구름이 비단처럼 드리우고 그 아래 맞닿은 수평선 아래는 불빛에 반짝이는 해수와 붉은 노을의 환상적인 풍경이 사라져 아쉬움을 간직하고 호텔로 돌아왔다.

새벽에 일어나 명상과 단전호흡을 끝내고 산호섬으로 갈 준비를 하였다. 박 교수도 일찍 일어나 세안을 하고 로비 층에서 조식을 간단히 하고 로비에서 대기하였다. 권 사장 내외분, 박 사장 내외분, 영두 선배님, 박 소장님, 동행하는 친구분들 건강한 모습으로 아침인사를 하였다. 아픈 분들이 없으니 다행 중에 다행이다. 오늘도 즐거운 여행이 되었으면 기도하였다. 특히 오늘은 여행의 하이라이트인 산호섬으로 가는 날이다. 그곳은 어떤 곳일까. 푸른 바다와 하얀 모래사장은 기본일 것이고 해변가는 관광객을 위한 파라솔들이 줄지어 기다릴 것이며 수많은 기념품 상점들이 유혹할 것이다. 생각만 하여도 가슴 설레는 일이 아닐 수 없다. 휴가철이면 우리나라나 외국이나 해변의 풍경들은 비슷비슷하리라 생각된다. 삼면이 바다인 우리나라의 해변의 여름 풍경이나 이곳 태국의 산호섬의 풍경도 그러리라 생각은 하지만 새로운 무엇이 있지 않을까 하는 기대로 비행기 타고 버스 타고 멀고 먼 길을 오지 않았는가. 버스가 도착하였단다. 탑승하고 이동하여 선착장에 도착하니 작은 규모의 보트들이 부교에 접안하고 수많은 관광객들이 가이드의 안내를 받아 서로 먼저 승선하려고 북새통이다.

마치 전쟁을 하는 모습 같았다. 우리 일행들도 현지 가이드를 따라 부지런히 따랐으나 앞선 가이드는 보이질 않아 우왕좌왕하기도 하였다. 젊은 가이드의 발걸음이 너무 빨라 따라가기에 문제가 있었다. 보트는 약 20명 정도 탈 수 있는 규모이다. 우리 일행과 또 다른 일행들이 함께 타고 구명조끼를 착용하니 보트는 달리기 시작하였다. 태양은 구름에 가리어 더위도 조금은 덜한 편인 데다 보트가 속력을 내니 바닷바람이 맺힌 땀을 씻어내었다. 밀려오는 파도를 지날 때는 파도 타는 것처럼 스릴도 느끼면서 보트와 보트끼리 서로 달리기 시합을 하는 것처럼 앞서거니 뒤서거니 하면서 얼마를 달렸는지 섬이 가까워 오고 보트는 접안하여 한 사람 한 사람 조심조심 하선하고 가이드를 따랐다. 즐비한 상점가 도로를 따라 이동하였다. 도로 바로 옆 모래사장에는 관광객을 위한 그늘막이 몇 줄 해안가를 따라 설치되어있고 그 아래는 쉴만한 의자들이 기다리고 있었다. 가이드의 안내에 따라서 예약된 그늘막에 자리를 잡았다. 바라다보는 바다는 많은 사람들이 해수욕을 즐기고 있는데 수심이 매우 얕아 보였고 여기저기에는 해양 스포츠 기기들인 제트스키, 바나나보트, 씨워킹, 패러세일링 등이 수면을 시원스레 가르고 있다. 그림의 떡이란 말이 이런 것을 두고 하는 말이다. 조금만 젊었어도 도전해 볼 만한 것인데 마치 동해안 경포대를 연상케하였다.

나도 기왕 이곳에 왔으니 몇 년 만인지는 기억도 가물가물하지만 해수욕은 하여야겠다는 생각으로 주변 탈의실에서 옷을 갈아 입고 입수하였다. 물색은 아주 연한 초록색을 띠고 있는데 수심이 얕아 물 밑 하얀 모래 색깔이 투영된 탓이다. 수온은 미지근한 것이 별로였다고 기억된다. 조금 시원한 느낌이었으면 좋겠다고 생각되었다. 헤엄쳐 조금씩 안으로 들어가니 수심도 깊어져 한길이 넘는 곳까지 해수욕을 즐겼다. 박 소장과 영두 형이 함께 금방 파도에 흔적 없이 사라질 발자취이지만 산호섬에 족적을 남기고자 열심히 해수를 즐겼다. 도로 주변에는 각종 기념품을 판매소가 있으며 식당과 마사지하는 곳도 있다. 행상들도 이곳저곳에서 기념품을 판매에 열중하고 있다. 특히 여성들에게 보석류가 큰 인기 제품인 모양이다. 많은 아쉬움과 꿈을 남기고 돌아 나왔다. 시내로 나와 때가 되어 예약된 식당에서 우리가 좋아하는 삼겹살로 허기를 해결하였다. 다음에는 황금불상 사원으로 간다고 하였다. 주차장에서 하차하고 거대한 불상 가까이 접근하였다. 이곳은 태국에서 지기(地氣)가 가장 강한 곳이라 한다. 그래서 그 강한 지기(地氣)를 불법(佛法)으로 다스리고자 불상을 모셨다는 가이드의 설명이다. 이 불상은 거대한 바위산을 반으로 절단하고 그곳에 음각으로 황금 5톤을 사용하여 조성하였는데 이는 푸미폰 국왕의 만수무강을 기원하여 세웠다고 전한다. 멀리에서도 불상의 윤곽이 뚜렷하다.

다음에는 코끼리 트레킹을 한다고 한다. 태국은 코끼리의 나라다 하여도 과언이 아니다. 구름에 얼굴을 묻었던 반갑지 않은 태양은 얼굴을 내밀어 숨이 턱밑에 닿아 숨쉬기도 힘이 드는데 코끼리를 탄 단다. 어느 평탄한 농장으로 안내되었다. 이곳이 코끼리 트레킹 하는 곳이다. 상상은 완전히 깨어졌다. 산속이나 밀림 속을 연상하였는데 평탄한 열대과일 나무들이 있는 농장이다. 이층 규모의 누대에 오르니 잠시 후에 주인이 타고 온 코끼리가 나타났다. 영두 형과 한 조가 되어 등에 설치된 의자에 두 사람이 올라 앉았다. 코끼리는 훈련받은 대로 꾸벅꾸벅 걸어가기 시작하였다. 마치 요철이 있는 도로를 가는 것 같았다. 농장 안으로 들어가니 여기저기 사육장이 나타나고 코끼리를 길러 생업을 이어가는 가족들이 모여 살아가는 가정도 보이기 시작하였다. 관광객이 오면 회사에서는 이들에게 연락하여 순서에 따라서 이번에는 이 집 코끼리 다음에는 저 집 코끼리를 이용토록 하는 시스템인 것 같았다. TV로만 보았던 코끼리 트레킹을 마치고 나왔다. 때가 되어 식사를 하고 세계 3대 쇼 중의 하나로 꼽히는 아름다운 춤과 노래를 연출하는 "알카자 쇼"를 관람하려고 극장을 찾아 예약된 의자에 착석하였다. 먼저 화려함의 극치다.

연출하는 배우들은 미스 게이 선발대회에서 뽑힌 게이들이 모여 공연을 펼치는데 면면을 살펴보면 여자보다도 더 예쁜 여장 게이들이란다. 공연 내용은 춤, 무용, 팬터마임 등이며 각 나라의 민속을 공연하는데 우리나라의 부채춤에 아리랑을 노래로 불러 박수갈채를 받기도 하였다. 가이드의 설명으로는 성전환 수술은 태국이 세계적으로 유명하다고 한다. 그래서 수년 전에 우리나라 "하" 아무개가 성전환 수술로 TV 조명을 받기도 하였는데 그도 또한 이곳에서 수술받았다고 하였다. 아무리 생각하여도 이것은 아니라는 생각이다. 생명을 주신 하나님의 뜻에 반하기에 그들의 수명은 기껏해야 40대 정도라고 한다. 왜 아니겠는가. 성전환은 인간의 영역이 아니기 때문이다. 많은 의문과 숙제를 남기고 호텔로 돌아왔다. 일행들이 모여 파타야 마지막 밤이 아쉬워 관광의 기억을 회상해 보았었다.

5. 2017년 6월 26일

밤새 박 교수는 잠이 잘 오질 않은 모양이다. 뒤척이는 모습에 한밤중에 라면을 먹으면서 침대에서 오르락내리락하는 것 같았다. 위낙 과묵한 성격에 한서(寒暑)의 차이를 느끼지 못하였지만 신중한 모습은 친구의 매력이다. 자신보다는 상대방을 먼저 배려하는 언행도 모든 사람들이 바라는 예도(禮道)라 생각된다. 새벽녘에 깨어보니 며칠 운동을 하지 못하여 몸의 상태는 좋지 못하지만 기(氣)를 끌어올리기 위하여 매일하던 명상과 단전호흡을 하고 나니 한결 가벼웠다. 오늘은 마지막 날이다. 집으로 가는 날이라 왠지 마음이 설렌다. 이곳저곳 아무리 찾아보았지만 작은 내 몸뚱이 하나 쉴만한 곳은 어디에도 없었다.

보잘 것 없는 내 울타리지만 그곳에는 내가 구축하여 놓은 보금자리가 있으니 빨리 가서 쉬고 싶은 심정이다. 준비를 끝내고 호텔 레스토랑에서 조식을 간단히 하였다. 객실로 다시 올라와 마무리하고 그랜드룸으로 내려와 친구들과 반가운 인사를 나누고 대기하면서 오늘 일정을 살펴보았다. 오전에 백만 년 바위공원과 악어농장을 관광하고 오후에는 선택 관광 몇 군데를 하고 방콕으로 이동하여 선상 디너를 끝으로 공항행이란다. 80세의 영두 형도 건강한 모습이고, 권사장 내외분, 박 사장 내외분도, 화색이 가득한 모습이 좋았으며, 박소장님 평소 열심히 산행 덕분에 체력에 문제없는 것 같아 다행이다. 친구의 친구들도 밝은 모습이 오늘 즐거운 여행을 예고라도 하는 듯하다.

현지 가이드와 우리 가이드가 도착하였다. 트렁크를 버스에 싣고 모두 승차하였다. 가만히 생각해 보니 김영삼 정부에서 여행 자유화 이후 세계 곳곳에 여행의 발길이 닿지 않은 곳이 없다. 언론은 날마다 청년실업이 심각하고 일자리가 없어 실업자가 늘어나니 먹고살기가 어려워 죽을 맛이라 하는데 여행하는 곳은 차고 넘치니 어떻게 된 것인지 누군가 거짓말을 하는 모양이다. 젊은 세대들의 생각은 있으면 우선 쓰고 없으면 빌려서라도 남이 하는 것 해야 된다는 생각들이란다. 세대 간 갈등의 소지가 이런 것이 아닌가 생각된다. 버스는 출발하였다. 어디를 가던 선택 관광이란 명목으로 가이드들의 호주머니를 채워줘야 하는 곳이 쇼핑이다. 회사에서 주는 급료로는 생활이 어려울 것이기에 선택 관광의 명목이 부족 부분을 해결해 준다는 것이다. 버스는 주차장에 정차를 하고 하차하였다. 이곳은 공식적인 마지막 관광 일정이다. 악어농장은 백만 년 바위공원 내에 있어 들어가면서 둘러보았다. 수백만 년이 지나 관광객들 앞에 나타난 기암괴석들 하나하나 자세히 감상할 수 없었지만 1억 년이 넘어 몇 아름씩이나 되는 거목 화석들, 집채만 한 괴석들, 수백 년의 고목들과 아름다운 나무와 꽃들로 가득한 정원을 지나 악어-쇼 하우스에 입실하였다.

연출장 양편에 계단식 관람석에 앉아 보니 중앙에는 연출할 무대가 있고 양 가장자리에는 물이 고여 있으며 그곳이 악어들이 대기하는 장소인 듯 잠시 후에 젊은 연출자가 나와 인사를 하고 훈련된 악어와 실연을 하였다. 커다란 입을 벌린 상태에 손을 넣기도 하고 심지어 머리를 넣기도 하였다. 보는 관광객들은 소름 끼치는 일이었다. 만약이란 있을 수 없지만 그래도 혹시나 하는 마음에 더위도 저만치 달아난듯 하였다. 직업도 가지가지 아무리 보수를 많이 준다 하여도 저것은 아니라는 생각이다. 그곳을 나와 방콕을 이동하기 시작하였다. 국토 전체가 늪지로 지평선만 보인다. 어디를 가나 먹을거리는 산재해 있으니 그냥 매일 놀고먹으면 되는 곳이다. 집만 나오면 지천에 늘린 것이 과일이다. 일할 필요가 없다는 것이다. 먹을거리 입을 거리가 없다는 에덴동산이 바로 이런 곳이 아닐까? 방콕에 도착하여 파인애플 농장 관광은 로드(Road) 관광으로 대치하고 먼저 라텍스─ 숍을 찾았다. 판매원들 모두가 우리 교민들인 모양이다. 한 점이라도 더 팔려고 하는 치열한 경쟁의 현장을 보았다. 매트리스에 베개며 이 불도 있단다. 필요하신 분들은 구입절차를 밟고 다음에 보석 가게며 잡화점, 꿀, 로열젤리, 진주 크림 점포를 아이쇼핑하고 마지막으로 건강 식품점을 돌아보았다. 모두 마치고 식당으로 이동하여 한식으 로 중식을 해결하였다. 잠시 쉬었다가 리버시티로 이동하였다.

이곳 1번 게이트에서 승선한다고 하였다. 리버시티는 삼층 건물 로서 각종 상품들이 고객을 기다리는 곳이다. 정한 시간 맞추어 배를 타려는 관광객들로 북새통이다. 우리 일행들도 이곳저곳 구경하면서 시간 가기를 기다렸다. 승선 타임이 되어서 조심하여 이층으로 예약 된 좌석에 안내되었다. 많은 관광객들이 만선을 이루고 배는 서서히 선착장을 떠나 물길을 내면서 전진하고 있다. 강 양안에는 휘황한 조 명등으로 아름다운 밤 풍경을 만들어가고 있다. 때늦은 선상 만찬이 라 조금은 산만하지만 기분은 좋았다. 특히 라이브로 진행되면서 아 름다운 음률이 함께하니 소화도 잘 될 것으로 기대되었다. 종업원들 도 춤으로 노래로 연주로 유혹의 분위기가 짙어지니 관광객들과 하 나 되어 흥겨운 무대를 만들어갔다. 이 여사님도 젊은이 못지않게 함 께 춤추고 즐기는 모습이 아름다웠다. 한마당 잔치는 노소가 따로 있 는 것이 아니었다. 밤공기를 가르는 미풍과, 선상의 오색 불빛, 가무 며 강 양안의 화려한 조명등은 충분히 매력이 넘쳐났다. 잠시 꿈꾸는 동안 두 시간이 언제 지나갔는지 아쉬운 잔상(殘像)만 남기고 하선 (下船)하였다. 가이드 안내를 따라 방콕 수완나품 국제공항에 도착하 여 출국 수속을 밟았다. 공항의 규모는 대단히 크다는 느낌이고 시설 도 괜찮은 것 같았으며 다만 서비스의 질은 좀 더 노력하는 것이 좋 을 것 같다.

가이드의 말로는 이 공항이 세계 5위권에 드는 공항이라고 한다. 왜 아니겠는가? 관광 천국을 계속 유지하려면 더욱 노력하여야 할 것 으로 보였다. 출발 게이트에서 잠시 쉬었다가 보딩 절차를 마치고 탑 승하여 박 소장과 박 교수 그리고 나와 같이 나란히 앉아 이륙을 기 다렸다. 이 비행기는 OZ742편 아시나 항공이다. 이륙시간은 현지시 각으로 23:55분이며 우리 시간으로는 다음날 01:55분이다. 인천 도 착 예정시각은 7시 30분경이란다. 밤은 또 다른 세상이다. 사람에 따 라서 활용하는 방법도 틀리겠지만 기내는 소등되고 조용히 꿈꾸는 시간이다. 자다 깨다 몇 번을 하였는지 짧은 꿈을 깨고 나서 도착하 였다. 6월 13일에 출발하여 17일 아침에 도착하였다. 어수선한 분위 기에 인사도 제대로 하지 못하고 헤어졌다. 진한 이별의 포옹도 없이 각자의 생활 터전으로 떠났다. 나만 홀로 두고 가버렸다. 친구들아 꿈에 꿈을 먹고 사시기 바란다.

보름달 뜨는 한가위 2017년 10월 2일

세시풍속(歲時風俗)들도 시대에 따라서 변화되어왔다. 요사이는 추석과 설날이 최대 명절로 자리 잡았다. 추석은 땀 흘려 지은 햇곡식으로 하늘에 감사하고 조상님에게 제의(祭儀)를 행한다. 전국 곳곳에 흩어져 살고 있는 가족들이 고향을 찾는 지루한 행렬이 이어진다. 그리운 부모님의 한량없는 크신 사랑이 마음 한 곳 비어있던 공간에 보름달처럼 가득 채워지는 사랑이다. 먹고 사는데 매몰되어 앞만 바라보고 달려왔는데 기쁨과 좌절을 반복하면서 직장과 이웃이며 사회에 필요한 사람이 되어라 하신 부모님의 가르침을 지키면서 살아왔는데, 부모님의 용안을 뵈오니 기쁨보다는 세월의 흔적들이 가슴을 아프게 한다.

오고 가는 삶들이 자연의 섭리라 하지만 어찌 세상에 둘도 없는 부모님의 사랑을 대신할 수 있겠는가. 살아 게실 때는 느끼지 못하였든 일들이 가신 후에 이처럼 간절할 수 있겠는가. 가슴치고 통곡할 일들이지만 미망(迷妄) 속에 허덕이는 것이 인생이라 할 것이다. 살아계실 때 잘 모실 것을 가시고 난 후에 가슴 치는 일이 없기를 바라는 마음 간절하다. 언제나 옆에 계시면 좋겠지만 세월은 기다려 주지 않는다. 평범한 세상의 삶이지만 깨우칠 때는 늦다는 진리의 말씀이 먼저 가신 분들의 가르침이다. 금년의 추석 연휴는 10일간으로 길게 이어진다. 오가는 길이 분산되어 수월해지고 고속도로 사용료도 면제 한다니 반가운 일이긴 하다.

조금 느긋하게 천천히 좌우 돌아보고 고향의 정(情)을 가득 담아 귀가하길 기대하여 본다. 시절이 하 수상하여 갈피를 잡지 못하며 혼돈이 거듭하고 있는 요즈음이다. 고향의 민심을 잘 읽으시고 무엇이 나와 내 가족과 형제자매 그리고 나라를 위하는 길이 최선인지를 헤아려 보아야 할 것이다. 다른 사람이 거름지고 장에 가니 나도 따라간다는 생각은 버리고 현재의 위기가 어디에서부터인지를 인식한 후에 여러 대처방안 중에 선택을 하여야 할 것이다. 한 사람의 생각이 중요하고 결정이 매우 중요한 시점이다. 나 한 사람쯤이야 하는 생각은 버려야 할 것이다. 무엇이 정의(正義)인지를 곰곰이 생각하고 따져서 처신에 신중을 기하여야 할 것이다. 우리의 피 속에는 정의의 인자(因子)이며 에너지가 넘쳐난다. 가르침을 주신 먼저 가신 선인들께서는 정의를 위하여 목숨도 초개같이 던지시며 솔선하셨다. 위대하신 선비정신을 고스란히 이어받은 후손들이 아닌가. 이 정신은 어느 누구도 훼손해서도 안 되며 영원히 지켜져야 할 사명이다. 우리들의 가슴에 손을 얹고 내 마음속에 정의는 살아있는지, 살아있다면 무엇을 하여야 할지를 판단의 기초가 되어야 할 것이다. 나라는 옷으로 치면 방탄복이다. 이 방탄복이야말로 우리의 행복을 지켜주는 외피가 아닌가 한다. 바꾸어 말하면 나라 없는데 백성도 없을 것이며, 백성 없는 나라도 있을 수 없다는 것이다.

누란에 처한 이 나라 대한민국을 지키는 일보다 더 중요한 일은 없다는 이야기다. 그 무엇보다도 국론을 통일하는 일이다. 이것 없이는 아무것도 이룰 수 없다고 본다. 모래 위에 집을 짓는 것과 다름없을 것이다. 이번 추석 귀향길이 즐거운 길이 되었으면 기원하고, 돌아오는 길은 밝은 빛을 가득 안고 돌아오시길 간절한 마음으로 기도하여 본다. 더불어 사는 첫걸음이기에 두 손 모아보았다.

불신은 만병의 근원이다 2017년 10월 26일

아름다운 사회는 어떤 사회일까? 한번쯤 생각해 보았으면 좋겠다. 가정이든 사회이든 국가든 서로 믿고 의지할 때 비로소 가장 이상적이라 할 것이다. 이러한 현상은 그냥 이루어지는 것이 아니고 신뢰(信賴)가 선행되었을 때 이루어진다고 한다. 사람과 사람과의 신뢰와, 나라와 나라의 신뢰가 있을 때 아름다운 관계가 이루어지는 것이다. 이것을 다른 말로 표현한다면 보편적인 진리라 믿어도 무방할 것이다. 그러하니 신뢰란 단어는 단지 두 글자에 지나지 않지만 억만금과도 바꿀 수 없는 보배로운 글자이기에 신주 모시듯 가꾸고 계승하여야 할 것이다.

사람은 조직을 이루고 살아가는 개체들이다. 홀로 독야청청할 수 없다는 말이다. 작금의 우리 상황을 돌아보면 신뢰란 찾아볼 수 없다는데 심각한 문제에 봉착하고 있다. 가정에 신뢰가 무너지고 사회의 규범들이 훼손되며 나라의 법치는 간곳없다. 정의는 어느 개가 물어 갔는지 흑암 같아 갈등이 증폭되어 신뢰와 통합이란 찾아볼 수 없는 한계점에 이른 것 같다. 한 치 앞을 예측할 수 없는 임계점(臨界點)이 왔다는 이야기다. 불신은 또 불신을 낳아 시간과 공간으로 기하급수처럼 재생산되어 나라 전체가 물들었다. 무엇이 옳고 그름을 판단하지 못하는 대다수 어리석은 백성들을 감언이설로 속여 갈등이 만연한 세상이 되었다. 이것은 무엇을 의미하는 것인가. 정치적 야욕을 실현하고자 현직 대통령을 국정 농단이란 거짓 팩트(Fact)를 씌워 가공하고 재생하여 불법적인 탄핵으로 끌어내려 재판을 받고 있다. 이 기막힌 세상에서 먹물 먹은 지식인들은 혹여라도 자신에게 위해는 오지 않을까 전전긍긍하면서 꼬리를 내리고 쥐구멍만 찾고 있는 웃지 못할 일들이 일어나고 있다. 특검이라 이름 붙인 단체는 국정 농단의 죄가 차고 넘친다고 하였다. 과연 그러한 것인지 백일하에 드러났다. 모두가 거짓으로 밝혀지고 있다.

지난 6개월 동안 법정에서 10원 한 장 받은 바 없고, 정상적인 통치 행위를 국정 농단으로 몰았으나 지금까지 밝혀진 내용은 아무것도 없다. 소금 먹은 놈이 물켠다는 말이 있듯이 구속 연장이란 또 다른 불법을 자행하고 있다. 손바닥으로 하늘을 가릴 수 없는 것은 나도 알고 있고 저들도 알고 있다. 천하가 다 알고 있다. 이에 직접적으로 동조한 세력들은 자신의 문제만이 아니고 세세손손 그 오명과 죄과를 지고이고 가야 할 것일진대 참으로 안타까운 일이 아닐 수 없다. 요사이 어쩌다 TV를 볼라치면 웃기는 장면을 보니 울지도 웃지도 못할 한심한 4류 코미디를 보는 것 같아 눈시울이 뜨거워지기도 하였다. 어찌하다가 우리나라가 이 지경이 되었는지 눈물이 난다. 인품과 권위는 다른 사람이 세워주는 것이 아니고 자기 자신이 스스로 만들어가는 것이다. 나라를 책임지고 있는 사람은 4류 코미디 배우가 아니란 말이다. 국가를 보위하고 국민의 생명을 지키는 사람은 나라 경영을 함에 있어 연습으로 해서는 안 될 것이다. 컨트롤 타워를 받치고 있는 사람들 똑바로 정신 차리기를 간절한 마음으로 기도한다. 아직도 미망에서 깨어나지 않은 많은 주사파들 종북주의자들이 지금이라도 늦지 않았으니 국민들 앞에 용기 내어 전향 고백을 하고 나라를 위하여야 헌신할 작은 소망이라도 가져 보고자 한다. 시간이 별로 없다는 현실을 직시하시기 바란다. 이러한 나의 작은 소망이 물거품이 된다면 어떻게 하여야 할 것인가? 마지막 믿을 곳은 역시 국민들뿐이라 생각된다. 우리의 과거사를 돌아보면 항상 그래왔다. 위정자들이 나라를 망쳐 누란에 처하였을 때는 항상 민초들이 일어났다. 이것은 나의 권리이며 우리의 희망이다. 옥중에서 고군분투하시는 분에게 대한민국의 정의를 위해서라도 끝까지 굳건히 이겨 내시기를 기도한다.

선동(煽動)의 위력 2017년 11월 3일

날씨는 점점 추워지는 11월 초순이다. 약 3개월 동안 외면하고자 애써 보았지만 헛수고만 하였다. 세상이 온통 적폐(積弊) 청산을 한다고 도배(塗褙)를 하고 있다. 누가 누구를 적폐 한다고 하는지 알 수가 없다. 자신들이 폐족(廢族)이라 인정한 자들로 구성된 무리들이 칼자루를 잡았다고 해서 적폐를 청산한다고 국민들을 우습게 여기고 있다. 그것도 근거도 없는 거짓 선동에 적극 개입하고 탄핵에 놀아난 국회와 그에 동조한 잔당들이다. 선동에 앞장선 언론들과 광화문을 촛불로 점령한 전교조 민주노총 종북 사회단체들이 적폐 대상이다.

더구나 삼권분립의 나머지 축인 사법부와 청와대를 비롯한 정부 산하 단체들도 적폐 대상이다. 그러니 나라 안에 삼권인 입법 행정 사법이 모두 적폐 대상인데 누가 누구를 적폐로 단죄하겠다는 것인지 알 수가 없다. 국민 51%로 당선시킨 대통령을 국회라는 모리배 집단들이 탄핵을 하고 말았다. 여기에 철석같이 믿었던 개(犬)들의 반란으로 불법 탄핵을 하였다. 헌법을 수호하여야 할 헌법재판소 재판관들이라는 정유(丁酉) 8적(敵)들이 탄핵을 불법 인용함으로써 연금을 하더니 결국에는 형사재판에 회부하였다. 거짓의 나팔수 숙주(宿主) JTBC 손석희를 비롯하여 대부분의 언론들은 적폐가 아니고 무엇이겠는가? 특검과 재판부는 국정 농단의 주범으로 몰아 6개월 동안 한주에 4일간씩 매일 10시간의 살인 재판을 하고도 모자라서 구속 연장하였다니 온 세계가 웃지 못할 일을 저지른 자들이 적폐가 아닌가 한다. 지금까지 조사한 바로는 10원 한 장 받은 바도 없다고 하며 국정 농단도 한 사실이 없다는 것이 확인되고 있는데도 연장하였다는데 어느 누가 동의하겠는가. 이러한데도 국민 41%로 정권을 불법 찬탈한 세력들은 적화를 위하여 달음박질을 치고 있다. 적폐라는 이름으로 국민들의 감성을 불러일으켜 제2의 광화문 촛불을 기도하고 있는 상황을 보고 있는 것으로 보인다.

괴벨스의 주장처럼 무지몽매한 백성들은 100가지 중 99가지를 잘못하고 한 가지만 잘한 것이 있으면 선동이 성공한다는 주장이 실감나게 한다. 지난해 하반기부터 금년도 초순까지 광화문의 광기 어린 저주의 선동이 우매한 백성들을 선동하여 종북주의자들의 세상을 열도록한 원흉이다. 선동은 순식간에 이루어지지만 회복하는데는 많은 시간이 소요된다. 1세기 전 나치의 선전 장관인 괴벨스의 선동 주장들이 지금 대한민국 천지를 뒤엎으려는 괴력을 발휘하였다. 광화문 광장의 저주 어린 광기는 종북의 나팔수 언론을 통하여 매일 거짓을 제조하여 국민 선동에 앞장섬으로써 나라는 누란에 처하였다. 죽은 괴벨스가 파안대소할 것 같다. 땅을 치고 통곡할 일이다. 우리가 성장 발전에 도취한 한동안의 방심이, 진정으로 적폐를 하여야 할 자들은 세포 분열하듯 백성들을 부추기고 선동하여 나라를 붉게 물들이고 말았다. 시절이 상달(上達)이라 온 국민들이 풍요에 대한 감사의 계절임에도 저들은 적폐를 정리하여야 한다고 칼을 무작위 휘둘러 공포 분위기를 조장하고 있다. 죄 없는 대통령도 거짓 죄를 뒤집어 씌어 탄핵하고 법정에 세워 재판을 받게 하는 무리들이 무슨 짓은 못하겠는가. 미국 트럼프 대통령이 온다고 하니 적폐를 하여야 할 대상들이 반대 데모를 한다고 하며 더군다나 화형식을 한다니 기가 막힐 일이다. 어찌하여 경찰은 김정은 화형식을 못하도록 막고 있으면서 우방의 대통령 화형식을 저지하지 않았는지 국민들은 알고 싶을 뿐이다. 주권은 국민들로부터 나온다는 말도 모두가 거짓말이며 힘 있는 자가 힘없는 자를 핍박하는 금수와 같은 세상이 되어버렸구나. 땅을 치고 통곡할 일이다.

견문록을 작성하면서

1. 2017년 12월 8일

오늘 교정 작업을 모두 마쳤다. 여행 가기 전에 마쳤어야 할 작업을 약 1,200페이지에 달하여 도저히 일정에 맞추지 못하기에 사전에 출판사와 연락하여 여행 다녀온 후에 하자고 협의였다. 11월 28일 돌아와서 오늘에서야 교정을 마치고 보고 듣고 느낀 6박 8일간의 일들을 기록하고자 키보드를 두드리는 중이다. 김영삼 정부 때 해외여행 자유화가 시작된 것으로 보아 그간 수많은 사람들이 문전이 닳도록 여행을 하고 있다. 나도 여행을 매우 좋아하고 즐기는 사람 중에 하나일 것이다.

올 봄에는 친구들과 태국을 다녀오고 이어 연말에 또 나가니 어쩐지 다른 사람들에게 미안한 마음도 없지 않았다. 이번 여행은 오래전부터 안사람 형제분들이 계획하고 준비한 여행이다. 금년이 칠순 인고로 기념 여행이 된 셈이다. 나는 그냥 보디가드로 몸만 따라가면 된다고 하여 가기로 결정하였다. 경비는 누가 부담하였는지는 모르지만 고생을 감수하기로 하였다. 행선지를 어디로 할 것인지에 대하여 형제분들끼리 협의하여 하와이가 좋다고 하여 1차 결정을 한 모양이었다. 막내 처제가 인터넷을 검색하고 휴양도시로 좋다고 하여 여행사와 협의하였다고 하였다. 검토하여 본 결과 여행 조건이 맞지 않아서 스페인과 포르투갈로 변경하여 최종 결정하였다. 여행은 사전에 철저한 준비가 이루어져야 기대한 바가 어느 정도 충족된다고 믿고 교정 작업을 미루고 공부하기 시작하였다. 스페인은 어떤 나라인가? 일반적으로 알려진 투우의 나라. 축구의 나라, 콜럼버스의 나라, 정복자의 나라 유럽에 속한다는 것 정도다. 이것으로는 아니 가는 것만 못하다는 생각에 각종 정보에 접근하기 시작하였다. 우선 위치적으로는 유럽의 남부 즉 남프랑스와 국경을 접한 이베리아반도에 있으며 동쪽은 지중해와 서쪽은 포르투갈 그리고 남쪽은 대서양을 경계로 아프리카의 모로코와 이웃을 하고 있다.

인구는 약 4천9백만 정도이며 수도는 마드리드이며 면적은 남한의 약 10배 정도 크기로 유럽에서 제일 큰 나라이다. 국명은 공식적으로 스페인 왕국으로 입헌군주제를, 의회는 양원제를 채택하고 있다. 언어는 스페인 언어를 사용하고 종교는 유럽의 대부분의 나라처럼 국민 94%가 로마 가톨릭이며 화폐는 유럽 회원국으로서 유로화를 사용한다. 나라를 상징하는 꽃은 오렌지 꽃이며 인구 밀도는 96명/㎢로 매우 낮고 전압은 220v를 사용하고 있다. 기후는 지중해 연안의 다른 나라처럼 지중해성 기후대라고 한다. 초겨울 여행이라 날씨가 걱정이 되었는데 우리나라와 비슷하다고 한다. 민족은 갈리시아족, 바스크족, 카스티야족으로 구성되었으며 특히 아스티야 족들의 독립운동은 지금도 계속되고 있다. 포르투갈은 또 어떤 나라인가? 나라 이름하고 유럽권에 속하다는 정도의 일반적인 상식뿐이었다. 우선 위치는 동쪽으로는 스페인 서쪽으로는 대서양을 접하여 지구의 서쪽 끝에 해당한다. 인구는 약 1천만 명이고 수도는 리스본이다. 공식적인 국명은 포르투갈 공화국으로서 대륙성기후와 해양성기후를 겸하고 있으며, 인적 구성은 이베리아족, 로마족, 켈트족이고 포르투갈 언어를 사용하고 있다. 종교는 역시 스페인과 같이 로마 가톨릭을 국민 94%가 믿고 있으며 나머지는 개신교이다.

사용하는 화폐는 유로화이면서 국화는 라벤둘라이고 인구밀도는 117명/km², 전압은 220v를 사용하고 있는 나라이다. 이상과 같이 기본적인 정보를 취득하고 여행사의 여행 계획서를 검토하기 시작하였다. 여행 계획은 6박 8일간으로 인천공항에서 21일 00시 50분에 출발하여 약 10시간 35분 비행하여 페르시아 만의 작은 나라 카타르, 도하국제공항에 현지시각 05시 25분에 도착하여 대기하였다가 07시 40분에 도하 국제공항을 출발하여 약 7시간 50분 동안 비행하여 스페인 바로셀로나 현지시각 13시 10분경에 도착한다고 하였다. 카타르와는 7시간, 바로셀로나와는 8시간의 시차가 있다고 한다. 총 비행시간만 18시간 25분이며 환승 대기 시간을 합하면 약 20시간이 걸린다. 힘겨운 여행이 될 것으로 예상되었다.

2. 2017년 12월 10일. 첫날(11월 21일)

비행기는 힘차게 활공을 시작하였다. 카타르 수도 국제공항으로 날아가기 시작하였다. 비행기는 카타르항공기(QR859편)로서 아시아나 항공사와 제휴를 맺고 있다고 하였다. 잠시 후에 정상궤도에 진입하여 이륙할 때에 긴장감이 차츰 안정되고 승무원들은 승객들에게 서비스를 시작하였다. 우리 일행은 카타르 도하국제공항에서 환승하여 스페인 바로셀로나를 목적을 두고 날고 있다. 내가 먼저 발을 딛는 카타르는 어떤 나라 인가? 페르시아만에 사우디아라비아와 아랍에미리트와 접하고 있으며 인구는 이민 온 노동자들이 대다수라고 한다. 인구는 약 2백3십만 명으로 대부부분 아랍인, 인도인 파키스탄인으로 구성되었으며 1940년에 석유가 발견되어 세계에서 1인당 GNP가 제일 높다고 한다. OIL 머니로 세상이 바뀐 나라 중에 하나이다. 앞좌석 뒤편 모니터에는 활공하는 비행경로가 나타났다. 중국의 청도 부근을 지나 베이징과 고비사막과 위구르 자치구며 천산산맥 아래를 지나 카자흐스탄 알마아타 하늘을 날아 우즈베키스탄 타슈켄트를 지나, 사마르칸트 부근을 지나며 카스피해를 바라보면서 이라크 바그다드와 페르시아만, 도하국제공항을 비행한다고 한다. 잠시 후에 기내식이 나왔다. 우리나라 말로 죽이 있다고 하여 신청하고 속을 채웠다. 밤 비행기라 밖은 캄캄하지만 아래를 내려다보니 전깃불이 끝도 없이 이어지고 있다. 아마도 도시 지역을 날아가고 있는 모양이다. 동행한 가이드 말로는 우리 팀은 28명으로 여러 곳에서 동행한다고 하였다. 삼형제 분들도 가까운 주변에 자리하고 여행의 기대를 생각하면서 체력을 유지하는 모양이다. 도하까지는 약 10시간 35분 소요된다고 하는데 도착하고 보니 현지시각 21일 05시 25분이었다. 이곳에서 2시간 15분 만에 환승을 하였는데 카타르 여객기 QR145편으로 바로셀로나로 향하였다. 비행시간은 약 7시간 50분이 소요된다고 하였다. 스페인과 포르투갈 일주여행은 바로셀로나 그리고 먼저 몬세라트를 관람하고 발렌시아—그라나다—론다—세비아를 지나 포르투갈의 리스본과 파티마를 거쳐서 스페인의 또레드를 보고 수도 마드리드를 마지막으로 귀국길에 오른다고 하였다. 비행기 이코노미 좌석은 공간이 좁아 운신의 폭이 협소하여 장거리에는 힘이 들기도 하였다. 나는 평소에 체력을 나름대로 관리한 사람임에도 힘이 들고 있는데 옆의 집사람은 빈사 상태였다. 이러다가 여행도 못하고 돌아오는 것은 아닌지 비행시간 내내 내가 안절부절 하였다. 사전에 예상은 하였지만 목숨마저 걱정하다 보니 아무리 도와준다고 하지만 본인보다야 하겠는가. 하나님에게 간절히 기도하면서 도착하기만 기다렸다. 지성이면 감천이란 말이 이런 것을 두고 하는 말인 것 같았다. 하나님이 인도하여 바로셀로나에 현지시각 13시 10분경에 도착하였다. 1차 목적을 달성하였다. 총 비행거리는 인천에서 도하까지 약 3,963km에 도하에서 바로셀로나까지 약 1,411km로 총 5,374km를 날았으며, 실제 비행시간은 18시간 25분이며 환승시간을 포함하면 20시간 15분 만에 목적지에 도착한 셈이다. 입국 수속을 마치고 나와 현지 가이드 이명주 씨와 미팅하여 준비된 버스에 탑승하였다. 인사와 여행 일정에 대하여 설명을 하고 바로 바로셀로나 몬세라트 산에 위치한 몬세라트 수도원으로 이동한다고 하였다. 이곳은 선택 관광지로서 1인당 30유로를 부담하고 트랩을 이용하여 올랐다. 산은 기암인데 오르는 열차는 몇 칸으로 나누어 타고 험한 비탈을 오르기 시작하였다. 이곳 몬 세트라는 1025년에 성모마리아 상이 나타난 곳을 기리기 위하여 세워진 수도원이다. 또 이곳에는 마돈나의 목조 조각상인 "라모 레나다"가 있는 곳으로 수많은 순례자들이 찾는 성지다. 뒤편의 거대한 기암괴석들은 "톱니 모양의 산"이라 하며 고도 1,200m의 아래에 위치하여 아슬아슬하고 조마조마한 수도원은 나를 걱정하기에 이른다. 유럽 대부분의 수도원은 사람이 접근하기 어려운 봉오리나 절벽에 있는 모습을 간혹 TV로 본 기억이 새로워졌다. 이곳 몬세트라 수도원도 마찬가지다. 왜 일까? 박해자들을 피하여 험지로 올라간 것인지, 아니면 절지에서 기도하고 수도하기에 적합 장소라서일까. 스페인의 대표적인 건축가로 알려진 "가우디"는 어릴 적에 이 수도원에서 수도를 한 바 있어서인지 본인의 건축에 가장 많은 영향을 받았다고 알려졌다. 수도원 내외를 돌아보고 하산하였다.

3. 2017년 12월 11일. 둘째 날(11월 22일)

새날이 밝았다. 오늘은 바로셀로나를 본격적으로 관광하는 날이다. 먼저 찾은 곳은 바로셀로나의 상징인 "시그라다 파밀리아" 성당이다. 가이드의 안내에 따라서 성당 전면에 서니 내 심장이 멈추는 큰 충격을 느꼈다. 세상에 아름다운 건축물들을 많이 보아왔지만 이렇게 아름다운 걸작은 처음이었다. 동화에 나오는 공주의 성이 있다 하나 여기에 비할 바는 아니다. 이는 분명 사람의 작품이 아니라 하나님의 작품인가 보다. 세계적인 건축가 스페인의 안토니오 가우디란 사람이 설계하고 직접 감독을 맡아 건축 중인 세기의 작품이다. 사그라다 파밀리아는 "성(聖) 가족"이라는 뜻으로 예수와, 마리아, 요셉을 뜻한다고 한다. 아직도 미완의 작품은 계속 건축 중이란다. 높이 치솟은 나선형의 돔은 옥수수 형상으로 자연을 표상하고 역시 포물선 지붕의 부드러운 모습은 자연과 결부하고자 노력한 것이라 생각되었다. 이 건축물은 1882년에 민간단체 "산호세 협회"에 의해서 착공되었다 하며, 1891년부터 안토니오 가우디가 이어받아 건축하였다. 가우디 사후에도 지금까지 계속 건축되고 있으며, 현재 완성 부분은 착공 후 100년 만인 1982년에 일부가 완성되었다 한다. 가우디 사후 100주년이 되는 2026년에 전체를 완공 목표로 진행 중이란다. 완성 후의 성당의 규모는 세로가 60m, 가로가 150m로 예수를 상징하는 중앙 돔은 약 170m에 이른다고 한다. 한마디로 놀라운 광경이다. 그래서 나는 세상은 넓고 볼거리도 많다고 항상 주장하고 있다. 이명주 가이드의 해박한 해설에 많은 도움을 받았다. 다음 행선지는 "카사 밀라"로 이동하였다. 이건 또 무엇인가? 가는 곳마다 가슴을 뛰게 한다. 마치 요사이 아파트를 연상케 한다. 아니나 다를까 이 주거 프로젝트는 1905년에 만들어진 가우디의 대표작 중에 하나라고 한다.

"채석장"이라는 뜻의 "라 패드리라"로도 불리는 카사 밀라는 가우디의 가장 큰 주거 프로젝트라 한다. 가우디의 상상력은 타의 추종을 불허한다. 건축물이라고 하기보다는 하나의 조각품이 아닌가 착각하기도 한다. 외형은 마치 바다에 파도가 밀려오는 형상이다. 이 카사 밀라는 1984년에 유네스코 세계문화유산으로 지정되었다. 다음에는 "카스바 뜨오"로 이동한다고 한다. 바로셀로나는 마치 골동품 도시처럼 중세로 돌아온 느낌이다. 정확히 표현한다면 옛것과 현재가 혼재된 문화와 도시란 강한 인상을 받았다. 이 건축물은 가우디의 카시미라 주택과 마주 보고 있는 집으로서 역시 가우디의 작품이다. 곡선의 의미를 강조하여 생명이 살아 숨 쉬는 유기체처럼 "인체의 집"이라는 뜻으로 카사 데스 오 소스(Casa dels ossos)라고도 불린다. 다음 코스는 구엘 공원으로 이동하였다. 바로셀로나 북쪽 언덕에 위치한 공원으로서 가우디가 설계를 하고 구엘이란 사람이 투자한 공원이며 마치 동화 속에 나오는 마을을 연상케 한다. 특이한 점은 공원의 모든 조형물은 곡선으로 설계되었으며 직선과 각진 곳은 어디에서도 찾을 수 없었다. 부드럽고 친환경적이며 따뜻하고 평화로움을 나타내고 있다. 그리고 언덕길이나 도로변이나 벤치 등에는 깨어진 사기 조각으로 모자이크 한 모습이 이색적이었다.

이 공원은 원래 영국의 전원도시를 모델로 하여 투자하였다고 하는데 60채의 주택을 지어 공급토록 하였으나 자금 사정이 여의치 않아서 3채만 분양하였다고 가이드는 설명하고 있다. 지금에 와서는 가치를 따질 수 없을 정도로 고가를 형성한다는 설명이다. 공원 내에는 가우디의 유품이 전시된 박물관이 존재한다. 시내 보른 지구에 위치한 까탈루냐 음악당으로 이동하였다. 이 음악당은 마치 뒷골목에 위치하여 사진 찍기도 어려운 곳에 있는 아름다운 음악당이다. 유명한 건축가인 도메네크 이 몬테네르의 건축물이라 한다. 건축물의 외장은 화려한 타일로 장식되어 아름다움을 표현하고 있다. 내부 입장은 사전 예약제로 우리 팀은 외부만 관람하고 발길을 돌렸다. 중식은 바로셀로나의 특식인 빼어야(스페인의 대표 음식)로 해결하고 다음 도시인 발렌시아로 이동하였다. 스페인의 국토는 매우 척박한 것 같았다. 지나는 연도에는 논은 볼 수 없고 밭들이 넓게 분포되었는데 무엇을 경작하는지 알 수 없는 곳이며 코르크나무가 많이 있음을 목도하였고, 주식이 빵이니 밀농사를 많이 하는 것 같았으며 큰 나무는 구경할 수 없었다. 지질이 석회석으로서 표층이 얇아 뿌리의 활착이 어려워 큰 수목이 자랄 수 있는 여건이 되질 못한 것 같았다. 더구나 물이 귀한 나라이다. 도시나 농촌이나 강이 어디에 있는지 한 번도 구경하질 못하였다.

아스라이 먼 곳에 띠를 두른 산맥이 이어지지만 그곳에도 큰 수목을 구경할 수 없었다. 사위에 어둠이 깔리기 시작할 즈음 도착하였다. 가이드는 잠시 사진촬영토록 시간을 할애하였다. 박물관은 스페인의 최고의 건축가 산티아고 칼라뜨라바의 건축물로 알려지고 있다. 유럽의 최대 과학예술 종합 단지로 콘크리트, 철골, 타일을 주재료로 건축물이 마치 수면에 떠있는 섬처럼 보인다. 화려한 조명과 함께 아름다움을 더하고 있다. 펠리페 왕자 과학박물관이라고도 한다. 이곳을 나와 호텔에 투숙하였다.

4. 2017년 12월 12일. 셋째 날(11월 23일)

오늘이 벌써 집 나온 지 4일째가 되었다. 남겨두고 온 손주 생각들이 간절하다. 누가 무어라 해도 집만큼 좋은 곳은 없는 모양이다. 딱딱한 빵과 푸성귀로 아침식사를 하고 버스에 올랐다. 가이드는 관광의 중심지인 그라나다로 이동한다고 하였다. 차창 풍경은 넓고 넓은 땅이 한없이 펼쳐지는데 경제적 활용은 제대로 하지 못하는 것 같았다. 우리의 경우와 비교하면 이곳 사람들은 하나님이 주신 자연의 혜택을 그대로 두는 것으로 생각하는 모양이다. 간혹 비가림 시설도 보이고 비닐온실인지 하우스인지 눈에 보이지만 아깝다는 생각을 버릴 수 없다. 한적한 휴게소에서 잠시 쉬었다가 이동하기 시작하였다.

그라나다 관광의 핵심은 이슬람 왕국의 궁전이다. 이 궁전은 1238년 무어인들이 기독교인들에 의해 쫓겨 피난 와서 이슬람 왕국을 건설하고 알람브라 궁전을 건축하였다고 한다. 버스는 계속 달리고, 이명주 가이드는 쉼없이 관광에 필요한 지식을 전해주려고 노력하는 중에 또 휴게소에서 중식을 하고 출발한다고 하였다. 스페인은 어디를 가나 식단의 메뉴는 빵과 푸성귀다. 한두 번도 아니고 계속 먹는다는 것이 고통에 가까울 정도였다. 어찌하겠는가. 집 나오면 고생이라 각오한 일이니까. 오후 늦은 시간 무렵에 궁전으로 안내되었다. 붉은 황토색으로 보이는 커다란 궁전이 시야에 들어왔다. 스페인의 마지막 이슬람 왕조의 무함마드 1세 알 갈 브라가 13세기 후반에 건축하여 대를 이어 증축하여 현재에 이르고 있다. 아라비아어로 알람브라는 붉은 성이란 뜻이라 한다. 궁전의 외부는 붉은 황토 색이기도 내부에는 벽이나 천정, 기둥 모두가 아주 기하적인 아라베스크의 무늬와 모자이크로 또 다른 건축 예술성이 뛰어나다. 이러한 방식은 이슬람과 북아프리카 풍이라 한다.

궁전 내부에는 정원과 인공호수를 만들어 자연과 궁전이 동화시키는 아름다움의 극치를 연출하고 있다. 이곳이 관광의 핵심지역이다. 카를로스 5세 궁전이라 한다. 이탈리아 밖에서 볼 수 있는 가장 아름다운 르네상스 양식의 건축물로 평가되기도 한다. 또 이곳에는 카를로스 5세의 무덤이 있는 곳으로 일명 사자정원이라 불리기도 한 곳이다. 미로 같은 수벽이며 아름다운 정원은 한 폭의 그림 같았다. 이슬람의 문화는 세계 곳곳에 산재되어 면면히 이어오고 있지만 문화와 인종의 갈등으로 오늘날에도 여기저기 문제시되는 모습이 안타깝다.

5. 2017년 12월 13일. 넷째 날(11월 24일)

넷째 날을 맞이하였다. 아침 8시에 론다로 이동하기 시작하였다. 오늘이 꼭 반환점에 이른다. 남프랑스와 국경을 맞대고 있는 지중해 연안의 바로셀나에서 발렌시아로 그리고 그라나다를 경유하여 스페인 남쪽에 위치한 론다로 이동하기 위하여 버스에 올랐다. 넓은 들판에는 올리브 농장들이 여기저기 보이고 지하수를 이용하는 스프링클러 날개가 길게 양팔을 벌리고 있다. 강이 없으니 지표수가 아닌 지하수로 농사를 짓는 모양이다. 스페인의 올리브유가 유명하다고 한다. 나도 그래서 올리브유를 매일 복용하고 있다.

도착하여 하차를 하고 가이드의 안내를 따라 좁은 골목길을 따라 이동하였다. 론다는 아찔한 절벽 위의 인구 3만 5천 명 정도의 안달루시아 지방의 작은 시골 마을이다. 천길 아래에는 끝없이 타호 협곡이 이어지고, 그 한 지점 언덕에 어찌 사람들이 살았을까. 땅이 없어서라면 모르지만 왜 드넓은 광활한 땅을 두고 마을을 이루었는지 풀리지 않은 수수께끼다. 발 빠른 가이드 따라잡기도 힘에 겹다. 언덕 위에 오르니 투우장을 상징하듯 투우 소의 동상 앞에서 기념촬영을 하였다. 설명에 의하면 스페인의 투우장 중에 가장 오래되었다고 한다. 1785년 5월에 개장한 이곳은 수용인원 6,000명으로 그 크기도 제 1이라 한다. 밖에서만 보고 이동하였다. 절벽 가장자리를 돌아서니 담벽의 헤밍웨이 표지판 옆을 지났다. 멀리 보이는 빨간색 주택에 그가 머물렀다고 한다. 헤밍웨이가 이곳에서 잠시 작품 활동을 하였다고 하며 특히 그의 작품 중 『누구를 위하여 종을 울리나』영화 촬영지로도 유명한 곳이란다. 나도 어릴 때에 이 영화를 본 기억이 지금도 새롭다. 다음에는 누에보 다리가 유명하다고 해서 찾았다. 이 다리는 구시가지와 신시가지 사이의 협곡을 가로지르는 교량으로 마을과 절벽이 동화처럼 아름다운 풍치를 나타내고 있다.

이 다리는 펠리페 5세가 제안하여 8개월 만에 35m의 아치형 다리를 만들었으나 곧 무너져 50여 명의 사상자가 났으며, 1751년에 재건축하여 1793년 완공하기까지 무려 43년이 소요되었으며 높이만 120m라 한다. 아치형 위에 설치된 방(房)은 감옥으로 또는 바로도 사용되기도 하였단다. 론다를 보고 다음에는 세비아로 이동하였다. 세비아 대성당에 도착하였다. 유럽의 3대 성당 중에 하나면서 세계에서 가장 큰 규모라고 한다. 가로가 126,18m 새로 82,60m. 높이 30,48m을 자랑한다. 1401년~1507년에는 주요 이슬람 사원이 있던 자리에 지금의 성당이 세워졌다. 성당 내부는 중앙 예배당, 왕실 예배당, 샌안토니오 예배당(무리요의 "샌안토니오의 환상"이 그려진) 성당의 오른쪽에는 스페인의 황금시대를 열개한 신대륙 발견자 크리스토퍼 콜럼버스의 관이 있다. 왕관을 쓴 네 명의 무덤지기 동상이 관을 메고 있는데 이들은 당시 4개의 왕국을 상징한다고 한다. 웅장하고 화려한 당시의 가톨릭의 교세는 위대한 로마제국만큼이나 사람들을 경탄케 하고 압도하기에 충분하다. 다음에는 스페인 광장으로 이동하였다. 볼거리로 손색이 없다. 아치형 기둥, 중앙에 큰 분수대, 주변에는 둥글게 물길이 이어지고 관광객들은 사용료를 지불하고 카누를 탈 수 있다. 마차로 광장을 한 바퀴 돌 수도 있다.

건물 벽에는 58개 도시의 역사적 사건들을 타일로 표현하고 있다. 광장은 1928년에 아메리카 박람회의장으로 사용하기 위하여 최고의 건축가, 아니발 곤살레스가 건축하였다. 대성당 앞에는 히달라 탑이 우뚝 솟았는데, 세비아에서 가장 높은 건축물로 98m 높이를 자랑하고 탑 내부에는 거대한 르네상스 스타일의 종이 있다고 한다. 선택 관광 플라멩코를 관람하기 위하여 거금 70유로를 납부하고 극장식 레스토랑에 입실하였다. 수많은 사람들이 지정된 좌석에 착석하였다. 잠시 후 막이 오르고 배우들이 하나둘 등장하여 빠른 리듬에 맞추어 강약을 섞어가면서 시연하였다. 화려한 조명과 현란한 춤은 관람객들이 환호하기에 충분하였다. 플라멩코는 15세기 이후 스페인의 대표적인 민속음악과 무용으로 집시들이 독특한 형태로 발전하였다고 한다. 극장에서 제공하는 음료수 한 잔에 취기가 올라 발길을 혼란하게 한 기억이 새롭다. 세비아에서 1박하고 다음날은 포르투갈로 입국한다고 한다.

6. 2017년 12월 14일. 다섯째 날(11월 25일)

여기는 포르투갈 에두 히드로 7세 공원이다. 날씨는 흐려지고 곧

비가 올 것 같았다. 지구의 서극(西極)점이 포르투갈이라 한다. 스페인의 척박한 곳을 보다가 이곳은 젓과 꿀이 흐르는 땅이라 할만하다. 공원 여기저기 무성한 수목들이 말해주고 있다. 인구 1천만 명에 해양성 기후와 대륙성 기후를 겸하고 있다. 이베리아족, 로마족, 켈트족으로 구성되었으며, 수도는 리스본이다. 로시오 광장으로 이동하였다. 리스본의 중심지에 위치한 이곳은 중세시대부터 주요 광장이었고, 정식 명칭은 돔 페드로 4세(광장 중앙에 그의 동상이 기념하고 있다) 광장이라 한다. 다른 팀들은 미니카를 이용하여 시내 구경을 가고 우리들은 이곳에서 쇼핑하기로 하였다. 광장 주변은 레스토랑과 선물 가게며 역사적 유서 깊은 건물들이 즐비하다. 벨렘탑은 강 하류 쪽에 위치한 마누엘 양식의 탑이다. 이곳은 외국으로 떠나는 배들의 통관절차를 밟는 곳이라 한다. 과거 한때는 1층에는 죄수들을 수감하는 곳으로, 2층은 대포를 설치하여 적의 침입을 방어하기도 하였으며, 3층은 귀빈들을 영접하는 곳으로 사용하였다고 한다. 다음에는 제로니 모스 수도원을 찾았다. 실내 입장은 불허한다 하였다.

그래서 수도원 광장 건너편 공원에서 바라보니 그 규모가 엄청나게 크다는 인상을 받았다. 석회석으로 건축하였다고 하며, 수도원 건물은 마누엘 양식의 대표작으로 손꼽히고 화려한 장식의 회랑과 안쪽 정원이 유명하다고 한다. 남문 입구에는 에리께 왕자의 상이 있고, 안쪽에 자리한 성모 마리아 교회는 바스쿠 다가마와 포르투갈의 대표적인 시인 루이스데 카몽이스의 석관이 있다. 가이드 이명주 씨의 해박한 설명을 다 기록하지 못한 것이 아쉬움으로 남는다. 리스본의 마지막 코스인 까 보아 로카(Cabo da roca)로 이동하였다. 이곳은 포르투갈의 서쪽 끝이자 유럽 대륙이 끝나는 지점이다. 수많은 CF들이 촬영되어 TV를 통하여 많은 사람들이 알고 있는 곳이기도 하다. 특별한 볼거리는 없으며 절벽 아래 부서지는 하얀 물보라며, 육지의 끝 지점에 나의 족적을 남겼다, 라는 의미를 생각케 하였다. 오후에는 수도 리스본을 마감하고 파티마로 출발하였다. 파티마는 포르투갈 해안가 북쪽에 있는 도시이다. 먼저 찾은 곳이 파티마 대성당이다. 1917년 세 어린이가 성모를 목격했던 곳을 기념하고자 세워진 성당이다. 파티마에 나타난 여인은 이름이 무엇이냐는 어린이들의 물음에 "나는 로사리오 성모다"라고 대답하였다. 이 사건을 기리기 위하여 코바에 모인 순례자들은 그곳에 세워진 작은 성당에서 줄지어 행진했다고 전한다.

성모 순례지인 파티마는 수많은 가톨릭 신자들이 찾는 곳이며. 매년 성모님 발현날짜인 5월 13일과 10월 13일에는 도로에 가득 찬 100만여 명의 순례자가 성소를 찾는다고 한다. 저녁 예배가 있다 하여 윤 교장 내외는 예배에 참석하였다. 하나님을 영접한 사랑이 지극하여 안개 가득한 밤중에 바람과 날씨도 좋지 못하였지만 지극한 믿음으로 참여하였다. 포르투갈에서 리스본과 파티마 두 도시를 돌아보고 이곳에서 1박한 후에 내일이면 다시 스페인으로 돌아간다. 인류의 역사는 종교의 역사다. 동서양을 막론하고 사람 사는 곳에는 반드시 종교가 삶의 중심에 위치하였다. 세계 곳곳에 산재된 이름 있는 문화유산들은 반드시 종교를 빼놓고는 말할 수 없다. 집에 전화하여 별일 없는지 손주들 학교는 잘 다니고 있는지 안부를 물었다. 동방의 작은 나라 대한민국에서 서쪽 땅 끝에서 하룻밤을 잔다고 생각하니 정말로 지구촌이란 생각이 들었다.

7. 2017년 12월 15일. 여섯째 날(11월 26일)

아침 06시에 포르투갈 파티마에서 스페인 톨레도로 출발하였다. 도시는 잠에서 깨어나 서서히 활동하기 시작하였다. 톨레도에 대하여 열심히 설명하는 가이드의 열정이 어디에서 나오는지 끊임없는 샘물처럼 이어가고 있다. 지구의 서쪽 끝에서 땅을 밟고 하늘을 바라보며 파란 바다에서 밀려오는 파도가 바위에 부딪쳐 하얀 물보라를 일으키는 모습은 어디에서나 쉽게 볼 수 있는 일이지만 70억 명 중에 몇 명이나 될까. 함께한 28명은 정녕 선택받았다. 차창 밖 낯선 풍경은 기억 속에 잔재를 남기면서 목적지를 향하여 가고 있다. 톨레도는 스페인의 수도 마드리드에서 2시간 거리에 있는 옛 도시라 한다. 문화적 유산들이 많아 세계문화유산 도시로 등재되었다 한다. 도시의 삼면이 타호강으로 둘러싸여 있으며 중세 풍경을 그대로 간직하고 있다고 한다. 하차하고 가이드를 따라서 대성당에 도착하였다. 시가지 중심권에 위치하며 아름다운 성당은 인간이 만든 건축미의 극치를 나타내고 있다. 스페인은 이슬람 세력과의 전투에서 승리를 기념하기 위하여 알폰소 8세 때 이 성당을 건축하였다. 전체적인 고딕 양식을 나타내는 정면에 두 개의 탑이 양편에 서로 대칭되도록 설계하였으나 한쪽 종탑만 완성되었다 한다.

내부의 규모는 길이 120m, 넓이 90m, 가장 높은 천정이 33m에 달하는 규모라 한다. 당시 가톨릭의 교세가 얼마나 큰 것이었는지를 가

늠 하는 좋은 표본이다. 로마가 가톨릭을 받아들이고 정교일치의 위세가 만들어낸 결과물이라 생각된다. 두 번째 관광은 산토 도매 교회로 이동하였다. 이 교회가 이름난 것은 엘 그레코가 그린 "오르가스 백작의 매장"이 있어 명성을 떨친다 한다. 이 작품은 세계 3대 성화로 손꼽히는 걸작으로 널리 알려져 있다. 4.6m*3.6m의 놀라운 크기로 당시 이탈리아 화풍을 받아 엘 그레코의 작품 중에서 최고의 걸작이라 한다. "성 스테판"과 "성 어거스틴" 두 성인이 오르가스 백작의 시신을 친히 매장하였다는 전설이 있기도 하다. 톨레도는 스페인의 카스티야라만차 자치 지방의 수도이자 톨레도주(州)의 주도(州都)였으며 스페인 남부의 정치, 경제, 문화, 사회 중심지로 풍부한 문화유산을 간직하고 있어, 1987년 12월에 세계문화유산 도시로 지정되었다. 관광은 마무리 단계에 접어들었다. 수많은 사람들이 새로운 문물을 배우고 익혀 자신을 완성시키려고 길거리마다 인산인해이다. 이 볼거리가 또 하나의 명물이 아닌가 한다. 더불어 사는 세상에 국경 없는 좋은 세상이 되었지만 평화는 요원한 듯 곳곳에서의 전쟁이 창조하여온 문화유산을 파괴하는 모습은 가슴 아픈 일이다.

8. 2017년 12월 16일. 일곱째 날(11월 27일)

오늘은 수도 마드리드를 돌아보고 귀국길에 오른다. 여행을 하는 동안 날씨가 큰 부조를 하였다. 날씨가 훼방을 놓으면 계획에 차질이 불가피하기 때문이다.

나라마다 수도는 복잡하다. 모든 물산(物産)과 문화와 사람들이 집결되는 곳이기에 마드리드도 예외는 아니다. 또 다행인 것은 아픈 사람이 없었다. 왕궁을 먼저 관람한다고 한다. 왕궁은 스페인의 융성기를 상징이나 하듯 크고 웅장하였다. 입실은 하지 못하고 밖에서만 바라보았다. 회교들이 이베리아반도를 점령하고 있을 당시 성체가 있었던 곳으로 1738년 펠리페 5세 때 이탈리아 건축가 시게티에 의해 1764년 완공되었다 한다. 전체 길이가 131m에 웅장한 신고전주의 양식을 띠고 있으며 현재는 내부를 전시장으로 사용하고 있다. 무려 2,800개의 방과 100여 명을 수용의 대형 식당이 있는 곳이다.

또한 태피스트리(덮개), 고야의 그림 등이 있고 부속 건물로는 미술관, 도서관, 마차 박물관, 무기 박물관 등이 있다. 우리의 경우는 목조 문화가 발달하였지만 유럽의 건축문화는 대부분 석조 문화다. 돌을 이용한 건축술은 크고 화려한 면이 뛰어나다. 다음은 그 이름도 유명한 프라도 미술관 앞에서 가이드의 설명이다. 런던의 대영 박물관, 파리의 루브르 박물관에 이어서 이곳 프라도 미술관은 세계 3대 미술관에 속한다고 하였다. 원래는 1785년 카를로스 3세 시절, 자연사 박물관으로 건축하기 시작하여 반쯤 짓다만 채 중단되었고, 이후 나폴레옹 시절에는 마구간을 겸한 치욕적인 용도로 사용되기도 하였다.

이후 페르난도 7세에 의해 마침내 1819년 회화와 조각 작품을 전시하는 왕립 미술관으로 용도를 변경하여 개관하였다. 이후 내전으로 수난의 역사를 거쳐서 현재에 이르렀는데 12세기부터 19세기까지 미술 경향을 살펴볼 수 있는 세계 최고 수준의 미술관으로 새롭게 탄생하였다. 애초에는 스페인 작가들 작품만 전시키로 하였다가 나중에는 스페인과 관련된 외국인의 작품도 전시하였다. 전시된 작품 가운데 그레코, 벨라스케스, 고야에 관해서는 질적으로나 양적으로 세계에서 가장 많은 작품을 소장하고 있다. 가장 큰 자랑거리는 고야의 작품이라 한다. "카를로스 4세 일가", "마녀의 집회" 등 초기로부터 말년에 이르는 100여 점이 넘는 유화와 수 백 점의 소묘가 소장되어 있다. 이외에도 엘 그레코의 "부활", "삼위일체", 벨라스케스의 "비커스 승리", "시녀들" 등과 보기의 "쾌락의 뜰", 루벤스의 "사랑의 뜰"도 빼놓을 수 없는 작품들이다. 가이드의 안내에 따라 미로 같은 방을 이리저리 쫓아다니기에도 부담이 되었다. 그리고 실내에서는 사진촬영을 못한다고 하였다. 나중에는 무엇을 보고 무엇을 느꼈는지도 아리송하다. 이 작품은 누구의 것이며 언제 그렸는지 등등의 설명은 많았지만 꼭 찍어 기억되는 바 없으니 안타깝기도 하였다. 머리가 혼란스러웠다. 남는 것이 있다면 고야라는 화가는 왕실 화가로서 일세를 풍미하였고, 이 미술관에 가장 중요한 작품을 남겼다는 설명만이 기억에 오락가락이다. 그리고 국제공항으로 이동하였다.

9. 2017년 12월 17일. 여행 그리고 낙수(落穗)

사람은 옛날이나 지금이나 일생이 나그네 여행길이라 표현하기도 한다. 삶 자체가 여행이라 말하기도 한다. 공자는 자신의 삶 자체를 15세에 지우학(支于學: 학문에 뜻을 두었으며)하고, 삼십에 이립(而立: 학문에 기초를 세우고)하였으며, 사십에 불혹(不惑: 미혹하지 않았으며)하였고, 오십에 지천명(知天命: 천명을 깨달았으며)하여 육십에는 이순(耳順:듣는 것을 거스름이 없는 경지에 달하였다)하고, 칠십에는 종심소욕불유구(從心所欲不踰矩: 뜻대로 하여도 이치에 거스름이 없다)라 하였다. 이 또한 여행을 다른 말로 표현하지 않았나 생각해 보았다. 생로병사(生老病死)가 또 다른 여행이 아닐까? 짧게는 가까운 곳 또는 먼 곳을 찾아 새로운 문물을 보고 배우면서 자신의 인생을 풍요롭게 하고자 여행을 한다. 가족, 친구, 동료, 연인, 등등 팀이 되기도 하고 홀로 가기도 한다. 자연이나 인간이 창조한 흔적들을 찾아 떠난다. 비록 힘은 들지만 매일 틀에 박힌 생활을 탈출하여 삶에 활력소를 찾아 떠나기도 한다. 세상은 아는 만큼 보인다는 말이 있다. 지식을 얻기 위하여 탐구하는 여행도 있고 무엇인가 벽에 막혀 답답하고 풀리지 않을 때는 새로운 모티브를 찾아 떠나가도 한다. 인생은 여행길이다. 하나님이 주신 고귀한 생명은 8~90년을 사는 동안 희로애락(喜怒哀樂)의 여행이란 범주에서 벗어날 수 없다. 이것을 하나님 계획하신 진리(眞理)라 하여 보았다.

지난 11월 20일 집을 나와 21일부터 28일까지 6박 8일 동안 스페인과 포르투갈을 여행하고 다녀왔다. 집사람 자매 분들이 계획한 여행에 편승하여 떠나게 되었다. 또 금년이 집사람 칠순을 기념하기 위한 목적도 있었다. 막냇동생 되는 처제께서 주선하고 예약하여 장도에 올랐다. 종합병원인 집사람은 염려가 되어 가까운 이웃나라 휴양 도시로 떠났으면 하는 희망이었으나 본인이 좋다 하여 동의하고 출발하였다. 역시나 긴 시간 비행하는 중에 문제가 발생하여 고역을 치르기도 하였다. 복용한 약이 부작용을 일으켜 보호자인 나를 불안하게 하였는데 승무원들이 몇 번씩 찾아와 괜찮은지 확인하는 일이 발생하기도 하였다. 혹여라도 메르스 같은 전염병이 아닌지 염려함이 지극히 당연한 일이지만 불안은 연속되었다. 비행시간 18시간에 환승 대기시간 2시간 합계 20시간을 마음 졸이면서 스페인 바로셀로나에 도착하였다. 1차 목표는 달성한 셈이다. 다행히 시간이 경과되니 약리작용이 안정되어 천만다행이다. 여행은 조마조마한 중에도 순조롭게 진행되었다. 유럽은 로마제국 빼고는 이야기가 될 수 없다. 비잔틴제국이라 불리는 동 로마는 지금의 이스탄불 콘스탄티노플에 도읍을 정하여 향후 1000년 동안 영화를 누렸다. 바로 콘스탄티누스 대제가 기독교를 승인한 이래, 동 로마 황제는 로마의 임금인 동시에 교회의 수장(首長)으로서, 황제의 명령은 곧 인간의 입을 통하여 나온 신의 명령이었다. 이러한 힘의 배경 하에 기독교 문화는 급속히 커지기 시작하였다.

　대부분의 도시마다 거대한 성당이 지어지면서 건축은 예술의 경지에 이르고 성당 내의 화려한 기독교 문화가 창조되기에 이른다. 지금도 스페인이나 포르투갈은 인구의 94%가 기독교인이란 통계가 말해주듯 기독교 천국이다. 여행 동안 총 10개 도시를 여행하였는데 가는 곳마다 성당이 핵심 관광지이다. 특히 나라별로 융성하였던 시기에는 더욱 기독교 문화가 찬란히 빛났다. 지금도 완성하지 못한 성당들은 건축이 계속되고 있다니 놀랍지 아니한가. 선인들이 창조한 위대한 문화의 창조 덕분에 동방의 조그마한 나라에서 멀고 먼 길을 마다않고 찾아 순례자의 심정으로 바라보았지만 이면에는 얼마나 많은 민초들의 피와 땀으로 이루어 졌을까 하는 생각에 가슴 아픈 면도 없지 않았다. 이것이 정말로 하나님이 원하는 일이었을까. 인간의 욕

망을 채우려는 산물은 아닐까, 반문도 하여 보았다. 즐거움과 놀라움의 연속이다. 여행 중에 중요하다고 생각되는 것은 메모를 하였지만 20여 일 경과되다보니 혼란스러워지기도 하였다. "론다"에서 있었던 일인지는 아리송하지만 저녁에 가이드가 한잔 사겠다 하면서 데려간 성당 앞 광장 노천 주점과 식당에서 야외 공연이 벌어졌다. 막내 동서 정 박사가 광장 평지에서 노천 무대에 홀로 "스테이지"를 이어갔다. 노래는 계속 이어지고 주변 상가에서는 무슨 일인지 자라목을 내밀고 관람객들이 늘어나기 시작하였다.

이러는 중에 현지 미스 삼인방이 백 댄스로 흥을 돋우기 시작하니 동료 여행객들도 함께 춤을 추고 노래하면서 잊을 수 없는 추억의 무대가 되기도 하였다. 동행한 둘째 동서 윤 교장 내외분 그리고 막내 동서 정 박사 내외분 함께한 시간들을 소중히 간직하고 기억할 것이다. 돌아오는 길도 염려가 많이 되었으나 하나님의 인도하심으로 무사 귀환하였다. 시간이 흘러가면 잊힐 일들이지만 서투른 솜씨로 누군가 접하는 사람들에게 참고가 되었으면 하는 심정으로 기록하였다.

나는 무엇인가? 2017년 12월 20일

　오늘 달력을 보니 정유년도 며칠 남지 않았다. 뒤돌아보니 참담한 시간들이었다. 평생 살아오면서 이렇게 마음 아팠던 일들은 먼저 가신 부모님을 제외하고는 처음 있는 일다. 왜? 무엇이 나를 이렇게 만들었을까. 그저 보아도 못 본 척, 들어도 못 들은 척, 뒷방에서 무상무념으로 세월이나 낚으면 되지 무엇이 잘났다고 세상사에 관여하고 일희일비 하느냐는 마음의 갈등도 없지 않았다. 그런데 누가 이야기 하였지. 사람은 생각하는 갈대라 하였던가? 원인을 찾아 올라가 보면 바로 여기에 원인을 찾을 수 있다.

　마음속에는 항상 선심과 악심이 갈등을 하여 승심(勝心)에 따라서 행동에 이르는 것이라 배웠다. 나는 무엇인가? 이 땅에 태어나 성장하기까지 수난의 역사였다. 그 오랜 역사 속에서 나는 무엇인가를 생각나게 하는 아침이다. 일제 36년의 압제에서 해방 직전에 태어나, 6·25전쟁의 동족살상을 보았으며 여명(黎明)의 시절에 먹고살기 위하여 몸부림치던 부모님들의 피나는 노력에 하늘같은 은혜를 입고,

보고 배우면서 성장하였다. 잘 살아 보겠다는 조국 근대화의 말단에
서 몸소 참여하고 경험하면서 이 한 몸 불살라 보았다. 전통사회에서
산업사회를 거쳐 정보화 사회에 이르기까지 젊은 청춘 모두 바쳤다.
밤과 낮을 가리지 않고 일하였다. 후손들에게만 불행하였던 수난과
가난을 대물림 할 수 없다는 마음으로 살아온 것이 나의 삶에 전부였
다. 옆도 돌아볼 사이 없이 일로 직진하여 오늘의 번영에 부끄러움
없이 한 알의 밀알이 되었다는 자부심으로 살아왔다. 나라의 위상이
날로 달로 높아지고 한강의 기적이란 평가도 받았다. 수출 1조 달러
를 달성하였다는 소식에 기뻐하기도 하였다. 200여 개의 나라 중에
10위권에 도달한 국력이라니, 오천 년의 장구한 역사 속에 이런 일이
한 번이라도 있었던가. 국토는 개벽을 이루었고 도로는 사통팔달하
여 어디에서든지 일일생활권이 되었다.

지역마다 공장의 굴뚝은 하늘이 낮다 하고 치솟았으며 생산된 상
품은 오대양 육대주를 밤낮없이 실어 날랐다. 바다에 떠다니는 크고
작은 선박들은 우리나라에서 만든 배들이라 하니 이 아니 좋을 수가
있는가. 자동차가 넘쳐나 한집에 2~3대씩 굴리고 있고, 도로 교통은
주말이면 주차장이 되었다는 사실을 꿈속에서라도 한 번 생각해 본
일이 있는가. 정보통신기술의 발달로 세계 곳곳에서 우리의 전자기
기들이 날개 달린 듯이 세계를 점령하고 있다. 내 것이 우리의 것이
소중하고 위대함을 알아서 이에 걸맞은 시민의식이 함양되어야 하는
데 그렇지 못하고 날마다 싸움질이다.

무엇이 그리도 잘났는지 눈만 터지면 도토리 키 재기를 하고 있다.
이러는 사이에 성장과 발전은 캐비닛 속에 깊이 넣어두었거나 아니

면 뒤안길의 땅바닥을 기어갈 때 다른 나라들은 고속 성장하여 이제는 옛 영화를 노리려고 우리의 숨통을 조여오고 있다. 이 엄중한 사실을 외면하는 것은 고사하고 거기에 가서 빌붙어 나라의 운명을 의탁하려는 무리들이 권력을 잡고 날뛰는 세상이 되었다. 적은 멀리 있는 것이 아니고 항상 가까이 있다는 역사적 사실마저도 까마귀 고기를 먹었는지 이야기하는 사람 본 적이 없다. 학교폭력이라 야단들 치고 있는 상황을 분석하면 같은 반 친구들로부터 시작이 된다는 것이다. 멀리 있는 것이 아니고, 아주 가까운 곳에서 일어난다.

이와 마찬가지로 나라 간의 전쟁은 멀리 있는 나라가 침공해 오는 것이 아니란 말이다, 이 바보 멍청이들아. 아주 가까운 이웃나라에서 침략하였다는 것은 엄연히 살아있는 우리의 역사 속에서 증명하고 있다. 지금이 바로 그때란 사실을 눈 감고 귀 막고 외면하고 있다. 멀고도 가깝다 하는 이웃나라 일본에게 국권을 찬탈당해 한일합방의 굴욕적인 침략을 당하였다는 사실과, 그 외의 모든 크고 작은 침략은 중국으로부터 있었다는 엄연한 역사의 교훈을 잊어버리고 그들에게 가서 빌붙어야 하겠는가. 무엇이 나라를 보전하는 길인지를 모르는 얼간이들이다. 이 나라를 공산화시키려 몸부림치고 있다는 사실을 애써 외면하는 어리석은 백성들이기에 당하여도 싸다는 이야기가 여기저기에서 들려온다. 나는 항상 안보(安保)는 최우선의 정책과제로 삼아야 한다고 주장한 사람이다. 나라 없는 백성이 어디에 있으며 백성이 없는데 어찌 나라가 있단 말인가. 안보 얘기만 나오면 북풍이라니 온갖 프레임을 걸어 백성들을 혼란에 빠지게 하는 무리들과 정말로 한 하늘 아래에 숨쉬고 살아야 하는지 통탄하지 않을 수 없다. 몇 몇 원로들의 이야기를 귀담아들어야 하는데, 뜻있는 지식인들의 이야기도 보고 들어야 하는데, 모두가 귀 막고 눈 막으며 아니라 한다. 특히 젊은이들은 귀신에 홀린 것처럼 외면하고 저들의 주장에 올인하고 있다.

나라 전체가 돌이킬 수 없는 지경에 이르고 말았다는 마지막 희망마저 앗아가는 것은 아닌지 심히 우려스러운 상황에 이르렀다. 이러한 위기는 시시각각 다가오는데 나는 무엇 하는 사람인가? 생각나게 하는 일은 지극히 당연한 일이 아닌가. 작년부터 내가 할 수 있는 일이 무엇인지를 생각하면서 조금씩 실행하고 있다는 것에 자부심을 가져보았다. 아! 아직도 나는 죽지 않았고 심장은 고동은 뛰고 있으며, 보고 듣고 느끼면서 말할 수 있을 때는 주저 없이 말하고 글로 표현하고 있다. 이것이 내가 무엇인가를 깨우치는 아침이다.

편안하십니까? 2017년 12월 26일

벌써 성탄절도 지나고 곧이어 정유년(丁酉年)의 마지막 날이 오겠지요. 그간에 안녕들하시고 건강하시며 즐거운 한 해를 보내셨는지 문안 인사입니다. 매년 찾아오는 성탄절은 온 인류가 기뻐하고 축하여여야 할 일이지만 2016년과 2017년 연말은 어딘지 가슴 한구석 뻥 뚫린 것 같습니다. 연초(年初) 입춘 절기에는 입춘축(立春祝)을 가화만사성(家和萬事成) 또는 국태민안(國泰民安), 건양다경(建陽多慶) 등등 많이들 써서 붙이기도 하였습니다.

가정이나 사회나 나라에도 연초 계획하였던 일들이 잘 추진되고 편안함을 기원하는 것이 우리나라 사람들의 공통된 바라는 바였습니다. 하지만 결과는 그렇지 못하였습니다. 누가 잘 나고 못 나고가 아니라 나라가 안정되고 사회가 안정이 되었으면 하는 작은 소망 하나 갖고 지금까지 버티어 왔음은 나만의 이야기는 아니라 생각합니다. 위정자들이 해야 할 일들이 첫째도 백성을 위하고 둘째도 백성을 돌보며 셋째도 백성들이 편안하게 생업에 종사하도록 하는 일이 바로

365

왕도정치(王道政治)라 생각합니다. 그런데 대다수 국민들의 기대와는 거리가 먼 정치를 함으로써 불신만이 산더미처럼 쌓였습니다. 메주가 메주라고 하여도 믿지 못하는 세상이 되었습니다. 믿음의 정치는 실종되고 말았습니다. 정의는 미친개가 물어 가버렸는지 눈부릅 뜨고 찾아보려고 해도 없으니 기막힌 세상이 되었습니다. 우리의 피속에는 유난히도 정의감(正義感)의 유전자(遺傳子)가 풍부한데도 이또한 어찌 된 일인지 북풍에 실려가버렸는지 오리무중입니다. 어느 자치단체에서는 선비정신을 계승하자는 목소리는 있지만 늙은이 몇몇 사람들의 흘러간 노래일 뿐입니다. 교육이라는 허울은 있지만 실체는 주체사상(主體思想)을 주입시키는 일부 교단으로 변한지도 한세대가 지난 것 같습니다. 이들이 사회의 주역으로 등장하였습니다.

법외 노조로 법의 심판을 받은 자들이 다시금 법으로 인정해달라고 해당 부처에 압력을 넣는다니, 우리나라는 믿을 곳이 한군데 없다는 이야깁니다. 나라를 지탱하는 마지막 보루가 법이라 배웠지만 법은 있으나 마나한, 이렇게 생각하면 이렇고 저렇게 생각하면 저렇다는 이현령비현령(耳懸鈴鼻懸鈴)이 된지도 꽤나 오래된 듯합니다. 감옥소에 가둔 대통령을 해가 바뀌는 긴 시간 동안 조사를 하였으나 죄가 될 만한 증거는 하나도 없다고 합니다. 이러한 법을 믿어도 되는 것인지 반문하지 않을 수 없습니다. 주권은 국민들로부터 나온다는 헌법적 가치는 모두가 거짓이 되었습니다. 세월호 사건으로 천문학적인 국민 혈세를 주면서, 촛불이라는 유령의 불빛으로 나라를 뒤집은 세력들에 의하여 나라는 누란에 처하고 있습니다. 언론이란 공기는 있으나 마나 합니다. 정부의 나팔수가 된 지도 셈하기도 어렵습니다. 선전 선동에 앞장서서 권력자들의 주구로 자처 한 지도 많은 시간이 흘렀지만 지금도 눈 감고 귀 막으며 시시각각 위기는 찾아오는데도 나 몰라라 하고 있는 우리나라 언론들입니다. 외신들은 연일 우리나라의 위기 상황에 대하여 대서특필 하다시피 하지만 모르쇠로 일관하는 언론입니다. 이런 언론들 필요합니까? 공직자들도 기회주의가 만연하여 사명의식이란 찾아볼 수도 없습니다. 종북 시민사회 단체들의 붉은 무리들은 회생 불가능하며 지식인들 또한 몸보신에 급급한 나머지 쥐구멍만 찾아 잠수하였다.

보다 못해 나라의 원로들께서 심금을 울리는 통곡의 소리도 외면하는 세상이 되었습니다. 시시각각 조여오는 이 위기 상황을 젊은 아이들과 청년층은 외면한 상태고 중장년들은 아직도 미망에서 깨어나지 못하며, 나이 많은 늙은이들만 안달하고 있는 현실이 참담합니다. 전통사회와 산업사회의 주역으로 일하였던 수많은 늙은이들이 피와 땀으로 이룬 이 나라를 붉은 마수의 손에 넘기려는 찰나에 어떻게 하면 좋을지 가르쳐 주시면 감사하겠습니다. 정유년을 보내면서 좋은 이야기만 하여도 모자라는데 어둡고 가슴 쓰린 이야기만 하여 참으로 죄송한 마음 금할 길 없습니다. 글 쓸 때는 희망이 넘치고 즐거움만 전하려 하였으나 나도 모르게 지면이 무거워졌음을 혜량하여 주시면 감사하겠습니다. 부디 좋은 꿈 이루시고 무술년(戊戌年)을 맞이하여 소원 성취하시길 기도하겠습니다.

광풍(狂風) 앞에 등불 2017년 12월 29일

정유년(丁酉年)이 이틀 남았다. 5천만 명의 대한민국 국민은 지난 1년 동안 무엇을 생각하고 추진하였는지 곱씹어 보면서 어떻게 연말을 맞이하였는지 한 번쯤은 돌아보아야 할 것이다. 먼저 내 나라 대한민국의 국론은 사분오열하여 지역마다 거리마다 광장마다 갈등으로 점철되었다. 대통령 탄핵으로 가정마다 각 단체별로 또는 사람이 모이는 곳이면 약방의 감초처럼 갈등이 표출되기도 하였다. 탄핵이 적법성이 있는지 불법성으로 이루어졌는지는 전문가들의 영역이지만 이 나이 먹도록 살아온 경험에 비추어 잘못된 탄핵임은 틀림없다고 보고 있다. 검찰의 공소장은 뜬구름 잡은 것처럼 적시성이 없는 공소장임에도 각하를 하지 못하고, 헌법재판 8명 전원일치의 탄핵으로 국민이 직접 선출한 대통령을 파면하고 말았다. 1년이 가까워오는 동안 재판을 하면서 범죄 사실이 하나도 드러나지 않았다고 하는데 왜 지금껏 이 추운 혹한(酷寒)에 감방에 가두어 놓고 있는지 묻지 않을 수 없다. 문재인 정부의 여론조사에 따르면 74% 이상이 잘 하고 있다는데 무엇이 두려운가. 그렇게 당당하다면 하루속히 석방하시기 바란다. 이것 하나 해결하지 못하면서 국민화합을 주장할 수 있는지, 청와대 인적 구성을 대한민국에 사람이 없어서 전대협 출신들로 구성하였는지? 조각을 하면서 전라도 공화국을 만들었는지, 대다수 국민들은 우려하는 바이다. 여기에 대하여 일언반구의 설명을 들은 바 없다. 아무려면 어떠냐 하지만 잘만 하면 무엇이 문제가 되겠는가.

그런데 그렇지 못하고 있으니 하는 이야기다. 적폐 청산이란 이름으로 전 정부가 해온 크고 작은 정책들을 적폐로 몰아붙이고 관련자들을 사법 조치하는 것이 마치 한풀이하려는 정부 같다. 자질구레 한 국내문제도 매우 중요하지만 그냥 간과해서는 안 될 매우 중요한 다시 말해서 5천만 명의 운명이 달린 죽느냐 사느냐 하는 정책을 쏟아내었다. 우선 한미 동맹을 약화시키며 전시작전권 조기 환수, 미국에 대하여 중국과 러시아의 등거리외교로 신뢰성 상실 초래, 이것은 정말로 중요한 문제다. 5천만 대한민국의 운명이 달린 문제를 직접민주주의를 좋아하는 현 정부가 광화문에서 촛불로 물어보지도 않고 왜 추진하는지 가시방석에 앉아 나날을 보내고 있다. 중국과 러시아는 어떤 나라인가. 6·25전쟁을 승인하고 지원해 준 나라이다. 북은 오래전부터 핵 개발을 하여왔고 3대에 걸쳐 추진한 결과 성과물이 더욱 위협적으로 다가오고 있다. UN은 적어도 남북문제에 대하여는 있으나 마나한 기구다. 북한은 핵실험을 하고 중장거리 탄도미사일을 발사하였지만 중국과 러시아는 항상 그래왔듯이 외견상으로는 개발하지 말라, 탄도미사일 쏘아서는 안 된다, 라는 외교적 수사만 하면서 응당 UN에서 강력한 조치를 취하려면 비토를 놓아왔고 앞으로도 계속 비토 할 것임은 삼척동자도 다 아는 사실이다.

　그러니 뒷구멍으로 북한이 핵 개발하고 보유하는 것을 묵인하는 모습을 모여왔다. 특히 중국은 냉정을 관련국에 주문하고 있다. 그러면 우리나라와 미국 일본은 냉정하지 못하고 있다는 말이 아닌가. 참으로 웃기는 3류 코미디를 하고 있다. 우리의 5천 년 역사를 돌이켜 보면 우리를 침략한 나라는 멀리 있는 곳이 아니고 바로 이웃한 나라들이다. 일본이며, 몽골 그리고 중국이다. 학자들은 외침의 역사가 우리의 역사라 한다. 무려 980여 회 외침을 당하였으니 5천 년으로 산술평균을 하여보면 5년마다 외침을 당하였다는 말이다. 그 많은 외침들 중에 거의 전부가 중국으로부터 침략을 당하였다는 역사적 사실을 외면하는 위정자들과 우매한 백성들 때문에 가슴을 치고 통탄할 일이다. 이러한 엄중한 상황에 북의 핵은 고착화될 가능성이 점차 농후하여지고 있다. 이는 무엇인가. 군사력의 비대칭이 온다는 이야기다. 비대칭이 오면 어떤 현상이 올 것인지 아는가? 우리의 목숨줄이 저들 손에 넘어간다는 이야기다. 이럴 때에 군의 조직을 축소하며 사기를 저하시키는 일들이 일어나고 있다. 어느 나라에나 모두 있는 국가 존립의 중요한 위치를 차지하는 정보기관의 기능을 조정하면서 존폐를 걱정하기에 이르렀다. 적의 위협에 대응하여 사드를 배치코자 하니 기막힌 현상이 벌어졌다. 군인들이 출입하는 통로에 피켓 든 시민들이 진입로를 막고 있는 나라는 세계에 어디에도 찾아볼 수 없다.

　이것이 자유민주주의라 궤변 할 것인지 아니면 나는 공산화가 그립습니다, 라는 표현인지, 나는 몰라서 시키는 대로 하였다고 할 것인지 알다가도 모를 일이다. 더욱 기막힌 일은 지역의 군수라는 자와 국회의원까지 동조하였으니 이것이 대한민국 민주주의 현실이다. 세계 모든 나라가 북한을 고립시키고자 하는 이참에 통일부라는 곳은 무엇하는 곳인지 돈을 주지 못해 안달하는 것 같다. 어린아이들을 위하여 도와주어야겠다고 한다. 과거 정부가 달러를 주어 핵 개발하고 그것이 부메랑으로 돌아왔다는 사실을 치매가 걸려는지 모르는 모양이다. 이러고도 한미관계는 굳건하다고 할 것인지 묻지 않을 수 없다. 나는 항상 주장하여 왔지만 안보 없는 평화는 절대로 오지 않는다는 것이다. 확실한 안보 위에 대화를 하든지 협상을 하여야 할 것으로 본다. 러시와 중국 북한이 핵보유국으로 간다면 이 상황을 어떻게 하여야 할 것인지 심도 있게 검토하여야 할 것이다. 그러니 38선 이북은 삼각축으로 강력한 핵 무장을 하였는데 우리는 손 놓고 발 묶어 두어 저들이 하자는 데로 끌려 다녀야 하겠는지 참담한 심정이다. 나라가 왜 있는 것인가. 백성의 안전을 지키지 못하는 나라가 필요한지에 대하여 의문을 가져보아야 할 것이다. 탈 원전정책으로 외교적 경제적 위기에 직면하였다. 아랍에미리트 2인자인 왕세자는 대한민국의 대통령을 멍청이라 하였다.

이 무슨 수치인가. 취임 후 지금까지 하는 일들 모두가 국운과 국민의 운명에 관한 것들이다. 왜 이러는가. 무엇을 하고자 하는 것인가. 무엇을 이루려고 하는 것인지 염려와 걱정이 산처럼 쌓여지고 있다. 정유년(丁酉年)이 하루속히 영원히 기억 속에서 사라졌으면 좋겠다. 그리고 무술년(戊戌年)년에는 한미관계가 굳건하며 북한의 핵도 한반도 비핵화 구도가 이루어지며 나라의 국운이 날로 달로 높아지기를 간절히 기도한다. 더불어 백성들도 정부를 믿고 생업에 종사하였으면 더더욱 좋을 일이다. 늙어가는 어느 촌로의 바람이다.

희망은 옹달샘처럼 2017년 12월 31일

　몇 시간 후면 보신각의 타종이 시작되면서 정유년(丁酉年)은 영원히 역사 속에 사라진다. 말도 많고 탈도 많은 한 해가 아니었나 돌아보게 된다. 오늘을 살아온 사람들이 만들어 놓은 흔적들은 후세 사람들이 역사라는 이름으로 기억될 것이다. 생각하면 할수록 가슴 아픈 일들이다. 무엇이 정의인지 진실인지 찾아보려고 하여도 광풍에 하늘로 날아가 버렸는지 쓰나미(津波)에 쓸려가버렸는지 흔적도 없이 사라지고만 한 해였다. 우리가 원래 감성이 풍부하여 작은 일에도 흥분을 잘하며 앞뒤 분별력을 잃어버리고, 선전 선동에 친숙한면은 있다고 하지만 이렇게 혼절할 수는 없었다는데 말문이 막히고 억장이 무너져 아무것도 생각할 수 없는 백치 상태였다. 국정 농단이란 프레임을 걸어 탄핵의 광풍은 천지를 진동시키고 세계사에 웃음거리로 등장하였다. 1년 가까이 국민의 혈세를 투입하여 조사하였다는데 무엇을 조사하였는지 억장이 무너진다. 파고 또 파보아도 국정 농단이란 단 1건도 나오지 않으니 이제는 국정원 특수 활동비를 걸고 조사한다고 한다. 특수 활동비는 기관마다 부서마다 있게 마련이다. 지방 자치단체에도 특수 활동비는 있다. 대통령의 특수 활동비는 예하 기관별로 심어놓는 것이 관례다. 예를 들어 시장, 군수 특수 활동비도 실과에 편성하여왔는데 왜 이것이 문제인가. 이것은 절대로 아니다. 이것은 말도 안 되는 것이다. 사법부가 이것을 빌미로 재판을 한다는 것 자체가 코미디 같은 일이다. 그들이 이것을 모르지 않을 것이다. 그러면 왜 이것을 시빗거리로 삼은 것일까. 아마도 시간 끌기 작전이 아닌가 생각된다. 일정 시간이 지나면 여론은 잠잠해질 것이고 그리된다면 정국은 안정되어 순항할 것으로 기대하면서 진행되는 것은 아닐까 한다. 특검은 죽기 아니면 살기로, 불법적으로 기소장을 변경하면서까지 몰입하고 있다. 손바닥으로 하늘을 가리는 일이 아닐 수 없다.

죄 없는 일반 국민들도 아니고 선거를 통하여 역사상 처음으로 선임된 여성 대통령을 감옥소에 가두어 놓고 넘어갈 수 있다고 착각하는 것은 아닌지 이제는 모든 국민들도 알고 있다. 하지만 탄핵은 원천 무효라는 사실을 알고 있는 현실을 애써 외면하는 모양이다. 그들은 이러지도 저러지도 못하는 벽에 부딪쳐 갈피를 잡지 못하는 패닝 상태가 아닌지 의심이 들기도 한다. 지난 1년 동안 많은 국민들이 가슴 앓이를 하여왔다. 스트레스로 인한 각종 질병이 발생하고 심화되어 병원 신세를 지는 것은 물론이며, 이로 인한 경제적 손실은 어느 누구도 계산해 보지는 않았지만 엄청난 국력 손실을 가져왔다고 감히 주장한다. 마치 단선 철로를 서로 마주 보고 달리는 기관차처럼 제동장치 고장으로 멈추기는 어려운 상태까지 이르렀다. 너 죽고 나

살기 식이다. 너는 누구이며 나는 누구인가. 가슴에 손을 얹고 이 해가 가기 전에 조용히 생각해 보자. 좁은 땅덩어리에 5년마다 전쟁의 역사로 이루어진 우리의 한계를 이제는 멈춰야 되질 않겠는가? 세상이 우리를 비웃고 업신여기고 있다 할지라도 우리의 운명은 우리가 개척할 수밖에 없다는 사실을 알았으면 좋겠다. 답은 이미 나와 있다.

우리의 목적은 자유대한민국을 굳건히 지키는 일이다. 이것 말고 다른 것을 생각해서는 절대로 용서받지 못할 것이다. 그러면 어떻게 하는 것이 상책일까. 권고하노니 단연코 국론을 통일하는 길 밖에 없다. 새해는 무술년(戊戌年)이라 한다. 지난날의 과오는 잊지말고 기억하면서 다시는 되풀이하지 말아야 한다. 옹달샘은 아무리 가물어도 끊어지고 마르는 법이 없다. 대한민국의 서광이 비치는 희망의 새해가 되었으면 기도한다. 국론 통일을 위하여 모든 국민들이 지혜를 모아야 할 것이다.

새로 시작하자 2018년 1월 2일

새해가 밝은지 이틀째이다. 지난해의 잘못되고 정도(正道)에서 일탈(逸脫)한 일들이 수많은 사람들에게 고통스러움을 안겨주었다고 해서 금년에도 지속되어서는 안 되겠다는 이야기다. 동해에 우주 기(氣)의 원천인 태양이 힘차게 솟아오른 것처럼 새로운 마음으로 시작하자. 종즉유시(終則有始)란 말이 있다. 끝이 있으면 새로 시작함이 있다는 말이다. 이 말은 주역(周易) 18번째 산풍고(山風蠱)괘 단사(彖辭)에 나오는 말로서 종즉유시(終則有始) 천행야(天行也)에서 인용하였다. 정유년(丁酉年)이 가고 나니 무술년(戊戌年)의 시작은 하나님의 진리(眞理)이며 천명(天命)이다.

새로운 무술년(戊戌年)은 어떤 의미인가. 오행(五行)으로는 토(土)에 해당하고, 천간(天干)상 무(戊)는 양(陽)이며, 지지(地支)상에 술(戌)도 양(陽)이고, 절기(節氣)로 9월에, 칼라로는 황색(黃色)이라 한다. 그래서 황금 견공(黃金犬公)이라 역술인들은 풀이하고 있다. 검은색이면 어떻고 황금색은 또 무엇인가. 사람 사는 세상에 황

376   확대경으로 보는 세상

금의 건공이 우리의 개인 삶 속에는 어떤 영향을 미칠까? 우리나라에는 또 어떤 희망의 서광이 비칠까 하는 기대 심리가, 인세(人世)에 우주의 운행 원리를 적용하여 희망은 발전시키고 액운을 막아 국태민안(國泰民安)하는 일이라 생각된다. 개인이나 국가나 지난 일 년 동안 추진하였던 일들 중에는 잘된 일도 있고 잘못된 일도 있다. 잘된 일들은 더욱 발전시키고 잘못된 일들은 바로잡는 것이 역(易)의 본래의 의미다. 역(易)의 자의(字意)는 바꾸다, 고치다, 새로워진다고 한다. 그런데 문재인 정부는 태생부터 부당하게 불법적으로 탄생되었다. 촛불이란 광란을 벌인 특정 붉은 무리들이 대한민국 체제를 부정하고자 국민이 뽑은 대통령을 기획 탄핵(彈劾)시키고 권한 정지(權限停止)에 이어서 파면(罷免)이란 불법을 자행(恣行) 했다.

지금도 불법적인 감금으로 법살(法殺)을 시키려고 광분하고 있다. 또한 모든 국정에 적폐(積弊) 청산이란 이름으로, 부처별로 많은 테스크포스(TF: taskforce)팀이 좌파 인사들로 구성되어 지난 정부의 바닥까지 뒤지고 있다. 원전 정책이 잘못되었다. 개성공단 중단이 잘못되었다. UN에서 북쪽에 지원을 막으려 총력을 펼치는 중에 통일부라는 곳에서는 인도적 지원을 하여야겠다고 한다. 위안부에 대한 한일 간의 협정도 잘못되었다 하여 문제를 야기하였다. 국가 간의 협정은 삼십 년 뒤에 공개하는 원칙도 무시하고 불과 삼 년 만에 그것도 민간인들로 구성된 TF팀에게 공개하여 국가 간의 불신을 자초하였다. 전 정부에서 추진하였든 원전 수출 계약에 관하여 원전 정책 포기 전환으로 아랍에미리트 2인자인 왕세자는 문재인 대통령을 멍청이라 표현하였다. 아직도 밝혀지지 않은 비서실장의 갑작스런 아랍에미리트 방문을 두고 말 바꾸기에 연속이다. 또한 월북하였는지 납치되었다 넘어온 홍진호 어부들인지 아리송한 그들의 행적들도 오리무중이다. 적성국인 중국과 러시아에 대한민국의 운명을 의지하려는 신 사대주의 출발점을 국빈 방문이라 자화자찬하였다. 모든 국민들에게 슬픔과 굴욕외교를 하고 돌아와 잘하였다고 하는 대변인의 설명을 들어야만 했다. 목적을 달성하였다. 국민 알기를 우습게 알고 있다. G20개국 회의에 참석하여 멸시 천대를 받아 국민들의 자존심을 무참히 짓밟고 상하게 하고도 사과 한마디 없다.

이것이 대통령이 세상을 확 바꾸고자 한 일인지 묻지 않을 수 없다. 새로운 세상을 보여줄 것이라 하였는데 처음 보는 굴욕외교다. 최대의 우방인 미국과의 관계는 또 어떠한가. 참으로 염려가 쌓여간다. 사드 문제로 오락가락하여 불신을 자초하였고, 전시작전권을 전 정부가 간신히 연기시켜 놓았는데 이 또한 조기 환수하겠다고 한다. 그가 평소 주장하였던 전시작전권 조기 환수하고 주한미군 철수시키며 한미 동맹 파기하는 주장이 골자다. 어떻게 하자는 건가? 지구촌이라 하였는데 혼자 우리만 고고히 살아갈 수 있는 세상이 왔는가. 아니면 조선 말기 이전으로 돌아가 일본을 배척하고 중국과 러시아에 5천만 국민의 운명을 맡겨야 하는지 묻지 않을 수 없다. 미군이 떠나면 어떤 현상이 올 것인지 세 살 먹은 아이들도 우려하고 있다. 힘의 공백은 바로 적화로 직진할 것임은 불문가지다. 기타 국내 문제는 적폐 청산이란 적폐 조직이 날선 칼날을 무소불위로 휘두르고 있다. 문맹률이 세계에서 가장 낮다고 하는데 먹물 먹은 사람들 모두 어디에 갔는가? 생각도 안 하며 눈 감고 귀 막고 입 닫는다고 하여 당신만은 무사할 줄 아는가? 제발 정신 좀 차리고 살자. 새해가 왔으니 새로운 마음으로 세상을 바라보자.

문재인 정부의 취임 7개월이 지나가고 있다. 나 자신이 너무나 비참하고 암담하여 이 땅을 탈출이라도 하고 싶은 심정이다. 좁은 공간이지만 내가 묻히고 당신이 살아갈 터전이 아닌가. 우리의 후손들이 행복하게 살도록 하는 것이 우리들의 손에 달렸다는 평범한 진리를 일깨우자. 다시 역(易)을 일으켜 보자 구일신(苟日新) 일일신(日日新) 우일신(又日新) 하여보자. 오늘도 새롭게 나날이 새롭고 내일도 새롭게, 복(福) 많이 받으시고 만사여의(萬事如意)하시길 축원합니다.

철마(鐵馬)는 달린다 2018년 1월 6일

    시시각각으로 긴박하게 돌아가는 무술년의 벽두부터 깜짝놀랄 일들이 전해지고 있다. 제동장치 없는 철마는 단선 레일을 쉼없이 질풍노도처럼 달린다. 5천만 명의 생명을 담보로 보일 듯 말듯 혼미한 목적지를 향하여 달리는 모습들이다. 내가 하지 않은 협의나 계약이나 협정, 양해각서 등등은 헌신짝 버리듯 한다. 적어도 30년간은 공개하지 않은 것이라는데 현재 칼자루를 쥐고 있는 사람들에게는 고려의 대상도 아닌 모양이다. 아랍에미리트와의 관계, 이웃나라 일본과의 관계에서 적나라하게 드러나고 있다.

    아무리 감추려고 하지만 21세기 백주대낮에 그 어디에도 숨겨지고 감추어질 수 없다는 평범한 이치를 배우지도 듣지도 못한 모양이다. 국군의 수장이라는 송 아무개가 전전 정부가 상대국 아랍에미리트와 체결한 군사 지원 문제의 내용을 수정하겠다고 하였다. 이에 대하여 강력한 반대에 부딪쳐 그곳에 진출한 우리 기업들에게 보복이 시작되자 이를 무마하려고 급기야 임종석 실장을 몰래 보내 무마하려다 들통 나고 말았다. 세론(世論)의 의혹에 의혹이 더하여지니까, 주둔한 우리의 군인들을 위문하러 갔다는 기만으로 국민을 속이고자 하였다. 이러는 사이에 무수한 억측들이 난무하여 혼란을 불러일으켜 불신만 자초하였다. 일본과의 관계에서 위안부 합의 문제는 불과 3년밖에 되지 않았는데, 30년의 비공개 원칙은 간곳없이 그것도 해당 부서 TF 팀이 열람하고 공개한 사례를 잘한 일로 자화자찬하면서 불신의 골이 깊어만 가고 있다. 대한민국 국민인 나도 불신을 하는데 다른 나라 사람들에게 어떻게 믿어달라고 하겠는가. 나라와 나라 간의 이야기다. 시정잡배들도 구두 약속이라도 어기면 주먹다짐을 하고 칼부림하며 나아가서 법정까지 가는 사례가 허다하다. 상대국에서는 시정잡배들보다도 못한 나라로 치부할 것이 아닌가. 어떻게 하자는 것인지 상식으로는 이해가 가질 않는다.

어린 김정은이 신년사에 추파를 던지니 얼씨구 좋다고 낚싯밥을 성큼 받아먹는 모습에 참담한 심정이다. 그간 대화하자고 애걸복걸하던 중이었으니 춤을 추고 싶은 심정일 것이다. 그들의 속심은 분명히 드러났다. 핵 무장을 완성하였으니 미국이며 중국 또는 소련도 두려울 것이 없다는 식이다. 어느 누구에게도 큰소리칠 수 있다는 꼼수가 아니겠는가. 거기에서 던지는 밑밥을 우선 먹고 보자는 식이 아니겠는가. 저들의 요구를 안 들어주면 해코지하겠다는 확실한 메시지다.

예를 들면 평창 동계올림픽에 적극적으로 참여하겠다. 그러니 개성공단 재가동, 금강산 관광 재개, 한미 군사훈련을 아예 없애라. 국내에서 일어나는 적대행위를 중단하여라 등등의 수많은 조건을 제시하고 하나하나 쉬운 것부터 하자. 외세를 배척하고 우리끼리 잘 해 보자는 등, 탁상 위에 먹잇감을 올려 유혹할 것이다. 문재인 대통령 은 대한민국을 완전히 새로운 나라로 만들겠다고 하였다. 지금 우리 정부가 하고자 하는 일들이 저들이 원하는 것들이 아닌가. G20 회의 에서 왕따 당하는 모습 아직도 기억에 생생하다. 사드 문제로 나라 안에 갈등을 증폭시켰고, 동맹국 미국에까지 믿음에 상처를 주었다. 탈 원전과 신 고리원전 중단으로 나라 안에 갈등이 최고조에 이르렀 으며, 그 여파는 아랍에미리트에까지 국제문제가 야기되었다.

국정원의 국내간첩 잡는 파트를 없애버렸다. 미국에 가서는 6·25 는 내전이었다는 망발을 하고 돌아왔다. 홍진호 어부들은 아직도 미 궁에 빠져있다. 또 놀라운 것은 청와대 직원들을 위한 북한의 생화학 공격을 우려하여 탄저균 백신을 구입하였다는 소식에 아연실색하였 다. 이뿐만 아니고 미국에 가서는 1948년 대한민국 건국을 외면한다 니 기막힌 일이 아닌가. 중국 국빈 방문은 조선시대로 돌아간 듯, 그 모습에 국민들 가슴에 씻을 수 없는 상처를 남겼다. 일일이 설명하기 에 내 입이 더러워질 것 같아 생략하겠다. 국민의 생명과 재산을 담 보하는 국군의 사기를 저하시키는 일들, 군 조직을 감축하고 복무연 한을 줄이겠다는 등의 무장해제와 같은 조치들을 앞으로 추진할 것 으로 예상되니 암담한 심정이다. 문재인 철마는 5천만 명의 국민을 싣고 브레이크 없이 광속으로 질주하고 있다. 그런데 국민들이 느끼 게는 일각이 여삼추 같은 시간 감각이다. 이 일을 어떻게 하여야 할 까? 답이 나와야 되는데 얼른 답이 나오질 않는다. 헌법 개정 초안에 자유란 단어가 삭제되었단다. 무엇을 의미하는 것인지, 평화란 의미는 무엇을 의미하는지, 민주주의란 무엇인지, 국민들은 잘 모른다. 매력 있는 단어들이 아닌가. 그런데 실제로 어떻게 사용하느냐에 따라서 천당일 수도 있고 지옥일 수도 있다.

공산주의 사회주의에서도 민주주의란 용어를 즐겨 사용하고 있다 예를 들면 조선민주주의인민공화국이 공식 국호이다. 그러니 북조선에도 민주주의 공화국이란다. 그들이 주장하는 평화는 주체사상에서의 평화를 의미하는데 우리 기준으로 평화를 생각하고 있으니 기막힌 기만술책이 아닌가. 그래서 우리 헌법의 가치는 자유민주주의다. 민주주의는 민주주의인데 자유가 보장되는 민주주의란 말이다. 그럴진대 헌법 초안에 자유란 가치를 삭제하였다니 조선민주주의인민공화국으로 가자는 것이 아니고 무엇인가. 깨어나라 국민들이여. 당신의 자유가 담보되지 않은 헌법 개정은 절대로 있어서는 안 되며 입에 올려서도 안 된다고 본다. 우리가 그렇게도 소중히 여기는 사적자치(私的自治)는 동토(凍土)의 땅에서는 모두가 국가 소유라는 것을 잊어서는 안 된다. 당신의 몸이 당신의 것이 아니며 당신의 생각이 당신의 것이 아니란 말이다. 지금 이 시점에서 어떻게 하는 것이 자유민주주의를 굳건히 지키는 일일까 심도 있게 생각해 보자. 여기에는 국민주권밖에 없다고 생각한다. 개개의 주권은 하나하나 모여 거대한 힘으로 발전하였을 때 위력을 발휘한다. 그러기 위해선 자유민주주의 가치로 국론이 통일되어야 만이 가능할 것이다. 혹자는 입이 없어서 말 못하느냐 할 것이지만 입이 있고 생각이 있으면 왜 무엇이 두려워서 말 못하는가. 지식인들은 모르는 국민들을 개도할 책임이 있다. 대한민국호라는 배를 이용하여 당신은 문명의 혜택과 교육을

받았으니 나라를 위하여 무엇을하여야 할지를 선택하여야 할 기로에
왔다는 사실을 상기하였으면 좋겠다.

눈밭 2018년 1월 8일

아침에 창문을 활짝 열어보니 세상이 하얀 눈으로 변하였다. 어젯밤부터 조금씩 오던 눈은 밤새 많이 왔나 보다. 아스팔트 도로는 차량들이 다녔던 흔적들로 토끼 길이 꼬리를 물고 이어지고 새벽을 여는 사람들의 차량들은 거북 걸음처럼 조심에 조심이다. 관청의 나리들은 염화칼슘을 뿌리며 시민의 안전을 꾀하고 있다. 야광조끼를 착용한 미화원들이 제설작업에 한창인 아침이다. 도로변 주차 차량 위에도 하얀 눈이 소복 쌓였고, 시내버스 탑승장 지붕 위에도 두터운 솜틀로 덧씌웠다.

노견(路肩)의 가로수에도 눈꽃이 활짝 피어 장관을 이루고 있다. 과원의 유실수에도 피었고, 앞산 금봉산(金鳳山) 등산로에도 휘영청 늘어진 낙락장송에도 가지가 찢어질 것처럼 눈꽃이다. 눈빛이 가는 곳마다 하얀 눈의 세계다. 도시는 평화롭다. 눈빛을 현란하게 하였던 것들도 그렇게도 시끄럽던 소음도 조용하다. 멀게만 보였던 풍경들이 내 가슴에 그대로 안겨왔다. 아! 이것이 바로 행복이 아닐까 한다. 보이는 것마다 평화롭다는 이미지가 나를 편안하게 한다. 오랫동안 끊겼던 죽마지우에게서 소식이 전해온 것처럼 설경(雪景)은 기쁘게 하고 나를 어린 시절로 돌아가게 하는 유일한 손님이다. 그 옛날이 되어버린 나의 고향은 어떤 모습일까? 가진 것 없고 모자라 먹고 입을 것 부족한 양지바른 산자락이지만 옹기종기 모여 살았던 친구들이며 어르신들 가물가물 다가왔다가도 멀어지는 기억들은 세월의 아픔일까? 멀지 않아 모든 사람들이 가는 천도(天道)를 앞에 두고 있지만 아직도 내 심장이 뛰고 있다는데 항상 감사하고 있다. 눈 오는 아침에는 어머님 물길을 열어드리려 조막손으로 마당에 눈을 쓸었던 일들. 노란 초가지붕은 하얀 눈 이불로 칼바람과 강추위를 막아주었으며 돌담장 위에도 길게 굽이굽이 하얀 눈으로 경계를 이루고 있다. 지붕 위 굴뚝에 하얀 연기는 용트림하듯 하늘을 날아 헤엄친다.

들녘은 동네 강아지들의 놀이터다. 달리고 뒹굴고 장난치기에 여념이 없는 산촌의 풍경이다. 오늘 이렇게 아름다운 세상을 활짝 열어준 하나님께 감사하여야 할 것이다. 특히 눈 오는 날 판문점에서는 남과 북이 회담을 한다고 한다. 잘 되었으면 좋겠다. 평창에는 세계 사람들을 초청하여 잔치를 하는 마당에 그 사람들도 함께 하였으면 하는 마음 기대 반 우려 반이다. 회담이 잘 되기를 기도한다. 하얀 눈이 좋은 결과를 예측할 수 있지 않을까? 모든 것 접어두고 동계올림픽만큼은 아무 불상사 없이 성공적으로 치루기를 간절히 기도한다. 회담장으로 옮기는 사람들의 발걸음이 비록 무거울지라도 돌아오는 길은 가벼웠으면 좋겠다.

새로운 역사의 한 페이지를 쓰자는 생각이 과욕은 아니지 않은가.

다음 세기에 다시 열릴지도 모르는 상황인데 남쪽의 사람들도 북쪽의 사람들도 같은 마음이라 생각해 본다. 햇빛이 나고 하얀 눈은 녹아 버리는 짧은 시간이지만 하얀 눈이 왔던 그날에 회담이 잘 진행되어 오래도록 기억되었으면 하는 바람이다. 눈아! 하얀 눈아! 나의 영혼도 육신도 하얀 눈처럼 깨끗하게 하여 주십사 하나님께 기도하련다.

탈춤 한마당 2018년 1월 10일

　25개월 동안 침묵하던 가면 무대가 어제 판문점 우리 측 평화의 집에서 열렸다. 남과 북의 각각 5명, 총 10명의 배우들이 각자가 준비한 각양각색의 탈을 준비하고 마주 앉았다. 잠시 인사와 덕담을 주고받은 다음 관객 없는 비공개로 진행한다는 보도를 보았다. 가면극이 몇 마당으로 이어질지는 두고 보면 알 것 같다. 김빠지는 무대가 되었다. 온 세계인들이 관심을 가지고 주시하는데 안중에도 없는 모양이다. 특히 가면극의 내용이 우리들에게는 중차대한 문제임에도 비공개로 한다. 아마도 본무대가 아니고 비공개로 하는 연습 무대인 모양이다. 모든 연습 내용을 공개할 수 없는 비밀들이 많이 있는 모양이다. 어딘지 구린내가 나는 것은 어쩐 일인가. 탈춤 연습에 방해가 되니 나팔수들을 옆방에 가두어놓고 할 소리 안 할 소리 모두 해보자는 모양이다. 인내심을 갖고 기다려 보아야 할 것 같다. 지구촌 곳곳에서 탈놀이는 있다고들 한다.

　가면탈은 원래 사람들의 형상이나 짐승 또는 무서운 귀(鬼)의 형상으로 나타나기도 한다. 탈놀이는 지역의 문화와 밀접한 관련이 있다. 또는 액막이용으로 탈을 만들어 춤을 추기도 하였으며 축하 잔치 한마당에도 시연되었다. 당시의 사회현상들을 직접 노출시키기 어려운 사안들을 탈을 쓰고 그들의 흉내를 내는 비유적인 놀이 한마당이기도 하다. 탈놀이는 반상(班常)에 관계없이 빈부에 차이 없이 누구나 보고 즐기는 해학적(諧謔的)인 면이 많아 사람들의 사랑을 받고 있다. 어제는 첫 무대에 제1막이 올랐다. 무대에 오른 탈에 가려진 내용들을 말하기에 둘째가라면 서러워할 사람들의 이야기를 대충 들어보니 오십 보 백 보이며 거기가 거긴 것 같았다. 공개된 의제의 핵심은 평창 동계올림픽 참여 문제가 최대의 빅 이벤트다. 규모는 어떻게 하고 어떤 파트에서 몇 명으로 할 것인지, 오는 수단과 방로 등등의 논의를 앞세우고 시작할 것이다. 일단은 북쪽 최고위층이 적극 참여의사를 표명하였으니 총론은 이미 합의된 것이나 다름없다. 탈춤을 시연한지 10시간 만에 공개한 공동보도문의 내용이 나왔다. 3가지 사안에 협의하였다고 한다.

첫째로 평창 겨울올림픽과 패럴림픽(장애인)에 적극 참여한다는 원칙하에 1) 북한 고위급 대표단 및 선수단, 응원단 파견을 확정하고 2) 현장 사전답사를 위한 북측 선발대 파견 문제와 실무회담 개최 합의. 일정은 차후 협의. 둘째는 군사 긴장완화 및 한반도 평화 조성에 있어서 군사적 긴장상태 해소를 위해 군사당국 회담 개최 등이다. 셋째로는 남북대화 및 교류 협력 사업에는 1) 설 이산가족 상봉을 위한 남측의 적십자 회담 개최 제안에 북측은 우리 민족끼리 원칙에서 대화와 협상을 통해 풀자고 주장하였다. 2) 남북 간 다양한 화해와 단

합을 위해 노력하는데 합의하였다. 제1막이 끝났다. 각자 돌아가 제
2막을 준비하게 될 것이다. 북한 핵 개발로 얼어붙은 남과 북의 대치
상태는 첨예하게 지속되고 비핵화를 두고 세계열강이 강력하게 제재
를 하는 중에 열리는 세기의 빅 이벤트가 평창 동계올림픽이다. 북측
의 탈춤 감독은 이 절호의 기회를 놓칠 수 없었을 것이다. 그가 주장
한 바와 같이 핵은 이미 완성하였고 이제 세기의 축제장을 통하여 인
정받으려고 기획된 참여 합의였다. 최대의 전선 선동장이 될 것임은
불문가지의 사실이 되었다. 알려진 바에 따르면 최대의 인원이 분야
별로 참여한다고 한다. 선수단, 예술단, 응원단, 태권도 시범단 등등
대규모로 알려졌다. 무엇을 의미하는 것인지 짐작이 가고도 남는다.
평창올림픽 개최 기간이 17일이다. 70억 세계 인구의 10%가 시청한
다고 할때 매일 7억 명이 17일 동안 119억 명에게 선전 선동의 효과
를 기대할 수 있는 절호의 기회를 놓칠 수 없는 것이다.

　무엇을 노리는 것일까? 평화다. 개발한 핵의 확장과 고착화를 위
해 평화를 앞세워 세계질서의 주인공으로 우뚝 서려는 저의가 탈속
에 감춰져 있다. 지금까지 지원해온 중국과 러시아의 힘의 배경하에
서 추진되어온 것이라 생각된다. 또한 평화공세는 남남갈등을 부추
겨 현 정부를 지원하고 갈등을 부추기고 적화통일에 최대한 이용하
고자 할 것이다. 이 위기를 어떻게 극복할 것인지는 국민에게 달려있
다고 믿는다. 건국대통령 이승만 대통령님의 말씀이 생각난다. "뭉
치면 살고 흩어지면 죽는다." 부국 대통령 박정희 대통령은 미친개는
몽둥이가 약이라고 하셨다. 우리 모두 상고하여보자.

인과응보 2018년 1월 11일

우리는 흔히 인과응보는 선악(善惡)을 행함에 결론으로 나타는 반응을 말하기도 한다. 어떤 사람이 악한 행위에 대하여 그에 상응하는 징벌이 내려졌을 때, 아 그사람은 인과응보의 천벌을 받은 것이라고 한다. 또는 다른 사람의 예를 보면 평소 남을 위하여 헌신한 일에 대하여 큰 복을 받았을 때, 그 사람은 평소에 선한 일을 많이 하여 축복을 받았다는 말을 사용하기도 한다. 인과응보의 연원(連原)은 불교적 용어다. 불교 철학의 핵심 사상이 윤회설(輪迴說)이다. 윤회설의 동인(動因)인 인과응보(因果應報)인 것이다. 사람이 살아생전에 행한 업보(業報)에 따라서 내세(來世)에 나타나는 환생(還生)을 의미하기도 한다.

다시 말해서 전생(前生)의 업보에 따라서 현세(現世)에 어떤 모습으로 태어나는지 어떤 고통이 따르는지 결정되는데 이것이 인과응보 진의(眞意)다. 이것이 부처의 세계관이며 이를 극복하고 벗어났을 때 해탈(解脫)의 경지에 이른다고 한다. 해탈을 다른 말로 표현하면 진리(眞理)에 이르는 것을 말하기도 한다. 오늘 아침잠에서 깨어나 무엇을 생각하고 무엇을 먹고 행하는지. 행위의 모든 것을 어떻게 하느냐에 따라서 인과응보는 나타나지만 매사(每事)마다 모두 생각할 수는 없겠지마는 하루에 세 번만 생각하자고 한다. 이를 일일 삼사(三思)하자는 말이다. 세 번만 돌아본다면 이 땅이 천국이요 극락이 될 것이기 때문이다. 자연은 말이 아닌 직접 보여주고 있다. 콩 심은 데 콩 나고 팥 심은데 팥 난다는 평범한 진리이다. 우리들 주변에 나타나는 이런 수많은 현상들을 애써 외면하는 인간들이 정말로 우매하기 짝이 없는 것이다. 이것을 외면하면 개개인은 물론이며 그 지역과 나라와 그리고 국가간의 끊임없는 갈등이 표출한다. 이것이 시위가 될 수도 있고, 싸움이 일어나기도 하며 살인도 하면서 나아가 전쟁도 마다하지 않는다.

이것들이 인류의 역사라는 이름으로 오늘에 이르기까지 나타나는 지구촌의 모습이다. 남보다 더 가져야 하고, 더 배워야 하며, 더 많은 권력을 가지고자 밤낮없는 투쟁의 연속이 삶의 전부이다. 세상에 마치 투쟁을 하려고 온 것은 아닌지, 무엇이 정(正)이며 무엇이 사(邪)인지를 혼돈(混沌)속에 생활하는 것이 우리의 모습이다. 기껏 살아봐야 8~9십 년인데 아등바등 살아온 투쟁의 산물들을 모두 내려놓고 빈손임을 증명이라도 하듯 활짝 펴보이면서 가는 것이 인생의 생로병사(生老病死)의 과정이다. 세월이 흘러 그 이름도 함께 영원 속으로 사라질 것이다. 이것이 의(義)로운 삶이라 할 수 있겠는가. 잠시 왔다 가는 인생 한 발짝 비켜 뒤돌아보면서 살았으면 좋겠다. 일일 삼사(三思)가 그 답이라 생각해 보았다. 모두가 아름답게 사는 방법이 아닐까 한다. 길은 분명히 있는데 왜 실천이 안 되는 것일까. 새벽 운동을 하고 TV 채널을 돌려 보니 어제 대통령의 연두기자 회견에 관한 내용 일색이다. 금년에 우리나라가 행하여야 할 일들을 내외신 기자들에게 설명하고 질문을 받는 순서로 진행되었다. 좋은 말씀도 우려스러운 말씀도 있었다. 남북이 극한 대치 상황에 어려운 점도 많을 것이다. 대통령 본분은 무엇인가? 5천만 명이 행복하게 살도록 하는 것이다. 대통령님, 부디 금년에는 갈등 없게 하여 주십시오. 데모 없게 하여 주세요. 불안해서 안절부절입니다. 이것이 모든 국민들의 소망입니다. 어느 촌로(村老)가.

한파의 공격 2018년 1월 12일

오늘 새벽에 매서운 한파가 몰려왔다. 기상청 자료를 검색해보니 기상관측 이래 내가 살고 있는 충주지역은 1981년 1월 5일 −28.5° 최고의 정점을 찍었다가, 2018년 오늘 새벽에는 −18°라고 한다. 37년 전에 비하여 무려 10.5°가 높아졌다. 전반적으로 따뜻하여졌다는 증거이다. 지구온난화의 영향이라 전문가들은 말하고 있다. 문명의 발달에 따라서 상대적으로 하나님이 주신 자연환경의 파괴와 물질들이 다량 생성되어 일어나는 재앙이라고 한다. 기상 캐스터들의 이야기를 들어 보니 오늘의 추위는 북극에 Z 기류가 기존의 괘도를 일탈하여 한반도에까지 밀려와 북극의 한기가 엄습한 결과라고 설명하고 있다. 쉽게 말해서 진시황제가 북쪽의 북적(北狄: 북쪽 오랑캐)을 막기 위하여 만리장성을 쌓은 것처럼 Z기류가 시베리아 일대에서 한기를 막아주었는데 Z기류가 남하하면서 한파가 몰려왔다고 한다.

사실 이런 추위는 흔히 있어왔다. 그런데 기상 온난화에 익숙해진 사람들이 갑자기 추위가 몰려오니 적응하기에 어려워 야단들이다. 또 한파로 귀중한 인명 손실이 있기도 하였다. 특히 이번 한파는 폭설과 함께 동반하여 많은 피해가 발생하고 있다. 항공노선이 취소되고 여객선이 뜨지 못하며 도로마다 접촉사고가 발생하였고 수도관이 터지며 계량기가 파손되기도 하였다. 전기가 단전되어 고통을 감수하여만 했다. 특히 갈 곳 없어 지하철 역사에서 신문지나 폐지를 이불 삼아 새우잠을 자면서 유리걸식하는 노숙인들에게는 천형(天刑)이나 다름없었을 것이다. 그제까지만 하여도 평창올림픽을 계기로 모처럼 남북대화가 시작되어 축제 분위기를 띄웠었다. 그리고 어제는 대통령의 연두기자회견을 마치고 자화자찬이 최고조에 이르렀는데 오늘 이른 새벽에 근래 보기 드문 한파로 꽁꽁 얼어붙게 하였다니 안타깝기만 하다. 나라일은 연습이 아니다. 발표하고 나서 여론이 아니면 바로 취소 또는 변경하는 일들, 아니면 말고 하는 식이 되어서는 안 된다. 이렇게 해도 괜찮고 저렇게 하여도 무방하다는 식은 국민 알기를 우습게 아는 처사이다. 권력은 잠시 동안의 꽃이지만 국민의 주권은 영원하기 때문이다. 그 권력이라는 것이 어느 날 갑자기 찾아오는 한파와 같은 것이다.

흔히들 있을 때 잘하라는 말처럼 칼자루 쥐고 있을 때에 잘하여야 하늘도 감동하여 축복을 내릴 것이다. 조령모개(朝令暮改)식으로는 안 된다. 입맛에 달다고 곶감 빼먹듯이 하면 바로 피해가 발생하게 된다. 지금 당장은 인기를 얻지 못할지라도 중장기 비전을 가지고 추진하는 것이 진정으로 위민하고 위국하는 길이다. 한파는 동토의 땅을 만들었다. 낮부터 풀린다고 하니 조금 인내심을 가지고 대처하여야 할 것이다. 백성들이야 자나 깨나 국위(國威)가 선양되어 열국에 어깨 펴고 당당히 교류하기를 바란다. 경제는 기존의 자유 시장경제 바탕 위에 세계경제를 선도하여 하루속히 선진국에 진입하기를 희망하며 자타가 공인하면 금상첨화다. 국방은 어느 누구에게도 침범할 수 없는 강국이 되어 큰소리는 아니지만 대등하게 할 소리하고 살았으면 좋겠다. 오늘 모처럼 찾아온 한파에 옷깃을 여미고 뒤돌아보았다.

할일 하고 살자

  놀고먹는 사람들이 늘어난다고 한다. 분명한 것은 일거리는 있지만 이런저런 이유로 하지 않는다고 한다. 또 일거리가 없어서 찾아다녀보아도 노동할 기회가 주어지지 않는다고 하는 사람도 늘어났다. 노동은 신성한 것이다. 아담과 이브의 이야기다. 하나님의 지시를 어기고 선악과를 먹었다. 이에 하나님의 징벌이 아담에게는 죽을 때까지 일하라는 징벌을 내렸고, 이브에게는 산고의 아픔을 주었다 한다. 일하는 것을 하나님이 주었으니 신성한 가치임이 분명한데 잊고 살아가는 사람들이 늘어났다. 일거리는 물론 자신을 위한 일들이지만 타인을 위한 일이기도 하다. 또한 자신이 살고 있는 지역사회일 수도 또는 몸담고 있는 국가를 위한 일일 수도 있다. 일을 한다는 것은 그래서 신성하다고 하는 모양이다. 우리는 지금 이 노동권을 어떻게 사용하고 있는지 생각해볼 가치가 충분하다. 일거리가 있는데도 하지 않은 자와 일기리가 없어서 방황하는 자, 본인의 책임일 수도 있고 나라의 시스템이 잘못된 것일 수도 있는 것이 아니겠는가? 넘치면 줄이고 모자라면 공급하여 적정한 수준이 최적의 상태다. 이것을 누가 만드는 것인가? 두말할 것도 없이 본인 책임이다.

또한 백성들이 위임하고, 위임받은 그들이 책임지고 할 일이지만 어찌된 일인지 불균형이 심화되니 불평불만이 일어난다. 물론 저울에 달은 것처럼 공평할 수는 없지만 하나님이 주신 분복에 따라서 능력에 따라서 일할 권리가 있다는 것이다. 그런데 사람들은 본인의 책임은 없는 것으로 하고 모두가 남의 탓으로 돌리고 나라 탓으로 돌리고 있다. 그러하니 불만이 쏟아져 나온다. 이러한 불만은 눈덩이처럼 쌓여 유유상종하면서 각종 단체를 만들어 거리로 쏟아져 나온다. 나보다 잘 사는 사람과 사회적 지위나 권력도 인정할 수 없고 볼 수도 없다는 이야기다. 나와 생각이 다른자들을 적으로 돌리고 투쟁의 대상이 되었다. 거리는 넘쳐난다. 붉은 빛깔들이 공권력을 무력하게 만들고 심지어는 무력을 사용하여 인명을 상하게 하며 공물(公物)이나 공공(公共)의 물(物)들을 손괴하기에 일상화가 되었다. 제재하는 시스템은 정지된 상태다. 있다 하여도 눈 가리고 아웅하는 식으로 곧 풀려나온다. 이것이 우리가 처한 현실이다. 대한민국을 유지하는 마지막 보루가 법이라는데 제대로 작동을 못하고 권력에 아류(亞流) 하다 보니 국가와 사회적 기능이 마비된 상태다. 이것이 나라일 수 없는 것이다. 이 나라가 누구를 위한 나라인가. 권력을 잡은자의 나라인가. 붉은 집단들의 나라인가. 아니면 황제 노동자들의 나라인가. 우리는 어느 나라 사람인가. 우리가 나라 위해 무엇을 하였는가?

생각해 본 일은 있는 것인가? 개인과 우리의 보금자리인 가정은 무엇으로부터 보호 받았는지 앞으로 보호 받아질 것인지 한 번쯤 생각해본 적이 있는가? 우리가 무관심하고 애써 외면하니 나라가 누란에 처하였다. 이제는 더 이상 외면해서는 안 될 절체절명의 시점이라 한다. 그러하니 일할 것을 찾아보자. 나를 위하고 가정을 보호하며 지역을 위하여 나라를 위하여 무엇을 할 것인지 생각해 보았으면 좋겠다. 다만 공공의 이익과 나라를 위하는 일이며, 정의가 무엇인지 생각도 하고 주장도 하자. 그것이 우리 모두가 공생하는 일이다. 이것이 우리가 하여야 할 일이다. 엄동에 차가운 감옥소에서 죄 없이 정치적 희생양이 된 박 대통령을 한 번이라도 생각해 보면서 내 마음 속에 정의는 있는지 반성하여 보자.

밤 기도(祈禱) 2018년 1월 12일

하나님 지금은 캄캄한 밤중입니다. 하나님이 주신 이 세상에는 어둠이 천지를 지배하고 있습니다. 70년 전에 하나님의 축복 속에서 자유대한민국을 이 땅에 허락하시고 앞만 바라보고 열심히 살아왔습니다. 최빈국에서 벗어나 살만한 세상이 되었음은 오직 하나, 하나님의 축복이라 믿습니다. 그 어려웠던 전쟁 중에도 버리지 않으시고 유엔의 힘을 빌려 이 땅을 굳게 지켜주신 하나님이심을 자랑으로 여기면서 살았습니다. 허리띠 졸라매고 밤을 낮으로 삼아 열심히 살아온 결과의 번영이, 자만과 오만에 안주하여 가마득히 잊혀진 전설이 되고 말았습니다. 입으로는 하나님을 외치면서 마음은 잿밥에만 관심을 가졌습니다. 하나님을 믿는다고 하면서 불의와 불법이 마치 정당화로 용인되는 사회가 되었습니다.

믿음을 빙자하여 금권과 정치권력과 야합하고 있습니다. 선량한 믿음의 신도들을 출세의 배경으로 삼아 일신의 영화와 영달을 꿈꾸면서 회당을 어지럽히고 있는 무리들이 활개치는 세상이 되었습니다. 또한 이들을 이용하려는 세력들이 춤추고 있습니다. 마치 거머리처럼 달라붙어 주님의 피를 빨아먹는 해충들에게 부화뇌동(附和雷同)하고 있습니다. 세상은 돌이킬 수 없다는 우려들이 여기저기에서 높아가고 있습니다. 어느 한 곳 성한 곳이 없다고 합니다. 내부로부터 병이 심화되었습니다. 수술하고 치료하지 않으면 하나님의 심판대에 오를수 밖에 없습니다. 하나님 이 벌레만도 못한 사람이 기도드립니다.

  방안에도 집 밖에도 하늘에도 캄캄한 밤을 선택하여 하나님에게 기도를 올립니다. 조용한 밤중에 기도를 반드시 들어주실 것을 굳게 믿고 선택한 시간입니다. 저의 간절한 통곡의 기도를 들어주십시오. 먼저 하나님이 거하시는 회당을 깨끗이 청소하여 주십시오. 하나님을 믿는다는 사람들을 바로 세워주십시오. 초심으로 돌아가야 만이 세상이 바로 설 수 있다고 굳게 믿습니다. 그들이 소금이 되고 밀알이 되는 영광을 주십사 기도합니다. 능치 못할 일 없는 하나님이십니다. 믿는자들에게 마음의 탐욕들을 물리쳐 주소서. 한 사람 한 사람 집 나간 탕자가 돌아온 것처럼 주님에게로 돌아오게 축복하여주십시오. 이들로 하여금 혼탁한 세상을 바로 세워주시길 기도합니다. 마지막 희망이고 기회라 생각하고 나를 살리신 하나님께 기도합니다. 하나님 보시는 바와 같이 배는 풍랑에 침몰 직전입니다. 불쌍한 수많은 백성들이 어찌할 바를 모르고 우왕좌왕하고 있습니다. 어제 한 일들을 가마득히 잊어버린 우매한 백성들입니다. 손에 쥐어 주어도 모르는 바보 같은 백성들입니다.

  이 나라가 붉은 마수들이 들끓는 줄도 모르고 하루살이 불나방처럼 뛰어들고 있습니다. 사탄의 감언이설에 온몸 내어던져 쫓아가는 불쌍한 저들을 어찌합니까. 오직 하나님만이 구원하실 줄 굳게 믿습니다. 이 우매한 백성들을 붙들어주시고 하나님이 선택하신 자유대한민국을 굳게 지키게 은총 주소서. 시시각각 거대한 음모들이 드러나고 있습니다. 저들을 대적하기에는 중과부족 상태인 듯합니다. 주님이 기르시는 믿음의 장수들로 하여금 일당백의 능력을 발휘하게 하옵소서. 나를 구원하시고 이 나라를 세우신 거룩하신 주님의 이름으로 죽을 힘을 다하여 기도합니다. 아멘.

확대경으로 보는 세상

초판 1쇄인쇄 2019년 2월 23일
초판 1쇄발행 2019년 2월 25일

저 자 김광수
발행인 박지연
발행처 도서출판 도화
등 록 2013년 11월 19일 제2013-000124호

주 소 서울시 송파구 중대로34길 9-3
전 화 02) 3012-1030
팩 스 02) 3012-1031
전자우편 dohwa1030@daum.net
인 쇄 (주)상현디앤피

ISBN | 979-11-86644-78-2*03810
정가 15,000원

도화道化, fool는

고정적인 질서에 대한 익살맞은 비판자,
고정화된 사고의 틀을 해체한다는 뜻입니다.